Das Buch

In den Händen ihres Peinigers erduldet die Waise Hope Jahre der Demütigung und Entbehrung: In Lumpen gekleidet und unterernährt, muss sie den ganzen Tag für den Saloonbesitzer Cummings schuften, bis sie abends erschöpft auf die Pritsche in ihrem winzigen Bretterverschlag sinkt. Doch eines Tages – als Cummings droht, die zur jungen Frau heranreifende Hope zu vergewaltigen – ringt sie sich durch, einen Fremden um Hilfe zu bitten. Das Halbblut Gabriel McKinlay ist zunächst erstaunt und amüsiert über den abenteuerlichen Vorschlag des verwahrlosten Mädchens, eine verborgene Goldmine auszumachen. Aber schon bald erkennt er, wie sehr er sich geirrt hat. Während Gabriel und Hope sich zögernd näher kommen, gibt sich indes auch Widersacher Cummings nicht geschlagen . . .

Die Autorin

Petra Last schrieb bereits in jungen Jahren nächtelang Kurzgeschichten und Romane, in denen sie die besondere Faszination, die der Süden der USA auf sie ausübte, verarbeitete. Die Autorin lebt bei Celle in Niedersachsen.

Von Petra Last ist in unserem Hause bereits erschienen:

Einzig dir gehört mein Herz

Petra Last

Mann meiner Sehnsucht

Roman

Ullstein

Besuchen Sie uns im Internet:
www.ullstein-taschenbuch.de

Umwelthinweis:
Dieses Buch wurde auf chlor- und säurefreiem Papier gedruckt.

Ungekürzte Ausgabe im Ullstein Taschenbuch
1. Auflage Dezember 2005

Umschlaggestaltung: Büro Hamburg
Titelabbildung: © VEER/photonica
Druck und Bindearbeiten: Ebner & Spiegel, Ulm
Printed in Germany
ISBN-13: 978-3-548-26336-6
ISBN-10: 3-548-26336-4

Für meine Eltern:
Danke für eure Unterstützung!

Liebe Christina,
lieber Jörg,
herzlichen Glückwunsch und
alles Gute für euren gemeinsamen Lebensweg!

Prolog

Der Maultierhirsch hob witternd den schlanken Kopf und prüfte mit seinen schwarz glänzenden Nüstern den Wind. Seine dunklen Augen glitzerten in den Sonnenstrahlen, die die Baumwipfel in schmalen Bahnen durchdrangen, und sein Geweih durchstach die laue Luft, als er keck den Kopf emporwarf und sich umsah. Noch einmal nahm er die Gerüche auf, die der Wind mit sich trug. Vogelgezwitscher erfüllte die Luft mit einer Vielzahl von Stimmen, und das immer währende Summen unzähliger Insekten verbreitete eine friedvolle Atmosphäre. Nichts störte das Idyll. Das braun schimmernde Fell seiner Flanke zuckte, und mit seinem Wedel vertrieb der Bock einige vorwitzige Fliegen. Dann stampfte er mit einem Vorderlauf auf, senkte den Kopf, beruhigt, und äste weiter.

Das leise Surren war kaum lauter als der Flügelschlag einer Biene und traf dennoch mit tödlicher Präzision sein Ziel. Der Hirsch bäumte sich auf, wollte fliehen, doch es war bereits zu spät. Zitternd brach er zusammen. Sein linker Vorderlauf zuckte noch einmal, dann lag er still. Der gefiederte Schaft eines Pfeils ragte aus seiner Seite als einziges sichtbares Zeichen dessen, was geschehen war.

Der Jäger erhob sich und näherte sich langsam der Beute, wobei er die Umgebung ebenso sorgsam beobachtete, wie der Bock es zuvor getan hatte. Eine weitere Gestalt schälte sich aus dem Unterholz, dann noch eine, bis alle Mitglieder des kleinen Jagdtrupps sich um das erlegte Wild versammelt hatten.

»*Wicistá kiŋ ciyéwayekiŋ wanása el wašteya heca.* Das Auge meines älteren Bruders bei der Jagd ist gut«, stellte Kleiner Bär voller Anerkennung, jedoch ohne Neid fest. Wolfsauge nickte ihm zu. Dann öffnete er die Halsschlagader und ließ das Blut des Tieres als Opfer für die Götter in die Erde fließen, während er ein leises Gebet für die Seele des getöteten Tieres sprach. Hier unterschieden sich seine Bräuche von denen seiner Brüder, aber sein Vater hatte es ihn so gelehrt. Einig jedoch waren sie sich darin, dass das Tier für sie gestorben war und es verdiente, geehrt zu werden.

Mit schnellen Schnitten öffneten sie dann die Beute und aßen die noch warme Leber. Anschließend schlugen sie den Kadaver in eine mitgebrachte Haut ein, um ihn während des Transportes vor den Fliegen zu schützen. Häuten und zerteilen würden sie ihn nicht mehr. Heute war bereits der dritte Tag der Jagd, und sie hatten genügend Beute gemacht, um den Stamm einige Wochen lang mit Wild zu versorgen. Die Beute der ersten beiden Tage, in dünne Streifen geschnitten, war schon beinahe getrocknet, und um das frische Fleisch würden sich am Abend die Frauen kümmern.

»*Nitawicu kiŋ el iluškiŋyaŋ hwo?* Freust du dich auf deine Frau?«, wollte Kleiner Bär mit einem gespielt lüsternen Grinsen wissen, und Wolfsauge versetzte ihm einen freundschaftlichen Schlag gegen die Schulter.

»*Mitawicu kiŋ el ibluškiŋyaŋ líla slolyáye yelo.* Du weißt, wie sehr ich mich auf meine Frau freue«, entgegnete er dann. Kleiner Bär hatte nichts anderes erwartet. »Geht mit den Wolken« war Kleiner Bärs Schwester, und er wusste, wie verliebt die beiden noch immer ineinander waren. Seit vier Jahren waren sein bester Freund und Blutsbruder und seine Schwester ein Paar. Ihre beiden Söhne verbrachten beinahe so viel Zeit bei ihm wie bei ihren Eltern, besonders, wenn die Eltern ein wenig Zeit für sich allein haben wollten.

Kleiner Bär fragte sich, ob sein Leben mit Omáŝte ebenso verlaufen würde. Wenn sie von der Jagd zurück waren, würde er ihrem Vater sein Angebot unterbreiten, und er war sich sicher, es würde Gehör finden. Sonnenschein war die schönste Frau, die er jemals gesehen hatte. Nicht mehr lange, und sie würde die Seine werden. Sie würden ein Tipi teilen und viele starke und gesunde Söhne miteinander haben.

Ein zufriedenes Lächeln huschte bei dem Gedanken über sein Gesicht, und er erhaschte Wolfsauges Grinsen, als dieser ihn wissend musterte. »*Luħa léce yo.* Grins du nur«, knurrte er. »*Wakeya nitáwa kiŋ el nitawicu kiŋ luha. Haŋhépi iŝnála ilŝtíŋma sŋi. Caŋténiwaŝte.* Du hast deine Frau in deinem Zelt. Du schläfst nachts nicht allein. Du bist glücklich.«

Dann machten sie sich daran, die Beute auf die Travois zu verladen.

»Hast du jemals mit dem Gedanken gespielt, zu den weißen Männern zurückzukehren?«, fragte Kleiner Bär, während sie langsam nebeneinanderher ritten. Die Jagdgruppe bestand aus fünf jungen Männern des Dorfes. Das Frühjahr war trocken gewesen, und auch wenn es in der Nähe des Sommerlagers noch ausreichend Wild gab, zogen die jungen Männer dennoch hin und wieder aus, um zu jagen.

»Warum sollte ich?«, gab Wolfsauge zurück. »Ich bin glücklich bei meinen Brüdern.«

»Und vermisst du nicht die Wege des weißen Mannes?«

Wolfsauge schnaubte. »Da gibt es nicht viel zu vermissen, glaub mir.«

»Ich dachte immer, eines Tages wirst du uns verlassen.«

»Warum?« Erstaunt sah Wolfsauge ihn an.

»Die Geister zeigten es mir in einem Traum«, erwiderte Kleiner Bär.

»Zeigten sie dir auch, warum?«

Kleiner Bär schüttelte den Kopf. »Nein. Nur, dass eine große Traurigkeit dich bedrückte.« Er blickte auf seine Hände. »Eine große Traurigkeit, die uns alle bedrückte.«

»Und warum erzählst du mir das ausgerechnet jetzt?«

Kleiner Bär sah ihn an. »Weil die Geister mir den Traum in der letzten Nacht noch einmal sandten.«

»Das ist doch Unsinn. Das ist …« Er brach ab, als ein Aufschrei vom Kopf der Truppe sie erreichte. Ohne zu zögern, grub er seinem Pony die Fersen in die Flanken, und das drahtige Tier jagte los, den flachen Hügel hinauf. Wolfsauges Herz hämmerte wie rasend, beinahe im Gleichklang mit dem Takt der wirbelnden Hufe seines Reittieres. Auf der Kuppe des Hügels angekommen, brachte er sein Pferd zum Stehen. Mit ungläubigem Blick erfasste er das Bild, das sich seinen entsetzten Augen präsentierte.

Sein Herz zog sich schmerzhaft zusammen, doch sein Verstand weigerte sich, das zu akzeptieren, was seine Augen ihm zeigten. Es war einfach unmöglich, zu schrecklich, um Realität zu sein.

Das Dorf, die Heimat seiner Freunde und seiner Familie, am Ufer eines kleinen Flusses gelegen, existierte nicht mehr. Wie rauchgeschwärzte Skelette ragten die wenigen verbliebenen Zeltstangen in den Himmel, dazwischen lagen stille, regungslose Körper, zwischen denen sich das Blau uniformierter Soldaten bewegte.

Es konnte nicht wahr sein!

Sein Verstand leugnete die Tatsachen, doch der beißende Gestank von Verbranntem und Tod ließen sich nicht verdrängen.

Mit einem entsetzlichen Kriegsschrei trieb Wolfsauge sein Pony an und preschte den Hügel hinunter, dicht gefolgt von den anderen Kriegern seines Stammes. Der Pfeil lag auf der Sehne des Bogens, noch ehe ihm bewusst wurde, dass er ihn angelegt hatte, aber bevor er ihn todbringend davonschwirren lassen konnte, ließ ihn eine vertraute, jedoch unerwartete Stimme innehalten.

»Gabriel, nein! Wir sind es nicht gewesen!«

Wolfsauge zügelte sein Pferd so heftig, dass es sich aufbäumte, und versuchte, den Besitzer der Stimme ausfindig zu machen. Endlich erspähte er ihn.

»Rafael!«

Sein Blick irrte weiter, suchte fieberhaft die, die ihm lieb und teuer waren, aber er fand niemanden. Niemand kam, um ihn und die anderen Krieger zu begrüßen. Niemand …

Waren sie vor den Soldaten geflohen? Das musste es sein! Sie waren geflohen, hatten sich in Sicherheit gebracht und versteckt …

Seine Augen kehrten zurück zu Rafael, seinem Zwillingsbruder, der in der blauen Uniform der Unionssoldaten noch immer ungewohnt wirkte, selbst nach all den Jahren, die er jetzt im Dienste der Weißen stand.

»Wo sind sie?«, rief er anstelle einer Begrüßung. Rafe musste nicht nachfragen, wen er meinte.

»Wo sind sie?«, wiederholte Gabriel, als Rafe nicht antwortete, sondern ihn nur mit schmerzerfüllten Augen anstarrte.

»Rafe, wo …« Seine Stimme erstarb, als Rafe nur traurig den Kopf schüttelte. Ein Schrei entrang sich Gabriels Kehle. Qualvoll, wie der Todesschrei eines waidwunden Tieres.

»Nein!!!«

Er glitt aus dem Sattel und stürmte vor, aber Rafael hielt ihn zurück.

»Gabriel, nein, tu dir das nicht an«, beschwor er ihn, aber Gabriel schüttelte seine Hände ab. Mit wildem Blick starrte er ihn an.

»Sie sind meine Familie«, krächzte er dann. »Ich muss zu ihnen.« Seine Hand griff nach seinem Messer, so als wäre er bereit, es sogar gegen seinen Bruder zu benutzen, sollte dieser ihm weiter im Weg stehen. Ein weiterer Uniformierter kam auf sie zu, aber Gabriel ignorierte ihn.

»Wo sind sie?«, keuchte er. Übelkeit stieg in ihm auf, während sein Herz sich noch schmerzhafter zusammenzog. Aus der Ferne hörte er Kleiner Bärs entsetzlichen Aufschrei. Sein Kopf fuhr hoch, doch er konnte seinem Freund in seiner Verzweifelung nicht beistehen.

Ohne ein weiteres Wort wandte Rafael sich um und ging voraus. Es war sinnlos, Gabriel von seiner Familie fern halten zu wollen. Er hatte es gewusst, aber er hatte einfach versuchen müssen, ihm den Anblick zu ersparen.

Gabriel folgte ihm mit schweren Schritten. Vielleicht hatte Rafael sich geirrt. Vielleicht war es jemand anders, jemand … Seine Hoffnung erstarb, als er die reglosen Gestalten erblickte. Mit einem klagenden Laut sank er neben seiner Frau auf die Knie. Seine langen, schwarzen Haare fielen nach vorn und bedeckten sein Gesicht, so dass er nicht bemerkte, wie Rafael dem Uniformierten, der auf ihn zuging, eine Hand auf den Arm legte und den Kopf schüttelte. Es war offensichtlich, dass sein Bruder keine Fragen zum Hergang des Überfalls beantworten konnte.

Überall im Lager hörte man Schreie und Wehklagen, aber Gabriel vernahm es kaum. Seine zitternden Hände glitten unter den reglosen Körper seiner Frau, doch als er ihn anheben wollte, sank ihr Kopf haltlos nach hinten.

Ihr Genick war gebrochen.

Ihre Kleidung war zerrissen und blutig, und es war deutlich zu sehen, dass sie sich nicht kampflos in ihr Schicksal ergeben hatte. Ihr langes, schwarzes Haar, das er so geliebt hatte, war verschwunden – Beute eines Skalpjägers –, und Gabriel musste sich zwingen, den Blick nicht voller Entsetzen von »Geht mit den Wolken« einst so liebreizenden, im Todeskampf jedoch grotesk erstarrten, blutüberströmten Zügen abzuwenden. Er stimmte einen Totengesang in der Tradition des Volkes seiner Mutter an, als er den leblosen Körper seiner Frau an sich zog. Dann streckte er seine bebenden Hände nach den beiden Bündeln aus, die einmal seine Söhne gewesen waren: Ihre Köpfe waren kaum noch als solche zu erkennen.

Ausgelöscht.

Ihr Leben, ihre Zukunft, sein Glück – vernichtet. Zerstört in einem einzigen Augenblick. Er fühlte eine gähnende Leere in seinem Innern, einen seltsam quälenden Schmerz, mit nichts vergleichbar, was er jemals zuvor gespürt hatte. Es war, als wäre mit seiner Familie auch ein Teil von ihm gestorben.

Er hörte das Wehklagen der anderen, das Weinen der wenigen Frauen, die das Massaker überlebt hatten und die jetzt, nach der Rückkehr des Jagdtrupps, aus ihren Verstecken kamen. Er erwartete, dass sich seine Augen jeden Augenblick mit Tränen füllen würden, doch sie taten es nicht.

»Es war Taggart«, hörte er wie aus weiter Ferne die Stimme seines Bruders. »Es tut mir Leid, Gabriel, dass ich ihn nicht früher zur Strecke gebracht habe.« Rafaels bernsteinfarbene Augen, den seinen so ähnlich, schienen von innen heraus zu glühen, als er ihn anblickte und heiser schwor: »Aber ich werde nicht ruhen, ehe ihr Mörder zur Rechenschaft gezogen wurde. Ich werde nicht ruhen, mein Bruder, das schwöre ich bei ihrem Tod und bei meinem Leben.«

Gabriel wusste, dass Rafael jedes seiner Worte ernst meinte. Sein Bruder würde nicht ruhen und nicht rasten, ehe er die Mörder gestellt hatte und sie für ihr schändliches Verbrechen bezahlt hatten.

Er konnte Rafaels Schuldgefühle, die Marodeure nicht aufgehalten zu haben, beinahe körperlich spüren, aber er hatte nicht die Kraft, ihm zu versichern, dass er ihn nicht für den Tod seiner Familie verantwortlich machte. Er selbst war es gewesen, der versagt hatte. Er war es gewesen, der nicht da gewesen war, um sie zu beschützen. Er war auf einem Jagdausflug gewesen, hatte mit seinen Freunden gescherzt und gelacht, anstatt hier bei ihnen zu sein und sie zu verteidigen.

Langsam erhob er sich. Der erkaltete Körper seiner Frau glitt aus seinen Armen.

»Ich werde dir helfen«, sagte Rafael, aber Gabriel schüttelte den Kopf. »Nein«, stieß er heiser hervor und schloss die Augen. »Es ist meine Aufgabe, sie zu ihrer letzten Ruhe zu betten, damit sie den Frieden finden können, den sie verdienen.«

Er atmete tief durch, aber seine Lunge fühlte sich an wie zugeschnürt. Seine Beine waren schwer wie Blei, als er in die Mitte des Lagers ging, das auf so unfassbare und schreckliche Weise fast vollständig zu einem riesigen Grab geworden war. Dieser Ort würde niemals wieder ein Ort der Lebenden sein. Überall errichteten die Krieger bereits Gerüste, auf denen die Toten ihre letzte Ruhe finden sollten, ehe sie den Weg zum Großen Geist antraten.

Wie in Trance schloss Gabriel sich ihnen an. Er fiel mit ein in den Totengesang, aber während er überall um sich herum die tief empfundene Trauer vernahm, fühlte er gar nichts bis auf eine unerklärliche, scheinbar niemals wieder zu füllende Leere.

Als er die toten Körper seiner Frau und seiner Kinder auf das Gerüst bettete, sie mit ihren verbliebenen Habseligkeiten schmückte und ein letztes Gebet für sie sprach, fühlte er, wie ein verzehrender und alles vernichtender Hass begann, in ihm zu wachsen und so die entstandene Leere bis in den letzten Winkel füllte.

Er würde die Mörder jagen.

Er würde ihnen nachstellen und sie zur Strecke bringen. Er würde sie hetzen wie ein Rudel tollwütiger Hunde. Er würde keine Ruhe finden, ehe er sie nicht gerichtet und für ihre Schandtaten zur Rechenschaft gezogen hatte. Und dennoch fragte er sich, ob er selbst dann jemals wieder Ruhe und Frieden finden würde.

Er blickte ein letztes Mal auf die Grabgerüste, dann wandte er sich abrupt ab und schritt ohne einen weiteren Blick zurück davon.

I

Abenddämmerung senkte sich golden über die Felder und Weiden, und das erfrischend kühle Wasser des kleinen Bächleins, das sich in der Nähe des hübschen, weiß gestrichenen Holzhauses vorbeischlängelte, plätscherte beruhigend glucksend über den steinigen Grund. Ein Krug mit Limonade kühlte dort schon seit Stunden, bereit, von durstigen Kehlen nach getanem Tageswerk getrunken zu werden. Zwei Hühner liefen noch über den Hof, leise gackernd auf dem Weg ins Hühnerhaus zu ihren Gefährten.

Kinderlachen erklang aus Richtung der alten Eiche, deren Stamm sich im Laufe der Jahre über das Wasser geneigt hatte und so zu einem beliebten Spielplatz für die Kleinen geworden war.

»Seid vorsichtig!«, rief ihnen die Mutter zu, ehe sie, auf ihrer Bank im Garten sitzend, ihr Gesicht wieder den letzten Strahlen der untergehenden Sonne zuwandte, während sie auf die Rückkehr ihres Mannes wartete. Sie konnte seine Silhouette schon erkennen, ein dunkler, noch gesichtsloser Schatten gegen die sinkende Sonne, doch seine Züge waren ihr so vertraut wie ihre eigenen.

Schon bald würde er bei ihr sein.

Die friedvolle Stille des Idylls senkte sich über sie und war beinahe mit den Händen greifbar …

»Verdammt noch mal, Hopp, wie oft habe ich dir schon gesagt, du sollst nicht Maulaffen feilhalten?«

Die finstere Stimme ließ das Bild vor ihren Augen zerplatzen wie eine Seifenblase. Grobe Fäuste packten Hope bei den Schultern und rissen sie brutal aus ihrem Tagtraum zurück in die Wirklichkeit. Sie blinzelte, um von ihrer Traumwelt, in die sie sich wieder einmal geflüchtet hatte, in die traurige Realität ihrer Existenz zurückzufinden.

»Schreib dir das endlich hinter die Ohren.« Nigel Cummings versetzte ihr eine schallende Ohrfeige, und Hope presste eine Hand auf ihre glühende Wange, auf der sich seine Finger bereits wie ein Brandmal abzeichneten. Mit heißen, trockenen Augen funkelte sie ihren Besitzer kurz an, ehe sie schnell den Blick abwandte, um sich nicht noch einen weiteren Hieb einzuhandeln. Nigel Cummings duldete keinen Widerspruch von seinen Angestellten, und schon gar nicht von der jungen Frau, die er von Kindheit an nicht besser als eine Sklavin behandelt hatte. Sie gehörte ihm, mit Haut und Haaren. Sie war sein Eigentum, und deshalb, das hatte er oft genug betont, konnte er mit ihr machen, was er wollte. Kein Hahn würde danach krähen, was mit Hope geschah. Es war, als würde sie für alle anderen nicht einmal existieren.

»Wenn du saudämliches Miststück so viel arbeiten würdest, wie du Löcher in die Luft starrst, dann würdest du die Schulden deines Alten vielleicht irgendwann mal abgetragen haben. Aber so wird das bestimmt nichts.«

Hope drückte sich an Cummings vorbei und verschwand in der üblen Spelunke aus Segeltuch, die er großspurig Saloon nannte und wo er seinen billigen Fusel ausschenkte. Er betrieb zudem einen Krämerladen, in dem er an Gold- und Silbersucher alles, was sie benötigten, zu Wucherpreisen verkaufte. Durch die dünne Plane hörte sie Cummings fluchen, warum er sie überhaupt ernähre, ehe er, wie fast immer, damit begann, ihre Intelligenz infrage zu stellen. Wütend schluckte Hope ihre aufsteigenden Tränen hinunter. Sie war nicht dumm, aber was konnte sie denn dafür, dass sie nicht lesen und schreiben konnte? Sie hatte begonnen, es zu lernen, damals, als ihr Großvater noch lebte, aber es war schon so lange her, dass sie sich nicht mehr daran erinnern konnte. Ihre Bitte, wie alle anderen Kinder der Stadt auch in die Schule gehen zu dürfen, hatte Cummings mit Hohngelächter quittiert, ehe er ihr mit der Peitsche eine Lektion erteilt hatte, die sie, wie er bei jedem Schlag betonte, Zeit ihres Lebens nicht vergessen würde.

Er hatte Recht behalten. Hope hatte ihn nie wieder um irgendetwas gebeten. Sie hatte jede Arbeit verrichtet, die er ihr zugewiesen hatte, sich geduckt, wenn er sie angeschrien hatte, und versucht, sich zu schützen, wenn er sie verprügelte.

Und dazu brauchte Cummings, wie sie schnell bemerkt hatte, noch nicht einmal einen Grund. Es grenzte an ein Wunder, dass er ihre Träumerei heute nur mit einer Backpfeife und Beschimpfungen geahndet hatte.

Nur kurz bedauerte Hope, dass Cummings es gewesen war, der sie entdeckt hatte. Für gewöhnlich schickte er Vernon, einen großen, rothaarigen Iren unbestimmten Alters, der ebenfalls für ihn arbeitete. Vernon O'Herlihy war ganz in Ordnung, solange er nüchtern war. Nicht allzu helle, aber ganz verträglich. Wenn er jedoch getrunken hatte, konnte er gewalttätig, ja regelrecht bösartig werden, so dass Hope gelernt hatte, ihm dann aus dem Weg zu gehen.

»Und mach ja die Flaschen fertig, Hopp!«, drang Cummings' ungeduldige Stimme durch die Plane. »Und Gnade dir Gott, wenn ich dich noch einmal beim Faulenzen erwische, dann mache ich dir Beine.«

Hopp.

Jeder nannte sie so, denn sie hatte zu springen, wenn Cummings es befahl.

Hopp.

Irgendwann im Laufe der Jahre hatte sie sogar aufgehört, diesen Namen zu hassen, denn er symbolisierte alles, was sie für ihre Umwelt war.

Hopp.

Beinahe solange sie denken konnte, war sie Hopp gewesen, und manchmal vergaß sie sogar, dass ihr Name nicht Hopp war, sondern Hope – Hoffnung.

Hope.

Warum hatten ihre Eltern sie so genannt? War sie ihre Hoffnung auf eine bessere Zukunft gewesen? Sie wusste es nicht, und diese Frage würde ihr auch nie jemand beantworten können. Ihre Eltern waren schon seit Jahren tot, gestorben auf dem Siedlertreck, mit dem sie in ein neues Leben aufgebrochen waren. Die Mitglieder des Trecks hatten sie anschließend mitgenommen bis nach Silver Springs, weil in der Nähe der Stadt angeblich ihr Großvater lebte, dem sie bis dahin noch nie begegnet war und der von ihrer Existenz noch nicht einmal etwas geahnt hatte.

Hope seufzte. Ihr Großvater war über ihre Ankunft alles andere als erfreut gewesen. Was er denn mit einem kleinen

Mädchen anfangen solle, hatte er gewettert, ganz allein in der Wildnis. Goldschürfer sei er, jawoll, und kein verdammtes Kindermädchen. Jemand anders solle sich gefälligst um das Balg kümmern, jemand, bei dem es besser aufgehoben wäre.

Aber es hatte sich niemand gefunden. Silver Springs war kaum mehr gewesen als eine armselige Ansammlung von Holzhütten, wild und rau und für ein kleines Mädchen noch weit weniger geeignet als die entlegene Goldmine ihres bärbeißigen Großvaters. Wäre sie ein Junge gewesen, hätte sich vielleicht eine der hart arbeitenden Familien ihrer erbarmt und sie aufgenommen, weil sie dann eines Tages kräftig mit hätte anfassen können, aber für ein Mädchen hatte sich keine andere rettende Zuflucht gefunden.

Tränen traten Hope in die Augen, als sie an ihren Großvater dachte. Er mochte griesgrämig und launisch gewesen sein, ganz bestimmt sogar, aber er hatte sie geliebt. Nachdem er seinen anfänglichen Unmut überwunden hatte, hatte er derbe, warme Kleidung für die knapp sechsjährige Tochter seines einzigen Sohnes gekauft, das Mädchen zusammen mit seinen Vorräten wie einen weiteren Sack Mehl auf den Wagen geladen und war mit ihm zu seiner Mine in den Bergen gerumpelt. Auf dem Weg dorthin hatte er kein einziges Wort gesprochen. Noch nicht einmal angesehen hatte er sie, und Hope hatte heldenhaft versucht, ihre Tränen zurückzuhalten, während sie auf das wiegende Hinterteil des dahinzuckelnden Mulis starrte.

Am Ziel angekommen, sprang ihr Großvater vom Bock und streckte dann seine Arme nach ihr aus, um ihr zu helfen, aber Hope ignorierte ihn und stieg allein ab. Es war schwierig. Sie war zu klein, ihre Arme und Beine zu kurz, um den Boden zu erreichen, aber sie schaffte es. Wenn er sie nicht wollte, dann wollte sie ihn auch nicht.

Falls sie ihren Großvater damit verletzte, so zeigte er es nicht, sondern machte sich daran, die Vorräte abzuladen.

»Kannst du kochen?«, fragte er unvermittelt, und Hope schüttelte zögernd den Kopf.

»Dann komm mit, damit du's lernst. Dann kannst du dich wenigstens nützlich machen. Ich kann keinen unnützen Esser gebrauchen.« Damit wandte er sich um und schritt, einen großen Sack Mehl über der Schulter, zur Hütte. Hope folgte ihm, ängstlich und verunsichert und so allein wie nie zuvor in ihrem jungen Leben. Aber schon bald stellte sie fest, dass das Herz des alten Mannes, so grimmig er auch nach außen wirkte, aus demselben Material gemacht war, nach dem er schon fast sein halbes Leben lang suchte – aus Gold. Der Verlust seines Sohnes, den er schon so viele Jahre nicht mehr gesehen hatte, lastete schwer auf seinen Schultern, doch er war es nicht gewohnt, seinen Schmerz offen zu zeigen oder ihn gar mit anderen zu teilen. Also litten sie schweigend, jeder für sich allein. Nachts, wenn sie glaubte, ihr Großvater würde es nicht hören, weinte Hope in ihr Kissen, aber tagsüber, in seiner Gegenwart, sprach sie nicht über ihre Gefühle. Es war ihr Großvater, der eines Abends unvermittelt sagte:

»Erzähl mir von ihnen.«

Hope brauchte nicht zu fragen, wen er meinte. Obwohl sie bereits seit über einem Monat bei ihrem Großvater lebte, hatte er sie nicht ein einziges Mal nach ihren Eltern gefragt und warum das Schicksal sie ausgerechnet zu ihm geführt hatte. Dabei hätte sie so gerne darüber gesprochen. Sie hatte ihr Herz stets auf der Zunge getragen, ermutigt durch die Liebe ihrer Eltern. Ihr Verständnis war ihr immer gewiss gewesen. Und auf einmal waren sie fort gewesen, unwiederbringlich dahingerafft durch die unerbittliche Hand des Todes. Sie war umgeben gewesen von Fremden, angsterfüllt und allein, und auch der Großvater, den kennen zu lernen sie sich auf ihrer Reise gefreut hatte, war ein kalter, abweisender Fremder für sie gewesen, der kein tröstendes Wort, keine mitfühlende Geste für sie übrig hatte. Sie hatte sich danach gesehnt, über ihre Eltern zu sprechen, sie zumindest in ihrer Erinnerung wieder lebendig werden zu lassen – und dennoch hatte sie diesen Augenblick auch gefürchtet.

Hastig wandte Hope den Kopf ab, als ihre Augen sich mit Tränen füllten. Verstohlen wischte sie sich übers Gesicht, konnte aber nicht verhindern, dass die feuchten Spuren ihres Kummers ihr nur noch stärker über die blassen Wangen rannen.

»Es war meine Schuld«, krächzte sie schließlich mit hängenden Schultern, unfähig, lauter zu sprechen, weil ihr der Schmerz die Kehle zuschnürte. Sie sah nicht, wie sich die Augenbrauen ihres Großvaters bei ihren Worten missbilligend zusammenzogen.

»Was war deine Schuld?«, wollte er wissen.

»Dass sie gestorben sind.«

»Red keinen Unsinn!«, stieß er hervor. »Wie kann es deine Schuld gewesen sein?«

»Weil ich die Masern als Erste bekam.« Hope schlug die Hände vors Gesicht und kroch förmlich in sich hinein. »Die Leute auf dem Treck und auch die in der Stadt haben es gesagt«, schluchzte sie und verlor ihren heroischen Kampf gegen den Schmerz. Weinend wandte sie sich ab und wollte davonstürmen, aber die starken Arme ihres Großvaters hielten sie zurück.

»Lass mich los!«, schrie Hope und trommelte mit ihren kleinen Fäusten gegen seine Brust. »Lass mich los! Lass mich los!«, doch er ignorierte sie. Stattdessen zog er sie noch fester an sich. Seine Umarmung war ungelenk, so als wäre er es nicht gewohnt, jemanden zu berühren, aber dennoch sanft und beruhigend. Mitfühlend streichelte er Hope über den schmalen Rücken, bis sie sich entspannte und sich gegen ihn sinken ließ. In Sekundenschnelle war sein Hemd durchnässt von ihren Tränen, und Hope krallte ihre Finger in den verblichenen Stoff, aber es störte ihn nicht. Geduldig spendete er seiner kleinen Enkelin Trost.

»Die Leute in der Stadt sind Dummköpfe«, brummte er und wiegte sie leicht hin und her. »Du solltest nicht darauf hören, was sie sagen.«

»Erzähl mir von deinen Eltern«, bat er dann, und Hope kam dieser Aufforderung mit Freuden nach. Sie erzählte von dem Treck, mit dem sie nach Westen gefahren waren, von den vielen Tieren und der endlosen Weite der Prärie. Sie erzählte von den Flüssen, die sie durchquert, und den Bergen, die sie überwunden hatten. Sie erzählte von den anderen Kindern auf dem Treck, aber am meisten erzählte sie dem alten Mann von seinem Sohn und seiner Schwiegertochter, die er niemals kennen gelernt hatte.

Erschrocken hielt Hope inne, als sie bemerkte, dass dem alten Herren Tränen über die Wangen rannen.

»Großvater, du weinst ja!«, rief sie aus und starrte ihn an. Dann schlang sie ihre dünne Ärmchen um seinen Hals und presste sich an ihn. »Soll ich aufhören?«, wollte sie wissen, aber Lukas Granger lachte unter Tränen.

»Nein, mein Schatz«, erwiderte er und drückte Hope ein wenig fester. »Ich bin nur so glücklich, dass ich mit dir einen lebendigen Teil meines Jungen in den Armen halte. Weißt du, als ich ihn zum letzten Mal gesehen habe, da war er noch nicht einmal so alt wie du jetzt.«

»Warum bist du denn weggegangen? Hattest du meinen Papa denn nicht lieb?«

Grangers Arme schlossen sich fester um seine Enkelin.

»Doch«, sagte er dann. »Ich hatte ihn sogar sehr lieb, und ich bin nicht einfach nur weggegangen. Die ganze Sache war viel komplizierter.« Er seufzte. »Aber das ist eine ziemlich lange Geschichte.«

»Erzählst du sie mir trotzdem?«

Überrascht sah Granger sie an. »Ja«, nickte er, »warum eigentlich nicht.« Er lehnte sich zurück, und Hope machte es sich auf seinem Schoß bequem, während sie der Stimme ihres Großvaters aufmerksam lauschte.

»Also, deine Großmutter Clara, die Mutter deines Vaters, war meine Frau.« Hope nickte. »Sie kam aus einer guten Familie in Chicago, und ich weiß bis heute nicht, warum sie sich ausgerechnet in mich, einen Habenichts ohne Vergangenheit, verliebte.« Er seufzte wieder und starrte einen Augenblick ins prasselnde Feuer, über dem ihr Abendessen in einem Kupfertopf köchelte. »Aber so war es. Wir haben uns das erste Mal im Warenhaus gesehen. Ich füllte dort die Regale nach, und sie kaufte ein. Clara war eine junge, sehr vornehme Lady, und ich war ein … ein Niemand, der immer nur Gelegenheitsjobs hatte. Trotzdem lächelte sie mir so warm und freundlich zu, dass ich hinterhergelaufen bin, als sie und ihre Begleiterin mit der Kutsche wieder nach Hause fuhren. Ich lungerte vor dem Haus herum, in der Hoffnung, noch einmal einen Blick auf sie zu erhaschen, und habe dann vor Aufregung kein Wort rausgebracht, als sie tatsächlich aus dem Haus kam, direkt auf mich zu. Von da ab haben wir uns häufiger getroffen – heimlich. Als ihr Vater davon erfuhr, hat er natürlich getobt. Er war ein einflussreicher Geschäftsmann, Besitzer einer Bank, und mir gehörte nicht viel mehr als gerade mal das Hemd, das ich anhatte. Er drohte, sie zu enterben, wenn sie bei mir blieb.

Clara war zwar jung, aber sie hatte auch ihren Stolz und wollte sich nicht von ihrem Vater vorschreiben lassen, wen sie lieben durfte. Ich wusste, dass ich Clara nichts bieten konnte, aber trotzdem war sie einverstanden, ihr Elternhaus zu verlassen und mit mir fortzugehen, nach Westen.«

»War Großmutter jünger als du?«

Erstaunt sah Granger seine Enkelin an. »Willst du damit etwa sagen, ich sei alt?«

»Aber nein!«, rief Hope entsetzt, doch Granger lachte.

»Ist schon gut. Ich war tatsächlich älter als sie, viel älter sogar. Genau genommen war ich kaum jünger als ihr Vater.« Er lächelte wehmütig. »Deine Großmutter war kaum siebzehn, als wir uns kennen lernten, und ich war beinahe schon vierzig. Wir haben geheiratet und sind nach Westen gezogen, aber die Farm, die ich kaufte, warf keinen Gewinn ab. Die Bank nahm uns alles fort, aber es reichte dennoch nicht aus, um das Darlehen zurückzuzahlen. Und obwohl ich der Bank nun viel Geld schuldete, blieb Clara bei mir. Allein schon dafür habe ich sie geliebt, weißt du.« Wieder schwieg er lange, nachdenklich. »Als ich dann hörte, dass man in den Rockys Gold gefunden hatte, überlegte ich nicht lange. Ich steckte einen Claim ab, ließ ihn eintragen und machte mich an die Arbeit. Ich baute das Haus, damit Clara nicht in einem Zelt hausen musste. Ein teures Zimmer in der Stadt konnten wir uns nicht leisten, und ich wollte sie dort auch nicht allein lassen. Silver Springs war damals wie heute keine Stadt, in der eine Frau allein leben sollte. Ich schuftete Tag für Tag und manchmal sogar nachts. Deine Großmutter half mir nach Kräften. Sie hat nie geklagt, aber sie war sehr zart und den Strapazen körperlich ganz einfach nicht gewachsen. Irgendwann bemerkte ich dann, dass sie immer schwächer und blasser wurde und an Gewicht verlor, obwohl ich wenigstens für ausreichend zu essen sorgte: Sie war schwanger. Sie wollte mich nicht verlassen, aber ich redete mit Engelszungen auf sie ein und konnte sie überreden, zu ihren Eltern zurückzugehen. Wenn sie es schon nicht für sich tun wollte, dann doch für unser Kind. Das Leben, das wir führten, war einfach zu hart für sie. Ich versprach ihr, dass ich ihr jede Woche schreiben würde und dass ich sie zurückholen würde, sobald ich Gold fand.«

»Aber warum hast du es dann nicht getan?«

»Was nicht getan?«

»Nun, ihr geschrieben.«

Granger lachte bitter auf. »Wie kommst du denn darauf? Ich habe ihr geschrieben, Hope. Jede Woche einen Brief. Manchmal war ich abends so müde, dass ich kaum die Augen offen halten konnte. Viele Male schlief ich über dem Schreiben ein und erwachte morgens mit dem Kopf auf der Tischplatte, aber ich hatte es Clara versprochen. Einmal im Monat ritt ich in die Stadt und schickte die vier Briefe ab. Ich erhielt nie eine Antwort.«

Granger starrte ins Feuer. »Erst war ich verzweifelt, aber dann, als ich nach mehr als einem Jahr immer noch nichts von ihr gehört hatte, wurde ich wütend. Ich dachte, sie wollte nichts mehr von mir wissen, jetzt, wo sie wieder alle Annehmlichkeiten ihres alten Lebens genießen konnte. An die Möglichkeit, dass ihr während ihrer Heimreise etwas zugestoßen sein könnte, mochte ich nicht einmal denken, denn ich wusste, dass mich wahrscheinlich niemand informiert hätte. Und dann fand ich Gold.« Seine Lippen verzogen sich zu einem traurigen Lächeln. »Jeden Monat schickte ich alles, was ich gefunden hatte, an die Adresse ihrer Eltern. Sie sollten sehen, dass ich nicht der Versager war, als den ihr Vater mich beschimpft hatte. Sie sollten sehen, dass ihre Tochter es bei mir gut haben würde, dass ich sie wirklich liebte. Aber ich erhielt noch immer keine Antwort.

Ich war mir nicht sicher, ob ich das Richtige tat, als ich eines Tages meinen ganzen Mut zusammennahm und nach Chicago fuhr. Wenn Clara nichts mehr von mir wissen wollte, dann sollte sie es mir ins Gesicht sagen.« Wieder lachte er bitter auf. »Was war ich doch für ein Narr.«

»Wollte Großmutter dich denn nicht mehr?«, fragte Hope und sah ihren Großvater voll unschuldiger Neugier an. »Papa hat mir erzählt, dass sie immer traurig war und viel geweint hat, solange er denken konnte. Ich erinnere mich nur noch, dass sie immer in ihrem Schaukelstuhl am Fenster saß und hinaussah, so als würde sie dort im Garten etwas sehen, was außer ihr kein anderer sehen konnte.« Hope schlang ihre mageren Ärmchen um den Hals ihres Großvaters. »Also ich glaube, dass sie dich ganz schrecklich vermisst hat.«

»Ach, Hope, Kind, ich habe sie doch auch so schrecklich vermisst. Deshalb bin ich ja nach Chicago gefahren.« Er seufzte. »Aber ich habe deine Großmutter gar nicht zu sehen bekommen. Ich stand da in meinem neuen Anzug, mit einem Strauß Blumen in der Hand, und wurde an der Tür abgekanzelt, als wäre ich der letzte Abschaum. Ihr Vater sagte mir, Clara sei endlich zur Besinnung gekommen und wolle mich nie wieder sehen. Er drohte mir sogar, mich einsperren zu lassen, wenn ich es trotzdem versuchen sollte, mit ihr Kontakt aufzunehmen. Und ich wusste, dass er reich und mächtig genug war, um seine Drohung wahr zu machen. Wenn er es gekonnt hätte, dann hätte er sogar unsere Ehe annullieren lassen. Er hatte dieses überlegene Auftreten und sein überhebliches Verhalten eben von Kindheit an gelernt, und ich fühlte mich ihm trotz all meinem Gold weit unterlegen und nicht gewachsen.«

Er wirkte so traurig, dass Hope ihn noch fester umarmte.

»Papa hat auch immer gesagt, Urgroßvater sei ein alter Tyrann. Ein Des… Des…«, sie suchte in ihrer Erinnerung verzweifelt nach dem richtigen Wort, »ein Despot. Deshalb ist er ja überhaupt nach Westen gegangen. Er hat gesagt, er wolle dort sein Glück machen, ohne dass ihm einer jeden Schritt, den er tut, vorschreibt. Ich habe gehört, wie er mit Mama darüber geredet hat. Sie haben sich deswegen auch oft gestritten.«

»Also hat William Davis nicht nur Clara und mich, sondern auch noch viele andere Menschen in seiner Umgebung mit seiner Herrschsucht unglücklich gemacht.« Granger schüttelte nachdenklich den Kopf. »Ich wartete noch einige Tage in der Nähe des Hauses, versteckt im Schatten zwischen zwei Häusern, aber Clara verließ das Haus nie. Aber hin und wieder ging ein Kindermädchen mit einem kleinen Jungen spazieren, und ich wusste, das war mein Sohn. Ich hätte ihn so gern in meine Arme geschlossen oder mit ihm gesprochen, ihm gesagt, wer ich bin, aber ich tat es nicht. Ich war zu feige, William Davis die Stirn zu bieten, und dafür schäme ich mich noch heute. Ich schlich von dannen wie ein geprügelter Hund, kaufte mir eine Fahrkarte, verließ die Stadt und kehrte hierher zurück, ohne jemals zu erfahren, wie mein Sohn überhaupt hieß. Manchmal frage ich mich, ob Davis seiner Tochter überhaupt erzählt hat, dass ich in Chicago war oder dass ich ihr geschrieben und Gold geschickt hatte. Ich kann einfach nicht glauben, dass es Claras freier Wille war, mich nicht wieder zu sehen. Wenn sie aber nun all meine Briefe und das Gold nie bekommen hat …« Er zuckte mit den Schultern. »Nun, ich werde es wohl nie erfahren. Tja, und seitdem lebe ich hier. Allein.«

Er drückte Hope fester an sich. »Bis jetzt.« Liebevoll sah er auf seine Enkelin herab. »Ich bin froh, dass du bei mir bist, Hope.«

»Ich bin auch froh, Großvater.«

»Wirklich? Es heißt, wenn man so lange allein in der Wildnis lebt wie ich, dann wird man ein wenig wunderlich.«

»Du bist doch nicht wunderlich!«, empörte sich Hope. Granger grinste. »Die Leute in der Stadt denken da anders.«

»Nun, dann hast du wohl Recht, und die Leute in der Stadt sind tatsächlich Dummköpfe.«

Granger warf den Kopf in den Nacken und lachte schallend. »Ach, Hope«, seufzte er dann und wischte sich die Tränen aus den Augen, »was habe ich nur getan, ehe ich dich hatte?« Hope kuschelte sich an ihn.

»Also bist du mir nicht mehr böse?«, fragte sie leise. Granger schob sie von sich und sah sie erstaunt an.

»Warum sollte ich dir böse sein?«

»Ich dachte, du wolltest mich nicht hier haben«, flüsterte Hope und barg ihr Gesicht wieder an seiner breiten Brust.

Das Geräusch, das er darauf von sich gab, war etwas zwischen Räuspern und Husten. »Dich nicht hier haben wollen? Wie kommst du denn darauf?«

»Du hast gesagt, jemand anders soll sich um ›das Balg‹ kümmern«, wisperte Hope heiser, und ihr Herz zog sich schmerzhaft zusammen, als sie an seine harten Worte bei ihrer ersten Begegnung zurückdachte. Sie hatte damals einzig den Wunsch verspürt, davonzulaufen und sich zu verstecken, und stattdessen hatte man sie gezwungen, mit dem schrecklichen Mann – ihrem Großvater – mitzugehen.

»Ach, Kind, das war so dumm von mir. Aber ich wusste doch nicht, was ich mit einem kleinen Kind, noch dazu einem Mädchen, machen sollte. Ich glaube, ich hatte ganz einfach Angst.«

»Du, Großvater?« Mit weit aufgerissenen Augen starrte Hope ihn an. »Du hattest Angst?«

»Mir haben die Knie gezittert bei dem Gedanken, ein Kind mit in die Wildnis zu nehmen.«

»Aber warum denn?«

Granger lachte auf. »Weil das Leben hier draußen gefährlich ist. Was, wenn du krank wirst oder dich verletzt? Ich habe keine Ahnung, wie man mit Kindern umgeht.«

Hope musterte ihn eingehend und sagte dann: »Weißt du was, Großvater? Ich finde, du machst das genau richtig.« Wieder schlang sie ihre Ärmchen um seinen Hals, und Lukas Granger fühlte, wie seine Augen erneut feucht wurden. Das Gefühl in seiner Brust vermochte er nicht zu deuten.

»Und mein Papa hieß Andrew«, vernahm er dann ihre kindliche Stimme, und ihre Worte erfüllten ihn mit Wärme. »Andrew Lukas Granger.«

Alle paar Monate fuhren sie in die Stadt, um Vorräte zu kaufen. Hope begleitete ihren Großvater auf den Fahrten. Manchmal lenkte sie den Wagen, aber Lukas Granger griff helfend ein, wenn seiner Enkelin die Kräfte versagten. Sie waren ein eingespieltes Team, und Hope liebte ihren Großvater abgöttisch.

Die Landschaft, durch die sie zogen, war atemberaubend. Hoch aufragende, zerklüftete Berge mit schneebedeckten Gipfeln, bewaldete Berghänge und glitzernde Seen. Sie sahen Hirsche und Elche, Dickhornschafe und Murmeltiere, bunte Vögel und Insekten, und Hope konnte ihre Fragen gar nicht schnell genug stellen.

Als sie zum dritten Mal mit dem offenen Pritschenwagen in die Stadt rumpelten, fragte sie ihn: »Großvater?«

»Hm«, brummte Granger.

»Großvater, warum fahren wir jedes Mal einen anderen Weg?« Sie sah sich um. »Letztes Mal sind wir nicht hier entlanggefahren, sondern da hinten. Die drei Steinsäulen, die hatten wir letztes Mal auf der anderen Seite.«

»Du passt gut auf, Hope, weißt du das?«

Hope strahlte. So sehr er sie liebte – Lob von ihrem Großvater hörte sie selten. »Also?«, wollte sie wissen. »Warum?«

Granger sah sie an. »Nun, damit niemand den Weg zu unserer Mine finden kann. Würden wir jedes Mal den gleichen Weg nehmen, würden wir schon bald so deutliche Spuren hinterlassen, dass sie nicht vom Regen wieder fortgewaschen würden. Und du willst doch auch nicht, dass jemand den Weg zu unserer Mine findet.«

Nachdenklich kaute Hope auf ihrer Unterlippe. »Wäre es denn so schlimm, wenn jemand den Weg wüsste, Großvater? Ich meine, du sagst doch immer, dass in der Mine genug Gold ist für fünf Huren und dann noch für einen Pfaffen.«

Granger schnaubte. »Da ist sogar noch viel mehr drin als das, aber du sollst solche Worte nicht sagen, mein Kind. So was gehört sich nicht für ein kleines Mädchen.«

»Aber du sagst so was doch auch«, protestierte Hope, verstummte aber, als ihr Großvater sie finster anblickte. »Das ist was anderes«, brummte er, wie jedes Mal, wenn er eine Diskussion für beendet erklärte.

»Die Menschen sind ein komisches Völkchen, Hope«, sagte er nach einer Weile des Schweigens, »das musst du dir merken.« Er sah sie an.

»Es gibt Menschen, die wollen immer noch mehr, ganz egal, wie viel sie schon haben. Und wenn sie etwas nicht einfach so bekommen können, dann nehmen sie es sich eben mit Gewalt. Was meinst du denn, warum ich immer nur so viel Gold mit in die Stadt nehme, wie wir für die Lebensmittel brauchen?«

»Warum?«

»Damit niemand erfährt, wie viel wir gefunden haben. Wenn ich das Gold zur Bank bringen würde, dann würde es schon bald die ganze Stadt wissen. Dann würden wir uns vor anderen Schürfern und vor Glücksrittern gar nicht mehr retten können. Und früher oder später würde dann jemand auftauchen, der alles für sich allein will. Der würde dann mit uns kurzen Prozess machen. Willst du das?«

Hope schüttelte den Kopf. »Nein, Großvater.«

»Die Stadt wimmelt nur so von Halsabschneidern. Besonders Cummings ist ein ganz übler Bursche. Deshalb bezahle ich ihn auch immer sofort und bleibe ihm nie etwas schuldig. Halte es genauso, mein Kind. Wenn du immer bezahlst, hat niemand das Recht, dir irgendetwas wegzunehmen. Anderen Schürfern hat er ihre Claims abgenommen, weil sie ihre Rechnungen nicht beglichen haben.«

Er machte eine Pause.

»Sei also immer vorsichtig, mein Kind. Erzähl niemandem, dass wir Gold gefunden haben, und erzähl auch niemandem, wo die Mine versteckt ist. In der Stadt denken alle, ich wäre ein wunderlicher alter Kauz, und vielleicht bin ich das sogar, aber ich habe meine fünf Sinne noch beieinander, und solange das so bleibt, erfährt von mir keiner auch nur ein Sterbenswörtchen.«

»Von mir erfährt auch keiner was, Großvater«, versprach Hope und legte ihre kleine Hand auf seine große, raue Pranke.

Sie waren noch häufig in die Stadt gefahren, aber niemals zweimal direkt hintereinander auf demselben Weg. Hope prägte sich die Lage der Mine und alle Wege dorthin ein, damit sie den Weg auch allein finden konnte, auch wenn ihr Großvater sie nie allein hätte fahren lassen.

Die Zeit mit ihrem Großvater war hart gewesen, aber schön – und leider viel zu kurz. Drei Jahre hatte sie in seiner Gesellschaft verbracht. Drei Jahre, in denen sie sich um seine Hütte gekümmert und auch bei der Mine geholfen hatte. Eines Tages in der Stadt, als sie gerade die Lebensmittel auf dem Wagen verstaut hatten, hatte ihr Großvater sich plötzlich an die Brust gegriffen. Er war blass geworden und auf seiner Stirn stand kalter Schweiß. Seine Lippen waren blau angelaufen, und Hope hatte ihn nicht festhalten können, als er einfach vornüber kippte. Sie hatte ihren Großvater geschüttelt und um Hilfe gerufen, aber es war zu spät gewesen.

Ihr Großvater war tot.

Und Nigel Cummings hatte keine Zeit verschwendet. Er hatte behauptet, Lukas Granger hätte seit Jahren bei ihm anschreiben lassen und wäre ihm diese Beträge nun schuldig geblieben. Niemand hörte auf Hopes Proteste, dass ihr Großvater seine Rechnungen immer sofort beglichen hatte. Cummings beschlagnahmte das Muli und den Wagen und durchwühlte Grangers Taschen auf der Suche nach einer Karte oder sonst irgendeinem Hinweis, wo seine Mine versteckt sei. Noch immer erinnerte sich Hope an den kalten Glanz in seinen Augen, als er sich ihr zugewandt hatte.

»Du«, hatte er gekeucht, »du weißt, wo die Mine ist, nicht wahr, du Balg? Na los, sag schon, wo die Mine des alten Mannes ist!« Mit wutverzerrtem Gesicht war er näher gekommen, und Hope war kopfschüttelnd Schritt für Schritt zurückgewichen.

»Nein, Sir«, hatte sie gekrächzt. »Ich weiß es nicht.« Ihr Blick war über die Menschen geglitten, hatte sie stumm angefleht, ihr zu helfen, aber niemand war vorgetreten.

Cummings hatte sie an den schmalen Schultern gefasst und geschüttelt.

»Natürlich weißt du es. Na los, spuck es aus, oder willst du, dass ich es aus dir herausprügele?«

Angsterfüllt hatte Hope sich geduckt, als Cummings ausgeholt hatte, aber diesmal war ein beherzter Viehtreiber eingeschritten.

»Hören Sie schon auf, Cummings! Sie sehen doch, dass das Kind nichts weiß. Was erwarten Sie denn von ihr? Nehmen Sie das, was der alte Mann bei sich hatte, und seien Sie damit zufrieden.«

Einen Augenblick lang hatte Hope gedacht, Cummings würde auch den anderen Mann angreifen, aber dann hatte er die Hand sinken lassen und sie hasserfüllt angestarrt.

»Na schön«, hatte er gekeucht. »Dann beanspruche ich eben alles, was er hatte. Einschließlich des Mädchens. Sie kann bei mir die Schulden ihres alten Herrn abarbeiten.«

Niemand hatte auf Hopes Proteste gehört. Niemand hatte sich für sie eingesetzt. Leibeigenschaft zur Bezahlung von Schulden war keine Seltenheit, und niemand hatte ihr geglaubt, dass ihr Großvater bei Nigel Cummings keine Schulden gemacht hatte. Sie hatte keine Beweise. Die Quittungen, die ihr Großvater sich immer hatte geben lassen, befanden sich in der Hütte bei der Mine, aber sie zu holen hätte bedeutet, Cummings zur Mine ihres Großvaters zu führen. Und sie wäre lieber gestorben, als das zu tun.

Insgeheim, so war Hope sich sicher, waren sie alle froh gewesen, dass sich keiner von ihnen mit dem Schicksal des verwaisten Mädchens belasten musste.

Und nun konnte Hope sich kaum noch daran erinnern, wie es gewesen war, als sie noch Hope, die geliebte Enkelin, gewesen war, und nicht Hopp, das Mädchen für alles.

Hopp, die Sklavin.

Sie schuftete beinahe rund um die Uhr für Cummings, sieben Tage die Woche. Sie musste immer zur Stelle zu sein, immer einsatzbereit, sobald er nach ihr rief. War sie es nicht, musste ihr Rücken für ihre Langsamkeit büßen. Hope wusste nicht mehr, wie oft er sie schon grün und blau geprügelt hatte, wie oft sie nicht hatte sitzen oder liegen können und trotzdem gezwungen worden war, tagsüber in seinem Laden zu arbeiten, Zucker und Mehl nach Cummings Vorgaben – natürlich zu seinen Gunsten – abzuwiegen, zu putzen und zu schrubben und Abend für Abend in der Spelunke die Bierkrüge für die Gäste hin- und herzuschleppen. Jede Erinnerung an die Ungerechtigkeit schmeckte bitter wie Galle.

Nur zwei Kerle hockten heute stumpfsinnig auf den Kisten, die anstelle von Stühlen auf dem festgetretenen Boden standen, zu betrunken, um noch etwas zu bestellen, als Hope an ihnen vorbeieilte. Aber schon bald würden die Kisten und kopfüber aufgestellten Fässer von Trinkfreudigen belagert sein, und dafür mussten noch die Flaschen, aus denen ausgeschenkt wurde, aufgefüllt werden. Der Whiskey, der in den großen Fässern lagerte, war unreifer Fusel, billigste Ware, aber stark genug, um die Gäste selbst gepanscht noch zu berauschen und somit zufrieden zu stellen.

Hope bemühte sich, nicht länger wehmütig an ihre Träumerei zu denken, während sie die Flaschen fast bis zur Hälfte mit einem Gemisch aus Wasser, Essig und ein wenig Seifenlauge füllte. Dann führte sie einen Schlauch in das Fass ein und saugte den Alkohol an, um die Flaschen aufzufüllen. Sie hatte schon zu viel Übung darin, um vom plötzlichen Losfließen der übel schmeckenden Flüssigkeit überrascht zu werden, so dass sie gottlob schon seit langem nicht mehr gezwungen gewesen war, selbst etwas davon zu schlucken.

Wie von selbst glitten ihre Gedanken zurück zu ihrem Tagtraum. Von allen Träumen, in die sie sich immer wieder flüchtete, war ihr die Sonnenuntergangsszene am Fluss am liebsten. Sie wusste selbst nicht warum, aber vielleicht lag es einfach daran, dass sie dem Leben, das sie sich erträumte, am nächsten kam. Ein Häuschen, ein wenig Land, Hühner, Kinder und einen Mann, der jeden Abend zu ihr nach Hause zurückkehrte.

Hope seufzte. Dieser Traum würde sich nie erfüllen, denn wer sollte sie schon von hier fortholen? Wer?

Wie jedes Mal, wenn sie daran dachte, schob sich ein Gesicht über die unsichtbaren Züge des Mannes aus ihren Träumen. Es war das Gesicht eines Fremden, eines Mannes, der ihr vor fast zwei Jahren ein Goldstück geschenkt hatte, das sie noch immer als ihren größten Schatz hütete. Sie hatte den Fremden nie wieder gesehen, und Hope fragte sich manchmal, was wohl aus ihm geworden war. Ob er wohl jemals zurückkehrte …

Hope fluchte leise, als sich der Fusel über ihre Hand ergoss. Hastig streckte sie die Flasche von sich, damit sich die Flüssigkeit nicht auch auf ihren Kleidern verteilte. Cummings würde sie windelweich schlagen, wenn er bemerkte, dass sie etwas von seinem kostbaren Alkohol verschüttet hatte, und Whiskey auf ihrem billigen Kleid aus grob versponnener Wolle würde er ohne Zweifel riechen. Hope presste ihren Daumen auf den Schlauch und hängte ihn in die nächste Flasche. Endlich waren sie alle gefüllt, und sie verkorkte die Flaschen.

Danach rollte sie eines der riesigen Bierfässer in Position, damit Vernon daraus später mit einer Kelle das Bier in die Blechhumpen schöpfen konnte, die sie anstelle von Gläsern verwendeten. Normalerweise erledigte Vern die schweren Aufgaben wie das Fässerrollen, aber anscheinend hatte er etwas anderes in Cummings' Auftrag zu erledigen. Ihre Schultern und ihr Rücken schmerzten, als sie das Fass endlich aufgerichtet hatte, und sie streckte die Arme über den Kopf, um ihre verspannten Muskeln zu lockern.

Ein Geräusch hinter ihr ließ sie herumfahren. Cummings stand in der Zeltöffnung, den Blick starr auf ihren Oberkörper gerichtet. Speichel troff von seiner schlaffen, fleischigen Unterlippe, und Hope ließ hastig die Arme sinken, als ihr bewusst wurde, was er dort überrascht, aber mit unverhohlener Gier anstarrte. Auch wenn ihr verwaschenes graues Kleid wie ein Sack an ihrem Körper hing und viel von ihrer schlanken Gestalt verbarg, so hatte die Bewegung den dünnen, fast schon fadenscheinigen Wollstoff über ihren jungen, festen Brüsten gespannt und sie so ins Blickfeld von Nigel Cummings gerückt.

Hope ließ die Schultern nach vorn sinken, wie sie es immer tat, wenn sie den Eindruck hatte, jemand würde sie mustern, und wandte sich ab, doch sie hatte ein mulmiges Gefühl in der Magengegend, denn sie ahnte, dass Nigel Cummings' Interesse an ihrem Körper geweckt war.

Der Abend war hektisch, zu hektisch, um an irgendetwas zu denken oder sich um irgendetwas Sorgen zu machen. Es war Freitag, aber in Silver Springs war eigentlich immer Freitag, zumindest in dem Teil der Stadt, wo Nigel Cummings seine Schänke betrieb. Das Wetter war gut, nicht zu heiß, aber trocken, so dass der Boden fest war und man nicht bis zu den Knien versank. Es war nicht gut fürs Geschäft, wenn der Untergrund sich in wadentiefen Schlamm verwandelte. Selbst die geizigsten Säufer zogen dann einen der befestigten Saloons vor, aber heute Nacht tranken sie Nigel Cummings' billigen Fusel und verwehrten Hope so auch nur eine einzige ruhige Minute. Stunde um Stunde schleppte sie Bierhumpen um Bierhumpen, während Vernon hinter der Theke zusätzlich Whiskey in angeschlagenen Gläsern ausschenkte.

Cummings saß ein wenig abseits, eine Flasche des guten Whiskeys aus seinen privaten Beständen an seiner Seite. Das war ungewöhnlich. Normalerweise überließ er die Arbeit im Saloon Vernon und ihr, während er selbst sich tagsüber um seinen Laden kümmerte und abends in einem der anderen Saloons beim Spiel saß. Er kam, wenn überhaupt, nur einige Male pro Abend vorbei, um zu sehen, wie es lief. Aber heute Abend war er da, und es sah nicht so aus, als beabsichtige er, noch irgendwo anders hinzugehen. Jedes Mal, wenn sie zum Bierfass ging, aus dem Vernon fleißig die Krüge nachfüllte, war Hope sich Cummings' stechenden Blickes bewusst, und eine Gänsehaut nach der anderen jagte über ihren Körper. Selbst wenn sie sich zwischen den dicht gedrängten, ungewaschenen Leibern der Gäste hindurchdrängte, glaubte sie, seine Augen wie eine unangenehme Berührung auf ihrer Haut zu spüren.

Was sollte sie nur tun? Ihre Unscheinbarkeit war bislang ihre beste Waffe gegen unliebsame Zudringlichkeiten gewesen. Niemand achtete auf die graue Maus Hopp. Sie war unsichtbar, wenn sie sich mit ihrer hässlichen, alten Kleidung und den harten Holzschuhen zwischen den Gästen bewegte. Zwar tätschelte ihr hin und wieder einer den Hintern, aber das geschah eher, um sie zu ärgern, denn aus echtem Interesse. Oh, sie wusste sehr wohl, was in den Saloons und den Bordellen vor sich ging, und sie wusste auch, dass einige der Mädchen, die dort ihre Reize anboten, kaum älter waren als sie selbst, manche sogar jünger. Hin und wieder kamen einige der Huren auch in Nigel Cummings' Saloon, um unter den Gästen Interessenten für ihre Waren zu gewinnen. Anfangs war Hope schockiert gewesen, als die »Damen« sich den Männern vertraulich auf den Schoß setzten und es zuließen, dass diese ihnen die Kleider von den Schultern und die Röcke bis über sie Schenkel schoben, aber schon bald war der Anblick zu vertraut geworden, als dass sie sich noch irgendetwas dabei gedacht hätte. Mehr als einmal hatten Betrunkene sich in aller Öffentlichkeit entblößt, sei es nur, um einem natürlichen Bedürfnis nachzukommen, oder aber, um ihre Körper zur Schau zu stellen, so dass für Hope auch der männliche Körper keine großen Geheimnisse mehr barg. Einmal war sie sogar Zeugin geworden, wie Vernon, den sie gesucht hatte, in einem Verschlag hinter dem Zelt zwischen den Schenkeln einer der Huren gelegen hatte. Noch heute wurden ihre Wangen flammend rot vor Scham, wenn sie an den Moment zurückdachte, als sie die Zeltplane zurückgeschlagen hatte und des Paares ansichtig geworden war. Wie gelähmt hatte sie im Eingang gestanden, erstarrt, unfähig, sich zu rühren, während Vernons rosiges, dicht behaartes Hinterteil vor ihren Augen auf- und abwippte. Er hatte gestöhnt und gegrunzt ...

Wieder brüllte einer der Angetrunkenen nach Bedienung, und Hope beeilte sich, ihm einen frischen Humpen zu bringen. Hatte er schon öfter gerufen? Angstvoll blickte sie aus den Augenwinkeln hinüber zu Nigel Cummings. Er würde wütend sein, wenn sie nicht schnell genug bediente, und dass sie träumte, während seine zahlenden Gäste durstig waren, würde er nicht dulden.

Erschaudernd wandte Hope die Augen ab, als sie bemerkte, dass Cummings' spekulierender Blick auf sie gerichtet war. Aber es war nicht der übliche Gesichtsausdruck, der heute seine Züge prägte. Sie konnte keine Wut erkennen, keinen Zorn, der darauf schließen ließ, dass sie etwas falsch gemacht hatte. Stattdessen glänzten seine kleinen, tief liegenden Augen unheimlich in seinem hageren Gesicht, und Hope zog den Kopf ein, als könnte sie sich so seinen Blicken entziehen.

Für gewöhnlich waren die Nächte lang und anstrengend, besonders am Freitag, und dieser Abend bildete keine Ausnahme. Als die letzten Zecher endlich betrunken von dannen geschwankt waren oder bewusstlos auf dem Boden lagen, war das erste Grau des erwachenden Morgens nicht mehr fern. Müde sah Hope sich um. Vern war dabei, die Gläser und Blechkrüge zu spülen – ein sinnloses Unterfangen angesichts des schmutzig trüben Wassers, das er dafür verwendete – und von Cummings war nichts zu sehen. Hope wusste nicht, wann er gegangen war, aber es war ihr auch egal. Sie wollte nur noch schlafen, denn schon in einigen wenigen Stunden würde die Quälerei mit ihrer Arbeit im Laden von neuem beginnen. Sie verabschiedete sich von Vern und verschwand in dem mit Plane verkleideten Verschlag hinter dem Saloon. Dies war ihr Reich. Der Raum war so winzig, dass er gerade eben genügend Platz für ihre Bettstatt und eine Waschschüssel bot, und war dabei so niedrig, dass sogar Hope den Kopf ein wenig einziehen musste. Es störte sie jedoch nicht. Sie hatte sowieso kaum Gelegenheit, diese Zuflucht – die eigentlich keine war, da jederzeit jemand hereinkommen konnte – aufzusuchen. Nur zum Schlafen zog sie sich hierher zurück.

Mit vor Müdigkeit ungeschickten Fingern öffnete Hope ihr Kleid und ließ es von ihrem Körper gleiten. Ihr Unterkleid war nach jahrelangem Tragen fadenscheinig und vielfach geflickt. Außerdem war es ihr schon fast zu eng und reichte nur noch bis zur Mitte ihrer Oberschenkel. Nicht mehr lange, und es würde ihr überhaupt nicht mehr passen. Sie zog es sich über den Kopf und legte es zur Seite, dann goss sie ein wenig Wasser in die Schüssel, tauchte einen kleinen Schwamm hinein und erfrischte ihren Körper mit dem kühlen Nass.

Manchmal, so wie jetzt, erinnerte sie sich an die Badewanne, die ihr Großvater in einem Anbau seiner Hütte gelagert hatte und in der sie einmal in der Woche, immer samstags, ein Bad hatte nehmen müssen. Wie sehr hatte sie sich anfangs dagegen gesträubt, aber der alte Mann war unerbittlich gewesen. Es gehöre sich für ein anständiges Mädchen, hatte er gemeint, dass es zumindest einmal in der Woche badete. Er hatte die

Wanne vor die Feuerstelle in der Hütte gestellt, damit sie es warm hatte. Anschließend hatte er Wasser in einem Kessel über dem Feuer erwärmt und in die Wanne gegossen, dann hatte er ihr ein Stück Seife gegeben und den Raum verlassen. In den ersten Wochen hatte Hope nur so getan, als würde sie baden. Sie hatte sich ein wenig nass gespritzt und etwas Wasser auf dem Boden der Hütte verteilt. Sie war sich sehr schlau vorgekommen, dass sie sogar daran gedacht hatte. Falls ihr Großvater den Betrug bemerkte, so hatte er dazu nichts gesagt. Aber schon bald begann Hope, sich schuldig zu fühlen, dass er sich jeden Samstag die Mühe für nichts und wieder nichts machte, und hatte angefangen, tatsächlich zu baden. Wie gerne würde sie sich jetzt in das klare, saubere Bergquellwasser sinken lassen, mit dem die Wanne damals gefüllt gewesen war. Sie hätte alles dafür gegeben, wenn sie die Zeit zurückdrehen könnte. Stattdessen hatte sie seit Jahren nichts anders tun können, als sich mit kaltem Wasser und einem Schwamm und hin wieder einem kleinen Stück Seife, das sie aus dem Laden für sich abgezweigt hatte, zu waschen. Hope seufzte. Es hatte keinen Sinn, der Vergangenheit hinterherzuweinen. Was geschehen war, war nun einmal geschehen, und sie konnte die Zeit, so gern sie es auch getan hätte, nicht mehr zurückdrehen. Auch wenn sie heute keine Seife hatte, drückte sie ihr Unterkleid im Wasser aus. Zwar würde es bis zum Morgen nicht trocken sein, aber sie würde ihr Kleid dann eben einfach einen Tag lang ohne das Unterkleid anziehen. Wer sollte den Unterschied schon bemerken?

Todmüde schlüpfte Hope aus den Holzschuhen und kroch zwischen den Strohsack, der ihr als Matratze diente, und die raue, wollene Decke. Kaum hatte sie den Kopf auf dem Lager gebettet, war sie auch schon eingeschlafen.

II

Die Vögel zwitscherten aus voller Kehle, als Hope die Augen aufschlug. Gedämpfte Stimmen drangen durch die Plane in ihren Verschlag, und aus der Ferne hörte sie das Hämmern des Schmiedehammers auf dem Amboss. Das Licht war viel heller als sonst, wenn sie sich erhob, und Hope stellte voller Entsetzen fest, dass sie verschlafen hatte. Mit einem Ruck setzte sie sich auf und strich sich das Haar aus dem Gesicht. Cummings würde außer sich sein, wenn sie nicht rechtzeitig erschien. Sie konnte froh sein, wenn er sie nur beschimpfte oder ihr eine Backpfeife versetzte. Allein der Gedanke, er könnte wieder den Gürtel oder sogar die Peitsche nehmen, um ihr Pünktlichkeit einzubläuen, trieb ihr das Blut vor Angst schneller durch die Adern. Es grenzte schon fast an ein Wunder, dass er noch niemanden geschickt hatte, um sie zu holen, oder gar selbst gekommen war, um sie zu bestrafen, wie er es gerne tat, wenn sie sich in seinen Augen etwas hatte zuschulden kommen lassen.

Hastig warf Hope die kratzige Decke zurück und wollte sich erheben, als sie aus den Augenwinkeln eine Bewegung bemerkte. Mit einem unterdrückten Aufschrei riss sie die Decke wieder an sich und zog sie hoch vor ihre Brust.

Nigel Cummings stand reglos in dem schmalen Durchlass zu ihrem Schlafplatz und starrte sie an. Seine Augen glitzerten in dem diffusen Licht, und Hope zog die Decke noch fester an sich. Unbehaglich erwiderte sie seinen Blick. Hatten ihre Gedanken ihn heraufbeschworen? Warum sagte er nichts? Jeden Moment, so erwartete sie, würde er sich mit wutverzerrter Fratze auf sie stürzen und sie an den Haaren von ihrem Lager hochzerren, aber er tat nichts dergleichen. Er stand nur still da und sah sie an.

Hope schluckte. Was wollte er von ihr? Wie lange stand er schon dort, und wie viel von ihrem Körper hatte er gesehen?

»Guten Morgen, Hope.«

Ein eisiger Schauer rann ihr bei seinen Worten über den Rücken. Die feinen Härchen an ihren Armen und in ihrem Nacken stellten sich auf. Er sagte sonst nie ein freundliches Wort zu ihr, begrüßte sie nie – und er hatte sie noch nie Hope genannt. Das konnte nichts Gutes bedeuten.

»Guten Morgen, Mister Cummings«, gab sie dennoch zurück. Ihr Mund war staubtrocken, und ihre eiskalten Lippen wollten ihr kaum gehorchen. Hope stellte erschrocken fest, dass sie trotz der drückenden Wärme in dem zeltartigen Verschlag am ganzen Körper zitterte.

»Ich wollte mal sehen, wie du so wohnst«, fuhr Cummings im Plauderton fort. Sein Blick huschte durch den kleinen Raum, ehe er erneut auf Hope verharrte. Hope glaubte, ihr Herz würde vor Angst stehen bleiben. Cummings hatte sich noch nie dafür interessiert, wie oder wo seine Angestellten lebten, und in Hopes Fall schon gar nicht. Sie musste einfach nur stets verfügbar sein. Sie schluckte trocken.

»Das ist sehr freundlich von Ihnen, Mister Cummings, Sir«, erwiderte Hope stockend. Furcht schnürte ihr immer fester die Kehle zu. Was führte er im Schilde? Ihr Blick irrte über die dicken Segeltuchwände. So leicht und wenig widerstandsfähig ihre Behausung auch sein mochte, sie bot ihr keinen Fluchtweg. Der Weg an Cummings vorbei war der einzige, der hinausführte.

»Möchtest du dich nicht anziehen, Hope?«

Hopes Blick fuhr zurück zu Cummings.

»Doch«, wisperte sie mit blutleeren Lippen. Flehentlich sah sie ihn an. Warum konnte er nicht endlich gehen und sie allein lassen? Als würde er ihre unausgesprochene Bitte nicht verstehen oder sie bewusst ignorieren, lehnte er sich an den grob behauenen Zeltpfosten und verschränkte die Arme vor der Brust. Seine Augenbrauen zuckten in die Höhe, ganz so, als würde er sie auffordern, endlich mit dem Schauspiel zu beginnen.

»Mister Cummings …«, versuchte Hope noch einmal, ihn zum Gehen zu bewegen – vergeblich.

»Aber, aber, Hope, warum denn so förmlich? Wir kennen uns doch schon so lange. Du bist doch fast wie eine Tochter für mich.« Seine kalten Augen ruhten auf ihrer zusammengekauerten Gestalt. Unter seinem Blick kroch Hope noch weiter in sich zusammen.

»Du kommst zu spät zur Arbeit«, drang Cummings schneidende Stimme an ihre Ohren, und Hope sah erschrocken auf. Er war ihr Besitzer. Er konnte mit ihr machen, was immer er wollte. Auch wenn es Unrecht war, weil er damals vor all den Jahren gelogen hatte und sie keinesfalls rechtmäßig in seinen Besitz gekommen war: Vor dem Gesetz war er im Recht.

Ohne die Decke loszulassen, damit er keinen Blick auf ihren unbekleideten Körper erhaschen konnte, erhob sich Hope. Ihre Knie zitterten so sehr, dass sie einen Augenblick lang befürchtete, sie könnten einknicken, aber dann trugen sie sie doch. Mit bebenden Fingern griff Hope nach ihrem Kleid. Sie musste sich vorbeugen, um es zu erreichen, und die Decke, nur von einer Hand gehalten, schwang von ihrem Körper weg. Hope sah das gierige Aufblitzen in Nigel Cummings' Augen, als die Kurven ihrer schlanken Gestalt entblößt wurden. Hastig umklammerte sie den Stoff ihres Kleides und presste ihn gegen ihren Körper. Sie wich so weit wie möglich vor Cummings zurück, aber der enge Verschlag ließ ihr nicht viel Bewegungsfreiheit. Auch wenn sie sich davor fürchtete, ihn aus den Augen zu lassen, so presste Hope ihre Lider einen Moment lang fest aufeinander und atmete tief durch. So erniedrigend und beängstigend ihre Situation auch war – sie hatte keine andere Wahl. Ohne ihre Augen zu öffnen, ließ Hope die Decke fallen. Sie spürte Cummings' begehrliche Blicke wie tausend krabbelnde Spinnenbeine auf ihrer nackten Haut. Blind fuhr sie in die Ärmel ihres Kleid und zog es sich über den Kopf. Der raue, verwaschene Wollstoff kratzte auf ihrer Haut, als er heruntterglitt, aber Hope schenkte dem keine Beachtung. Cummings stand noch immer unbewegt, als Hope die Augen wieder öffnete. Sein Atem ging schneller, und für einen Augenblick befürchtete Hope, er würde auf sie zukommen. Stattdessen ließ er die verschränkten Arme sinken und richtete sich auf.

»Ich erwarte dich im Laden, also beeil dich«, war alles, was er sagte, ehe er sich umwandte und sie endlich verließ.

Mit einem Seufzer der Erleichterung ließ Hope sich auf ihr Lager sinken. Eigentlich war es mehr ein Plumpsen, denn ihre Knie hätten sie keine Sekunde länger getragen. Ihr Herz schlug noch immer wie rasend, und Hope hatte gar nicht bemerkt, dass sie die Luft angehalten hatte. Dies, die drückende Wärme und die Anspannung ließen sie schwindeln. Tief sog sie die überhitzte, schale Luft in ihre Lungen. Was immer sie sich in ihrer Vorstellung Furchtbares ausgemalt hatte, es war nicht geschehen. Nigel Cummings hatte ihr lediglich Angst einflößen wollen, und das, so musste Hope sich eingestehen, war ihm auch hervorragend gelungen. Die Lektion, die er ihr erteilt hatte, war wesentlich effektiver gewesen als all die Prügel und Gemeinheiten, mit denen er sie in den vergangenen Jahren zum unterwürfigen Gehorsam hatte zwingen wollen. Schluchzend barg Hope ihr Gesicht in den Händen.

Verdammt!

Bislang hatte Cummings mit all dem, was er ihr antat, ihr Innerstes nicht erreichen können. Sie wusste, dass es ihn zur Weißglut, ja bis an den Rand der Raserei trieb, wenn sie alle Schläge und Demütigungen mit beinahe stoischer Gelassenheit über sich ergehen ließ. Natürlich hatte sie geschrien und sich geduckt, versucht, den Schlägen, die auf sie niederprasselten, zu entgehen, aber Cummings hatte instinktiv gewusst, dass er sie damit nicht erreichen konnte. Bereits als kleines Kind hatte sie es unter seiner Knute gelernt, sich tief in ihr Innerstes zurückzuziehen. Sie hatte gelernt, ihre Seele vor den Grausamkeiten der Welt zu schützen, so dass es allenfalls ihre äußere Hülle war, ihre Schale, die er verletzen konnte. Es war Hopp, die er geschlagen und gedemütigt hatte. Es war Hopp, die von früh bis spät geschuftet hatte, bis sie so müde war, dass sie vor Entkräftung drohte zusammenzubrechen. Es war Hopp, die er jahrelang gequält hatte und die dahinvegetierte wie ein Tier.

Hope spürte, wie ein sengender Schmerz nach ihrem Herzen griff, als sie an die Angst dachte, die Scham, die sie heute verspürt hatte. Das war etwas anderes gewesen. Sie schluckte. Diesmal war es nicht Hopp gewesen, die Cummings angestarrt hatte. Es war nicht Hopp gewesen, die sich unter seinen Blicken gewunden hatte.

Diesmal war es Hope gewesen.

Heute war es Cummings zum ersten Mal gelungen, den Panzer, hinter dem sich ihre Seele verbarg, zu durchbrechen, und das machte ihr Angst.

Cummings hatte einen Weg gefunden, sie zu verletzen. Nach all den Jahren hatte er einen Schwachpunkt entdeckt. Hope schluckte die aufsteigende Übelkeit hinunter und schlang ihre Arme um sich, um sich zu wärmen. Ihr war kalt. Trotz der stickigen Hitze, die in ihrem Verschlag herrschte, perlte kalter Schweiß auf ihrer Stirn und rann ihr unangenehm den Körper hinab. Aber sie hatte keine Wahl. Cummings erwartete sie zur Arbeit im Laden, also würde sie ihm nicht aus dem Weg gehen können, wie sie es gern getan hätte. Hope glaubte keine Sekunde daran, dass er ihr gegenüber nachsichtiger sein würde als sonst.

Was immer er auch plante – Hope war sich sicher, dass Nigel Cummings ein gefährlicherer Gegner für sie war als jemals zuvor.

III

Staubiges Dämmerlicht empfing Hope, als sie die Tür zum Mietstall aufschob und hindurchschlüpfte. Viel Zeit hatte sie nicht, aber sie wollte ihrem Schützling zumindest guten Tag sagen.

»Hallo, Hopp«, begrüßte Esra Jackson, der Inhaber des Mietstalls, sie und warf eine weitere Forke Heu in die Raufe der Box, in der er gerade arbeitete. Sein grobknochiges, pockennarbiges Gesicht konnte man auch mit viel Liebe und Wohlwollen nicht als gut aussehend bezeichnen, aber sein Aussehen war den Tieren, die bei ihm untergestellt wurden, egal. Sie hatten Zutrauen zu ihm, weil er sie gut behandelte. Und obwohl auch er sie wie alle anderen Hopp nannte, behandelte Esra Jackson sie zumindest mit einem gewissen Maß an Respekt.

»Hallo, Mister Jackson«, antwortete Hope leise und trat näher.

»Weißt du, Hopp, es ist schon seltsam«, stellte Jackson fest und stützte sich auf die Forke. »Vor jedem anderen hat sie Angst, sogar vor mir, aber deine Schritte erkennt sie schon von weitem. Und ich könnte wetten, sie freut sich, dich zu sehen.« Er nickte in Richtung Stallgang, und Hopes Augen leuchteten auf, als sie die kleine, schwarz-weiße Katze bemerkte, die sich, den Rücken zu einem Buckel gekrümmt, an einen der grob behauenen Pfosten schmiegte.

»Hey, Motte«, murmelte sie und ging in die Hocke. »Komm her, meine Kleine.« Mit ausgestreckter Hand wartete sie, bis die Katze näher kam, um sich dann wohlig schnurrend an ihrer Handfläche zu reiben.

»Na, mein Mädchen, wie geht es dir heute?« Mottes Schnurren wurde lauter, ganz so, als würde sie antworten. Liebevoll kraulte Hope sie hinter den Ohren und unter dem Kinn. Die schorfigen Stellen, die wochenlang Mottes weiches Fell verunziert hatten, waren verschwunden, und das einst so magere Tier hatte angefangen, ein wenig an Gewicht zuzulegen.

Hopes Herz hatte geblutet, als sie die Katze zum ersten Mal gesehen hatte. Nach einem ungewöhnlich milden Winter waren die Pässe schon sehr früh passierbar gewesen, und bereits Anfang April war der erste Siedlertreck in die Stadt gekommen und hatte Station gemacht. Hope war auf dem Weg vom Laden zum Saloon gewesen, als sie die lauten Flüche und das klägliche Jammern einer Katze vernommen hatte. Neugierig war sie näher herangegangen, gerade rechtzeitig, um zu sehen, wie einer der Siedler, ein großer, hagerer Kerl mit kalten, stechenden Augen, eine Katze am Nackenfell hin- und hergeschleudert hatte. Sein Sohn, kaum älter als fünf oder sechs, stand daneben und traktierte die Katze zudem mit Stockhieben.

»Ich hätte dich schon längst ersäufen sollen!«, hatte der Vater getobt, und Hope hatte entsetzt mitangesehen, wie sich seine Hände fester um den Hals des schmächtigen Tieres schlossen. »Aber noch einmal kratzt du meinen Jungen nicht. Jetzt mache ich …« Wut kochte in Hope hoch, als sie miterleben musste, wie der Kerl seinen Ärger an dem schwachen Tier ausließ. Zu sehr erinnerte es sie an ihre eigene Situation.

»Lassen Sie sie los!«, hatte sie geschrien und war auf den Farmer losgestürmt. Vor Schreck hatte dieser die Katze fallen gelassen, die sofort ihr Heil in der Flucht suchte.

»Was fällt dir ein?« Ein kräftiger Stoß hatte Hope taumeln lassen, aber glücklicherweise war Esra Jackson dazwischengegangen. Hope hatte nicht gehört, was die beiden Männer besprochen hatten, aber einige Tage später hatte sie beobachtet, wie der Treck die Stadt wieder verließ. Der Junge hatte neben seinem Vater auf dem Kutschbock gesessen, einen kleinen Hund mit Klammergriff an sich gepresst auf dem Schoß. Hope konnte sich nicht vorstellen, dass der Hund bei dem Jungen glücklicher werden würde als das Kätzchen. Ihrer Meinung nach gab es Menschen, denen kein Tier anvertraut werden sollte, aber es war nicht an ihr, so etwas zu entscheiden.

Die Katze hatte Zuflucht in Esra Jacksons Mietstall gesucht und sich hinter Heu und Stroh verborgen. Dort hatte Hope sie entdeckt. Für gewöhnlich wachte der schwarzweiße Stallkater, der dafür Sorge trug, dass die Mäuse- und Rattenpopulation nicht Überhand nahm, eifersüchtig über sein Revier, doch für das verängstigte Kätzchen schien er eine Ausnahme zu machen. Zwar zeigte er sich nicht betont überschwänglich, sondern ignorierte den Neuankömmling die meiste Zeit, aber er ließ es zu, dass die junge Katze in seiner Nähe Schutz suchte. Von den Menschen allerdings hatte sich das ängstliche und misstrauische Tier stets fern gehalten. Kam ihr jemand zu nahe, fauchte sie so heftig, dass ihr ganzer schmächtiger Körper kleine Hüpfer machte, aber mit viel Liebe und Geduld war es Hope gelungen, ihr Vertrauen zu gewinnen. Fast schien es, als würde Motte ihre Seelenverwandtschaft mit dem Mädchen spüren, und jeder fand Trost in der Gesellschaft des anderen.

Die Sonne brannte unbarmherzig auf sie nieder, als Hope den Mietstall wieder verließ, die staubige Hauptstraße überquerte und dann im Schatten der Häuser auf der anderen Seite den hölzernen Gehsteig entlangeilte. Die Planken hallten laut und hohl unter den Tritten ihrer Holzschuhe wider. Dieser Eindruck verstärkte sich, da die Straße in der glühenden Mittagshitze wie ausgestorben lag.

Es war erst Mitte Mai, aber in diesem Jahr war es ungewöhnlich heiß für einen so hoch in den Bergen gelegenen Ort. Die Hitzewelle hatte die Stadt in einen Glutofen verwandelt. Selbst die Nächte, in denen es sonst um diese Jahreszeit häufig noch fror, waren fast angenehm mild. Wer es sich erlauben konnte, hielt sich im Schatten auf, um erst am späten Nachmittag, wenn die Sonne hinter den Gipfeln der Berge versank, seine Aktivitäten wieder aufzunehmen.

Ihr Kleid – das einzige, das sie besaß – war für den Winter zu dünn und für den Sommer zu warm, daher war Hope im Augenblick froh, dass sie das Unterkleid am Morgen nicht angezogen hatte, auch wenn der grobe Wollstoff auf ihrer Haut juckte und scheuerte.

Plötzlich gab eine der Planken unter ihren Füßen nach und ließ Hope straucheln. Sie versuchte, sich zu fangen, aber ihr linker Schuh knickte weg, als sie das Bein belastete.

Hope hörte ein trockenes Knacken, und das Brett zerbrach unter ihrem Gewicht. Sie schrie erschrocken auf, als ihr Fuß im Gehsteig versank, und warf sich zur Seite, aber es war zu spät.

Schmerzhaft schrammte das gesplitterte Holz über ihr Bein und ihre Wade, und Hope biss die Zähne zusammen, um nicht laut aufzuschreien. Vorsichtig machte sie sich dann daran, ihr Bein aus dem Loch zu ziehen, ohne noch mehr Schaden an ihrer malträtierten Wade anzurichten. Erschrocken atmete sie ein, als sich harte Hände um ihre Oberarme schlossen. Sie wollte sich umwenden, aber die Hände hinderten sie daran.

»Halten Sie still«, hörte sie eine raue Stimme, während der Mann hinter ihr in die Hocke ging.

»Wie ist das passiert?«, wollte er wissen.

Hope sog scharf die Luft ein, als seine behandschuhte Linke sich um ihr Bein schloss und vorsichtig daran zog. Die Holzsplitter bohrten sich tiefer in ihr Fleisch, und Hope ballte die Hände zu Fäusten.

»Ich weiß es nicht«, ächzte sie, während ihr vor Schmerz die Tänen in die Augen schossen. »Das Brett hat einfach nachgegeben.« Dann fuhr eine weitere Schmerzeswelle durch ihr Bein. Hatte der schwarze Lederhandschuh des Fremden sich im ersten Moment auf ihrer nackten Haut kalt angefühlt, so erwärmte er sich nun mit erstaunlicher Geschwindigkeit, stellte Hope fest, während sie beobachtete, wie er behutsam die scharfen Holzsplitter zur Seite drückte und ihr dann half, ihr Bein zu befreien.

»Können Sie stehen?«, fragte er, eine Hand stützend an ihrem Arm.

»Ja, natürlich«, erwiderte Hope und wollte eben seine Hand abschütteln, als sie ihr Gewicht auf ihr Bein verlagerte und einknickte. Ihr schmerzerfüllter Aufschrei riss abrupt ab, als er sie ohne ein weiteres Wort auf seine Arme hob.

»Wo wollen Sie hin?«, fragte er und sah sich um, als könnte er so erraten, welches der Gebäude wohl ihr Ziel gewesen sein mochte.

»Ich ... Lassen Sie mich runter!«, protestierte Hope und strampelte mit den Beinen, während sie instinktiv ihre Arme um seinen Nacken schlang, um nicht den Halt zu verlieren. Jede Bewegung brannte wie Feuer in ihrer Wade, und in ihrem Knöchel pochte ein dumpfer Schmerz. Hoffentlich hatte sie sich nichts verstaucht oder gebrochen. Nicht auszudenken, was Nigel Cummings dann mit ihr machen würde. Einmal nur war sie in all den Jahren ernsthaft krank gewesen. Das Fieber hatte so hoch gebrannt, dass sie halluziniert und bei jedem Hustenanfall geglaubt hatte, ihr Brustkorb würde zerspringen. Dennoch hatte Cummings nicht zugelassen, dass sie auf ihrem Lager blieb und sich ausruhte, sondern darauf bestanden, dass sie, wenn sie sich schon nicht im Schankraum nützlich machen konnte, zumindest die Lieferung für seinen Laden, die soeben angekommen war, in den Lagerraum schaffte. Hope wusste später nicht mehr, wie lange sie für diese Tortur gebraucht hatte. Vern hatte ihr berichtet, er hätte sie zwischendurch besinnungslos im Lager gefunden, ihr aber nicht helfen dürfen. Aber irgendwie hatte sie es geschafft.

»Mein Schuh!«, rief Hope plötzlich, während der Fremde unbeirrt weiter in die Richtung schritt, in die Hope ursprünglich gegangen war. Großer Gott, sie hatte die Schuhe erst im letzten Jahr bekommen! Wenn sie den Schuh nicht wiederfand, würde Cummings sie erst bestrafen und dann barfuß gehen lassen – sommers wie winters.

»Vergessen Sie Ihren Schuh«, grollte er, ohne langsamer zu werden.

»Nein, Sie verstehen das nicht. Wenn ich ohne den Schuh zurückkomme, dann wird er …« Sie verstummte. Was fiel ihr ein, diesem Fremden ihr Herz auszuschütten? So etwas hatte sie noch nie getan. Seit ihr Großvater gestorben war, hatte sie niemanden mehr auf der Welt und war auf sich allein gestellt. Und Nigel Cummings war ganz allein ihr Problem. Niemand konnte ihr dabei helfen.

»Wer wird was?«, wollte ihr unbekannter Retter wissen.

»Nichts. Vergessen Sie's einfach«, erwiderte Hope und wandte ihr Gesicht ab. Sie würde später zurückkommen und den Schuh unter dem Gehsteig hervorholen. Es war höchst unwahrscheinlich, dass in der Zwischenzeit jemand ihren Holzpantoffel stahl. Sicher würde ihn nicht einmal jemand mitnehmen, wenn er offen auf dem Weg läge.

»Wie heißen Sie?«, fragte der Mann unvermittelt. Hope drehte ihm den Kopf zu.

»Hope«, beantwortete sie seine Frage und sah ihn an. Weitere Worte blieben ihr jedoch im Halse stecken.

Er war es!

Aber das war doch unmöglich! Und dennoch, diese Augen würde sie überall auf der Welt wieder erkennen. Es war derselbe Mann, der ihr vor fast zwei Jahren einen Golddollar geschenkt hatte und den sie seitdem nicht wieder gesehen hatte. Eigentlich hatte sie auch nicht erwartet, ihn überhaupt jemals wieder zu sehen. Der Vollbart von damals war einem dunklen Dreitagebart gewichen, aber trotzdem war sie sich sicher, dass es sich um denselben Mann handelte. Er war nach Silver Springs zurückgekehrt – und sie lag in seinen Armen! Ihr Atem stockte, und ihr Herz schlug schneller, als sie daran dachte, dass er in all den Monaten der Quell ihrer Fantasien gewesen war, der unbekannte Mann, der in ihren Tagträumen zu ihr zurückkehrte – und der sich jetzt, wo er wirklich bei ihr war, ganz offensichtlich nicht einmal mehr an sie erinnerte.

»Also, Hope, wo wollten Sie hin?«, fragte ihr Retter.

»Cummings' Mercantile«, murmelte Hope. Es war egal, wie oft sie an ihn gedacht hatte, und es war egal, was er ihr in ihren Träumen bedeutet hatte. Alles, was sie sich mit ihm ausgemalt hatte, war sowieso nicht real gewesen. Selbst wenn es diesen Mann tatsächlich gab, so war der, nach dem sie sich in ihren Träumen gesehnt hatte, nur ein Ausbund ihrer eigenen Fantasie gewesen.

»Cummings?« Er klang überrascht. »Was haben Sie denn mit diesem Halsabschneider zu schaffen?«

»Nun, wenn Sie es unbedingt wissen wollen, auch wenn es Sie absolut nichts angeht, Sir: Ich arbeite für Nigel Cummings.« War es möglich, dass seine herablassende Art ihren Stolz verletzt hatte? Sie hasste Nigel Cummings von ganzem Herzen, und es konnte ihr egal sein, was dieser Mann von Cummings hielt, und dennoch – der Gedanke, er könnte erfahren, dass sie Cummings' Leibeigene war, seine Sklavin, war ihr peinlich. Auch wenn er es nicht ahnte, so war er doch der Mann ihrer Träume. Sie konnte es nicht ertragen, sollte er sie verachten oder – was noch schlimmer war – bemitleiden.

Gabriel McKinlay sah auf das zierliche Mädchen herab, das er in den Armen hielt. Sie wog kaum mehr als eine Feder. Wie konnten ihre Eltern es nur zulassen, dass sie für jemanden wie Cummings arbeitete? Wie alt mochte sie sein? Es war schlecht zu schätzen, denn sie wirkte unterernährt und schien es zudem mit der Reinlichkeit nicht allzu genau zu nehmen. Ihr Alter konnte irgendwo zwischen dreizehn und zwanzig liegen.

Nun ja, dachte Gabriel schmunzelnd, wohl näher an dreizehn denn an zwanzig, wenn er ihre schlanke Gestalt, die bar jeder weiblichen Rundung war, so betrachtete.

Gabriel war noch nicht oft in Silver Springs gewesen, das letzte Mal lag schon eine Ewigkeit zurück, aber er erinnerte sich noch gut an Cummings und seine Geschäftspraktiken. Cummings war in allem so unehrlich wie beim Glücksspiel, wo er schamlos betrog, ohne jedoch bislang erwischt worden zu sein. Zwar war er einige Male beschuldigt worden, aber seine Gegner hatten nicht lange genug gelebt, um diesen Anschuldigungen Beweise folgen zu lassen. Und so fand sich immer irgendein argloser Idiot, den er bis aufs Hemd ausnehmen konnte. Vor Jahren waren Cummings mit seinem Gemischtwarenladen und andere, deren Geschäftspraktiken nicht weniger dubios waren, die einzigen Geschäftsleute in Silver Springs gewesen. Inzwischen gab es noch einige weitere Läden, zum Beispiel den der Lindsays, deren Preise fairer waren. Allerdings waren die Lindsays und die anderen ehrenwerteren Geschäftsleute, soweit er wusste, nicht bereit, hoffnungsvollen Schürfern endlos Kredit zu gewähren allein auf die Aussicht hin, dass diese irgendwann fündig würden. Somit ebneten sie Cummings und seinesgleichen den Weg.

»Wie lange arbeiten Sie schon für ihn?«, fragte Gabriel weiter. Täuschte er sich, oder funkelte die Kleine ihn wütend an?

»Das geht Sie nichts an. Und ich wäre Ihnen sehr verbunden, wenn Sie mich jetzt herunterließen. Ich kann nämlich sehr wohl alleine laufen.«

»Vielleicht.«

»Vielleicht? Was soll das heißen, vielleicht?«, brauste Hope auf. Was erlaubte er sich?

Gabriel schmunzelte, aber enthielt sich einer Antwort.

»Mister, ich sage es Ihnen jetzt zum letzten Mal: Lassen Sie mich runter, sonst …«

Angesichts ihrer sinnlosen Drohungen wurde Gabriels Grinsen breiter. Selbst unverletzt wäre sie keine Gegnerin für ihn, was also wollte sie in ihrem gegenwärtigen Zustand gegen ihn unternehmen?

»Sonst was?«, wollte er dennoch wissen – und schrie auf, als sich Hopes Finger um seine Ohren schlossen und heftig daran rissen. Vor Schreck und Schmerz hätte er sie tatsächlich um ein Haar fallen gelassen, zumal sie sich im gleichen Moment auch zur Seite warf.

»Verdammt!«, brüllte Gabriel. Seine Hände schlossen sich fester um die strampelnde Gestalt, die sich in seinen Armen wand wie ein Aal.

»Lassen – Sie – mich – los!«, keuchte Hope und versuchte, sich aus seinem Griff zu befreien. Nicht auszudenken, was Cummings denken würde, wenn dieser Fremde sie durch die Vordertür in seinen Laden trug.

»Halten Sie still!«, versuchte Gabriel, sie zu beruhigen. Gleichzeitig packte er sie fester und bekam einen schlanken Oberschenkel zu fassen. Zu spät bemerkte er, dass das Kleid während ihres Kampfes nach oben gerutscht war und seine Hand auf ihrem nackten Bein lag.

Hope erstarrte.

Angsterfüllt starrte sie auf seinen schwarzen Handschuh, der wie ein Fremdkörper auf ihrer hellen Haut ruhte. Auch ein Teil ihrer Hüfte war entblößt. Hope schluckte. Flammende Röte überzog ihre Wangen.

Ihr zweiter Holzschuh fiel mit einem lauten Poltern zu Boden. Dadurch erwachte sie aus ihrer Erstarrung.

»Lassen Sie mich runter«, ächzte sie, und diesmal kam er ihrer Aufforderung ohne Widerspruch nach. Ihr Knöchel schmerzte, als sie den Fuß aufsetzte, aber Hope rückte hastig ihr Kleid zurecht, ehe sie sich nach ihrem Schuh bückte.

Er war schneller, und nur um ein Haar vermieden sie es, mit den Köpfen gegeneinander zu schlagen.

Hope wollte einen Schritt zurücktreten, zuckte jedoch zusammen, als sie ihren Fuß belastete.

»Seien Sie vernünftig«, sagte Gabriel ruhig, als spräche er mit einem Kind. »Sie können noch nicht laufen. Ich bringe Sie dorthin, wohin Sie wollen, Sie legen den Knöchel hoch, und morgen ist er so gut wie neu.«

Nervös nagte Hope an ihrer Unterlippe. Sie wusste, dass er Recht hatte, aber Nigel Cummings bereitete ihr Sorgen. Er würde kein Verständnis für ihre Ungeschicklichkeit haben, denn zweifelsohne würde er annehmen, es sei ihre Schuld gewesen, dass das Brett unter ihr zerbrochen war. Und dennoch, warum sollte sie nicht ein wenig länger das Gefühl genießen, vom Mann ihrer Träume auf Händen getragen zu werden? Wie oft hatte sie es sich in ihren Tagträumen ausgemalt, wie es wohl sein würde, und sie musste zugeben, in der Realität fühlte es sich noch viel, viel besser an.

»Nun gut«, stimmte sie gnädig zu und warf den Kopf in den Nacken. »Wenn Sie darauf bestehen.«

Gabriel schmunzelte. »Ich bestehe darauf«, bestätigte er. Trotz ihrer traurigen Erscheinung hatte sie offenbar ihren Stolz. Er reichte ihr ihren Schuh und hob sie wieder auf seine Arme.

»Also, dann erzählen Sie mal«, forderte er sie auf. »Wie sind Sie an Cummings geraten?«

Hope wandte den Blick ab. Wenn sie ihn schon belog, dann wollte sie ihm dabei wenigstens nicht in die Augen sehen.

»Mister Cummings ist mein Vormund. Ich lebe bei ihm und arbeite zugleich für ihn«, meinte sie dann so hochmütig, wie sie vermochte.

Gabriel ließ seinen Blick erneut über ihre abgerissene Kleidung wandern. Sie trug noch nicht einmal Unterwäsche, wie er nun wusste, und der Gedanke, dass sie unter dem Kleid nackt war, sorgte für eine ungewohnte Röte auf seinen Wangen, die jedoch zum Glück durch die natürliche Bräune seiner Haut verborgen wurde.

»Nun, anscheinend bezahlt er Sie nicht sehr gut«, gab er zu bedenken.

»Wie ich schon sagte, das geht Sie nichts an.«

»Das mag schon sein, aber es widerstrebt mir, jemanden an Cummings auszuliefern, den er offensichtlich nicht gut behandelt.«

Hope erstarrte. »Er behandelt mich so, wie es mir zusteht«, presste sie dann zwischen zusammengebissenen Zähnen hervor.

»So, wie es Ihnen zusteht?«, fragte Gabriel überrascht. Die junge Dame in seinen Armen schien trotz ihres Stolzes keine allzu hohe Meinung von sich zu haben. »Ich habe Mönche gesehen, die ein Armutsgelübde abgelegt haben und dennoch besser gekleidet waren als Sie.«

»Mister, wenn Sie vorhaben, mich weiter zu beleidigen, dann verlange ich, dass Sie mich auf der Stelle runterlassen!«

»Regen Sie sich nicht auf. Ich wollte nur ein wenig Konversation machen, aber wie ich sehe, bin ich darin nicht sonderlich geübt.«

Sie hatten den Laden erreicht, und Gabriel drückte die Tür mit der Schulter auf. Über dem Eingang bimmelte eine Glocke. Gottlob, so stellte Hope mit einem schnellen Blick fest, waren keine Kunden im Laden, und auch von Nigel Cummings fehlte jede Spur. Ihr fiel ein Stein vom Herzen.

»Danke, Sie können mich jetzt absetzen.« Fast hatte sie erwartet, er würde widersprechen, und fühlte beinahe so etwas wie Enttäuschung, als er ihrer Aufforderung ohne zu zögern nachkam. Vern eilte aus den Tiefen des Ladens herbei.

»Herrje, Hopp, was ist denn mit dir passiert?«, wollte er mit einem misstrauischen Seitenblick auf Gabriel wissen.

»Nichts, Vern. Ich bin umgeknickt. Dieser Gentleman war so freundlich, mich herzutragen.« Mit offenem Mund starrte Vern erst sie, dann den Fremden an.

»Vielen Dank, Mister …« Fragend hob Hope eine Augenbraue und streckte ihm die Hand entgegen. Er ergriff sie. Sein Händedruck war angenehm fest.

»McKinlay. Gabriel McKinlay«, erwiderte er. »Es war mir eine Freude, Miss Hope. Lassen Sie es mich wissen, wenn Sie wieder einmal meine Hilfe brauchen.« Er tippte kurz an die Krempe seines Hutes, nickte Vern zu und verließ den Laden.

»Mann«, murmelte Vern, »was war denn das? Ich bin ja mal gespannt, was Mister Cummings dazu sagt.«

Wütend wandte Hope sich ihm zu und schüttelte ihre kleine Faust unter seiner breiten Nase, der man ansah, dass sie schon in mehr als einem Kampf gebrochen worden war.

»Mister Cummings muss davon nichts erfahren, und das wird er auch nicht, wenn du die Klappe hältst, Vern. Und wenn er etwas mitkriegt, dann weiß ich, dass du gequatscht hast, und dann lauf mir besser nicht über den Weg.«

Verns Pfannkuchengesicht zeigte deutlich, dass ihm der Gedanke, Cummings diesen Vorfall zu verheimlichen, noch gar nicht gekommen war. Er mochte Hope, aber gleichzeitig war er Cummings' rechte Hand, seine Augen und seine Ohren. Er versorgte ihn mit allen Informationen, die Cummings nicht selbst erhielt, und somit erschien es ihm fast wie ein Vertrauensbruch, Cummings diese Begebenheit zu verschweigen. Andererseits war er oft genug Zeuge gewesen, wenn Cummings Hope wegen einer Nichtigkeit verprügelt hatte. Die Tatsache, dass sie von einem Fremden in den Laden getragen worden war, würde Cummings ganz sicher nicht gefallen.

Hope konnte Verns widerstreitende Gedanken deutlich verfolgen. Sein Gesicht, das alles andere als hübsch war, war ein Spiegel seiner Seele: Es verriet alles, was er dachte und fühlte. Der Gewissenskonflikt, in den sie ihn gestürzt hatte, machte Vern zu schaffen, aber Hope konnte erkennen, in welchem Augenblick er zu dem Entschluss gelangte, ihr zu helfen. Ein Stein, nein, eher ein Felsbrocken fiel ihr von der Seele. Vern mochte nicht sonderlich helle sein, aber er würde sie nicht verraten.

»Danke, Vern«, sagte sie leise und legte ihm ihre Hand auf den Arm. Vern wirkte verblüfft, aber dann strahlte er über das ganze Gesicht.

»Na, wenn das kein hübsches Bild ist«, erklang Cummings' Stimme vom Lager her. »Der Dreckspatz und der Dummkopf, was für ein schönes Paar.« Hope und Vern fuhren auseinander, als hätte Cummings sie bei etwas Verbotenem ertappt. Schnell blickten beide zu Boden, und Cummings' Brauen zogen sich unheilvoll zusammen.

»Und was sollte dieses Schauspiel eben bedeuten?«, wollte er wissen.

»Gar nichts«, erwiderte Hope schnell, ehe Vern, in die Enge getrieben, mit der Wahrheit herausplatzen konnte. Zwar würde er von sich aus nichts sagen, aber er war nicht clever genug, um überzeugend zu lügen. Schon gar nicht, wenn er improvisieren sollte. »Ich habe mir den Fuß verstaucht, und Vern hat angeboten, meinen Schuh zu holen, den ich verloren habe.«

Noch immer lag Misstrauen in Cummings' Blick. Erst als er bemerkte, dass Hope tatsächlich barfuß war und humpelte und zudem nur einen Schuh in der Hand hielt, entspannten sich seine Züge.

»Na gut. Vern, du holst ihren Schuh. Und du«, sein Finger zeigte auf Hope, »kommst mit mir.«

Überrascht sah Hope ihn an. Was hatte er vor? Ein ungutes Gefühl beschlich sie, aber sie humpelte dennoch hinter Cummings her, der mit langen Schritten im hinteren Teil des Gebäudes verschwand.

IV

Seufzend ließ sich Hope in ihr Bad sinken. Das warme Wasser umschmeichelte ihre Schultern, und dicke Schaumflocken trieben wie duftender Schnee auf der Oberfläche. Spielerisch blies Hope dagegen und lachte, als sie als kleine Flöckchen davonstoben. Was immer sie befürchtet hatte, es hatte sich nicht bewahrheitet. Entgegen seinen Gewohnheiten hatte Cummings zugestimmt, dass sie ihren Fuß ruhig hielt. Es waren jedoch auch noch genügend Flaschen für die Spelunke gefüllt, eine Lieferung war nicht angekommen, und Kunden kamen bei dem Wetter auch wenige in den Laden. Er vergab sich also nichts damit, wenn er Hope einen Tag lang in Ruhe ließ. Zu ihrer großen Überraschung hatte er sie angewiesen, ab sofort in dem kleinen, spartanisch möblierten Zimmer – ein Bett, eine Kommode, ein Tisch, ein Stuhl und ein Paravent – über dem Laden zu schlafen. Offensichtlich hatte in der letzten Nacht jemand versucht einzubrechen, und Cummings hoffte, dass sie den oder die Täter wenn schon nicht gänzlich abschrecken, so doch zumindest vertreiben würde, wenn sie brüllend und mit einem Besen bewaffnet hinter ihnen her rannte. Wie sie das bewerkstelligen sollte, während sie die ganze Nacht im Saloon arbeitete, war ihr zwar noch nicht ganz klar, aber darüber würde sie sich später Gedanken machen.

»Und nimm ein Bad, damit du hier nicht alles einsaust«, hatte Cummings ihr noch gewohnt barsch befohlen, ehe er verschwunden war, kaum dass er ihr das Zimmer gezeigt hatte.

Das hatte sich Hope nicht zweimal sagen lassen. Sie hatte Vern überreden können, ihr eine Kupferbadewanne und mehrere Eimer heißen Wassers hinauf in den ersten Stock zu schleppen, und voller Vorfreude darauf gewartet, endlich ins Wasser sinken zu können. Was auch immer ihn dazu bewogen haben mochte: Cummings zeigte sich heute ausnahmsweise von seiner netten Seite, und Hope war nicht bereit, angesichts ihres himmlischen Bades einen weiteren Gedanken an ihn zu verschwenden.

Sie wusste gar nicht mehr, wie gut es sich anfühlte, saubere Haare zu haben. Schon vor langer Zeit hatte sie aufgegeben, es regelmäßig zu waschen, zumal sie so selten Seife zur Verfügung hatte. Sie hatte auch gelernt, das Jucken zu ignorieren. Normalerweise kämmte sie die dicken Strähnen mit den Fingern grob durch und flocht sie zu einem Zopf, den sie dann am Hinterkopf zu einer wenig reizvollen Frisur aufsteckte.

Heute aber gönnte sie sich den Luxus einer Haarwäsche und massierte den duftenden Schaum tief in ihre Kopfhaut.

Hope kam es vor, als wäre sie gerade erst ins Wasser gesunken, dabei mussten bereits Stunden vergangen sein, als sie sich endlich wieder aus der Wanne erhob. In einem Schubfach der alten, wackligen Kommode hatte sie tatsächlich wunderbar weiche Baumwollhandtücher gefunden, mit denen sie sich abtrocknete. Ihre Haut glühte rosig und prickelte, und Hope konnte den Gedanken, ihr schmutziges Kleid wieder anzuziehen, kaum ertragen. Über dem Paravent hing ein seidener Morgenmantel, aber der war wohl kaum für sie bestimmt. Ob Vern es ihr wohl erlauben würde, dass sie sich aus dem Laden ein Kleid ausborgte, bis sie ihr eigenes gewaschen hatte und es wieder trocken war? Ganz bestimmt hatte er nichts dagegen. Hope trat hinüber zum Paravent, um nach dem Morgenrock zu greifen, als sie ihre Gestalt im Spiegel bemerkte. Sie erschrak beinahe bei dem Anblick, der sich ihr bot. Herrje, wie lange war es her, seit sie sich, abgesehen von den verzerrten Bildern in Fensterscheiben, zuletzt im Spiegel gesehen hatte? Sie vermochte es selbst nicht genau zu sagen, aber es musste zu der Zeit gewesen sein, als ihr Großvater noch lebte.

Zehn Jahre.

War er wirklich schon länger als zehn Jahre tot? Waren zehn Jahre vergangen, seit sie Nigel Cummings' Eigentum geworden war? Es war später Herbst gewesen, als Cummings sie versklavt hatte, jetzt war schon wieder Mai. Zehneinhalb Jahre. Damit war sie jetzt fast neunzehn.

Neugierig trat sie näher an den Spiegel heran und betrachtete sich. Sie hatte sich verändert, stellte sie fest. Sehr sogar. Sie war größer geworden, was sie nicht erstaunte, hatte sie ihr Wachstum doch am ständigen Kürzerwerden ihrer Kleider ablesen können, aber auch ihr Gesicht war ein anderes geworden. Beinahe musste sie lachen, dass ihr eigenes Gesicht ihr so fremd geworden war, dass sie sich selbst nicht auf der Straße erkannt hätte, wäre sie sich jemals selbst begegnet. Ihre sommersprossige Stupsnase war ein wenig länger geworden, aber noch immer schmal mit einem kecken kleinen Schwung nach oben. Ihre Haut war blass, kein Wunder, wenn man bedachte, dass sie fast immer nachts arbeitete und die Tage im Laden oder im Lager verbrachte. Ihr Gesicht war schmal mit hohen Wangenknochen, und sie hatte fein geschwungene Augenbrauen. Einzig ihre Augen hatten sich nicht verändert. Sie waren noch immer von demselben Grau, an das sie sich erinnerte.

Ihr Blick glitt tiefer.

Ihr Körper war dünn. Zwar nicht mager, aber auch alles andere als üppig, was sie angesichts der harten Arbeit, die sie verrichtete, und der kleinen Rationen, die Cummings ihr zugestand, auch nicht weiter erstaunte. Ihre festen Brüste mit den zarten, rosigen Spitzen rundeten sich, sehr zu ihrem Unmut, bereits seit einer ganzen Weile immer mehr. Ihre Handflächen reichten schon nicht mehr aus, um sie ganz zu bedecken, und es wurde immer schwieriger, das Vorhandensein ihres Busens unter ihrer Kleidung zu verbergen. Ihre Taille war schmal, ihre Hüften hingegen zu ihrem Leidwesen sanft gerundet, die Schenkel muskulös und schlank. Noch vor wenigen Monaten, da war Hope sich sicher, hätte man sie durchaus für einen Jungen halten können, zumindest wenn ihre aschblonden Haare kurz gewesen wären und sie kein Kleid getragen hätte. Nun hingegen würde ihr das bald niemand mehr abkaufen.

Hope seufzte.

Na ja, eigentlich war es ein Segen, dass sie nicht schon früher üppigere Rundungen entwickelt hatte, und sie konnte nur beten, dass diese Entwicklung schon bald wieder zum Stillstand kam. Gott allein mochte wissen, auf was für Ideen Nigel Cummings sonst noch kommen würde. Der Blick, mit dem er sie bedacht hatte, als sie sich gestreckt und ihm somit unbeabsichtigt vor Augen geführt hatte, dass sie überhaupt Brüste besaß, hatte ihr völlig gereicht. Aber was auch immer ihm in dem Moment durch den Kopf gegangen war: Er hatte sich Gott sei Dank anders besonnen. Wahrscheinlich heute Morgen, als er sich mit eigenen Augen davon überzeugt hatte, dass sie seine Aufmerksamkeit doch nicht wert war. Nun, sie sollte froh darüber sein, auch wenn es schmerzlich war zu wissen, dass sie so wenig attraktiv war. Würde sie jemals einen Ehemann finden und Kinder haben? Würde ihr Traum sich jemals erfüllen?

Wie dem auch sei, es hatte keinen Sinn, mit dem Schicksal zu hadern. Eines Tages würde es ihr schon gelingen, Nigel Cummings zu entkommen. Sie dachte an den Golddollar, den der Fremde, von dem sie schon so lange geträumt und der sie doch nicht wieder erkannt hatte, ihr einst geschenkt hatte und den sie in eine Tasche an der Innenseite ihres Kleides eingenäht hatte. Dieses Geldstück würde ihre Fahrkarte hinaus aus dieser Hölle sein. Eines Tages würde sie Cummings sagen, die Schulden ihres Großvaters, die dieser nie gemacht hatte, seien jetzt endlich beglichen, dann würde sie sich umdrehen und erhobenen Hauptes hinausstolzieren. Sie würde sich ein neues Kleid kaufen, einen Hut und eine Fahrkarte für die Postkutsche, die einmal in der Woche, immer donnerstags, durch Silver Springs fuhr. Dann würde sie an der Postkutschenstation warten, bis die Kutsche eintraf, einsteigen und dieser Stadt und somit Nigel Cummings den Rücken kehren.

Nach ihrem Haus-am-Fluss-Traum war ihr dieser am liebsten, auch wenn sie sich innerlich bei dem Gedanken krümmte, eines Tages Nigel Cummings die Stirn bieten zu müssen. In ihren Träumen war es so einfach, aber sie war sich nicht sicher, ob sie es auch in der Realität fertig brächte.

Andererseits hatte Cummings sich heute von seiner freundlichen Seite gezeigt. Vielleicht bedeutete dies eine Wende in seinem Verhalten ihr gegenüber. Vielleicht würde sie es jetzt bald über sich bringen, ihn um ihre Freiheit zu bitten.

Vielleicht …

Ihre ganze Zukunft basierte auf einem »vielleicht«, stellte Hope seufzend fest. Schweren Herzens griff sie nach dem Morgenmantel. Vielleicht – schon wieder vielleicht, dachte sie mit einem traurigen Lächeln – wäre es das Beste, wenn sie jetzt hinunterging und Vern um ein Kleid bat.

Ihrem Fuß ging es besser, stellte Hope erleichtert fest, als sie auf nackten Sohlen die Treppe hinuntereilte. Zwar hielt sie sich zur Vorsicht am Geländer fest, aber sie konnte ihren Knöchel schon wieder ohne größere Schmerzen belasten. Hope durchquerte das Lager. Die Tür zum Laden stand offen, und Hope wollte ihn eben betreten, als sie Nigel Cummings' Stimme vernahm. Erschrocken presste sie sich neben der Tür an die Wand und hielt die Aufschläge des Morgenrocks mit den Händen fester zusammen, so als könnte sie dem Gürtel allein in Cummings' Gegenwart nicht trauen. Auch wenn Cummings sich heute von einer ungewohnt netten Seite gezeigt hatte, war sie nicht bereit, ihm in diesem anschmiegsamen Nichts von einem Morgenmantel, der jede Kontur ihres stellenweise noch feuchten Körper nachzuzeichnen schien, unter die Augen zu treten.

Sie warf einen hastigen Blick in den Verkaufsraum. Cummings lehnte mit dem Rücken am Tresen, Vern schien ein Regal mit Waren nachzufüllen und war nicht zu sehen, so dass sie ihm noch nicht einmal ein Zeichen geben konnte. Verdammt! Warum musste Cummings sich auch ausgerechnet jetzt im Laden aufhalten?

»... schon gespannt«, hörte sie Cummings sagen. Er nahm einen der kurzen schwarzen Zigarillos aus seinem silbernen Etui und entzündete ihn.

»Noch dazu so herrlich ahnungslos«, sprach er dann weiter, nachdem er genüsslich einen tiefen Zug genommen hatte. »Auf den dummen Gesichtsausdruck bin ich wirklich schon gespannt.«

Hope schüttelte den Kopf. Anscheinend hatte Nigel Cummings sich für den Abend schon wieder ein Opfer ausgesucht, das er ausnehmen wollte. Es war Samstag, und samstags kamen die Cowboys der umliegenden Ranches in die Stadt, um ihren sauer verdienten Lohn zu verjubeln. Allerdings kannten die meisten von ihnen Nigel Cummings, und die, die ihn noch nicht kannten, wurden eigentlich von ihren Kollegen gewarnt. Blieb also abzuwarten, welches bedauernswerte Opfer er sich diesmal auserkoren hatte. Wer immer es auch war, Hope empfand aufrichtiges Mitleid mit dem Unbekannten.

Überrascht richtete sie sich kerzengerade auf, als ihr ein Gedanke durch den Kopf schoss. Ob Cummings ihren Retter meinte? Nein, beruhigte sie sich sofort. Dieser hatte ja selbst gesagt, dass er nicht viel von Cummings hielt. Wieso also sollte er sich auf ein Spiel mit ihm einlassen?

»Ich weiß nicht, Boss, ich find's nicht richtig«, hörte sie Verns vorsichtigen Einwand irgendwo aus den Tiefen der Regale. Der gute Vern. Egal, was man ihm alles vorwerfen mochte, auch er war kein Freund von Cummings' üblen Betrügereien.

»Ach nein?« Hope sah, wie Cummings sich vom Tresen abstieß und einige Schritte vortrat. Wieder zog er an seinem Zigarillo. »Und was hast du dagegen einzuwenden?«

»Nichts, Boss«, versicherte Vern hastig. Hope hörte etwas poltern, als er es ins Regal packte. »Ich find's halt nur nicht richtig.«

Cummings kicherte. »Soso, du findest es also nicht richtig. Interessant.« Achtlos schnippte er Asche von seinem Zigarillo auf den Boden. Er hatte ja Hope, die später sauber machen konnte. »Und wieso findest du es nicht richtig, Vern?«

Keine Antwort, nur Schnaufen und Rascheln.

»Hast du etwa selbst ein Auge auf die Kleine geworfen?«, fragte Cummings lauernd.

»Ich, Boss? Nein!«

Die Kleine? Überrascht beugte sich Hope ein wenig weiter vor. Handelte es sich etwa um eine Frau?

»Warum also solltest du etwas dagegen haben, dass ich heute Abend einen heißen Ritt zwischen ihren zarten Schenkeln hinlegen will?«

Wieder Schweigen.

»Ich warte, Vern.«

Auch Hope erwartete gespannt seine Antwort. Sollte Vern sich etwa verliebt haben?

Sie wusste, dass Cummings mit einigen Huren aus den Saloons ins Bett stieg. Vern ebenso, aber noch nie hatte einer der beiden eine besondere Vorliebe für eine der Damen erkennen lassen. Wer also mochte es sein? Etwa die kleine Rothaarige, die Vern den ganzen gestrigen Abend, als sie ihre Runden gemacht hatte, so verliebt angesehen hatte? Oder doch eher die Blonde?

»Ich finde, sie is' noch zu jung, das is' alles«, nuschelte Vern.

Cummings lachte heiser auf. »Zu jung? Verdammt, Vern, die Kleine ist bestimmt schon siebzehn, wenn nicht älter. Es ist höchste Zeit, dass ich sie zureite. Schlimm genug, dass ich nicht schon früher darauf gekommen bin.« Er kicherte. »Und sie kann von Glück sagen, dass ich es bin, der sie sich heute vornimmt, ehe es irgendjemand anders tut. Ich werd schon drauf achten, dass ich es ihr ordentlich besorge.« Er nahm einen letzten Zug und warf den Zigarillo auf den Boden, wo er ihn mit der Stiefelspitze austrat. »Und tu bloß nicht so, als hättest du nicht auch bemerkt, dass unsere kleine Hopp so richtig stramme, spitze Titten gekriegt hat. Ich hab doch gesehen, wie du sie angeglotzt hast, vorhin hier im Laden.«

Eine Hand vor den Mund geschlagen, presste sich Hope mit dem Rücken an die Wand. Übelkeit stieg in ihr auf und drohte ihr die Kehle abzuschnüren.

Sie sprachen über sie!

Hope kniff die Augen zusammen, aber die Worte hallten in ihrem Innern wieder. *Du hast doch auch bemerkt, dass unsere kleine Hopp so richtig stramme, spitze Titten gekriegt hat.* Ihre Hände gruben sich noch tiefer in die Aufschläge des Morgenmantels, als könnte sie sie so noch fester zusammenziehen. Wie hatte sie nur glauben können, Cummings hätte den Vorfall vergessen? Wie hatte sie nur annehmen können, er wäre aus uneigennützigen Motiven plötzlich so freundlich zu ihr?

Das Zimmer über dem Laden – *heute Abend* –, das Bad – *zwischen ihren zarten Schenkeln* –, herrje, wie hatte sie nur so dumm sein können? Wieso hatte sie die Vorzeichen nicht bemerkt? Sie waren doch so offensichtlich gewesen. Cummings hatte vor, ihr heute Abend einen Besuch abzustatten – *heißen Ritt hinlegen*. Wie von selbst wiederholten sich Cummings' Worte wieder und wieder in ihren Gedanken. Und er wollte es bequem haben, deshalb das Zimmer mit Bett. Sie hatte doch selbst gesehen, wie abfällig er ihre Bleibe beäugt hatte. Außerdem mochte er seine Huren sauber, wie er immer wieder betonte.

Die Übelkeit wurde schlimmer, und Hope musste sich zusammenreißen, um nicht zu würgen. Aus dem Laden drangen noch immer Stimmen durch die offene Tür, aber sie hörte nicht mehr, was gesagt wurde.

Sie musste hier raus!

Aber wohin? Panisch sah sie sich um.

Die Hintertür!

Hope war schon unterwegs, als ihr einfiel, dass sie nur einen Morgenmantel trug, dessen weich fließender, seidener Stoff mehr ent- als verhüllte. Wenn sie so auf die Straße ging, würde der erstbeste angetrunkene Cowboy über sie herfallen und das zu Ende bringen, was Cummings in Gedanken schon begonnen hatte, denn er würde denken, sie sei eine der Huren aus dem Bordell. Nervös nagte Hope an ihrer Unterlippe.

Verkleiden. Natürlich, das war es. Sie musste sich verkleiden, damit man sie nicht erkannte. Sonst brauchte Cummings nur in der Stadt nach ihr zu fragen und würde sie sofort wieder aufspüren.

So leise wie möglich schlich sie zu dem Regal, in dem die Männerkleidung aufbewahrt wurde. Gottlob lag die letzte Lieferung erst eine Woche zurück, so dass das Lager noch gut bestückt war und die Sachen noch nicht alle in den Verkaufsraum gebracht worden waren. Hemd, Unterhemd, lange Unterhosen, Hosen, Gürtel, Socken, Stiefel. Eine Jacke und einen Hut. Hastig warf Hope sich die Sachen über den Arm. Wenn sie es recht bedachte, dann schuldete Cummings ihr die Sachen sowieso, nachdem er sie all die Jahre grundlos in Lumpen hatte herumlaufen lassen. Im letzten Moment ergriff sie noch ein Jagdmesser in einer Lederscheide, die sie am Gürtel befestigen konnte. Damit war sie zumindest nicht völlig unbewaffnet. Misstrauisch beäugte sie die großen, schweren Revolver, die in einer Kiste ein Regal tiefer lagen, aber die waren ihr einfach unheimlich. Dann hastete sie auf Zehenspitzen zurück in den Korridor und die Treppe hinauf bis in ihr Zimmer.

Wann wollte Cummings sie besuchen? Sie wusste es nicht, aber da er bereits im Laden war, konnte er jeden Augenblick in der Tür stehen. Sie konnte nur hoffen, dass sie seine Schritte auf der Treppe rechtzeitig hören würde.

Hope klemmte einen Stuhl unter den Türgriff – einen Schlüssel oder Riegel gab es nicht –, dann warf sie den Morgenmantel ab und fuhr in die ungewohnten Kleidungsstücke. Obwohl sie Knabengrößen gewählt hatte, musste sie die Ärmel des Hemdes aufschlagen. Egal. Die Hose passte so einigermaßen. Der junge Mann, der ihr aus dem Spiegel entgegensah, war eine gänzlich ungewohnte Erscheinung, aber andererseits war auch ihr weibliches Spiegelbild ihr fremd gewesen.

Hope fuhr zusammen, als sie die schweren Schritte auf der Treppe vernahm. Cummings pfiff sogar ein kleines Liedchen vor sich hin, und Hope lief ein Schauer nach dem anderen über den Rücken. Wie hypnotisiert starrte sie den Türknauf an, der sich langsam drehte. Die Tür ruckte, aber der Stuhl, den sie dagegen geklemmt hatte, hielt.

Wie lange?

»Hopp?«, hörte sie Cummings' Stimme durch die Türe. Er hämmerte gegen das Holz.

»Hopp! Verdammt! Mach sofort die Tür auf!« Wieder hämmerte er dagegen. Schritt für Schritt wich Hope zurück. Was nun? Die Tür würde nicht ewig standhalten. Es hörte sich bereits an, als würde Cummings sich wutentbrannt mit der Schulter dagegenwerfen.

Das Fenster.

Sie war schon fast hinaus, als ihr siedendheiß etwas Wichtiges einfiel. Ein Auge ängstlich auf die unter schweren Tritten bebende Tür gerichtet, schnappte sie sich ihr Kleid. Das scharfe Messer schnitt durch den fadenscheinigen Stoff wie durch Butter. Mit zitternden Fingern ergriff Hope ihre Goldmünze und ließ sie in ihrer Hosentasche verschwinden. Dann schwang sie sich mit einem letzten Blick zur Tür aus dem Fenster hinaus auf den schmalen Balkon, der hinter der falschen Fassade an der Vorderseite des Hauses verlief. Das Letzte, was sie hörte, als sie sich vom Balkon in die schmale Gasse neben dem Haus fallen ließ, war das Spreißeln und Splittern von zerberstendem Holz.

V

»Da will Sie jemand sprechen, Mister.«

Gabriel sah von seinen Karten auf. Der Wirt, eine Zigarre zwischen den Lippen, starrte ihn unwirsch an. Es war deutlich zu sehen, dass es ihm nicht passte, den Boten zu spielen.

»Wer will mich sprechen?«, wollte er wissen.

»Woher soll ich das wissen? Ist so 'ne halbe Portion und steht draußen vorm Eingang. Hat wohl die Hosen zu voll, um hereinzukommen.« Gabriel warf noch einen Blick auf die Karten. Sein Blatt war gut, das beste des Abends, und der Pott war endlich einmal ordentlich gefüllt. Das würde er nicht für irgendeinen dahergelaufenen Unbekannten aufgeben. Er schob weitere zwanzig Dollar in die Mitte des Tisches.

»Wer immer es ist, sagen Sie ihm, er soll warten, bis ich hier fertig bin.« Der Wirt grunzte etwas Unverständliches und trollte sich. Gabriel nahm noch einen Schluck Bier.

»Also, Gentlemen, wer geht mit?«

Zwei seiner Mitspieler legten ihre Karten verdeckt auf den Tisch. Sie waren raus. Somit verblieben nur noch zwei in der Runde, ein älterer Mann und ein junger Heißsporn, ganz offensichtlich ein Viehtreiber und noch lange nicht trocken hinter den Ohren. Der ältere schob einen Zwanziger in die Mitte und lehnte sich entspannt zurück. Gabriel streifte ihn kurz mit seinem Blick. Ein guter Spieler, das hatte er schon zu Beginn der Partie erkannt, aber er war sich sicher, dass er bluffte. Der junge Bursche machte ihm Sorgen. Er rutschte nervös auf seinem Stuhl hin und her. Schweiß stand ihm auf der Stirn, und er rückte immer wieder seinen Hut zurecht. Es war eindeutig, dass er ein gutes Blatt hatte. Die Frage war: Wie gut?

»Ihre Zwanzig und – ich will sehen.«

Gabriel zog eine Augenbraue in die Höhe. Der Heißsporn wollte es also wissen. Nun gut. Ihn ausbluffen und den Pott quasi kaufen konnte er sowie nicht, weil sein Geldstapel im

Laufe des Abends immer weiter dahingeschmolzen war. Einige Male hatte er ein gutes Blatt gehabt, aber er hatte einfach nicht die Nerven, es auch voll auszuspielen.

Gabriel lehnte sich vor. Der junge Bursche knallte seine Karten auf den Tisch.

»Zwei Pärchen«, strahlte er und wollte das Geld einstreichen.

»Nicht so hastig, junger Freund«, bremste ihn der Ältere und legte seine Karten ebenfalls auf den Tisch. »Full House.«

Der junge Heißsporn wurde blass, als er seinen sicher geglaubten Gewinn dahinschwinden sah. »Aber«, stammelte er, »ja, aber …« Sein Blick fiel auf das Geld auf dem Tisch, dann zurück zu den Karten seines Gegenspielers.

»Sieht so aus, Sonny, als hättest du verloren. Der Pott gehört mir.« Sein Blick glitt zu Gabriel, der seine Karten noch auf der Hand hielt. »Oder was sagen Sie, Fremder?« Gabriel ließ ihn nicht aus den Augen, als er seine Karten auf den Tisch fächerte.

»Royal Flush«, sagte er leise, aber deutlich.

Der Heißsporn sprang so hastig auf, dass sein Stuhl polternd hintenüber krachte. Seine Hand zuckte zu seinem Revolver.

»Betrüger!«, keuchte er heiser. Schlagartig verstummten im Saloon alle Gespräche.

Der Junge fuhr mit seiner Waffe zwischen Gabriel und dem älteren Mann hin und her, unschlüssig, wer von beiden betrogen haben mochte.

»Ganz ruhig«, sagte der Alte. »Immer sachte, mein Sohn. Solche Anschuldigungen hören wir hier gar nicht gern.« Damit schob er sein Jackett ein wenig zur Seite. Auf der Weste blitzte deutlich und golden der Sheriffstern.

»Ich schlage vor, du setzt dich wieder, mein Junge. Ich habe den Gentleman hier die ganze Zeit genau beobachtet, und glaub mir, ich kann dir versichern, er hat ehrlich gespielt.«

Noch immer zuckte der Revolver in der zitternden Hand des Jungen hin und her. Er konnte es nicht glauben, dass er anscheinend niemanden für den Verlust seines sauer verdienten Geldes verantwortlich machen konnte. Wutentbrannt holsterte er schließlich die Waffe und stürmte aus dem Saloon.

»Glückwunsch, Fremder. Aber wenn Sie einen Rat wollen, dann sollten Sie sich Ihre Spielpartner in Zukunft besser aussuchen.«

Gabriel grinste. »Das werd ich, Sheriff, das werd ich.« Damit strich er sein Geld ein und erhob sich.

»Mister?« Die zaghafte Stimme ließ Gabriel mitten in der Bewegung innehalten. Er blickte hoch, dann wieder runter, als sein Gesprächspartner sich als kleiner entpuppte, als er erwartet hatte.

»Was willst du, Kleiner?«, wollte er wissen. »Weiß deine Mama, dass du hier bist?«

Hope presste ihre Lippen zusammen, um eine wütende Erwiderung zurückzuhalten. Es brachte ihr nichts, wenn sie Mister McKinlay jetzt verärgerte.

»Ich bin hier, um mit Ihnen zu sprechen«, sagte sie, den letzten Teil seiner Frage bewusst ignorierend.

»Ich wüsste nicht, was wir beide zu besprechen hätten, mein Kleiner«, entgegnete McKinlay ruhig. Er steckte sein Geld ein – sehr viel Geld, wie Hope mit weit aufgerissenen Augen feststellen musste – und wandte sich ab.

»Geh nach Hause, Kleiner. Ein Saloon ist noch nichts für dich. Versuch's noch mal, wenn du ein wenig älter bist.«

Entgeistert starrte Hope ihm nach. Das war doch ... Ihr fehlten selbst in Gedanken die Worte, sein unmögliches Verhalten zu beschreiben. Wütend ballte sie ihre Hände zu Fäusten und atmete tief durch, ehe sie ihm nachrannte. Ihre Stiefel waren ein wenig zu groß, und sie musste aufpassen, dass sie nicht stolperte.

»Mister McKinlay!«

Atemlos holte sie ihn ein, als er eben den Fuß auf die unterste Treppenstufe setzte, um nach oben zu den Gästezimmern zu gehen. Irritiert sah Gabriel sich um. Der Kleine schien wie eine Klette an ihm zu kleben.

»Hast du nicht gehört, was ich gesagt habe?«, knurrte er betont finster in dem Versuch, den Bengel zu entmutigen. Er konnte sehen, wie das Bürschchen schluckte, ihn aber weiter unverwandt aus großen, grauen Augen anblickte.

»Es geht um etwas Geschäftliches«, sagte der Kleine und befeuchtete nervös seine Lippen mit der Zunge. Gabriel konnte nur mit Mühe ein Seufzen unterdrücken. Geschäftliches. Mit einem Kind. Verdammt, war es bereits so weit gekommen? Er sah den Bengel noch einmal an. Seine Kleider waren neu, so als hätte er sie gerade erst gekauft. Wollte er damit etwa Eindruck bei ihm schinden? Gottergeben erlaubte Gabriel sich den zuvor verkniffenen Seufzer und stieg dann weiter die Treppe hinauf.

»Komm mit, wenn es sich nicht vermeiden lässt«, grollte er, ein letztes Mal hoffend, den Knaben doch noch abzuschütteln. Hastige Schritte auf der Treppe hinter ihm bewiesen ihm jedoch das Gegenteil. Kopfschüttelnd setzte Gabriel seinen Weg fort und betrat sein Zimmer. Es war nicht sonderlich groß, aber ausreichend. Am erfreulichsten war, dass die Zimmer in diesem Saloon erstaunlich sauber und die Betten frisch bezogen waren.

Das Bad, das er kurz zuvor geordert hatte, stand schon bereit. Dampf waberte über dem warmen Wasser, und Schaumflöckchen tanzten auf der Oberfläche.

Verdammt. Er hatte sich auf ein entspannendes Bad gefreut – allein. Dass er sich in Gesellschaft eines Kindes, das unbedingt etwas *Geschäftliches* mit ihm besprechen wollte, befinden würde, hatte er wirklich nicht ahnen können.

Verdammt, verdammt, verdammt.

Gabriel nahm den Hut ab und warf ihn achtlos aufs Bett. Er kreiste seine vom stundenlangen Spielen verkrampften Schultern, um sie zu lockern, und streifte dann sein Jackett und anschließend die Weste ab. Mit einem Zug öffnete er das schmale, schwarze Krawattenband und ließ es auf den Nachttisch fallen.

Irgendetwas stimmte nicht. Er sah sich um.

Der Junge stand noch immer in der Tür, die Hände tief in seine Hosentaschen vergraben, den Blick auf seine Stiefelspitzen gerichtet.

»Was ist?«, fragte Gabriel. »Willst du da Wurzeln schlagen? Komm endlich rein und mach die Tür zu.«

Zögernd trat der Kleine über die Schwelle. Nach einem letzten schnellen Blick durch den Raum schloss er die Tür.

»Also, was hast du so Dringendes mit mir zu besprechen?«, wollte Gabriel wissen und knöpfte sein Hemd auf. Der Bursche schien krampfhaft bemüht, ihn nicht anzusehen. Stattdessen vergrub er seine Hände noch tiefer in den Taschen seiner Hose und starrte auf den Boden.

»Was ist los? Hat die Katze deine Zunge gefressen?«, knurrte Gabriel unwirsch. Er hatte gehofft, den Bengel schnell wieder loszuwerden, aber wenn das so weiterging, dann stand er morgen Früh noch da.

»Nein, Sir«, krächzte der Kleine und räusperte sich. Er schien irgendetwas in seiner Hosentasche zu suchen, und sein Gesicht leuchtete auf, als er es gefunden hatte. Entgegen seiner Vorsätze konnte Gabriel eine gewisse Neugier nicht verhehlen, als der Kleine seine schmale Hand ausstreckte und ihm etwas reichte. Der Gegenstand war glatt und lag kühl in seiner Hand.

Ein Golddollar.

Woher hatte ein Bengel wie er einen Golddollar? Und was sollte er – Gabriel – damit?

»Und?«, fragte Gabriel deshalb und flippte ihm das Geldstück zurück. Der Junge fing es geschickt auf, aber wirkte irgendwie enttäuscht.

Hope schluckte und sah ihn an. Sie hatte gehofft, er würde sie erkennen, wenn sie ihm den Golddollar zeigte, den er ihr vor zwei Jahren geschenkt hatte, aber angesichts der Summe, die er heute Abend am Spieltisch gewonnen hatte, bedeutete einem Mann wie ihm ein Golddollar sicher nichts.

»Sie haben mir diese Münze vor zwei Jahren gegeben«, sagte sie dennoch, um seiner Erinnerung auf die Sprünge zu helfen.

Überrascht sah Gabriel den Knaben an. Er schien es ernst zu meinen.

»Kleiner, wer immer dir die Münze gegeben hat, ich war es auf jeden Fall nicht.«

»Doch, ich bin mir ganz sicher. Vor zwei Jahren, hier in Silver Springs.«

»Hör zu, Kleiner, ich bin seit einer Ewigkeit nicht in Silver Springs gewesen, und ganz gewiss nicht in den letzten zwei Jahren. Außerdem gehört es nicht gerade zu meinen Gewohnheiten, durch die Straßen zu laufen und Kindern Geldstücke zu schenken.«

Vor zwei Jahren, so überlegte Gabriel, war er kreuz und quer durch Montana und durchs Wyoming Territorium gezogen auf der Suche nach Clay Taggart, dem Mörder seiner Familie, der dann schließlich von seinem Bruder zur Strecke gebracht worden war. Seitdem war er auf Wanderschaft, heimat- und rastlos. Das Ziel, das ihn zuvor erbarmungslos angetrieben hatte, nämlich den Mörder seiner Familie zu richten, war erreicht. Der Hass und das Verlangen nach Rache, die über Jahre wie ein alles verzehrendes Feuer in seinem Innern gelodert hatten, waren mit Taggarts Tod urplötzlich erloschen und hatten ihn leer und ausgebrannt zurückgelassen. Vor einigen Wochen hatte er dann seinen Bruder und dessen Frau besucht, die sich in Montana eine Ranch aufbauten. Er hatte mit angefasst, um das Bunkhouse für die Cowboys fertig zu stellen, aber bereits nach zwei Wochen hatte er das Familienidyll nicht länger ertragen können. Zu sehr hatte es ihn an das erinnert, was er verloren hatte – seine Frau und seine beiden Söhne. Auch wenn sein Bruder keine Söhne hatte, sondern stolzer Vater einer kleinen Tochter war, so war der Kontakt mit Lily, die ihren Onkel sofort in ihr Herz geschlossen hatte, zu schmerzhaft für ihn gewesen. Emily hatte ihn gebeten, noch nicht zu gehen, aber Rafael kannte seinen Zwillingsbruder zu gut, um ihn zum Bleiben zu überreden. Auch seine Eltern, die es sich nicht hatten nehmen lassen, ihre Schwiegertochter und ihre kleine Enkelin kennen zu lernen, hatten ihn ohne ein weiteres Wort ziehen lassen.

Eines Tages, so sagte sich Gabriel, würde er den Schmerz überwinden. Eines Tages würde er ein Kind auf den Arm nehmen können, ohne an seine Söhne zu denken. Eines Tages …

Er glaubte nicht, dass dieser Tag jemals kommen würde.

Ein Geräusch brachte ihn zurück in die Wirklichkeit. Der Junge war einen Schritt zurückgewichen. Enttäuschung spiegelte sich in seinen Augen wider. Was immer er sich erhofft hatte, anscheinend war seine Antwort nicht die richtige gewesen.

»Hör zu, Kleiner. Mach dir nichts draus. Jeder kann sich mal irren. Aber wo du schon mal da bist, kannst du mir dabei helfen, meine Stiefel auszuziehen.«

Gabriel ließ sich auf das Bett fallen und streckte einen Fuß aus. Zögernd trat der Junge näher, dann griff er nach dem Stiefel.

Gabriel lachte. »Herrje, so doch nicht. Hast du deinem Vater denn nie die Stiefel ausgezogen? Dreh dich um.«

Schweigend tat Hope, wie ihr befohlen. McKinlay steckte seinen Fuß zwischen ihren Beinen hindurch und hob ihn leicht an. Hope nahm ihn und keuchte empört auf, als McKinlay seinen anderen Fuß gegen ihr Hinterteil stützte und heftig dagegen drückte. Sie stolperte vorwärts und konnte sich gerade noch abfangen, ehe sie gegen die Kommode rannte.

»Mister McKinlay!«, rief sie empört. Wütend warf sie seinen Stiefel zu Boden und funkelte ihn an, während sie sich das misshandelte Hinterteil rieb. McKinlay grinste.

»Stell dich nicht so an. Ich hab gar nicht fest zugetreten. Aber ein wenig Schwung braucht es schon, um einen gut sitzenden Stiefel vom Fuß zu bekommen. Na los, jetzt den zweiten.«

Wutschnaubend überlegte Hope, ob sie nicht einfach hinausstürmen sollte, aber sie brauchte seine Hilfe, sollte ihr Plan, den sie sich seit ihrer Flucht aus ihrem Zimmer zurechtgelegt hatte, funktionieren. Zähneknirschend drehte sie ihm erneut den Rücken zu und ergriff seinen zweiten Stiefel. Wenigstens war sein stiefelloser Fuß, den er jetzt gegen ihre Kehrseite stemmte, weicher, und sie wusste, was kommen würde, so dass sie zumindest nicht wieder stolperte. McKinlay erhob sich, und Hope hastete einige Schritte zur Seite.

Was sollte sie nur tun, wenn er ablehnte? Nun, zur Not würde sie es auch allein versuchen, aber mit seiner Hilfe wäre es ohne Zweifel leichter.

Sie stellte seine Stiefel neben die Zimmertür und drehte sich um.

Und erstarrte.

Hastig wandte sie den Blick ab, als McKinlay nackt, wie Gott ihn geschaffen hatte, in die Wanne stieg. Dennoch konnte sie es sich nicht verkneifen, den Kopf ein klein wenig zu drehen, so dass sie ihn unter gesenkten Augenlidern hervor beobachten konnte.

Er war groß, das hatte sie ja schon vorher gewusst, aber sie hätte nie erwartet, dass er unbekleidet noch riesiger wirken könnte. Seine Schultern waren breit, seine Hüften schmal, und an seinen langen Schenkeln, die soeben ins Wasser sanken, spielten die Muskeln und Sehnen unter der Haut. Die wohl geformten Hälften seines Gesäßes wirkten hart, und Hope schloss hastig die Augen, als ein anderer Teil von ihm sichtbar zu werden drohte. Erst als sie sein wohliges Seufzen vernahm, wagte sie es, die Augen wieder zu öffnen. Wie erwartet, war er bis zur Brust im Wasser versunken und lehnte am hohen Rückenteil der Kupferwanne. Dunkles Haar spross wie ein dünnes, weiches Vlies auf seiner breiten Brust und verschwand unter der Wasseroberfläche aus ihrem Blickfeld. Sein ganzer Körper war sanft gebräunt, selbst an Stellen, die für gewöhnlich nicht der Sonne ausgesetzt waren. Um den Hals, so stellte Hope überrascht fest, trug er einen kleinen Beutel an einem Lederband.

»Wo du schon mal hier bist, kannst du mir auch den Rücken waschen«, befahl Gabriel und schloss genüsslich die Augen. So konnte der Bengel sich wenigstens gleich nützlich machen, wenn er ihn schon beim Baden störte.

»Wer, ich?«, kiekste der Junge entsetzt, und Gabriel öffnete die Augen einen Spaltbreit.

»Siehst du hier sonst noch jemanden?«, wollte Gabriel wissen. »Natürlich du. Und wenn du deine Sache gut machst, überleg ich mir vielleicht, ob ich dir helfe.« Seine Lider senkten sich wieder.

Nervös trat Hope von einem Fuß auf den anderen und sah ihn an, wie er entspannt im Wasser ruhte. Das Goldstück hatte sie wieder in ihrer Hosentasche verschwinden lassen. Den Rücken sollte sie ihm waschen, hatte er gesagt. Konnte sie es wagen? Nun, warum eigentlich nicht? Wenn er ihr im Gegenzug dafür half, war es das sicher wert. Zögernd trat sie einen Schritt näher, dann noch einen.

»Auf der Kommode liegen Seife und ein Schwamm«, hörte sie seine dunkle Stimme. Seine bernsteinfarbenen Augen funkelten, während er sie unter kaum geöffneten Lidern hervor ansah.

Verdammt! Hope wünschte sich, sie wäre nicht so entsetzlich nervös. Dabei hatte sie überhaupt keinen Grund, aufgeregt zu sein. Das Wasser und die Schaumflocken verhüllten mehr als genug von seiner Gestalt, so dass es keineswegs unschicklich war, wenn sie ihm den Rücken schrubbte.

Hastig krempelte sie die Ärmel auf und ergriff Seife und Schwamm. Dann beugte sie sich vor. Die Krempe ihres Hutes streifte ihn dabei im Nacken, und mit einem unterdrückten »Nimm doch endlich den verdammten Hut ab« griff Gabriel nach dem Stetson und riss ihn ihr vom Kopf.

Langes, aschblondes Haar ergoss sich über ihre Schultern und fiel über ihre Arme und ihren Rücken hinab. Mit einem entsetzten Keuchen fuhr Hope zurück, während Gabriel sie aus weit aufgerissenen Augen entgeistert anstarrte. Er sprang halb auf, besann sich dann jedoch eines Besseren und versank, ihren Hut vor seine Blöße gepresst, noch tiefer im Wasser.

»Du bist ein Mädchen!«, rief er beinahe anklagend, und Hope funkelte ihn wütend an.

»Ja, was haben Sie denn gedacht?«, fauchte sie zurück. Mit einem wütenden Schütteln warf sie ihre Haare über die Schultern nach hinten. Sie hatte die schweren, frisch gewaschenen Strähnen in Ermangelung von Haarnadeln oder Bändern auf dem Kopf zusammengerollt und den Hut fest darüber gestülpt. Wie hätte sie auch ahnen sollen, dass ihr jemand den Hut vom Kopf reißen würde?

»Du bist ein Mädchen!«, wiederholte Gabriel, noch immer fassungslos. Mit einem schnellen Blick nach unten vergewisserte er sich, dass ihr völlig durchweichter Hut seinen Körper vor ihren Blicken hinreichend verbarg, während er gleichzeitig bemerkte, wie eine verräterische Röte in seine Wangen kroch. Er konnte sich nicht daran erinnern, wann er zum letzten Mal in Gegenwart eines Mädchens rot geworden war – ob er überhaupt jemals rot geworden war –, aber er schickte ein schnelles Stoßgebet zum Himmel, dass sie diesen Umstand wegen seines dunklen Teints nicht bemerken würde.

»Verschwinde!«, brüllte er dann. »Raus! Sofort!« Seine Augen suchten verzweifelt nach dem Handtuch, das er sich zurechtgelegt hatte, und fanden es über der Rückenlehne des Stuhles – der ebenso gut meilenweit hätte entfernt sein können.

Amüsiert beobachtete Hope, wie Gabriel McKinlay sich unter ihren Blicken wand. Irgendwie hatte sie gar nicht damit gerechnet, dass er sie für einen Jungen halten könnte, sondern war davon ausgegangen, dass er wusste, mit wem er es zu tun hatte. Diesen großen und zuvor noch so selbstsicheren Mann plötzlich und unerwartet in der Hand zu haben, gab ihr ein ganz neues, aber keinesfalls zu verachtendes Gefühl der Macht.

Mit einem überlegenen Lächeln ergriff Hope den Stuhl und zog ihn zu sich heran. Gabriel McKinlays ausgestreckte Hand, die nach dem Handtuch greifen wollte, ignorierte sie. Noch immer lächelnd ließ sie sich rittlings auf dem Stuhl nieder und verschränkte ihre Arm auf der Lehne, während McKinlay sich wieder tiefer ins Wasser sinken ließ. Seine Augen blitzten sie wütend an.

»Also, Mister McKinlay«, sagte Hope kühl und – wie sie hoffte – gelassen und legte ihr Kinn auf ihre Arme. »Kommen wir zum geschäftlichen Teil meines Hierseins.«

Keine Antwort, aber Hope ließ sich davon nicht entmutigen. Sie musste das Eisen schmieden, solange es heiß war. Früher oder später würde McKinlay sich überwinden und den Spieß umdrehen, dessen war sie sich sicher. Also musste sie das, was sie zu sagen hatte, bis dahin vorgebracht haben.

»Haben Sie Ihren Schuh zurückbekommen?«, presste McKinlay mit zusammengebissenen Zähnen hervor.

»Was? Oh, ja, ja. Der Schuh. Vern hat ihn geholt«, versicherte sie ihm, ihre kühle und gelassene Haltung einen Moment lang vergessend, ehe sie sich wieder auf die Rolle, die sie spielen wollte, besann. Um ihren nervösen Fingern etwas zu tun zu geben, begann sie, mit dem Handtuch zu spielen.

»Als Sie heute Mittag zu meiner Rettung eilten …«, Gabriel schnaubte, aber sie ließ sich davon nicht beirren, »… da sagten Sie, ich solle Sie wissen lassen, wenn ich noch einmal Ihre Hilfe bräuchte.«

Gabriel lachte spöttisch. »Da hatte ich eigentlich mehr daran gedacht, Sie über die Straße zu geleiten, und ganz sicher nicht daran, von Ihnen in meiner Badewanne gefangen gehalten zu werden.«

»Das haben Sie sich selbst zuzuschreiben. Ich habe bereits unten im Saloon gesagt, dass ich etwas Geschäftliches mit Ihnen zu besprechen habe. Sie haben darauf bestanden, mich mit in Ihr Zimmer zu schleppen.«

»Sie hätten mir sagen können, wer Sie sind!« Gabriel wurde mit jedem Wort lauter.

»Woher sollte ich denn wissen, dass Sie mich nicht erkannt haben?«, gab Hope hitzig zurück. Sie würde sich nicht in die Defensive drängen lassen, oh nein, diesmal nicht. Diesmal hatte sie im wahrsten Sinne des Wortes die Hosen an.

»Ja, glauben Sie denn, ich hätte mich in Ihrer Gegenwart entkleidet, wenn ich gewusst hätte, dass Sie ein Mädchen sind?!«

Erstaunt sah Hope ihn einen Augenblick lang an, ehe sie ihn diesbezüglich beruhigte.

»Ach, da machen Sie sich mal keine Sorgen. Das haben auch schon andere getan.« In dem Moment, in dem ihre Worte ihren Mund verließen, wusste Hope, dass sie etwas Falsches gesagt hatte. Der Ausdruck in Gabriels Augen wechselte schlagartig. Spekulierend wanderte sein Blick über ihren Körper, verharrte auf ihren Brüsten und glitt dann hinunter zu ihren

Hüften. Hastig sprang Hope auf und schob den Stuhl als Bollwerk zwischen sich und McKinlay.

»Das meinte ich nicht so, wie es geklungen hat«, stammelte sie irritiert. Verdammt! Jetzt hatte sie sich doch das Heft aus der Hand nehmen lassen. »Ich meinte doch nur, dass die meisten Leute mich überhaupt nicht beachtet haben, dass ...« Sie verstummte unter Gabriels heißem Blick, den sie plötzlich wie eine Berührung auf der Haut zu spüren glaubte. Ein Schauer rann über ihren Rücken, und Hope verschränkte die Arme vor der Brust, als sie fühlte, wie ihre Brustspitzen sich aufrichteten. »Ich ...«

»Wie kann jemand solches Haar übersehen?«, fragte Gabriel leise, und Hope griff verlegen nach der weich fließenden Masse, um sie sich nervös um die Hand zu winden.

»Ich trage es sonst als Zopf«, murmelte sie und sah betreten zu Boden. Wieder erbebte sie, aber dann schüttelte sie den Bann, den er mit seinen Blicken über sie gelegt zu haben schien, wie einen Umhang ab und richtete sich auf.

»Aber ich bin nicht hier, um über meine Haare zu reden«, stellte sie fest, ohne jedoch die Grenze zu überschreiten, die der Stuhl zwischen ihnen markierte.

Zu seinem großen Erstaunen begann Gabriel, das Gespräch zu genießen. Hope – er konnte es kaum glauben, dass sie das schmutzige junge Mädchen war, das er erst wenige Stunden zuvor zu Cummings' Mercantile getragen hatte – ging aufgebracht auf und ab. Bei jeder Bewegung wogte ihr langes, blassblondes Haar auf ihrem Rücken hin und her, als hätte es ein Eigenleben, und zog seinen Blick unweigerlich an. Eben atmete sie tief ein, und die Rundungen ihrer jungen, festen Brüste pressten sich beinahe aufreizend gegen ihr Hemd. Gabriel spürte, wie seine Männlichkeit sich unter Wasser regte, und drückte Hopes Hut fester gegen seine aufmüpfige Körperregion. Die Berührung trug allerdings wenig dazu bei, das Problem zu beheben. Ganz im Gegenteil ...

»... Hilfe«, beendete Hope ihre kurze, sorgsam einstudierte Ansprache und wandte sich ihrem Gegenüber wieder zu. Die ganze Zeit über hatte sie krampfhaft versucht, McKinlay nicht anzusehen, damit sein nackter Körper in der Wanne sie nicht ablenken konnte. Nun aber wollte sie wissen, wie er auf ihren Vorschlag reagieren würde. Atemlos blickte sie ihn an.

»Und?«, fragte sie dann, als er nichts dazu sagte.

»Und was?«, erwiderte McKinlay geistesabwesend. Noch immer ruhte sein Blick auf ihren Brüsten. Wieso waren sie ihm vorhin nur nicht aufgefallen? Jetzt, wo er wusste, dass sie da waren, waren die sanften Hügel unter dem Hemd unübersehbar, ebenso die leichte, aber verführerische Rundung ihrer Hüften, die er am Vormittag sogar schon unbeabsichtigt berührt hatte, als sie unter ihrem Kleid zu seiner großen Überraschung nackt gewesen war.

»Ich will wissen, was Sie von meinem Vorschlag halten«, wollte Hope ungeduldig wissen. Sie musste sich beherrschen, um nicht frustriert mit dem Fuß aufzustampfen.

Gabriels Blick richtete sich auf ihr Gesicht, aus dem ihm graue Augen wütend entgegenstarrten. »Welcher Vorschlag?«

»Welcher Vorschlag?!«, rief Hope ungläubig. »Ja, haben Sie mir denn überhaupt nicht zugehört?« Ihr Atem ging stoßweise und heftig, und mit jedem ihrer Atemzüge spannte sich die Vorderseite ihres Hemdes. Aufstöhnend schloss Gabriel die Augen, als das Verlangen heiß und drängend in seine Lenden fuhr.

»Sehen Sie mich wenigstens an, wenn ich mit Ihnen rede!«, fauchte Hope wütend. Diesmal widerstand sie der Versuchung nicht, mit dem Fuß fest aufzustampfen.

»Das ist jetzt keine so gute Idee«, presste Gabriel zwischen zusammengebissenen Zähnen hervor.

Verdammt! Warum konnte sie ihn nicht endlich allein lassen?

»Jetzt sagen Sie nicht, Sie wollen noch immer, dass ich Ihnen den Rücken wasche«, grummelte Hope, und Gabriel riss entsetzt die Augen auf.

»Nein«, stieß er hervor. »Nein, das will ich nicht mehr.« Nicht auszudenken, wenn sie ihn jetzt auch noch berührte.

»Gut«, sagte Hope, ein wenig beruhigt. »Also, noch mal von vorn: Als Gegenleistung dafür, dass Sie mir helfen, Silver Springs zu verlassen, biete ich Ihnen eine Beteiligung an meiner Goldmine an.«

Einen Augenblick lang dachte Gabriel, er hätte nicht richtig gehört.

Goldmine? Hope, das schmutzigste Mädchen, das er jemals gesehen hatte, behauptete, sie besäße eine Goldmine?

Gabriel spürte ein Lachen in sich aufsteigen. Er bemühte sich heroisch, es zurückzuhalten, aber er verlor den Kampf. Aufprustend starrte er Hope an, die ihn, die Augen leicht zusammengekniffen und die Arme vor der Brust verschränkt, finster anstarrte.

»Sind Sie fertig?«, wollte sie wissen, als er sich ein wenig beruhigt hatte.

Fertig? Nein, eigentlich noch nicht, dachte Gabriel, aber zumindest hatte ihn der Heiterkeitsausbruch effektiv von einem anderen Problem seines Körpers abgelenkt.

»Goldmine?«, prustete er dann. Wasser war über den Rand der Wanne auf den Boden geschwappt und hatte den Pegel bedenklich gesenkt. Zudem hatte der Schaum sich aufgelöst, so dass ihr triefendnasser Hut so ziemlich das Einzige war, das ihn noch vor ihren Blicken schützte. Andererseits, sie hatte ja selbst gesagt, dass sie den Anblick nackter männlicher Körper gewohnt war, so dass er ihr Schamgefühl wohl kaum verletzen würde.

Es war schon seltsam, dachte Gabriel, dass Männer sich genierten, sobald sie nackt in der Gegenwart von jungen, schüchternen Mädchen oder ehrenwerten Frauen waren, sich aber niemals unwohl fühlten, wenn die Frauen in ihrer Gesellschaft Huren oder Schlampen waren. Und Hope hatte es ja mehr oder weniger zugegeben, dass sie zur letzteren Kategorie zählte, auch wenn man es ihr, so viel musste er zugeben, nicht ansah.

»Reichen Sie mir das Handtuch«, sagte er und stützte seine Hände auf den Rand der Wanne. Er konnte sehen, wie sich Hopes Augen vor Schreck weiteten, als ihr bewusst wurde, was er vorhatte.

»Das Wasser wird kalt«, stellte er klar. »Also geben Sie mir jetzt das Handtuch oder nicht?«

Hope kniff ihre Augen zu und tastete nach dem Handtuch, das sie ihm dann mit weit ausgestrecktem Arm reichte. Gabriels spöttisches Lachen drang an ihr Ohr, aber sie weigerte sich, darauf einzugehen. Wasser plätscherte, dann nahm er ihr das Handtuch ab, und Hope wirbelte herum, so dass sie ihm den Rücken zudrehte.

»Für eine vom Fach sind Sie erstaunlich schüchtern«, stellte Gabriel fest, während er sich abtrocknete. Er seufzte. Schade um das Badewasser. Er war noch nicht mal dazu gekommen, sich abzuseifen.

»Ich weiß nicht, was Sie von mir glauben, Mister McKinlay, aber ich kann Ihnen versichern, ich bin keine ›vom Fach‹«, entgegnete Hope mit zitternder Stimme. Wütend ballte sie ihre Hände zur Faust. Wie konnte er so etwas nur denken? Nur weil sie gesagt hatte …

Hope atmete tief durch. Natürlich. Was hatte er auch anderes annehmen sollen bei ihren unbedachten Worten? Aber andererseits war es egal, was er dachte, solange er bereit war, auf ihr Angebot einzugehen. Sie würden Partner sein. Zwar hatte sie sechzig zu vierzig vorgeschlagen, aber anscheinend hatte er ihr ja überhaupt nicht zugehört. Genau genommen wäre sie auch mit fünfzig zu fünfzig einverstanden, wenn er nur zustimmte. Bestimmt stellte Nigel Cummings bereits die Stadt auf den Kopf auf der Suche nach ihr.

Niemand nahm Nigel Cummings etwas fort, von dem er glaubte, es gehöre ihm, ganz egal, ob Ding oder Lebewesen. Lieber zerstörte oder tötete er es, als dass er zuließ, dass jemand anders es bekam. Sie erinnerte sich an das Pferd, das er einmal beim Kartenspielen verloren hatte. Ein wunderschöner Brauner mit weißen Strümpfen und glänzenden, intelligenten Augen. Cummings' ganzer Stolz, aber sein Gegner war an jenem Abend einfach besser gewesen. Ein Schauer rann ihr über den Rücken, als sie daran dachte, dass das Pferd am nächsten Morgen mit durchschnittener Kehle im Stall gelegen hatte. Niemand hatte etwas gesehen, aber jeder hatte gewusst, dass es Cummings' Werk gewesen war.

Und Nigel Cummings war nun einmal der Auffassung, sie gehöre ihm, und ganz bestimmt wollte er sie wiederhaben. Und sei es nur, um das zu beenden, was er sich ganz offensichtlich für sie vorgenommen hatte.

Sie aber hatte an diesem Nachmittag das erste Mal den süßen Duft der Freiheit gewittert. All ihre Träume, all ihre Vorstellungen, sich eines Tages von Nigel Cummings' Knechtschaft zu befreien, waren mit einmal wahr geworden. Sie war frei, konnte gehen, wohin sie wollte, tun, was immer sie wollte – die Frage war nur: Wie lange noch?

Sollte McKinlay ihr seine Hilfe verwehren, dann würde sie versuchen, allein aus der Stadt zu fliehen. Die Postkutsche schied aus. Anders als in ihren Träumen hatte sie Cummings nicht die Stirn geboten und ihre Freiheit zurückgefordert, sondern war davongelaufen. Und solange er lebte, würde sie immer ein Flüchtling bleiben, nie ganz sicher, ob er sie nicht doch aufspüren würde. Wenn sie sich ein Pferd und Vorräte kaufte, würde Cummings davon erfahren. Aber ohne Proviant und ohne ein Transportmittel war es kompletter Irrsinn, in die Berge fliehen zu wollen. Allein auf sich gestellt, würde sie nicht lange überleben.

Aber Cummings würde sie töten müssen, ehe sie zuließ, dass er sie wieder unter seine Knute zwang wie bisher.

»Also?«, wollte Hope, Gabriel noch immer den Rücken zugekehrt, wissen. »Werden Sie auf meinen Vorschlag eingehen?«

Nachdenklich blickte Gabriel auf ihren steifen Rücken und die geballten Fäuste.

Eine Goldmine. Nun, warum eigentlich nicht? Seit Taggart tot war, hatte er sowieso jeglichen Antrieb verloren. Er streifte durch die Weiten der Prärie oder durch die Berge – immer allein. Manchmal verirrte er sich in die Zivilisation der Weißen, um kurz danach wieder hinauszuziehen in die Einsamkeit. Warum also sollte er sein Glück nicht einmal als Goldschürfer versuchen? Was hatte er schon zu verlieren?

»Sechzig zu vierzig, sagten Sie?«, fragte er und sah, wie Hope überrascht zusammenzuckte, ehe sie nickte.

»Sechzig zu vierzig«, bestätigte sie. »Die vierzig sind für Sie«, beeilte sie sich dann, richtig zu stellen, nur für den Fall, dass er sie falsch verstanden hatte. Gabriel lachte leise.

»Einverstanden«, stimmte er zu. »Sechzig für Sie und vierzig für mich.«

Hope konnte hören, wie er seine Kleider anlegte. Vor ihrem geistigen Auge stieg das Bild seines unbekleideten Körpers auf, die festen Oberschenkel und die wohlgeformten, straffen Hinterbacken. Nur mit Mühe konnte sie die Erinnerungen aus ihren Gedanken vertreiben, ehe ihre Fantasie noch weitere Bilder heraufbeschwören konnte.

»Eine Bedingung gibt es noch«, warf sie dann ein.

»Was für eine Bedingung?«, fragte Gabriel, plötzlich misstrauisch.

»Die Bedingung ist, dass unsere Partnerschaft eine rein geschäftliche ist.« Sie atmete tief ein. »Was auch immer Sie von mir zu wissen glauben, ich werde nicht …« Hope brach ab und biss sich auf die Unterlippe. Sie konnte es einfach nicht aussprechen.

»Was?«, höhnte Gabriel. »Sie werden nicht mit mir ins Bett gehen? Ist es das, was Sie mir sagen wollen? Sie werden in unserer Partnerschaft keine sexuellen Dienste leisten?«

Hope nickte krampfhaft. So, wie er es sagte, klangen die Worte noch grober und beleidigender, als sie es sich vorgestellt hatte. Einen Moment lang dachte sie, er würde ablehnen, aber dann hörte sie, wie er tief einatmete.

»Einverstanden«, bekräftigte er noch einmal. »Aber eine Bedingung habe ich auch.«

Hopes Schultern spannten sich.

»Unsere Partnerschaft dauert bis zum Winter. Egal, wie viel oder wie wenig wir bis dahin gefunden haben – sobald der erste Schnee fällt, steht es mir frei, unsere Partnerschaft zu beenden und meiner Wege zu gehen.«

Erleichterung durchströmte Hope, dass er keine anderen, nicht so leicht zu erfüllenden Bedingungen stellte.

Vier Monate, dachte Hope. Vielleicht fünf, wenn der Winter dieses Jahr spät kam. Die Zeit war knapp. Auch ihr Großvater hatte nicht immer Gold gefunden, aber wenn er auf eine Ader gestoßen war, dann war es auch jedes Mal eine reiche gewesen. In vier Monaten konnten sie Erfolg haben – oder auch nicht. Aber egal, wie es ausging: Sie war aus der Stadt raus. Wenn er sie zum Winter verlassen würde, dann würde sie eben allein weitermachen.

»Gut, ich bin einverstanden«, stimmte sie zu. Zweifelsohne war es das beste Geschäft, das sie unter diesen Umständen machen konnte.

»Wollen Sie mir nicht die Hand geben, wie es unter Geschäftspartnern üblich ist?«

»Nur wenn Sie angezogen sind!«, entgegnete Hope schnell. Sie glaubte, eine leise Heiterkeit in seiner Stimme zu hören, als er antwortete: »Ich bin angezogen.«

Zögernd drehte Hope sich um. Während sie ihm den Rücken zugewandt hatte, hatte er seine Hosen wieder angelegt und ein sauberes Hemd, das er aber noch nicht zugeknöpft hatte. Es stimmte, dass sie schon viele Männer in den verschiedensten Stadien des Unbekleidetseins gesehen hatte, aber keiner hatte dabei so gut ausgesehen wie Gabriel McKinlay. Hope schluckte, ehe sie seine ausgestreckte Hand ergriff und schüttelte, ohne ihn anzusehen. Seine Handflächen waren schwielig und rau, aber sein Händedruck war überraschend angenehm – fest, ohne zu schmerzen.

»Wir werden Vorräte benötigen«, stellte McKinlay fest, während er sein Hemd zuknöpfte. »Darum werde ich mich kümmern.«

Hope nickte. »Ich kann im Augenblick nur den Golddollar beisteuern ...«

»Behalten Sie Ihr Geld. Immerhin bringen Sie die Goldmine in unsere Partnerschaft ein«, sagte er mit besonderer Betonung auf dem Wort »Partnerschaft«, ganz so, als wäre ihre Vereinbarung alles andere als ernst zu nehmen. »Da ist es das Mindeste, dass ich für die Vorräte sorge.«

»Glauben Sie etwa nicht, dass ich eine Goldmine habe?«, fragte Hope wütend. McKinlay sah sie an, und Hope hielt unwillkürlich den Atem an.

»Wenn ich nicht daran glauben würde, dann würde ich wohl kaum vorschlagen, Vorräte zu besorgen.«

»Nein, natürlich nicht«, murmelte Hope und sah auf ihre Stiefelspitzen. Sie wusste einfach nicht, was sie von diesem Mann halten sollte. Vor zwei Jahren hatte er sich ihr gegenüber äußerst großzügig gezeigt und ihr einen Golddollar Trinkgeld gegeben, obwohl er sie überhaupt nicht kannte. Jetzt behauptete er, er erinnere sich nicht daran, ja, sei nicht einmal in der Stadt gewesen. Heute Mittag hatte er sich als zuvorkommender Gentleman gezeigt, und vor wenigen Minuten hatte er ihren Körper mit unverhohlenem Interesse gemustert, als wäre sie eine der käuflichen Dirnen im Saloon. Nun, immerhin hatte er einer Partnerschaft zugestimmt, auch wenn er diese anscheinend nicht als ganz so ernsthaft betrachtete, wie sie es sich wünschte. Sie konnte nur hoffen, dass sie die Vereinbarung nicht irgendwann bereuen würde.

»Ich habe auch kein Pferd«, gab Hope zu bedenken. »Wenn Sie eines für mich erstehen würden, wäre ich Ihnen dankbar. Das Pferd bezahle ich natürlich«, beeilte sie sich, ihm zu versichern.

»Hat es einen besonderen Grund, dass Sie das Pferd nicht selber kaufen?«

Sie wollte es ihm nicht sagen, aber früher oder später würde er es ja doch erfahren. Hope traute sich nicht, ihn anzusehen, aus Angst davor, was sie in seinem Gesicht finden würde, als sie antwortete.

»Nun, ich habe vorhin nicht ganz die Wahrheit gesagt«, murmelte sie und schaute ihn doch an. »Nigel Cummings ist eigentlich nicht mein Vormund, zumindest nicht so direkt, sondern mein …« Eigentümer, wollte sie sagen, aber sie brachte das Wort nicht über die Lippen. Außerdem – war es nicht strafbar, einer Leibeigenen zur Flucht zu verhelfen? Zumindest behauptete Cummings das immer. Was, wenn McKinlay ihr nicht helfen würde?

»Er ist doch nicht etwa Ihr Vater?«

»Nein!« Gott bewahre. Sie konnte sich nichts Schlimmeres vorstellen, als ausgerechnet Nigel Cummings zum Vater zu haben.

»Nein, aber als mein Großvater gestorben ist, hat er mich bei sich aufgenommen. Seitdem arbeite ich für ihn, und … Nun, ich arbeite nicht allzu gern für ihn, aber er wird bestimmt verhindern wollen, dass ich fortlaufe.« Was, wenn McKinlay jetzt doch ablehnte? Was, wenn er nicht mit in ihre Flucht hineingezogen werden wollte?

»Und als Sie mich heute gesehen haben«, fragte er, »und ich Ihnen meine Hilfe angeboten habe, da haben Sie beschlossen wegzulaufen?«

»Nein!« Flehentlich sah Hope ihn an, als könnte sie ihn allein Kraft ihres Willens vom Gegenteil überzeugen. Sie hatte überhaupt nicht damit gerechnet, dass er ihre Flucht mit seiner Person in Verbindung bringen könnte.

»Nein«, versicherte sie ihm noch einmal. »Meine Flucht hat nichts mit Ihnen zu tun, gar nichts.« Sie schluckte. »Sie hat vielmehr etwas mit den Plänen zu tun, die Nigel Cummings für mich hat und von denen ich erst heute erfahren habe. Heute Nachmittag, um genau zu sein.« Beschwörend sah sie ihn an. Er musste ihr einfach glauben.

»Wie sind Sie ausgerechnet an ihn geraten?«, wollte Gabriel wissen. Sein Blick glitt über die zierliche Gestalt, die ihn ansah, als wäre er ihre einzige Hoffnung. Er konnte sich schon vorstellen, was Cummings mit ihr vorhatte, und entgegen ihrer früheren Worte schien sie zumindest bislang nicht für ihn gehurt zu haben.

»Ich war acht Jahre alt, als mein Großvater starb. Das war vor etwas mehr als zehn Jahren. Wir waren in die Stadt gefahren, um Vorräte für den Winter zu kaufen, und er kippte einfach um und war tot, genau vor Cummings' Laden. Er war der einzige Verwandte, den ich hatte. Es gab niemanden sonst.« Tränen glitzerten in ihren Augen, als sie an die Ungerechtigkeit dachte, die ihr damals widerfahren war, aber jetzt war nicht die Zeit, Gabriel McKinlay in die Geschehnisse jenes schicksalhaften Tages einzuweihen.

»Kein anderer wollte mich haben, und alle schienen froh zu sein, als Cummings mich bei sich aufnahm. Ich musste für ihn arbeiten, sehr hart arbeiten, und ich glaube, Cummings hat mich bloß bleiben lassen, weil er gehofft hat, er würde mich irgendwann so zermürbt haben, dass ich ihm die Lage von Großvaters Mine verrate.«

Gabriel nickte. Das sah Cummings ähnlich.

»Aber das haben Sie nicht getan.« Eine Feststellung.

»Nein.« Fest sah Hope ihm in die Augen. »Diese Genugtuung wollte ich ihm nicht geben. Aber jetzt ist er bestimmt auf der Suche nach mir. Ganz sicher sogar sucht er mich. Wenn ich versuche, ein Pferd oder Vorräte zu kaufen, wird er davon erfahren und mich zwingen, zu ihm zurückzukommen. Aber das will ich nicht.«

Gabriel sah sie einen Moment lang an. Ihre Verzweifelung war beinahe körperlich spürbar, und er konnte es ihr nicht verdenken. Es war bestimmt nicht leicht für sie gewesen, so viele Jahre unter Cummings' Herrschaft zu überleben.

»Wenn wir diesen Raum verlassen, möchte ich, dass Sie den Hut wieder aufsetzen. Vermeiden Sie es, irgendwelche Leute direkt anzusehen. Für den Fall, dass jemand fragt: Ab sofort sind Sie mein Sohn, ist das klar?«

Erleichtert strahlte Hope ihn an. Er würde ihr helfen. Er würde sie nicht verraten, sondern sich an ihre Abmachung halten.

»Ja, Sir, Mister McKinlay«, sagte sie überglücklich, und Gabriel musste sich ein Grinsen verkneifen.

»Noch eins: In Gegenwart anderer Leute nennst du mich Dad.«

VI

Mit einem gequälten Stöhnen zerrte Hope den Mehlsack auf das Wagenbett und ließ ihn dann mit einem erleichterten Seufzer fallen, ehe sie sich mit dem Ärmel den Schweiß von der Stirn wischte und von der Ladefläche sprang. Auch wenn sie an schwere Arbeit im Laden gewöhnt war, so war es doch weitaus anstrengender, als sie gedacht hatte, die schweren Säcke auf den Wagen zu hieven. Meist hatte Vernon das Verladen der großen Mehlsäcke auf die Wagen der Kunden übernommen, sie selbst hatte sie nur innerhalb des Ladens bewegt, aber jetzt wollte sie sich nützlich machen. Außerdem – je schneller die Vorräte verladen waren, desto schneller konnten sie aufbrechen. Gott sei Dank hatte sie ihr Haar am Morgen geflochten und anschließend mit einigen Haarnadeln auf dem Kopf fixiert, ehe sie den Hut aufgesetzt hatte, so dass sie sich zumindest keine Sorgen machen musste, dass lange, vorwitzige Haarsträhnen unter ihrem Hut hervorkrochen.

Sie hatte die Nacht in McKinlays Zimmer verbracht. Trotz ihrer leisen Bedenken, mit ihm allein zu sein, schien er keine Probleme damit zu haben, sich an ihre Bedingung zu halten. Er hatte noch einige Zeit unten im Saloon verbracht, zumindest nahm sie an, dass er unten im Saloon gewesen war, und sie hatte in der Zwischenzeit ein Lager aus Decken auf dem Boden am Fußende des Bettes aufgeschlagen. Als er einige Stunden später wieder ins Zimmer hinaufgekommen war, hatte er sie überhaupt nicht beachtet, sondern sich entkleidet und war ohne ein Wort ins Bett gegangen. Gemessen an der Aufmerksamkeit, die er ihr geschenkt oder vielmehr nicht geschenkt hatte, hätte man meinen können, sie sei überhaupt nicht vorhanden. Aber ihr konnte es nur recht sein.

Am Morgen dann hatte McKinlay für sie ein Pferd erworben – eigentlich mehr ein Indianerpony, weißbraun gescheckt – und dazu einen Wagen, weil es damit einfacher sein würde, ihre Vorräte zu transportieren. Als er noch im Laden war, hatte Hope bereits damit begonnen, die Einkäufe zu verladen. Selbstverständlich waren sie nicht zu Cummings' Mercantile gegangen, sondern zu den Lindsays.

Es war ungewohnt gewesen, im Laden so zu tun, als sei sie McKinlays Sohn. Während er mit der Scharade anscheinend keine Probleme hatte, war ihr das Wort »Dad« einfach nicht über die Lippen gekommen. Wenn überhaupt, hatte sie ihn respektvoll mit »Sir« angesprochen, wie es auch andere Söhne mit ihren Vätern taten. Somit war ihr Widerstreben, die vertrautere Anrede zu benutzen, nicht weiter aufgefallen. Einzig McKinlay hatte überrascht die Augenbrauen hochgezogen.

»Darf ich fragen, was Sie da machen?«, erklang seine dunkle Stimme in diesem Augenblick genau hinter ihr.

Hope war so beschäftigt damit gewesen, einen weiteren Mehlsack auf das Wagenbett zu stemmen, dass sie Gabriel nicht hatte kommen hören. In ihrer Konzentration gestört, entglitt der schwere Leinensack ihren Fingern und hätte sie beinahe erschlagen. Geistesgegenwärtig griff Gabriel zu und beförderte den Sack ohne größere Mühen auf den Wagen.

Schwer atmend sah Hope ihn an. Schon seit Jahren schleppte sie 50-Pfund-Säcke und hatte niemals Probleme damit gehabt. Offensichtlich betrog Cummings seine Kunden auch dabei, denn seine 50-Pfund-Säcke waren wesentlich leichter gewesen.

»Nun«, schnaufte sie, »ich belade den Wagen. Das machen Söhne so, während ihre Väter noch einkaufen.« Immerhin hatte sie den Vorgang oft genug selbst beobachten können. Gabriel sah sie einen Moment lang wütend an, dann drehte er sich um und ergriff einen viel kleineren Sack mit Zucker.

»Solche Säcke können Sie verladen, haben Sie verstanden? Wenn ich Sie noch einmal dabei erwische, wie Sie einen Mehlsack heben, lege ich Sie eigenhändig übers Knie.«

Hope wollte aufbrausen, überlegte es sich aber dann angesichts der drei alten Männer anders, die vor dem Laden auf einer Bank saßen, ihre Pfeifen rauchten und, wie sie genau wusste, alles, was um sie herum geschah, mit großem Interesse beobachteten.

»Ich habe schon immer schwere Dinge gehoben«, wisperte sie, so dass nur Gabriel sie hören konnte, während sie Seite an Seite arbeiteten.

»Kann schon sein. Aber in meiner Gegenwart werden Sie das nicht tun. Ab sofort bestimme ich, was und wie schwer Sie heben können.«

»Sie haben mir keine Vorschriften zu machen!«, zischte Hope wütend. »Das ist nicht Teil unserer Abmachung.«

»Ach nein? Dann sollten Sie es ab sofort als Teil unserer Abmachung betrachten, weil es eine weitere Bedingung ist, die ich stelle.« Hope hielt in ihrer Arbeit inne und starrte ihn ungläubig an.

»Sie haben keine weiteren Bedingungen zu stellen!«, entfuhr es ihr. »Wir waren uns einig ...«

»Sprechen Sie leiser, wenn Sie nicht wollen, dass in fünf Minuten die ganze Stadt weiß, wer Sie sind. Wir haben ein interessiertes Publikum.« Auch ihm waren die drei Alten nicht entgangen.

Hope senkte den Kopf, so dass ihr Hut ihre Augen beschattete und ihre Züge verbarg. Dann funkelte sie Gabriel unter der Krempe hervor wütend an.

»Ich weiß selbst, was ich kann, und ich werde mir von Ihnen nicht vorschreiben lassen, was ich tun darf.«

»Schön. Dann betrachteten Sie unsere Partnerschaft als beendet.«

»Das können Sie nicht tun! Wir haben eine Abmachung.«

»Und wie wollen Sie mich daran hindern? Wollen Sie mich etwa verklagen? Ich glaube nicht, und das nicht nur, weil Cummings dann erfährt, wo Sie sind. Sie brauchen mich, Hope, und ich werde nicht zusehen, wie Sie sich zugrunde richten, auch wenn Cummings das bislang von Ihnen verlangt hat.«

»Was hat das denn damit zu tun? Ich bin stark, und wir beide wissen es.« Hope hörte Gabriels leises Lachen und blickte ihn finster an.

»Schon gut, schon gut. Sie sind stark. Aber seien Sie ehrlich: Ich bin nun einmal stärker. Keinem von uns ist geholfen, wenn Sie sich durch Ihren Starrsinn verletzen, wo ich Ihnen die schweren Sachen doch abnehmen kann.«

Ein wenig besänftigt durch seine beschwichtigenden Worte, wandte sich Hope wieder dem Beladen des Wagens zu. Es war eine große Menge Vorräte, die McKinlay eingekauft hatte, mehr als ausreichend, so dass sie vor Einbruch des Winters höchstens noch einmal in die Stadt mussten. Entweder wollte er die ihnen verbleibende Zeit optimal nutzen oder verhindern, dass jemand sie bei einer erneuten Fahrt in die Stadt erkannte.

Endlich hatten sie alles verstaut. Der Wagen, den McKinlay erstanden hatte, war weder schön noch würden sie bequem sitzen, aber dafür war er geräumig und solide gebaut.

»Was haben Sie noch gekauft?«, wollte Hope wissen, aber McKinlay antwortete nicht. Stattdessen warf er das Bündel, das er ohne ihr Beisein erstanden hatte, auf die Ladefläche und schloss die hintere Klappe.

»Können Sie allein aufsteigen?«, fragte er knapp. Bei dem entrüsteten Blick, den sie ihm zuwarf, hätte er am liebsten laut gelacht, aber er verkniff es sich.

»Natürlich«, meinte Hope pikiert und erklomm ohne seine Hilfe den Kutschbock. Sie ergriff die Zügel und machte klar, dass sie zu lenken beabsichtigte, während Gabriel sich auf der anderen Seite hinaufschwang.

»Ich halte es für das Beste, wenn wir die Stadt so schnell wie möglich verlassen. Fahren Sie zum Mietstall, damit wir die Pferde abholen können, und dann los.«

Ohne ein Wort löste Hope die Bremse und trieb die beiden Mulis an, die gehorsam loszuckelten. Staub wirbelte unter ihren Hufen auf und trieb in langen Schwaden über die Hauptstraße.

Einige Tage zuvor war einer der inzwischen seltenen Siedlertrecks durch die Stadt gezogen und hatte ein wenig außerhalb sein Lager aufgeschlagen. Seitdem kamen ständig Fremde in die Stadt, um einzukaufen oder um sich im Saloon lediglich die Zeit zu vertreiben, ehe es weiterging auf die letzte Etappe des langen Weges gen Westen. In den letzten Jahren war die Anzahl der Trecks immer weiter gesunken. Vor über zwanzig Jahren, im Jahr 1850, als jeder amerikanische Bürger, der älter war als 18 Jahre, 129 Hektar Land umsonst bekam, wenn er es anschließend nur vier Jahre bewirtschaftete, und sogar die doppelte Menge, wenn er verheiratet war, waren die Siedler in Scharen aus dem Osten gekommen, auch später noch bis '55, als es noch immer 64 Hektar Land für jeden willigen Siedler gab. Aber seit die Regierung überhaupt kein Land mehr verschenkte, machten sich jedes Jahr nur noch wenige Familien in der Hoffnung auf eine bessere Zukunft auf den beschwerlichen Weg. Trotzdem waren es noch immer genug, so dass ein weiteres Gespann nicht weiter auffallen würde. So konnten sie die Stadt verlassen, ohne Aufsehen zu erregen.

»Oh nein«, stöhnte Hope entsetzt und senkte hastig den Blick. Gabriel erblickte Nigel Cummings im gleichen Augenblick. Er eilte über den hölzernen Gehweg direkt auf sie zu.

»Warten Sie!«, rief er, und Gabriel legte warnend eine Hand auf Hopes zitternde Finger. Widerstrebend brachte sie den Wagen zum Stehen.

»Kann ich Ihnen helfen?«, fragte Gabriel.

»Vielleicht. Sieht so aus, als wollten Sie die Stadt verlassen.«

Gabriel brummelte etwas Unverbindliches.

»Sie haben nicht zufällig eine junge Frau gesehen. Etwa so groß«, seine Hand zeigte auf Schulterhöhe, »und ziemlich mager. Unansehnlich, fast schon hässlich, mit langen, staubfarbenen Haaren.«

Gabriel spürte, wie Hope sich neben ihm anspannte.

»Nicht, dass ich wüsste«, erwiderte er ruhig. »Wieso suchen Sie nach ihr?«

»Sie ist eine Diebin. Das faule Stück hat meinen halben Laden ausgeräumt und sich dann aus dem Staub gemacht. Und das, nachdem ich mich von Kindheit an wie ein Vater um sie gekümmert habe. Hat sich möglicherweise als Mann verkleidet.« Er versuchte, einen Blick auf Hopes Gesicht zu erhaschen.

Gabriel konnte sehen, wie sich Hopes Finger fester um die Zügel schlossen, bis ihre Knöchel weiß hervortraten. Die Mulis spürten ihre Anspannung und wurden unruhig. Ohne sich ganz zu ihr umzudrehen, versetzte er Hope eine schallende Ohrfeige.

»Wie oft hab ich dir schon gesagt, du sollst die Zügel nicht so fest halten, Junge, dass sie den Mulis im Maul reißen? Lass die Zügel lockerer.

»Tut mir Leid«, meinte er dann wieder an Cummings gewandt. »Falls ich sie gesehen habe, ist sie mir jedenfalls nicht aufgefallen. Mein Junge macht mir mit seiner ewigen Träumerei schon genug Scherereien. Ich weiß gar nicht, was seine Mutter – Gott hab sie selig – sich dabei gedacht hat, so einen wie den in die Welt zu setzen.«

Cummings grinste. »Ja, so was kenne ich. Nehmen Sie den Bengel nur immer hart ran. Parieren und ordentlich arbeiten hat noch keinem geschadet. Wenn Sie das nächste Mal nach Silver Springs kommen, kaufen Sie doch bei Cummings' Mercantile.« Noch einmal versuchte er, einen Blick auf Gabriels »Sohn« zu erhaschen. »Schönen Tag noch«, meinte er dann und trat einen Schritt zurück.

Wieder knurrte Gabriel etwas Nichtssagendes und tippte dann grüßend an seinen Hut. Hope schwang die Zügel, und die Mulis traben los.

»Mussten Sie so fest zuschlagen?«, beschwerte sie sich aufgebracht, als sie außer Hörweite waren.

»Das wäre nicht nötig gewesen, wenn Sie sich besser beherrscht hätten. Ich hatte die Befürchtung, Sie könnten jeden Augenblick die Nerven verlieren und Cummings an die Gurgel gehen.«

Hope biss die Zähne zusammen, dennoch konnte sie sich eine Erwiderung nicht verkneifen.

»Geschähe Cummings recht, wenn ihn sich jemand vornähme.«

»Schon möglich, aber das werden ganz bestimmt nicht Sie sein. Überlassen Sie das anderen. Früher oder später gerät er an den Falschen.«

»Lieber früher als später. Denn solange Cummings lebt, werde ich ständig auf der Flucht sein und mich niemals sicher fühlen.«

VII

Majestätisch ragten die steilen Gipfel und schroffen Abhänge der Rocky Mountains rings um sie auf. Ein Gebirgssee glitzerte tiefblau zu ihrer Rechten, und ein Wasserfall, gespeist vom Schmelzwasser, stürzte tosend in die Tiefe. Im Osten wogten dichte Wälder, saftig und grün, während die Bergkämme weiter im Westen den ganzen Sommer über mit weißen Hauben bedeckt waren. Der Weg aber, den sie eingeschlagen hatten, war frei von Schnee.

Tief sog Hope die klare, saubere Luft in ihre Lungen. Fast hatte sie in all den Jahren vergessen, wie schön die Berge waren. Übermütig riss sie sich den Hut vom Kopf und reckte ihr Gesicht der Sonne entgegen. Der lange, schwere Zopf, zu dem sie ihr Haar geflochten hatte, entwand sich den Zwängen der Haarnadeln und fiel hinab bis über ihre Hüften. Gabriel, der an der Stadtgrenze die Zügel übernommen hatte, lächelte angesichts ihrer beinahe kindlichen Begeisterung.

»Wie ich sehe, sind Sie auch lieber in der freien Natur als eingesperrt in einer Stadt«, stellte er fest.

»Es war immer wie eine Befreiung, wenn Großvater und ich die Stadt wieder verlassen konnten«, erwiderte Hope mit geschlossenen Augen. Die Aufregung hatte ein wenig Farbe auf ihre blassen Wangen gezaubert, und bereits nach den wenigen Stunden, die sie jetzt unterwegs waren, hatten Sommersprossen begonnen, wie kleine dunkle Punkte auf ihrer Nase zu tanzen. »Ich glaube, ich war einfach noch zu klein, als meine Eltern mit dem Siedlertreck aufbrachen, um mich an das Leben in der Stadt zu erinnern. Wir waren monatelang unterwegs, und danach lebte ich bei meinem Großvater. Manchmal, spät abends, wenn alles still ist, dann sehe ich in Gedanken hohe Gebäude aus Stein und eine von Pferden gezogene Straßenbahn. Aber die Erinnerung daran ist sehr schwach. Vielleicht ist es auch gar keine Erinnerung, sondern eine

Fantasievorstellung von etwas, das ich mal gehört habe. Wer weiß.«

»Was ist mit Ihren Eltern geschehen?«

»Sie starben auf dem Siedlertreck. Ich bekam die Masern, und nach und nach wurden auch andere Siedler krank. Viele starben, darunter meine Eltern.« Hope ballte ihre Hände zu Fäusten in Erwartung des Schmerzes, der sich in ihr Innerstes wühlen würde. Aber seltsamerweise tat er das nicht. Sie hatte lange nicht mehr an ihre Eltern gedacht, stellte sie mit einem leisen Gefühl von Schuld fest. Wenn sie einen Verlust in ihrer Kindheit betrauerte, dann war es eigentlich immer der Tod ihres Großvaters. Hatte der Tod ihrer Eltern für sie an Bedeutung verloren? Wann? Nein, überlegte Hope dann, auch nach all den Jahren schmerzte die Erinnerung an ihre Eltern noch, doch inzwischen konnte sie über ihren Tod zu sprechen, ohne sich dafür verantwortlich zu fühlen.

»Vermissen Sie sie?«, drang Gabriels Frage in ihre Gedanken.

Hope zuckte mit den Schultern. »Ich erinnere mich kaum noch an sie. Ich weiß nicht einmal mehr, wie sie ausgesehen haben. Es sind mehr Gefühle, Eindrücke, die ich noch von ihnen habe. Manchmal höre ich im Schlaf die Stimme meines Vaters, zumindest nehme ich an, dass sie es ist, und ich weiß, dass meine Mutter mir abends vor dem Einschlafen immer etwas vorgesungen hat. Ich war erst fünf oder sechs, als sie starben. Danach lebte ich dann fast drei Jahre bei meinem Großvater. Die Erinnerung an ihn ist viel lebendiger, obwohl ich auch bei ihm Schwierigkeiten habe, mir sein Gesicht vor Augen zu rufen. Aber ich erinnere mich an seine manchmal recht bärbeißige Art.« Sie lächelte. »Er war aufbrausend und laut, und anfangs hatte ich richtig Angst vor ihm. Bis ich gemerkt habe, dass er eigentlich ein Herz aus Gold hat und genauso viel Angst davor, mit einem kleinen Mädchen in der Wildnis zu leben, wie ich davor, mit ihm, der mir völlig fremd war, allein zu sein. Danach war er der beste Großvater, den ich mir wünschen konnte. Aber auch sein Tod tut nicht mehr so weh – hier.« Sie legte eine Hand auf ihr Herz. »Es sind die schönen Erinnerungen, die überwiegen, auch wenn ich ihn nach wie vor vermisse.« Sie sah auf ihre verkrampften Hände und blickte dann Gabriel an. »Es wird ungewohnt sein, ohne ihn in den Bergen nach Gold zu suchen.«

»Wie weit ist es bis zur Mine?«, wechselte Gabriel unerwartet das Thema.

»Eigentlich müssten wir es auch mit dem Wagen an einem Tag schaffen«, entgegnete Hope, überrascht über seinen plötzlichen Stimmungsumschwung. »Es sei denn, ich finde den Weg nicht sofort, dann werden wir wohl unterwegs übernachten müssen.«

»Ich dachte, Sie kennen den Weg.«

»Eigentlich schon. Aber Großvater nahm jedes Mal einen anderen. Ich weiß nicht, ob sie noch alle passierbar sind, immerhin ist es schon mehr als zehn Jahre her, seit ich das letzte Mal dort war. Vielleicht werden wir unterwegs kehrtmachen müssen. Aber keine Sorgen, einer der Wege wird uns schon an unser Ziel führen.

Beide schwiegen, während sie dem langsamen Klappern der Hufe lauschten und ihren Gedanken nachhingen. Ihre Pferde hatte Gabriel hinten an den Wagen gebunden, und sie trotteten, die Köpfe gelangweilt gesenkt, hinter ihnen her.

»Ist Ihnen jemals der Gedanke gekommen«, meinte Gabriel nach einer Weile, »dass jemand anders die Mine entdeckt haben könnte?«

Hope dachte einen Augenblick lang darüber nach, dann schüttelte sie entschieden den Kopf.

»Nein«, sagte sie, »das glaube ich nicht. Silver Springs ist die nächste Stadt. Falls jemand in der Umgebung von Großvaters Claim Gold gefunden hätte, hätten wir davon erfahren.«

»Wusste sonst noch jemand, dass die Mine Ihres Großvaters existierte?«

»Nun ja, alle in der Stadt wussten, dass er nach Gold suchte, und auch, dass er eine Mine hatte. Allerdings waren wohl fast alle der Meinung, Großvater sei ein alter Spinner, der nie mehr gefunden habe als die paar kleinen Goldkörnchen, mit denen er seine Waren bezahlte.«

Interessiert wandte Gabriel sich ihr zu. »Aber er hat Gold gefunden? Ich meine, eine richtige Ader, oder nicht?«

Hope wandte den Blick von seinem fragenden Gesicht ab. *Sei immer vorsichtig. Erzähl niemandem, dass wir Gold gefunden haben, und erzähl auch niemandem, wo die Mine versteckt ist,* glaubte sie, die warnende Stimme ihres Großvaters zu vernehmen. Andererseits, Gabriel McKinlay war ihr Partner. Spätestens wenn sie an der Mine ankamen, wusste er, wo sie war, und sie hatten ja beide vor, Gold zu finden. Tief atmete sie durch. Früher oder später würde sie ihm vertrauen müssen. Sie hatte gar keine andere Wahl.

»Er hat Gold gefunden«, bestätigte sie ihm dann. »Wenn er mich nicht belogen hat, was ich aber nicht glaube, dann hat er sogar sehr viel Gold gefunden. Das meiste hat er irgendwo versteckt. Aber ich weiß nicht, wo«, beeilte sie sich dann, ihm zu versichern. »Dennoch bin ich sicher, dass die Mine noch nicht ausgebeutet ist. Jedenfalls hat Großvater nichts dergleichen gesagt.«

»Was wollen Sie mit dem Gold machen, wenn wir etwas finden?«

Hope lächelte vor sich hin. »Es gibt da einige Dinge, von denen ich träume. Wahrscheinlich werde ich sie mir erfüllen. Mal sehen.«

»Und was sind das für Dinge?«, wollte Gabriel wissen. Der wehmütige Ausdruck, der bei ihren Worten über ihr Gesicht gehuscht war, ließ ihn neugierig werden. Wovon träumte ein Mädchen wie Hope?

Der Traum vom Haus am Fluss drängte sich vor Hopes geistiges Auge, aber sie schob ihn beiseite. Nein, diesen Traum würde sie nicht mit ihm teilen, schon gar nicht, wo er ein Teil – der beherrschende Teil – davon war.

Sie lachte verlegen. »Nun ja«, meinte sie dann, »ich habe immer davon geträumt, mir ein richtiges Kleid zu kaufen und dazu vornehme Schuhe mit Absätzen. Sie wissen schon, diese kleinen Stiefelchen mit Knöpfen an der Seite. Und einen Hut. Ich weiß, es ist albern, sich so etwas zu wünschen, aber ich habe so etwas nie besessen.« Sie seufzte wehmütig. »Wie oft habe ich auf einem der Fässer vor Cummings' Spelunke gesessen und mir die Damen angesehen, die über den Gehweg spazierten. Ich weiß, dass einige von ihnen gar keine Damen waren, immerhin arbeiteten sie ja im Saloon, aber sie sahen so wunderhübsch aus in ihren Kleidern mit den bauschigen Turnüren. Dazu die eleganten kleinen Stiefelchen, die Hüte und die spitzenbesetzten Sonnenschirmchen, die sie immer über einer Schulter trugen und drehten.« Hope seufzte wieder. »Und ich hatte ein altes, graues Kleid an, das wie ein Sack an mir hing, und Holzschuhe. Niemand beachtete mich. Sie haben ja selbst gehört, dass sogar Nigel Cummings meinte, ich sei unansehnlich. Vielleicht hat er damit ja sogar Recht. Aber in meinen Träumen sehe ich mich als elegante Dame, die ihm entgegentritt und ihm sagt, was sie von ihm hält. Ich weiß, dass ich mich das niemals trauen werde, aber das ist nun einmal mein Traum, und ich möchte mir zumindest einen Teil davon erfüllen.«

Schweigend blickte Gabriel auf die vor ihm herschwankenden Hinterteile der Mulis. Irgendwie hatte er nicht damit gerechnet, dass Hopes Träume so leicht zu erfüllen sein würden. Es war beinahe schmerzlich zu wissen, dass dieses Mädchen sich nichts anderes erträumt hatte, obwohl sie sich mit dem Gold aus der Mine die Welt hätte kaufen können. Wäre Nigel Cummings nicht gewesen, hätte das Goldstück, das sie ihm gezeigt hatte, allein schon ausgereicht, sich all die Wünsche zu erfüllen, die sie hegte. Aber es gab Nigel Cummings nun einmal. Mit dem Tod von Hopes Großvater war er der beherrschende Teil ihres Lebens geworden, und Gabriel konnte verstehen, dass sie sich ihm nie entgegengestellt hatte. Was hätte sie allein auch tun können? Cummings war skrupellos und ihr weit überlegen. Sie hatte schon Recht, wenn sie sagte, dass er sie freiwillig wahrscheinlich nie hätte gehen lassen.

Aber wenigstens hatte Hope einen Traum, den sie sich mit dem Gold, das sie finden würden, kaufen konnte. Er hingegen – seine Träume waren zerstört, unwiederbringlich, und er würde sie sich mit keinem Gold der Welt jemals erfüllen können.

»Und was ist mit Ihnen?«, fragte Hope in diesem Augenblick, da Gabriel nur schweigend vor sich hinstarrte. »Was werden Sie mit Ihrem Anteil anfangen? Wovon träumen Sie?«

Als er den Kopf kurz zur Seite drehte und sie ansah, erschrak Hope bis ins Mark angesichts des Ausdrucks in seinen Augen. Sie wusste selbst nicht, was genau sie erwartete hatte, aber es war nicht dieser Schatten gähnender Leere und hoffnungslosen Schmerzes gewesen, der ihr einen Augenblick lang aus seinen Augen entgegenschlug, ehe er so schnell wieder verschwand, wie er gekommen war. Es war, als hätte McKinlay eine Tür geschlossen, die ihr jedoch für den Bruchteil einer Sekunde einen Einblick in seine Seele gewährt hatte. Nur mit Mühe konnte Hope ein Schaudern unterdrücken. Was mochte Gabriel McKinlay widerfahren sein, das ihn mit so viel Schmerz erfüllte?

Gabriel richtete seine Aufmerksamkeit wieder auf die Mulis und den Weg, der vor ihnen lag.

»Ich habe keine Träume«, sagte er dann nach einer Weile, und Hope verzichtete wohlweislich darauf, weiter in ihn zu dringen.

»Hören Sie das auch?«, Gabriel wandte den Kopf und sah Hope an. Es waren die ersten Worte, die er seit über einer Stunde sprach. Hope blickte starr geradeaus.

»Ich habe nichts gehört«, erwiderte sie.

»Da! Da war es schon wieder.« Gabriel zügelte die Mulis und drehte sich um. Prüfend glitt sein Blick über ihre Ladung. Da das Wetter warm und trocken war, hatte er darauf verzichtet, eine Plane über das Wagenbett zu spannen, was sich nun als nützlich erwies. Bereits nach wenigen Sekunden hatte er etwas entdeckt. Er griff nach dem Futterbeutel, aus dem die gedämpften, seltsamen Geräusche zu kommen schienen. Zudem bewegte sich der Sack, was er, wäre er nur mit Hafer gefüllt, ganz sicher nicht getan hätte.

Gabriel löste die Schnur und blickte hinein, aber noch bevor er etwas anderes als ein funkelndes Augenpaar erkennen konnte, schoss ein Pelzknäuel hervor, fauchend und schimpfend, weil es so lange eingesperrt war, und landete mit einem Satz auf Hopes Schoß.

»Was zum Teufel …« Gabriels Hand fuhr reflexartig zum Holster an seiner Seite, aber Hopes Arme schlossen sich um das pelzige Bündel und drückten es an sich. Mit weit aufgerissenen Augen starrte sie Gabriel an, der noch immer die Hand an der Waffe hatte.

»Nicht schießen!«, rief sie entrüstet. »Sie sehen doch, es ist nur eine Katze!«

»Eine Katze, die in einem Hafersack steckte. Und die dort absolut nichts verloren hatte.« Mit schnellem Blick zählte er die Hafersäcke.

»Ich habe sie dort versteckt«, gab Hope hastig zu. »Ich wusste nicht, wie ich sie sonst mitbringen sollte, ohne dass Sie es bemerken.«

»Ach, auf den Gedanken, mich einfach zu fragen, sind Sie wohl nicht gekommen?«

Hopes Gesichtsausdruck zeigte deutlich, dass ihr diese Möglichkeit in der Tat nicht in den Sinn gekommen war, und Gabriel fragte sich zum wiederholten Male, was sie unter Cummings' Knute tatsächlich alles hatte erdulden müssen.

»Sind Sie sehr böse auf mich?«, murmelte Hope betreten, den Kopf gesenkt. Gabriel betrachtete das Mädchen, das, gekleidet wie ein Junge, neben ihm auf dem Kutschbock kauerte. Ihr Klammergriff um das Kätzchen, das ihn mit großen grüngoldenen Augen aus Hopes Armbeuge heraus anfunkelte, machte deutlich, dass sie sich nicht freiwillig von dem Tier trennen würde. Seine Lippen verzogen sich unwillkürlich zu einem Lächeln.

»Nein. Warum sollte ich?« Er konnte spüren, wie Hope sich entspannte. »Ich hätte mir nur ein wenig mehr Vertrauen von meinem neuen Partner gewünscht«, gab er dann zu bedenken.

»Danke«, flüsterte Hope kaum hörbar. Überrascht sah Gabriel sie an.

»Wofür?«

»Dafür, dass Sie mir nicht böse sind. Und dafür, dass ich Motte behalten darf.«

Verwundert schüttelte Gabriel den Kopf und trieb die Mulis wieder an.

VIII

»Dort ist sie!«, rief Hope und richtete sich schwankend auf dem Kutschbock auf, um besser sehen zu können. Im letzten Moment konnte Gabriel verhindern, dass sie vom Wagen stürzte, als sie durch ein Schlagloch rumpelten.

»Setzen Sie sich!«, knurrte er, als Hope vor Aufregung sogar versuchte, sich auf die Kutschbank zu stellen. »Sie wird auch in einigen Minuten noch da sein.«

Erst dachte er, Hope hätte ihn gar nicht gehört, aber dann setzte sie sich doch wieder, um sich dann angestrengt den Hals zu verrenken. Wie Hope schon vermutet hatte, hatten sie in der Tat einmal kehrtmachen müssen, weil ein Erdrutsch den Weg zur Mine versperrte. Unverdrossen hatte Hope sie dann auf einen anderen Weg gelenkt, der sie, wenn auch erst am übernächsten Tag, tatsächlich an ihr Ziel geführt hatte.

Gabriel erkannte eine Blockhütte, die, obwohl anscheinend recht solide gebaut, schon sehr viel bessere Zeiten gesehen hatte. Es gab sicher einiges zu reparieren, ehe sie sich daran machen konnten, nach der Mine zu suchen, oder besser nach dem richtigen der weit verzweigten Stollen, in dem Hopes Worten zufolge ihr Großvater zuletzt Gold gefunden hatte.

Noch ehe er die Mulis ganz zum Stehen gebracht hatte, war Hope schon vom Wagen gesprungen und rannte, dicht gefolgt von der schwarzweißen »Motte«, auf die Hütte zu.

»Seien Sie vorsichtig!«, rief Gabriel ihr nach, aber seine Worte verhallten ungehört. Er stellte die Bremse fest und sah sich prüfend um. Die Hütte war teilweise in einen Berghang gebaut. Das Dach war begrünt, und wer im Vorbeireiten nicht so genau hinsah, konnte sie durchaus übersehen. Oberhalb der Hütte gab es auf natürlichen Felsterrassen mehrere saftig grüne Wiesen, oberhalb derer das Gelände steil anstieg. Weit oben ragten die Felsen majestätisch und schroff in den Himmel.

Ein donnerndes Tosen erfüllte die Luft und deutete auf einen Wasserfall hin, der sich ganz in der Nähe in die Tiefe stürzen musste. Wahrscheinlich wurde auch er vom Schmelzwasser gespeist und würde im Laufe des Sommers mehr und mehr versiegen. Da Hopes Großvater jedoch ständig hier gelebt hatte, musste es irgendwo eine Quelle geben, die das ganze Jahr über Wasser führte.

Der Eingang zur Mine, ein dunkler, bedrohlicher Schlund im Fels, befand sich etwa 200 Meter östlich der Hütte. Nah genug, um sie gut zu erreichen, dabei jedoch weit genug entfernt, um bei Sprengarbeiten die Hütte nicht zu gefährden. Oberhalb der Mine erhob sich die Bergwand steil und karstig, und nahe des Eingangs verlief ein kleiner Bach. Einzig das Plateau, auf dem die Mine lag, war unbewaldet und sonnenbeschienen – der Pfad, dem sie die letzten Stunden gefolgt waren, hatte sie durch dichte, seit zehn Jahren von Menschhand unberührte Wälder geführt. Aber die Natur hatte bereits damit begonnen, sich das Gelände um den Eingangsbereich der Mine zurückzuerobern, das der Mensch ihr entrissen hatte. Schon bald nach Aufnahme der Arbeiten jedoch würde der Boden vor der Mine wieder kahl und staubig sein.

Gabriel stieg langsam ab, dann folgte er Hope, jedoch nicht, ohne zuvor seinen Revolver aus dem Holster genommen zu haben.

Ihn umfing eine Staubwolke, als er durch die schief in den ledernen Angeln hängende Tür trat. Hope stand regungslos in der Mitte des Raumes.

»Stimmt etwas nicht?«, wollte Gabriel wissen. Seine Hände schlossen sich unwillkürlich fester um den Kolben seines Colts, auch wenn er keine unmittelbare Gefahr erkennen konnte.

»Hope?«, fragte er, als sie nicht antwortete.

Überrascht sah er Tränen in ihren Augen glänzen, als sie sich umwandte. Verlegen versuchte sie, sie fortzuwischen.

»Es ist nichts«, versicherte sie ihm. »Es ist nur … Die Hütte erschien mir früher um so vieles größer!«

Gabriel schmunzelte und holsterte seinen Revolver, ehe er weiter ins Innere der fast dunklen Hütte vordrang. Es gab zwar zwei Fenster, fast schon ein Luxus, aber deren Läden waren fest verschlossen. Die Wände bestanden aus ganzen, geschälten Baumstämmen, die Ritzen waren sorgsam mit Lehm verstrichen. Wohlwollend stellte Gabriel fest, dass sie keinen Lichtstrahl ins Innere ließen – ein sicheres Zeichen, dass die Wände dicht waren. Der Boden bestand keinesfalls nur aus festgetretenem Lehm, wie Gabriel erwartet hatte, sondern aus grob gehobelten Holzbohlen. Offensichtlich hatte Hopes Großvater sich große Mühe mit seiner Behausung gegeben. Nach all den Jahren jedoch hingen Spinnweben dick und staubig von der Decke herab. Sie überzogen auch die Wände, so dass sie fast wie schmutzige Seidentapeten anmuteten, und zierten zudem jede nur erdenkliche Ecke, jeden Vorsprung. In den Netzen hatten sich Späne und Sägemehl verfangen und schaukelten nun in der leichten Brise, die von draußen hereinwehte, wie von Geisterhand bewegt hin und her. Das Rascheln unter den Fußbodenbrettern ließ vermuten, dass Mäuse und größeres Getier sich ihre Bauten unter den Hohlräumen angelegt hatten, aber das würde sich ändern lassen. Auch der abgestandene Geruch, der lange unbewohnten Holzbauten üblicherweise anhaftet, würde bald verschwunden sein.

Der Raum, in dem sie sich befanden, war ein reiner Wohnraum. Seltsamerweise gab es keine Schlafstatt. Ein Durchgang neben dem großen, aus Felsbrocken gebautem Kamin führte in den hinteren Bereich der Hütte. Dort lag ein kleinerer Raum, von dem eine Tür in einen Stall führte, wo die Tiere vergleichsweise komfortabel untergebracht werden konnten. Selbst bei Schnee und Eis musste man die Hütte so nicht verlassen, um die Tiere zu versorgen. Hinter einem zerschlissenen Vorhang verbarg sich ein Nische mit einer schmalen Pritsche. Am Fußende lag eine ehemals ordentlich zusammengefaltete Decke, die inzwischen von Mäusen zerwühlt und zerfressen war. Auch hier war alles dick mit Spinnweben überzogen.

»Das war mein Bett«, hörte Gabriel Hope sagen, die leise neben ihn getreten war. »Durch die Tür«, sie deutete nach rechts, wo eine aus rohen Ästen gezimmerte Tür den Durchgang versperrte, »geht es in Großvaters Schlafzimmer.«

Gabriel stemmte sich gegen die Tür, die sich nur mit Mühe öffnen ließ. »Wie hieß Ihr Großvater eigentlich?«, wollte er wissen, während er den direkt in den Fels gehauenen Raum betrat. Er wandte sich um, als Hope nicht antwortete. Er sah ihren ratlosen Gesichtsausdruck, und ihm wurde bewusst, dass sie darüber nachdenken musste.

»Lukas«, sagte sie dann schließlich mit zitternder Stimme. »Lukas Granger.« Sie klang so erleichtert, dass der Name ihr eingefallen war, dass Gabriel beinahe befürchtete, sie würde in Tränen ausbrechen. Verzweifelt sah sie ihn an. »Wie konnte ich auch nur für einen Moment seinen Namen vergessen?«, fragte sie. »Wie ist das nur möglich? Er war mein Großvater. Ich habe ihn geliebt. Ich …« Schluchzend brach sie ab. Gabriel zögerte einen Augenblick, ehe er sie tröstend in seine Arme zog.

»Sie waren noch ein kleines Mädchen, Hope. Und er war Ihr Großvater. Also nannten Sie ihn doch sicher nicht beim Namen. Da ist es nicht verwunderlich, dass Sie seinen richtigen Namen vergessen haben.«

Hope trat einen Schritt zurück und sah ihn finster an, als wären seine Worte eine Beleidigung gewesen. Wütend wischte sie sich dann die Tränen aus dem Gesicht. »Aber ich habe mir geschworen, ihn nie zu vergessen. Und jetzt wusste ich beinahe nicht einmal mehr, wie er hieß! Was für eine Enkelin bin ich bloß?«

Schweigend sah Gabriel das Mädchen an. Die Tränen hatten helle Spuren in ihr staubiges Gesicht gewaschen. Ihre Augen glänzten, und ihre schmalen Schultern zitterten.

»Sie sind eine Enkelin, die ihren Großvater so sehr geliebt hat, dass sie sogar bereit ist, seinen Traum weiterzuleben. Warum sonst sind Sie hier? Hope, wie einfach wäre es für Sie gewesen, einfach davonzulaufen. Cummings hätte Sie weder aufhalten noch finden können. Sie hätten ihm als Gegenleistung für Ihre Freiheit die Lage der Mine Ihres Großvaters verraten können. Aber Sie haben es nicht getan. Sie sind dort geblieben, haben sich quälen lassen, nur um dieses Andenken an Ihren Großvater zu erhalten. So eine Enkelin sind Sie, Hope. Eine liebevolle und loyale Enkelin, die jahrelang mehr oder weniger allein um ihr Überleben kämpfen musste. Sie hatten keine Andenken, keine Fotos, keine Tagebücher, und dennoch haben Sie sogar den Weg zur Mine wieder gefunden, so wie Ihr Großvater es Ihnen beigebracht hat. Ich glaube nicht, dass Sie sich Vorwürfe machen müssen.«

Damit wandte er sich abrupt um und ging hinaus. Hope sah ihm verwundert nach.

Staub stob aus der Eingangstür, als Gabriel zwei Stunden später von einem Rundgang über das Gelände um die Mine zurückkehrte. Mit einem Strohbesen, der wie beinahe das gesamte Inventar der Hütte schon bessere Zeiten gesehen hatte, war Hope eben dabei, den Schmutz der letzten zehn Jahre hinauszufegen. Sie hatte die Fensterläden geöffnet, so dass ein wenig mehr Licht in den Raum fiel. Die geölten Häute, die ihr Großvater anstelle von Fensterglas in die Rahmen gespannt hatte, waren zerrissen, aber sie würden leicht zu ersetzen sein.

Wortlos begann Gabriel damit, die Vorräte abzuladen.

»Ich habe erst einmal den gröbsten Dreck beseitigt und Ihre Satteltaschen in Großvaters Schlafzimmer gebracht«, sagte Hope von der Tür her. »Ich denke, Sie sollten Großvaters Schlafzimmer nehmen.«

»Es ist Ihre Hütte, Hope, also werden Sie im großen Zimmer schlafen«, erwiderte Gabriel, ohne sich umzusehen, während er einen Mehlsack schulterte.

Hope lachte leise. »Sehr gern, aber dann möchte ich sehen, wie Sie sich auf dem kleinen Bett zusammenrollen.«

»Ich schlafe bei den Pferden.«

»Reden Sie doch keinen Unsinn. Wir sind Partner, also nehmen Sie das Bett, das zu Ihnen passt, und ich schlafe in dem, in das ich passe. Außerdem bin ich Schlechteres gewöhnt.«

Gabriel wandte sich um und sah sie an.

»Geben Sie es eigentlich niemals auf, Ihren Kopf durchzusetzen?«

Überrascht lachte Hope auf. »Ich?! Ich setze meinen Kopf durch?« Fassungslos schnappte sie nach Luft. »Seit zehn Jahren habe ich mich herumkommandieren lassen. Zehn Jahre lang war ich Cummings' Sklavin, musste tun, was er mir sagte, und Sie unterstellen mir, ich würde meinen Kopf durchsetzen?«

Gabriel ließ den Sack wieder von seiner Schulter gleiten und stützte einen Ellenbogen auf das Wagenbett. Nachdenklich sah er Hope einen Moment lang an.

»Seine Sklavin?«, fragte er dann.

Hope erschrak. Sie hatte ihm nie gesagt, dass sie eigentlich Cummings' Leibeigene gewesen war, wenn auch die Leibeigenschaft nicht rechtens gewesen war. Nervös befeuchtete sie ihre Lippen und blickte ihn an.

»Ich habe nicht einfach für ihn gearbeitet«, gab sie zu. »Nachdem mein Großvater gestorben war, hat Cummings behauptet, Großvater hätte noch Schulden bei ihm. Aber das stimmt nicht! Ehrlich! Mein Großvater hat immer sofort bezahlt, weil er eben genau solche Anschuldigungen vermeiden wollte.« Hope atmete tief durch. »Cummings hat mich zur Bezahlung von Großvaters angeblichen Schulden als Leibeigene verpflichtet. Aber er hat mich zu Unrecht versklavt! Mein Großvater hat immer bezahlt!«

»Und warum haben Sie nicht dagegen protestiert?«

»Glauben Sie vielleicht, das hätte ich nicht? Ich habe jedem gesagt, dass mein Großvater keine Schulden bei Cummings hat, aber mir hat niemand geglaubt.«

»Also hat Cummings Sie all die Jahre zu Unrecht ausgebeutet«, stellte Gabriel fest.

Hope nickte. »Die Quittungen müssen irgendwo hier in der Hütte sein.« Ihre grauen Augen schienen Funken zu sprühen.

»Warum haben Sie mir das nicht schon früher gesagt?«

Betreten sah Hope auf den Boden.

»Weil es mir peinlich war und weil ich Angst hatte, dass Sie mir dann nicht helfen würden.«

»Mit anderen Worten: Sie hatten nicht allzu viel Vertrauen zu Ihrem Partner.«

Täuschte sie sich, oder hörte sie die Andeutung eines Lachens in seinen Worten? Zögernd getraute Hope sich, ihn anzusehen. Seine Augen lächelten sie an, und Hope stellte erleichtert fest, dass er ihr offensichtlich nicht böse war.

»Es tut mir Leid«, gab sie zerknirscht zu. »Ich hätte Ihnen gleich die Wahrheit sagen sollen.«

»Das denke ich auch. Aber immerhin kann ich wohl davon ausgehen, dass ab jetzt ein gewisses Maß an Vertrauen zwischen uns herrscht, nicht wahr?«

Hope nickte, dann ging sie zu ihm herüber und nahm das Bündel mit dem Bettzeug vom Wagen.

»Wenn das geklärt ist«, stellte sie fest, »dann beziehe ich Ihnen jetzt das Bett in Großvaters altem Zimmer.«

Kopfschüttelnd sah Gabriel ihr nach, wie sie mit wiegenden Hüften davonschritt, während ihr Zopf auf ihrem Rücken hin- und herschaukelte.

»Verdammt, jetzt macht sie doch, was sie will.«

IX

Dunkelheit senkte sich bereits über das Land, als Hope von ihrem Spaziergang zurückkehrte und die Hütte betrat. Nach getaner Arbeit hatte sie sich eine lange Wanderung durch die unberührte Natur der Bergwelt gegönnt, hin zu den einst vertrauten Lieblingsplätzen ihrer Kindheit. Es war beinahe zu schön gewesen, um tatsächlich wahr zu sein, dass sie sich endlich wieder frei und ungezwungen bewegen konnte. Niemand hatte nach ihr gerufen, und niemand hatte sie angebrüllt, sie solle endlich aufhören zu träumen und verdammt noch mal anfangen zu arbeiten. Einmal hatte sie geglaubt, Gabriels Stimme zu hören, aber als sie stehen geblieben war, um zu lauschen, hatte sie nichts mehr vernommen und war weitergegangen.

Während Gabriel den Wagen entladen und die Vorräte verstaut hatte, hatte sie die Hütte noch einmal geputzt, bis sie zumindest leidlich bewohnbar war. Bei der Erinnerung an all die dicken Spinnen, die scheinbar in jeder Ecke gelauert hatten, lief ihr ein Schauer nach dem anderen über den Rücken, aber sie war sich ziemlich sicher, dass sie sie fast alle hinausgekehrt hatte. Das Ungeziefer unter den Fußbodenbrettern zu vertreiben würde noch einige Zeit dauern, und Hope hoffte, dass es sie nicht allzu zahlreich heimsuchen würde, bis Motte ihr Jagdrevier im Griff hatte. Dann hatte sie die mitgebrachten Decken auf die beiden Schlafräume verteilt. Ebenso wie die alten Decken waren die Matratzen den Mäusen und anderen Nagetieren zum Opfer gefallen. Somit würden sie leider noch einige Tage auf dem Boden schlafen müssen, bis sie genügend Gras getrocknet hatte, um damit neue Matratzen zu stopfen. Die dicken Taue allein, die zwischen die stabilen Seitenbohlen der Betten gespannt waren, waren eine ungemütliche Unterlage.

Leise seufzend hatte Hope dann ihr altes und neues Zuhause betrachtet, ehe sie hinausgegangen war, um auf der Wiese am Berghang neben der Quelle das frische, hohe Gras zu mähen. In spätestens zwei Tagen würde es, sofern es nicht regnete, trocken genug sein, um eine gute Matratzenfüllung abzugeben. Hopes Herz hatte schneller geklopft bei dem Gedanken an den süßen Geruch von frischem Heu, auf das sie ihren Kopf betten würde, und sie hatte spontan beschlossen, spazieren zu gehen.

»Wo sind Sie gewesen?«, fragte Gabriel, als Hope die Hütte betrat und die Tür sorgsam schloss. Überrascht stellte sie dabei fest, dass er die ledernen Scharniere ebenso wie den zerbrochenen Riegel während ihrer Abwesenheit bereits repariert hatte.

»Draußen«, erwiderte sie und ging hinüber zum Feuer, um die Zutaten für das Abendessen herauszulegen.

»Wo draußen?«

Hope sah ihn an. Er saß wie ein Indianer mit überkreuzten Beinen vor der Feuerstelle auf dem Boden und reparierte einen Zügel. Motte hatte sich in eine Ecke zurückgezogen und schien zu schlafen. Kein Wunder, dass sie müde war, dachte Hope, immerhin hatte die kleine Katze den ganzen Tag aufgeregt herumgetobt und schon zwei Mäuse zur Strecke gebracht. Nur Mottes Ohren zuckten hin und wieder, ein sicheres Zeichen dafür, dass sie die Anwesenheit der Menschen wahrnahm.

»Na draußen eben. Wo sonst sollte ich wohl gewesen sein?«

»Ich erwarte, dass Sie mir Bescheid sagen, wenn Sie sich von der Hütte oder von mir entfernen.«

Langsam ließ Hope die Kartoffel, die sie in der Hand hielt, sinken und stützte ihre Hände auf den Tisch. Das Gefühl von Freiheit, das sie während ihres Spaziergangs empfunden hatte, schien ihr entgleiten zu wollen, und Hope bemühte sich verzweifelt, es festzuhalten.

»Damit das ein für alle Mal klar ist«, stieß sie zwischen zusammengebissenen Zähnen hervor. »Ich gehe, wohin ich will und wann ich will. Haben wir uns da verstanden?«

»Nein.«

Hope spürte, wie ihre Nackenhaare sich aufstellten. Ihr Herz klopfte schneller – ob vor Angst oder vor Aufregung, vermochte sie nicht zu sagen, aber sie fühlte, wie ihre Handflächen feucht wurden, und ballte in hilflosem Zorn die Fäuste. Zehn Jahre lang hatte sie über jeden ihrer Schritte Rechenschaft ablegen müssen. Zehn Jahre lang, hatte ein anderer bestimmt, wann sie was tun durfte. Zehn Jahre lang hatte man ihr vorgeschrieben, wann sie essen, wann sie schlafen und wann sie arbeiten musste. Aber diese Zeiten waren jetzt vorbei. Ein für alle Mal.

Sie war endlich frei.

Sie war ihr eigener Herr, und sie würde niemandem das Recht geben, über sie zu verfügen, auch nicht Gabriel McKinlay.

Sie atmete tief ein.

»Mister McKinlay«, begann sie. »Ich werde mir von niemandem Vorschriften machen lassen, auch nicht von Ihnen. Wenn Sie also noch eine weitere Bedingung stellen wollen und wieder drohen, andernfalls unsere Partnerschaft zu lösen, dann können Sie verdammt noch einmal hingehen, wo der Pfeffer wächst!«

Ihre Stimme war mit jedem Wort lauter und kräftiger geworden, und Hope stellte überrascht fest, wie gut es sich anfühlte, endlich einmal ihre Meinung zu vertreten.

»Wenn Sie also …«

»Ich habe mir Sorgen gemacht«, fiel er ihr ins Wort.

Hope verstummte.

»Was?«, fragte sie dann.

»Ich habe mir Ihretwegen Sorgen gemacht.«

Hope lachte ungläubig auf. »Sie haben sich Sorgen gemacht?«, wiederholte sie dann, weil sie es einfach nicht fassen konnte. Hinter ihr erhob Gabriel sich lautlos und geschmeidig.

»Aber wieso …?« Hope verstummte mit einem erschrockenen Aufschrei und warf die Hände über den Kopf, als sein bedrohlicher Schatten über sie fiel. Aus den Augenwinkeln heraus sah sie Gabriels erhobene Hand und duckte sich noch ein wenig tiefer.

»Was zum …«, entfuhr es Gabriel, der lediglich die Lampe über dem Tisch hatte entzünden wollen.

»Nicht!«, keuchte Hope und versuchte verzweifelt, sich mit den Armen zu schützen.

»Verdammt, Hope, was glauben Sie denn, was ich tun will?« Fassungslos starrte Gabriel die vor ihm kauernde Gestalt an. Nur langsam begriff Hope, dass keine Schläge auf sie niederprasseln würden, und wagte, den Kopf ein wenig zu heben. Sie schluckte, als sie Gabriels Gesichtsausdruck bemerkte.

»Er hat Sie geschlagen«, stellte Gabriel grimmig fest, und Hope nickte kaum merklich.

»Und Sie haben gedacht, ich würde Sie ebenfalls schlagen?« War es Wut, die sie in seiner Stimme hörte?

»Ja, nein, ich weiß nicht«, stammelte Hope und konnte ihm nicht in die Augen sehen. »Als Ihr Schatten über mich fiel, also, ich glaube, da habe ich überhaupt nicht gedacht, nur reagiert.«

»Und wieso haben Sie geglaubt, ich würde Sie schlagen?«

Hopes Lippen verzogen sich zu einem freudlosen Lächeln.

»Weil ich Ihnen widersprochen habe. Und ich bin ungehorsam gewesen.«

Gabriel sah ihre geballten Fäuste, ihre angespannte Gestalt und war überrascht von dem plötzlichen Bedürfnis, sie in den Arm zu nehmen, als könnte er sie so vor den Erinnerungen an die Vergangenheit beschützen.

Er widerstand der Versuchung.

Sie waren Partner, mehr nicht, und sie waren beide daran interessiert, dass es dabei blieb.

»Sie waren nicht ungehorsam, Hope. Ich habe mir lediglich Sorgen um Sie gemacht. Ich wusste nicht, wo Sie waren, und überall hier lauern Gefahren.« Er machte eine Pause und sah sie an, bis sie seinen Blick erwiderte.

»Sie können gehen, wohin immer Sie wollen. Ich möchte nur wissen, wo Sie sind, für den Fall, dass Ihnen etwas zustößt. Es ist gefährlich allein in der Wildnis.«

»Aber ich habe schon früher hier gelebt. Es ist mir nie etwas geschehen …«

»Die Zeiten ändern sich. Bitte, Hope, tun Sie mir den Gefallen.«

Einen Moment lang dachte er, sie würde ablehnen, aber dann nickte sie zu seiner großen Erleichterung.

»Also gut. Wenn ich irgendwohin gehe, werde ich es Ihnen sagen.«

»Danke«, murmelte Gabriel und nahm die Lampe vom Haken, um sie am Kaminfeuer zu entzünden.

X

»Nun, wie sieht es aus?«, rief Hope Gabriel zu, als dieser staubbedeckt wieder im Eingang der Mine auftauchte. Am liebsten wäre sie selbst sofort in den dunklen, bedrohlich wirkenden Stollen vorgestoßen, aber Gabriel hatte darauf bestanden, dass sie zunächst zurückblieb, bis er sich von der Tragfähigkeit der Stützbalken überzeugt hatte.

»Wir wissen nicht, wie sicher die Träger noch sind und wie weit Ihr Großvater den Stollen überhaupt abgestützt hat«, hatte er zu bedenken gegeben.

»Großvater hat gesagt, er hat die Gänge alle paar Meter abgestützt. Zumindest da, wo der Fels brüchig ist. Alles andere sei viel zu gefährlich.«

»Womit er Recht hatte. Dennoch, ich brauche Sie hier draußen für den Fall, dass mir etwas zustößt.« Seine Argumente waren sinnvoll, das sah Hope ja ein, aber trotzdem: Es war ihre Mine, und deshalb wäre sie gern als Erste in den schwarzen Schlund hinabgestiegen. Ungeduldig hatte sie zugesehen, wie Gabriel sich ein Seil um die Hüften geknotet hatte und dann mit einer Fackel in der Hand im Eingang des Stollens verschwunden war. Es war ihr wie eine Ewigkeit vorgekommen, ehe das flackernde Licht und damit Gabriel aus der Dunkelheit wieder aufgetaucht war.

»Die Balken sehen stabil aus. Sie hatten Recht. Ihr Großvater war ein vorsichtiger Mann.«

»Haben Sie Gold gesehen?«, fragte Hope aufgeregt. Gabriel lachte angesichts ihrer Begeisterung.

»Außer dem Hauptstollen gibt es noch etliche Nebentunnel, zu viele, um sie alle auf einmal zu erkunden. Und zudem zweigen wahrscheinlich auch von denen noch weitere Gänge ab. Und zu Ihrer Frage: Nein, ich habe noch kein Gold gesehen.«

»Oh«, meinte Hope enttäuscht. Warum nur hatte sie erwartet, dass alles in der Mine vor Gold nur so glänzen würde? Sie seufzte. Ihr Großvater hatte auch nie zugelassen, dass sie die Mine betrat, auch wenn er ihr jeden Abend erzählt hatte, was er den Tag über gemacht hatte. Er …

Hope runzelte die Stirn. Wenn er sie nie mit in die Mine genommen hatte, wieso hatte sie dann diese Erinnerung an einen goldenen, im Stein erstarrten Blitz? Je länger sie darüber nachdachte, desto sicherer war sie sich, dass sie doch schon einmal in der Mine gewesen war, kurz bevor sie ein letztes Mal in die Stadt gefahren waren. Ihr Großvater hatte gerade eine Goldader gefunden … Ja, natürlich! Er war an diesem Abend ungewöhnlich spät in die Hütte zurückgekehrt. Hope hatte schon geschlafen, aber ihr Großvater hatte sie geweckt, weil er ihr etwas »unheimlich Wichtiges«, wie er sagte, zeigen musste. Schlaftrunken war sie mit ihm in die Mine hinabgestiegen – und hatte ihn gesehen, den goldenen Blitz im Fels. Einige Tage danach waren sie in die Stadt aufgebrochen, um Vorräte für den Winter zu kaufen – und Dynamit.

Die Erinnerung wurde immer deutlicher. Staunend hatte sie damals die Ader, die wie ein im Stein erstarrter Blitz aussah, betrachtet. *Ist das Gold,* hatte sie ihren Großvater andächtig gefragt. *Das ist Gold,* hatte er geantwortet. Nur ein Teil der Ader war sichtbar gewesen, deshalb hatte Lukas Granger ja Dynamit kaufen wollen, um den Stein, der das Erz enthielt, zu zersprengen. Aber das war Vergangenheit.

Sie sah erstaunt auf, als sie McKinlays Hand auf ihrer Schulter spürte.

»Das Gold wird kaum knapp hinter dem Eingang auf uns warten, sondern irgendwo in der Tiefe eines Stollens. Vielleicht müssen wir sogar neue Stollen in den Fels treiben, ehe wir etwas finden. Es kann lange dauern, und es wird mühselig sein. Wenn Sie es sich also anders überlegen wollen …«

»Nein. Ich weiß, dass es hier Gold gibt. Ich erinnere mich wieder. Großvater hat eine Ader gefunden, kurz bevor er gestorben ist. Er hat sie mir gezeigt.« Langsam bemerkte auch Gabriel, wie die Aufregung von ihm Besitz ergriff. War das Goldfieber?

»Wie meinen Sie das: Er hat eine Ader gefunden?« Er bemühte sich, ruhig zu bleiben. Konnte es sein, dass es so einfach sein würde?

»Ich habe sie gesehen. Ein goldener Blitz im Felsgestein. All die Jahre dachte ich, ich hätte das nur geträumt, aber jetzt, wo ich wieder hier bin, bin ich mir absolut sicher: Großvater hat sie mir gezeigt.« Nachdenklich nagte sie an ihrer Unterlippe, aber ihre Stimme klang aufgeregt, als sie weitersprach. »Der Stollen war ziemlich niedrig.«

Sie schloss die Augen, als könnte sie so die Erinnerung an das Geschehen zehn Jahre zuvor besser abrufen. »Wir sind so lange durch die Dunkelheit gegangen, dass es mir unheimlich war. Die Decke berührte schon fast meinen Kopf, und Großvater ging so tief vornüber gebeugt, dass ich einige Male dachte, er würde stürzen.«

»Dann liegt der Stollen wesentlich tiefer, als ich bislang gekommen bin. In den meisten Gängen musste ich zwar den Kopf einziehen, aber ich konnte zumindest noch stehen.«

Hope öffnete die Augen und sah ihn an. »Dann werde ich beim nächsten Mal gehen. Ich bin kleiner.«

»Das werden Sie hübsch bleiben lassen. Sie sind zwar kleiner, aber auch verletzlicher. Ich werde die Mine erkunden und dann den Abbau übernehmen. Sie bleiben hier draußen und waschen das Geröll, das ich rausbringe.«

»Was?! Niemals! Es ist meine Mine, und ich werde genauso hineingehen wie Sie!«

»Hope, seien Sie vernünftig.«

»Vernünftig? Ich will nicht vernünftig sein! Ich will nach Gold suchen.«

»Und das werden Sie ja auch.«

»Ja, aber nur hier draußen, indem ich im Dreck wühle. Nein!«

»Denken Sie vielleicht, in den Stollen ist es sauberer?«

»Nein, aber spannender.«

Gabriel trat einen Schritt zurück und sah sie an. »Spannender?! Denken Sie vielleicht, die ganze Aktion ist ein gigantisches Abenteuer? Ich kann keinen Partner brauchen, der nicht imstande ist, klar zu denken, sondern Risiken eingeht, weil er Abenteuer erleben will.«

Wütend starrte Hope ihn an und schob ihr Kinn vor. »Und ich kann keinen Partner brauchen, der mir bei jeder Gelegenheit vorschreiben will, was ich tun darf. Das haben Sie schon einmal getan, und da habe ich es um des lieben Frieden willens durchgehen lassen, aber nicht noch einmal. Ich bin endlich frei und kann meine eigenen Entscheidungen treffen.«

Schwer atmend stand Gabriel ihr gegenüber. »Schön«, stieß er dann zwischen zusammengebissenen Zähnen hervor und drehte sich auf dem Absatz um. »Dann kriechen Sie doch hinein in Ihre verdammte Mine und bringen sich um. Aber tun Sie es ohne mich.« Mit langen Schritten marschierte er davon, bis Hopes Worte ihn innehalten ließen.

»Ist das Ihre Art, sich an Abmachungen zu halten, Mister McKinlay? Laufen Sie jedes Mal davon, wenn etwas nicht nach Ihrer Nase geht? Dann sind Sie ein verdammt schlechter Geschäftspartner, und ich sollte vielleicht tatsächlich in Zukunft auf Ihre Hilfe verzichten.«

Langsam wandte Gabriel sich um und starrte die schlanke junge Frau an, die, die Hände in die Hüften gestemmt, dastand und ihn beobachtete.

»Was wissen Sie schon von mir?«, knurrte er finster und ballte die Hände zu Fäusten.

»Nicht mehr als Sie von mir. Eher weniger, würde ich sagen, denn jedes Mal, wenn ich Sie etwas frage, plappern Sie ja ebenso munter drauflos wie ein Fisch.« Hope verschränkte ihre Arme vor der Brust und sah ihn herausfordernd an. »Aber wir werden auch nie mehr voneinander erfahren, wenn einer von uns immer sofort die Partnerschaft aufkündigt, wenn ihm etwas nicht passt. Glauben Sie denn, ich bin völlig verblödet und zu nichts zu gebrauchen, nur weil ich eine Frau bin? Ich habe nicht vor, ›in meine verdammte Mine zu kriechen‹, ohne ein gewisses Maß an Vorsicht walten zu lassen. Und ich würde mich um ein Vielfaches sicherer fühlen, wenn ich wüsste, dass auf der anderen Seite des Seiles jemand ist, der stark genug ist, mich zur Not rauszuziehen. Egal, wie Sie es drehen und wenden, Sie sind tatsächlich der Stärkere von uns beiden und somit als Hilfestellung viel geeigneter als ich.«

»Sind Sie fertig?«

Hope schmunzelte. »Fürs Erste.«

Schritt für Schritt kam Gabriel näher, und Hope war überrascht, dass sie nicht den Drang verspürte, davonzulaufen oder zumindest zurückzuweichen.

»Haben Sie jemals den Spruch gehört, der Klügere gibt nach?«, wollte Gabriel wissen.

»Natürlich«, entgegnete Hope und legte den Kopf in den Nacken, um ihm ins Gesicht sehen zu können, als er sich beinahe drohend vor ihr aufbaute. Und noch immer empfand sie keine Furcht.

»Dann sind Sie also selbst noch nicht davon überzeugt, die Klügere von uns beiden zu sein«, stellte Gabriel finster fest.

Kühl und, wie sie hoffte, herablassend sah Hope ihn an.

»Nein, Mister McKinlay«, stellte sie richtig. »Dass ich die Klügere bin, daran habe ich überhaupt keinen Zweifel. Aber wenn es immer die Klügeren sind, die nachgeben, dann herrschen irgendwann die Dummen auf der Welt.«

Verblüfft sah Gabriel sie an, dann warf er seinen Kopf in den Nacken und lachte schallend.

»Wissen Sie eigentlich, dass Sie ein verdammt sturer Dickschädel sind, Hope Granger?«

»Vielleicht«, erwiderte Hope mit einem Lächeln. »Bedanken können Sie sich dafür bei meinem Großvater. Er war ein guter Lehrer.«

»Hat er Sie auch etwas übers Goldsuchen gelehrt? Über Minen?«

Hopes Lächeln wurde breiter. »Kann schon sein. Sie müssen mir nur die Gelegenheit geben, es Ihnen zu beweisen.«

XI

»Ein bisschen unheimlich ist es ja schon«, gab Hope zu, als sie, vorsichtig einen Fuß vor den anderen auf den unebenen Boden setzend, in die Dunkelheit schritt. Die kleine Laterne, die sie mit sich trug, spendete nur ein schwaches Licht, so dass der größte Teil des Schachtes im Dunkeln verborgen blieb.

Hinter sich hörte sie Gabriels Atem, dessen warmer Hauch hin und wieder sanft über ihren Nacken strich, wenn er den Kopf einziehen musste. Er ging so dicht hinter ihr, dass sie sogar glaubte, die Wärme, die sein Körper verströmte, in ihrem Rücken zu spüren. Einzig seine Schritte waren selbst auf dem Geröll nicht zu vernehmen. Er bewegte sich wirklich so leise wie eine Katze.

»Wollen Sie umkehren?«, fragte er.

»Nein! Nein«, beteuerte Hope dann noch einmal. Sie würde ganz sicher jetzt nicht kehrtmachen, nicht, nachdem sie Gabriel McKinlay endlich dazu überredet hatte, mit ihm gemeinsam die alte Mine erforschen zu dürfen. Es war schon qualvoll genug gewesen, am Eingang zu warten, bis er endlich von seinem ersten Erkundungsgang zurückgekehrt war. Noch einmal hätte sie ihn keineswegs allein hineingehen lassen. Sie wäre ihm so oder so gefolgt, und sie war sich sicher, dass er das wusste. Sehr zu ihrem Erstaunen hatte er sie aber auch nicht allein gehen lassen, sondern hatte sie begleitet, nachdem er sie beide mit einem dicken Seil am Eingang der Mine gesichert hatte. Hope bezweifelte zwar, dass er sie beide im Ernstfall würde rausziehen können, aber sie vertraute den Sicherheitsmaßnahmen ihres Großvaters. Lukas Granger war niemals in seinem Leben leichtsinnig gewesen. Wenn er sagte, er habe die Stollen sicher abgestützt, dann hatte er es auch getan.

Hope wusste nicht, wie lange sie bereits in der Finsternis unterwegs waren. Sie waren schon etlichen Gängen bis zum Ende gefolgt, hatten kehrtgemacht und einen weiteren der zahlreichen Tunnel erkundet. Es war wirklich bemerkenswert, wie weit Lukas Granger sich im Laufe seines Lebens in den Fels gegraben hatte. Einmal hatten sie bereits die niedergebrannte Kerze gegen eine neue austauschen müssen. Hope war erstaunt gewesen, dass Gabriel zwei Lampen mit Kerzen ausgewählt hatte, anstatt die wesentlich helleren Kerosinlampen zu nehmen, aber sie gab ihm Recht, dass es weitaus unhandlicher gewesen wäre, auch noch mit Kerosin gefüllte Kanister als Reserve mitzuschleppen. Ein paar zusätzliche Kerzenstumpen waren ohne Frage leichter zu transportieren. Außerdem würden die Kerzen eher verlöschen, sollten sie auf eine Ansammlung tödlichen Grubengases treffen.

»Iiieeekkkk!«, kreischte Hope plötzlich auf und fuhr sich mit der linken Hand panisch übers Gesicht.

»Was ist los?«

»Spinnweben«, ächzte sie. Allein die Vorstellung, eines der dicken, schwarzen Tiere, die sie in der Nähe des Eingangs in ihren Netzen hatte lauern sehen, könnte über ihre Haut oder ihre Haare laufen, verursachte ihr eine Gänsehaut.

»Halten Sie die Lampe höher«, wies Gabriel sie an. Überrascht tat Hope, wie ihr geheißen. Still ließ sie es über sich ergehen, dass Gabriel seine Finger durch ihr Haar gleiten ließ, das sie am Morgen lediglich mit einem Band im Nacken zusammengebunden hatte. Warum hatte sie es ausgerechnet heute nicht zu einem Zopf geflochten wie sonst auch?

Weil die neue Frisur eine weitere Demonstration ihrer Freiheit war, gestand Hope sich ein. Ein weiteres Symbol ihrer Rebellion.

»Alles in Ordnung. Ich kann keine Spinne entdecken.« Gabriels ruhige, tiefe Stimme sandte einen Schauer über ihren Rücken, ebenso seine Finger in ihrem Haar.

Seltsam, überlegte Hope, aber die Berührung seiner Hände war ausgesprochen angenehm gewesen, und fast bedauerte sie es, dass er damit aufgehört hatte. Beinahe ebenso seltsam fand sie es, dass er ihren Ekel vor Spinnen gespürt und verstanden hatte, anstatt sich darüber lustig zu machen oder ihn einfach zu ignorieren. Egal, wie sie es betrachtete: Gabriel McKinlay war ein ungewöhnlicher Mann, über den sie gern mehr erfahren hätte. Wenn er nur nicht jedes Mal so schweigsam wäre, wenn das Gespräch auf ihn kam.

Langsam gingen sie weiter. Der Gang wurde immer enger. Selbst sie stieß hin und wieder schon mit den Schultern an die Wände. Wie musste es da erst Gabriel ergehen? Ein kurzer Blick über ihre Schulter zeigte ihr, dass er sich gerade wieder seitlich durch den schmalen Tunnel zwängte. Zudem musste er den Kopf noch mehr als sie einziehen, so dass ein Vorwärtskommen für ihn zunehmend schwieriger wurde. Nicht mehr lange, und sie würden festsitzen. Und prompt versperrte ein Erdrutsch ihnen den Weg.

»Sackgasse«, stellte Hope enttäuscht fest und wollte kehrtmachen, aber Gabriel rührte sich nicht vom Fleck. Prüfend sah er sich um.

»Der Stollen ist weiter vorne nur provisorisch abgestützt und hier hinten gar nicht mehr. Sieht irgendwie so aus, als wäre Ihr Großvater nicht mehr dazu gekommen.«

»Oder er hat einfach kein Gold gefunden und woanders weitergegraben«, gab Hope zu bedenken.

»Hmm, schon möglich. Aber alle anderen Stollen hat er immer sorgsam gesichert, selbst wenn er sie anschließend aufgegeben hat.« Er sah sie an. »Denken Sie vielleicht, ich hätte sonst zugelassen, dass Sie die Mine betreten?«

Hope zog es vor, seine Bemerkung zu überhören.

»Vielleicht erschien ihm der Stollen zu gefährlich?«, vermutete sie. »Vielleicht war der Fels zu brüchig. Ich habe ihn einige Male darüber reden hören.«

»Kann ich mir nicht vorstellen. Immerhin ist es mindestens zehn Jahre her, dass hier das letzte Mal gegraben wurde, und der Stollen steht immer noch. Wenn er wirklich einsturzgefährdet gewesen wäre, wäre die Decke doch schon längst eingebrochen.«

Zweifelnd betrachtete Hope den Geröllhaufen.

»Also, ich weiß ja nicht, wie Sie das nennen, aber für mich sieht das ziemlich eingebrochen aus.«

Gabriel grinste. »Ja. Aber nicht natürlich eingebrochen.«

»Nicht natürlich? Na klar, Sie können das an der Form des Geröllhaufens erkennen. Sicher, wieso bin ich denn nicht gleich darauf gekommen.«

Gabriel ignorierte ihren Spott. »Glauben Sie mir, Hope, ich kann einen natürlichen von einem künstlichen Erdrutsch unterscheiden. Und dieser Einsturz hatte keine natürliche Ursache, da bin ich mir ziemlich sicher. Es sieht vielmehr so aus, als habe Ihr Großvater diesen Gang bewusst zum Einsturz gebracht. Sagten Sie nicht, er habe die Ader, die er zuletzt gefunden hat, getarnt?«

»Also suchen wir hier?«, fragte Hope und sah sich fröstelnd um. Die Luft war schal und überraschend warm. Dennoch lief ihr ein weiterer Schauer über den Rücken. Der Gedanke, so weit vom Sonnenlicht entfernt zu graben, bereitete ihr Unbehagen, aber sie würde es um nichts in der Welt zeigen. Es war ihre Mine, und sie würde ebenso ihren Beitrag leisten wie ihr Partner.

»Ja, aber heute nicht mehr. Lassen Sie uns nach oben zurückgehen. Morgen werden wir den Rest der Mine in Augenschein nehmen, und wenn wir keine Stelle finden, die vielversprechender aussieht, werden wir genau hier anfangen zu suchen.«

XII

»Ich hab ihn!«, rief Hope und gab dem Muli einen Klaps, damit es den hölzernen Förderwagen aus dem Eingang der Mine zog. Dann fasste sie selbst nach dem Strick und zerrte den Wagen den Rest des Weges ins Freie.

Gabriel und sie hatten sich darauf geeinigt, dass zunächst er den Abbau des Gesteins in den Tiefen der Grube übernehmen würde, während sie das Geröll entgegennahm und wusch. Trotz ihres anfänglichen Protestes war Hope für diese Aufgabenverteilung dankbar, besonders, wenn sie sah, wie erschöpft selbst Gabriel am Ende eines jeden Tages war. So ungern sie es auch zugab, sie wäre der schweren körperlichen Arbeit unter Tage nicht lange gewachsen gewesen.

Die weitere Erkundung der Mine hatte ergeben, dass es anscheinend keine andere Stelle gab, an der Granger noch kurz vor seinem Tode gegraben hatte. Somit war die noch unbefestigte Einsturzstelle tatsächlich die beste Chance, die Goldader, die Hope zufolge irgendwo dort unten existieren musste, zu finden. Zusätzlich zu der eigentlichen Mine gab es noch eine Vielzahl anderer Schächte, die teils natürlichen Ursprungs waren und teils im Laufe der Jahre von Menschenhand von der Außenseite des Berghangs in den Fels getrieben worden waren. Dabei handelte es sich entweder um Blindstollen, oder sie waren so eng, dass ein normaler Mensch sie unmöglich zum Abbau von Gold verwenden konnte. Selbst Hope hätte sich kaum hineinzwängen können, wäre Gabriel geneigt gewesen, dieses zuzulassen. Er glaubte, dass sie möglicherweise zur Belüftung dienten – eine weitere Vorsichtsmaßnahme, für die er Hopes Großvater dankbar war.

Seit fünf Tagen waren sie nun bereits dabei, den Geröllhaufen, der den schmalen, niedrigen Tunnel versperrte, abzutragen, was äußerst mühselig war und bislang auch nur mäßig erfolgreich. Gabriel musste zugeben, dass die Gesteinsmassen sehr viel größer waren, als er zunächst angenommen hatte. Wenn Lukas Granger seinen letzten Fund tatsächlich durch den künstlichen Einsturz hatte schützen wollen, dann hatte er jedenfalls ganze Arbeit geleistet. Egal, wie viele Eimer Gestein er beiseite räumte, es schien nicht weniger zu werden. Fast konnte man den Eindruck gewinnen, der Gang sei über mehrere Hundert Meter eingestürzt, was Gabriel wiederum seltsam erschien, denn auch Granger hätte doch wieder zu seiner Ader vordringen müssen.

Wollte er dafür das Dynamit einsetzen?

Er selbst hatte auch Dynamit gekauft, aber er war nicht bereit, es zu benutzen, solange sie die eigentliche Ader nicht gefunden hatten.

Wie ein Wesen aus dem Innern der Erde tauchte Gabriel aus dem Schacht auf. Er hatte sich in der Tiefe seines Hemdes entledigt und trug nur seine Hose und Stiefel, dazu um den Hals den kleinen Lederbeutel, den er anscheinend immer bei sich hatte. Hope konnte nicht umhin, seinen kräftigen Oberkörper zu bewundern, dessen Muskeln und Sehnen durch den Schweiß und den Staub noch betont wurden. Ohne sie zu beachten, ging er hinüber zum Wasserfass und tauchte seinen Kopf hinein. Prustend tauchte er wieder auf und schüttelte sich wie ein Hund, so dass die Tropfen in alle Richtungen stoben.

»Das ist die letzte Ladung für heute«, krächzte er, seine Stimme vom Staub rau und kratzig. Hope reichte ihm eine Kelle sauberes Wasser und sah zu, wie er mit kräftigen Schlucken gierig trank. Fasziniert beobachtete sie, wie seine Kehle arbeitete und Wasser über sein Kinn seinen Hals hinabrann.

»Stimmt etwas nicht?«, fragte Gabriel, als er Hopes Blick bemerkte, und sie wandte sich hastig ab.

»Nein«, versicherte sie ihm. »Es ist alles in Ordnung. Ich dachte nur daran, dass Sie ein Bad vertragen könnten.«

Gabriel schnitt eine Grimasse, dann folgte er Hope, die bereits damit begonnen hatte, den Inhalt des Wagens in eine hölzerne Rinne zu schaufeln, durch die sie dann Wasser, das schon ihr Großvater aus dem nahem Bach umgeleitet hatte, laufen lassen würde. Am Boden der Rinne würde sich dann das Gold, sofern das Geröll welches enthielt, sammeln.

»Sie haben ein freches Mundwerk dafür, dass ich den schwereren Teil der Arbeit erledige«, beschwerte er sich gutmütig, während er auch nach einer Schaufel griff.

»Ich habe ja angeboten, auch meinen Teil unter Tage zu leisten.«

Gabriel schnaubte. »Dann hätten wir heute nicht mehr als einen Wagen Gestein zum Waschen gehabt.«

»Ob wir jetzt in einer Ladung nichts finden oder in fünf …« Sie verstummte.

»Was ist?«, wollte Gabriel wissen und kam näher.

»Sehen Sie mal.« Vorsichtig, so als könnte sie ihn beschädigen, hielt Hope einen schmutzigen Klumpen hoch und reichte ihn Gabriel.

»Ist es das, wofür ich es halte?«, fragte sie aufgeregt und versuchte vergeblich, über seine Schulter zu sehen, während Gabriel den Stein ins Wasser tauchte und ihn abrieb. Dann hielt er ihn auf seiner ausgestreckten Hand. Im Schein der Abendsonne glänzte der Brocken matt golden, und Hope schlug vor Begeisterung die Hände vor den Mund, um nicht laut aufzujubeln.

»Gold«, wisperte sie. Ihre Augen suchten Gabriel, und sie bemerkte, wie sie sich vor Freude mit Tränen füllten. »Gold«, wiederholte sie dann. »Wir haben Gold gefunden.«

Gabriel grinste. Er wollte ihre Freude nicht trüben, auch wenn der Fund keineswegs aufregend oder gar spektakulär war.

»Hier«, sagte er und legte den kleinen Klumpen zurück in ihre Hand. »Als Glücksbringer.«

»Wie viel er wohl wert ist?«, überlegte Hope und drehte den Brocken zwischen ihren Fingern.

»Ich schätze, so etwa einen Dollar.«

Entsetzt sah Hope ihn an. »Mehr nicht?«, fragte sie dann völlig enttäuscht.

»Hey«, versuchte Gabriel ihr Mut zu machen und stupste sie aufmunternd unters Kinn. »Wo einer ist, da sind auch noch mehr. Und als erster Fund ist das schon gar nicht schlecht.«

So ganz überzeugt war Hope noch nicht, aber dann schob sie den Goldklumpen in ihre Tasche und machte sich mit Feuereifer wieder an die Arbeit.

XIII

»Ich werde morgen auf die Jagd gehen«, sagte Gabriel unvermittelt. Sie hatten ihr Abendessen bereits beendet und saßen wie jeden Abend beim Kartenspiel vor dem Feuer. Hope hatte nicht locker gelassen, bis Gabriel sich bereit erklärt hatte, sie in die Geheimnisse des Pokerspiels einzuweihen, und nutzte jetzt jede Gelegenheit, ihre Fähigkeiten zu verbessern.

»Gut, einverstanden«, murmelte Hope, während sie angestrengt überlegte, welche möglichen Kombinationen Gabriel wohl auf der Hand halten könnte. Sie selbst hatte drei Damen, aber die Vier und die Sieben, die sie dazubekommen hatte, machten sie unsicher. Sollte sie versuchen zu bluffen? Oder hatte Gabriel ihr Blatt bereits durchschaut? Ein schneller Blick in sein unbewegtes Gesicht machte es ihr jedenfalls wieder einmal unmöglich, seine Gedanken zu erahnen.

»Pokerface« hatte Gabriel den Gesichtsausdruck genannt.

Hope seufzte. Irgendwie wollte es ihr nicht gelingen, auch ein Pokerface aufzusetzen. Egal, ob sie sich betont zuversichtlich gab, unruhig oder unbeteiligt, Gabriel schien immer genau zu wissen, was für ein Blatt sie gerade auf der Hand hielt. Bislang hatte sie jedenfalls noch nicht ein einziges Mal gegen ihn gewonnen, und ihre Karten waren nicht immer schlecht gewesen.

»Ich hätte gerne noch eine Karte«, sagte sie. Geschickt spielte Gabriel ihr eine zu. Pik-Sieben. Hope fühlte, wie ihr Herz vor Freude einen kleinen Hüpfer machte, aber sie bemühte sich, es sich nicht anmerken zu lassen. Sie legte die Vier ab und schob ihre letzten beiden Strohhalme, um die sie in Ermangelung von Bargeld spielten, in die Mitte. Wie Gabriel schon völlig zu Recht bemerkt hatte: Beim Pokern ohne Einsatz fehlte die nötige Würze.

»Ihren Strohhalm, und ich erhöhe um einen weiteren«, sagte sie. Gabriel grinste bei dem Ernst in ihrem Gesicht. Hope war mit Feuereifer dabei. Es tat ihm fast schon Leid, dass er immer gewann. Ein paar Mal hatte er schon mit dem Gedanken gespielt, absichtlich zu verlieren, aber er war sich sicher, dass es sie nicht freuen würde, wenn sie bemerkte, dass er sie hin und wieder eine Partie gewinnen ließ. Sie wollte es selbst schaffen, das hatte sie nicht nur beim Kartenspielen unter Beweis gestellt. Sie akzeptierte seine Hilfe, wenn sie aus eigener Kraft nicht weiterkam, aber solange sie ein Problem allein bewältigen konnte, wäre sie lieber gestorben, als ihn um seine Unterstützung zu bitten.

Sie war ein seltsames Mädchen, aber er konnte einfach nicht leugnen, dass eine gewisse Faszination von ihr ausging. Nach dem Tod von »Geht mit den Wolken« und seinen Söhnen hatte er sich geschworen, nie wieder so etwas wie Zuneigung oder gar Liebe für eine Frau zu empfinden, geschweige denn, je wieder die Verantwortung für eine zu übernehmen. Als er Hope kennen gelernt hatte, schmutzig und mager, dann als Junge verkleidet, war er davon ausgegangen, dass es ihm in ihrer Gegenwart nicht allzu schwer fallen würde, diesem Vorsatz treu zu bleiben, zumal ihre Bedingung, die Partnerschaft als reines Geschäft zu betrachten, jede weiterführende Beziehung zu unterbinden schien. Nun aber war er sich dessen nicht mehr sicher.

Sein Blick glitt unwillkürlich zu ihren schlanken Schenkeln, die sie, ebenso wie er, nach Indianerart untergeschlagen hatte. Noch immer trug sie Hosen, die, wie Gabriel mit wachsender Beunruhigung feststellen musste, nicht das kleinste Detail ihrer Beine der Fantasie überließen. Jede noch so kleine Bewegung lenkte seine Augen unwillkürlich auf ihre nicht zu übersehenden Reize. Er hätte es nie für möglich gehalten, aber selbst das grobe Hemd, das sie trug, steigerte sein Interesse an ihr. Das raue Material, so konnte er nicht umhin zu bemerkten, reizte ihre Brüste, so dass sich die Brustwarzen hart und deutlich darunter abzeichneten. Abwesend beobachtete Gabriel wohlwollend, wie die sanften Rundungen einen Moment lang verführerisch wippten, als Hope sich vorgebeugte, um die Karte aufzunehmen. Immer häufiger, so stellte Gabriel beunruhigt fest, betrachtete er Hope nicht mehr nur als Geschäftspartner. Und immer, wenn er sich einzureden versuchte, sie sei noch ein Kind, so wie er anfangs geglaubt hatte, dann scheiterte er kläglich. Selbst wenn sie tatsächlich erst fünf gewesen war, als ihre Eltern starben, so hatte sie nach eigenen Angaben anschließend fast drei Jahre bei ihrem Großvater gelebt. Sie hatte gesagt, sie sei acht gewesen, als er starb, und dann hatte sie über zehn Jahre bei Cummings verbracht. Damit war sie achtzehn oder sogar schon neunzehn und – egal, wie er es auch betrachtete – alles andere als ein Kind.

Seit sie so viel Zeit im Freien verbrachte, hatte ihre Haut einen sanft goldenen Schimmer angenommen, und ihre Wangen waren von einer leichten Röte überzogen, die nicht nur von der Nähe des Kaminfeuers herrührte. Er stellte fest, dass sie einen leichten Sonnenbrand auf ihrer sommersprossigen Nase hatte und dass er sogar das attraktiv fand. Unwillkürlich glitt sein Blick zu ihren Lippen.

Verdammt! Wie hatte er bei ihrem ersten Zusammentreffen nur übersehen können, wie voll und rot sie waren? Vielleicht, weil sie sie vor Schmerz zusammengepresst hatte, sagte sich Gabriel, aber dennoch fand er es erstaunlich, dass er es nicht bemerkt hatte. Ihre langen, dunklen Wimpern warfen Schatten auf ihre Wangen, als sie eingehend ihre Karten betrachtete.

Was immer er bislang auch an ihr übersehen haben mochte – das kurze Aufleuchten ihrer faszinierenden grauen Augen, als er ihr die Karte zugespielt hatte, war ihm jedoch nicht entgangen. Die Versuchung, ihr bestimmte Karten zukommen zu lassen, war groß, aber es wäre genau dasselbe gewesen, als hätte er sie gewinnen lassen, also verzichtete er auf Tricks. Sein eigenes Blatt war gut. Vier Könige waren so gut wie unschlagbar, und er war sich sicher, dass Hope keine vier Asse auf der Hand hatte. Zwei Pärchen vielleicht oder ein Full House. Nun, er würde es bald sehen.

Lächelnd schob er den Strohhalm in die Mitte, um den sie gerade erhöht hatte, dann drei weitere.

Empört sah Hope ihn an. »Aber das können Sie doch nicht tun!«, stieß sie hervor.

»Was kann ich nicht tun?«, grinste Gabriel und genoss ihren fassungslosen Gesichtsausdruck. Die Röte ihrer Wangen vertiefte sich, und sie presste wütend die Lippen aufeinander.

»Sie können nicht mehr erhöhen«, protestierte sie noch einmal. »Ich habe keine Strohhalme mehr.

Gabriels Grinsen wurde breiter. »Nun«, stellte er fest und lehnte sich auf einen Ellenbogen zurück, »das nennt man ›den Pott kaufen‹. Dabei ist es egal, was ich für ein Blatt auf der Hand habe. Wenn Sie nicht weiter mitgehen können, dann habe ich gewonnen.«

»Aber das ist unfair.« Ihr Blick fiel wieder auf ihre Karten, und Gabriel konnte die Enttäuschung in ihren schönen Augen deutlich lesen. Offensichtlich hatte sie ein Blatt, von dem sie glaubte, es könnte gewinnen.

»Nun, eine Möglichkeit gäbe es da noch«, stellte Gabriel mit betont ausdrucksloser Miene fest.

»Welche?« Wie er gehofft hatte, stürzte sich Hope mit Feuereifer auf diesen letzten Ausweg. Sie verlor nicht gern, das hatte er schon gemerkt. Und egal, wie er es betrachtete, er konnte eigentlich nur gewinnen.

»Nun ja, Sie könnten etwas anderes von Wert setzen. Wenn es mir gefällt, dann werde ich es als Ihren Einsatz akzeptieren.«

Zweifelnd blickte Hope auf die Strohhalme, die zwischen ihnen lagen, und überlegte. Dann hellte sich ihr Gesicht plötzlich auf.

»Mein Golddollar!« Sie wollte schon aufspringen, um ihn zu holen, als Gabriels Worte sie bremsten.

»Wir spielen nicht um Geld«, tadelte er sie mit leisem Vorwurf.

»Aber es ist das Einzige von Wert, das ich besitze!«, warf Hope verzweifelt ein. »Sonst habe ich nichts.«

Gabriel seufzte. »Aber Hope, es geht doch nicht um reale Werte. Wir spielen um Strohhalme. Lassen Sie sich etwas von ideellem Wert einfallen, das auch mir etwas bedeuten würde.« Wie von selbst glitten seine Augen zu ihren noch immer leicht geöffneten Lippen. Nervös befeuchtete Hope sie mit der Zunge, und Gabriel musste sich zwingen, nicht aufzustöhnen, als ihm bei ihrem feucht glänzenden Anblick das Blut in die Lenden strömte.

»Ich könnte Ihre Stiefel putzen«, bot Hope heiser flüsternd an. Sie wusste selbst nicht, warum sie wisperte, aber ihre Kehle war auf einmal wie zugeschnürt. Die Hitze, die das Feuer verströmte, erschien ihr plötzlich fast unerträglich, und die Zeit schien stillzustehen.

Gabriel schüttelte lächelnd den Kopf.

»Das kann ich auch selber.«

»Ihr Pferd?«

Wieder ein verneinendes Kopfschütteln.

»Es muss schon etwas sein, das ein gewisses Opfer erfordert. Das ist es, was den Reiz dieses Spiels ausmacht.«

»Aber was kann ich Ihnen denn anbieten, das Sie nicht auch alleine können?«, wollte Hope frustriert wissen, und Gabriels Lippen verzogen sich zu einem breiten Grinsen.

»Einen Kuss«, sagte er dann leise, kaum hörbar, und Hope sog erschrocken die Luft ein. Mit einem Ruck setzte sie sich auf.

Ein Kuss?!

Gabriel McKinlay erwartete doch nicht allen Ernstes, sie würde ihn küssen? Das verstieß gegen ihre Abmachung!

»Nun«, meinte McKinlay, der ihre Gedanken erriet, leichthin, »Sie können sich natürlich auch einfach geschlagen geben.« Er rollte sich auf den Rücken und legte seinen freien Arm hinter den Kopf. Dann grinste er sie aufreizend an. »Ich würde es Ihnen noch nicht einmal übel nehmen, wenn Sie den einfachen Weg wählen. Aber denken Sie daran: Wer nicht wagt, der nicht gewinnt. Aber wenn es Sie beruhigt: Ich habe schon mit vielen Männern gespielt, die im letzten Moment der Mut verlassen …«

»Einverstanden!«

Gabriel verstummte und sah sie an. »Was?«

Wieder leckte Hope sich nervös über die Lippen und betrachtete ein letztes Mal ihre Karten. »Ich sagte: Einverstanden«, wiederholte sie dann und schickte mit geschlossenen Augen ein stilles Stoßgebet zum Himmel.

»Wirklich?«, fragte Gabriel interessiert und rollte sich mit Schwung wieder auf die Seite.

»Mister McKinlay, ich stehe zu meinem Wort«, wies Hope ihn zurecht. Wie von selbst glitten ihre Augen zu dem Stück nackter Haut, das die obersten, nicht geschlossenen Knöpfe seines Hemdes preisgaben. Auch wenn sie ihn schon oft ohne Hemd gesehen hatte, verfehlte der Anblick nicht seine Wirkung auf sie. Immer häufiger ertappte sie sich bei der Frage, wie sich das krause, schwarze Haar auf seiner Brust wohl anfühlen mochte, aber sie getraute sich einfach nicht, ihn zu fragen, ob sie es einmal berühren durfte. Es gehörte sich einfach nicht, und sie würde es nicht riskieren, dass er ihre Neugier falsch verstand.

»Das wollte ich auch nicht anzweifeln. Ich wollte lediglich darauf hinweisen, dass ich von einem richtigen Kuss spreche, nicht nur von einer kaum spürbaren Berührung Ihrer Lippen.« Einen Augenblick lang dachte Gabriel, er wäre zu weit gegangen. Die Röte auf Hopes Wangen vertiefte sich, und in ihre Augen trat ein Glanz, den er sich nicht erklären konnte. Fast war er bereit, seine letzte Forderung zurückzunehmen, nur um überhaupt einen Moment lang ihre Lippen auf den seinen zu spüren, aber dann nickte sie zu seiner Erleichterung.

Gabriel stieß pfeifend die Luft aus, die er gespannt angehalten hatte. Sein Herz schlug wie rasend.

»Nun gut«, murmelte er, Hope nicht aus den Augen lassend. »Ich will sehen.«

Mit bebenden Fingern fächerte Hope ihre Karten auf den Boden. Eine Dame, die Herzdame, fiel ihr aus den zitternden Händen und landete genau vor Gabriel.

»Full House«, stellte er anerkennend fest. Es war tatsächlich das beste Blatt, das Hope bislang gehabt hatte. Ihre Augen trafen sich, und Gabriel hielt ihren Blick, als er seine Karten achtlos auf den Boden fallen ließ.

»Vier Könige«, sagte er dann leise, während er sich vorbeugte, den Blick auf Hopes Lippen gerichtet.

»Ist das besser?«, fragte Hope kaum hörbar. Gabriel nickte wortlos.

Unter seinem Knie knisterten die Strohhalme, als er die Distanz zu Hope in einer gleitenden Bewegung überwand. Ihre Augen glitten zu der tief gebräunten Haut seiner Brust, dann hinauf zu seinem Gesicht.

»Dann haben Sie also gewonnen und fordern jetzt Ihren Preis«, wisperte Hope. Ihre Kehle wurde trocken, und sie zuckte zusammen, als Gabriels Hände sich um ihre Schultern schlossen.

»Werden Sie zu Ihrem Wort stehen?«, fragte er noch einmal, während er gleichzeitig die Antwort scheute – egal, wie sie ausfallen würde.

»Ja«, hauchte Hope. Ihre Hände wanderten wie von selbst hinauf zu seiner Kehle, und Gabriel erbebte, als ihre schmalen Finger seine nackte Haut berührten und unter sein Hemd glitten. Langsam senkte er den Kopf. Er schmeckte Hopes süßen Atem, spürte die feuchte Wärme, und dann fühlte er die zarte

Fülle ihrer Lippen auf den seinen. Mit einem unterdrückten Stöhnen neigte er den Kopf, um den Kuss zu vertiefen. Mit einer Hand strich er über ihren Rücken und drückte sie an sich, während er die andere um ihren Hinterkopf legte.

Hope schloss die Augen, als Gabriels Wärme sie beinahe vollständig umhüllte. Sie fühlte sich von ihm umschlossen, umgeben, aber sie verspürte keine Abneigung gegen seine Berührungen, ganz im Gegenteil. Der Druck seiner Lippen auf den ihren war angenehm, und sie stellte überrascht fest, dass er seinen Mund bewegte, als wolle er etwas sagen. Sie spürte, wie seine Lippen über die ihren strichen, und drängte sich als Antwort näher an ihn.

Das Haar auf seiner Brust war nicht so weich, wie sie gedacht hatte, sondern ein wenig fester. Dennoch fühlte es sich gut an unter ihren Fingerspitzen. Ihre Hände wanderte weiter zu seinen Schultern. Seine Haut war glatt, und seine Muskeln zuckten, als sie mit den Fingern darüberstrich.

Noch immer streichelten seine Lippen die ihren, so als würden sie auf etwas warten, und vorsichtig erwiderte Hope die ungewohnte Liebkosung. Sie atmete erschrocken ein, als Gabriels Hände sich fester um sie schlossen, sie an sich drückten und er seinen Kopf dann noch ein wenig weiter neigte. Sein unterdrücktes Stöhnen klang fast wie ein Knurren, dann zog er sie, ohne den Kuss zu unterbrechen, auf seinen Schoß. Die Welt neigte sich auf einmal zur Seite, und Hope suchte verzweifelt Halt an Gabriels starken Schultern. Ihr überraschter Ausruf ging unter in der Verführung seines Mundes, dann glitt seine Zunge mit einer geschmeidigen Bewegung zwischen ihre Lippen.

Hope erstarrte. Erstaunt riss sie die Augen auf.

Gabriels Lider waren geschlossen, und sein Gesicht hatte einen Ausdruck, den Hope nicht zu deuten vermochte. Noch immer spürte sie seine Zunge in ihrem Mund, den er gemächlich tastend erforschte. Es war angenehm, stellte Hope fest, auch wenn sie nicht ganz verstand, warum alle Welt so viel Aufhebens wegen eines Kusses machte.

Gabriel spürte, dass ihre Gedanken abschweiften, und hob den Kopf. Hopes Augen waren geöffnet, und sie sah ihn an, als hätte sie soeben ein hoch wissenschaftliches Experiment beendet.

»Das war sehr nett«, flüsterte sie, und Gabriel betrachtete fasziniert ihre von seinem Kuss geschwollenen Lippen. Dann registrierte er, was sie gesagt hatte.

»Nett?«, fragte er entgeistert, und Hope nickte lächelnd.

»Ja«, erwiderte sie, »ich fand es sehr nett. Es hat mir gefallen, wenn ich auch nicht ganz verstehe, warum Männer so versessen darauf sind.«

Mit einem unterdrückten Lachen, das halb Stöhnen war, rollte Gabriel sich zur Seite. Angesichts der Tatsache, dass sein Schwanz so hart war, dass es schmerzte, war Hopes mangelnde Begeisterung für seinen Kuss eigentlich nicht zum Lachen.

»Habe ich etwas falsch gemacht?«, erkundigte Hope sich besorgt, als Gabriel sich mühsam auf die Beine stemmte.

»Nein«, ächzte Gabriel, bemüht, seinen Zustand vor ihren neugierigen Blicken zu verbergen. »Aber ich fürchte, ich habe einen Fehler begangen.« Damit öffnete er die Tür und verließ die Hütte.

Hope lag bereits seit einer Stunde in ihrem Bett und fand keinen Schlaf, als sie hörte, wie die Vordertür geöffnet wurde und Gabriel eintrat. Sorgsam legte er den Riegel vor, dann durchmaß er mit ungewohnt schweren Schritten den Raum. Hope hielt den Atem an, als er vor dem Vorhang, hinter dem ihr Bett stand, einen Moment verharrte, nur um enttäuscht auszuatmen, als Gabriel weiterging und in seinem eigenen Schlafzimmer verschwand. Sie hörte, wie er seine Stiefel auszog, und stellte sich vor, wie er sich seiner Kleidung entledigte, ehe er ins Bett stieg.

Auf was hatte sie gewartet? Auf eine Erklärung für sein seltsames Verhalten? Darauf, dass er ihr erzählte, was sie falsch gemacht hatte? Sie hatte ihn geküsst, ja, aber egal, was er danach auch gesagt hatte, sie war sich sicher, dass der Fehler für seine – was? Enttäuschung? – bei ihr gelegen hatte. Offensichtlich hatte Gabriel auf irgendeine Reaktion von ihr gewartet, die sie ihm nicht gegeben hatte. Aber was? Sie hatte doch wie vereinbart zugelassen, dass er sie küsste, und sie hatte ihm doch sogar versichert, dass sie es nett gefunden hatte. Was also hatte er noch mehr von ihr erwartet?

XIV

»Nein!« Entrüstet stemmte Hope ihre Hände in die Hüften.

»Keine Widerrede. Sie haben doch gestern Abend zugestimmt mitzukommen.« Ungerührt schob Gabriel sein Gewehr in den Scabbard vor seinen Sattel und zog dann den Sattelgurt noch einmal nach.

»Und wann, bitte schön, soll ich das getan haben?«

Aufseufzend wandte Gabriel sich um. Wie erwartet funkelte Hope ihn streitlustig an.

»Als ich sagte, ich würde auf die Jagd gehen, sagten Sie: ›Gut, einverstanden‹.«

Hope lachte ungläubig auf. »Und das haben Sie als Zustimmung aufgefasst, dass ich Sie begleiten würde? Sie sagten, *Sie* würden auf die Jagd gehen. Sie sagten mit keinem Wort, *wir* würden auf die Jagd gehen, also sehe ich nicht, wie Sie meine Bemerkung als Zustimmung aufgefasst haben könnten, Sie zu begleiten.« Sie sah, wie sich Gabriels Gesicht verfinsterte, aber war nicht bereit, darauf einzugehen. Wenn er Trübsal blasen oder eingeschnappt sein wollte, dann war das sein Problem, und nicht ihres.

»Ich jedenfalls werde hier bleiben und weiter nach Gold suchen.«

»Oh nein. Sie werden mich begleiten«, stieß er drohend hervor.

»Nein, das werde ich nicht. Und Sie können mich nicht dazu zwingen.«

In Gedanken zählte Gabriel bis zehn, damit er nicht der Versuchung nachgab, seine Hände um Hopes schlanken Hals zu legen. Er hatte ja Verständnis dafür, dass sie sich nach allem, was sie in den letzten zehn Jahren erduldet hatte, nicht länger herumkommandieren lassen wollte. Das bedeutete jedoch nicht, dass er zuließ, dass sie sich grundsätzlich jeder seiner Bitten und Anweisungen widersetzte.

Und schon gar nicht heute Morgen, wo es mit seiner Laune sowieso nicht zum Besten stand. Gabriel wusste, es war ungerecht, dass er Hope die Schuld an seiner schlechten Stimmung gab, aber wenn man es nur lange von seinem Standpunkt aus betrachtete, dann war es tatsächlich ihre Schuld. Vielleicht nicht ihre Schuld allein, aber immerhin trug sie einen Teil davon.

Nett.

Er konnte es immer noch nicht fassen, dass sie den Kuss, der ihn bis in die Grundfesten seiner Seele erschüttert hatte und der ihn all seine guten Vorsätze auf einen Schlag hatte vergessen lassen, lediglich *nett* gefunden hatte.

Wenn sie wenigstens »atemberaubend« gesagt hätte oder »wundervoll« – aber doch nicht *nett*!

Er war über eine Stunde vor der Hütte auf- und abgegangen, um seinen rebellischen, erregten Körper unter Kontrolle zu bringen, und hatte, als ihm das nicht gelungen war, zu dem einzigen Mittel gegriffen, das er zuvor noch niemals auch nur in Erwägung gezogen hatte. Auch wenn er sich ziemlich sicher war, dass er nicht über Hope hergefallen wäre – die Vorstellung, dass sie nur wenige Meter von ihm entfernt in ihrem Bett lag, warm, anschmiegsam und begehrenswert, hätte ihn für den Rest der Nacht um den Verstand gebracht.

Verdammt!

Er hatte sich noch nie für etwas so sehr geschämt in seinem Leben wie für das, was er letzte Nacht getan hatte.

Verdammt!

Und das war allein ihre Schuld. Aber noch einmal würde er sich nicht so weit treiben lassen. Wenn Hope von seinen Küssen so gänzlich unbeeindruckt bleiben konnte, dann würde er ihr ganz sicher auch nicht wie ein lüsterner Jüngling hinterherhecheln.

Vielleicht wäre es tatsächlich das Beste, wenn er ohne sie auf Jagd ginge und so zumindest einige Tage lang Abstand gewänne von dem, was zwischen ihnen geschehen war. Aber die Vorstellung, er könnte zu einer ähnlichen Szene zurückkehren wie damals, als er von der Jagd heimgekommen war, ließ ihm einfach keine Ruhe.

Hope würde ihn begleiten, und wenn sie es nicht freiwillig tat, dann eben mit Gewalt.

Irgendetwas in seinem Gesicht musste Hope gewarnt haben, denn noch ehe Gabriel es sich versah, hatte sie sich umgewandt und stürzte davon in Richtung Mine. Wenn es ihr gelang, sich in einem der weit verzweigten Gänge vor ihm zu verstecken, würde er Stunden brauchen, um sie aufzuspüren.

Fluchend setzte er ihr nach. Sie war schnell, das musste er ihr lassen, aber für ihn mit seinen langen Beine kein ernst zu nehmender Gegner. Noch bevor sie den Eingang zum Hauptstollen erreicht hatte, hatte er sie eingeholt. Er versuchte, von hinten seine Arme um sie zu schließen, um sie zu stoppen, aber Hope ahnte seine Absicht und schlug einen Haken. Wütend, ohne weiter darüber nachzudenken, was er tat, stieß Gabriel sich vom Boden ab und schoss vorwärts. Seine Arme schlossen sich wie Stahlklammern um Hopes Taille, und mit seinem Gewicht riss er sie zu Boden. Noch im Fallen bemerkte Gabriel voller Entsetzen, dass er Hope unter sich begraben würde. Er versuchte verzweifelt, sich so zu drehen, dass er dem Sturz die Wucht damit ein wenig nahm. Es gelang ihm nicht gänzlich, aber zumindest landete er als Erster auf dem Boden. Sofort rollte er sich ab und zog Hope mit sich, so dass sie nicht auf dem Boden aufschlug, sondern auf seinem Körper. Schwer atmend blieben sie einen Augenblick lang liegen, dann begann Hope auch schon, sich gegen seinen Klammergriff zur Wehr zu setzen.

Gabriels Griff um ihre Körpermitte verstärkte sich, und er war überrascht über die Härte ihrer Schläge. Mit ihren baren Fäusten konnte sie ihn zwar nicht ernsthaft verletzten, aber einige der Treffer würden ihm blaue Flecken bescheren, dessen war er sich sicher. Dennoch traute er sich nicht, sie loszulassen, um auch ihre Arme zu ergreifen, aus Angst, sie könnte versuchen, zu entkommen oder noch größeren Schaden anrichten.

»Verdammt, Hope, halten Sie still«, ächzte er, als eines ihrer Knie seiner Körperregion, die ihm am Abend zuvor solche Pein bereitet hatte, erheblich näher kam, als ihm lieb sein konnte. Zumal sein verräterischer Körper angesichts ihrer Nähe und ihres Kampfes schon wieder ein Eigenleben entwickeln wollte.

Verdammt! Verdammt! Verdammt! Was war nur los mit ihm? Er mochte seine Frauen hingebungsvoll und willig. Es hatte ihn noch nie erregt, wenn eine Frau sich gegen ihn gewehrt hatte. Warum also hatte der Kampf mit Hope eine derartige Wirkung auf ihn?

»Lassen Sie mich los! Ich werde Sie nicht begleiten! Egal, was Sie mir erzählen.«

»Meine gesamte Familie wurde getötet, als ich auf einem Jagdausflug war«, hörte Gabriel sich zu seiner eigenen Überraschung sagen. Er hatte nie darüber gesprochen, mit niemandem. Noch nicht einmal mit seinen Eltern oder seinem Bruder, auch wenn dieser damals dabei gewesen war, als sie das Massaker entdeckten. Seine Familie war tot, und über sie zu sprechen würde sie auch nicht wieder lebendig machen. Ganz zu schweigen davon, dass Indianer aus Respekt grundsätzlich nicht über ihre Toten sprachen. Warum also tat er es jetzt?

»Was?« Wie erstarrt verharrte Hope in seinem Griff. Jeder Kampfgeist schien angesichts seiner unerwarteten und überraschenden Offenbarung aus ihrem Körper gewichen zu sein. Sie versuchte, sich so weit umzudrehen, dass sie ihm ins Gesicht sehen konnte.

»Was haben Sie da gesagt?«, fragte sie noch einmal.

Verdammt! Warum hatte er das Thema nicht einfach ruhen lassen? Warum hatte er Hope nicht einfach verschnürt und wie einen Mehlsack über den Sattel geworfen? Nach einer Weile hätte sie sich schon beruhigt und wäre vernünftig geworden.

Aber er hatte es nicht getan. Stattdessen hatte er über etwas gesprochen, das seit Jahren in seinem Innern verschlossen war und das dort auf immer verschlossen hatte bleiben sollen.

Gabriel starrte in den Himmel, der genauso blau war wie an jenem Tag, als er in das Lager zurückkehrt war. An jenem Tag, als … Er schreckte noch immer vor der Erinnerung zurück.

Erst nach einer ganzen Weile, in der er versuchte, sich über seine Gefühle klar zu werden, konnte er Hope wieder ansehen. Sie beobachtete ihn schweigend. Er hatte nicht einmal bemerkt, dass sie sich aus seinem Griff befreit hatte und neben ihm kniete.

»Ist das der Grund, warum Sie sich ständig Sorgen um meine Sicherheit machen?«, wollte sie wissen.

Gabriel zuckte mit den Schultern. »Kann schon sein«, erwiderte er unbewegt und setzte sich auf.

»Und warum Sie nicht wollen, dass ich mich aus Ihrer Nähe entferne?«

Gabriel wandte den Blick ab und starrte ins Nichts.

»Fünf junge Männer des Dorfes waren ausgezogen, um zu jagen. Ich war einer von ihnen. Es war ein friedliches Dorf. Die wenigsten von uns hatten schon einmal einen weißen Mann gesehen. Wir lebten weitab der Routen, die die Siedlertrecks nahmen, und in unserer Nähe gab es keine Farmen und keine weißen Siedlungen. Niemand ahnte etwas Böses.« Er verstummte, und Hope konnte erkennen, dass es ihm schwer fiel weiterzusprechen.

»Und dennoch kam das Böse zu uns in Gestalt weißer Banditen. Sie überfielen das Lager. Sie mordeten, sie vergewaltigten, und sie plünderten. Die Dorfbewohner hatten keine Chance. Es machte diesen Teufeln Spaß, die Frauen zu quälen, sie dabei zusehen zu lassen, wie sie die Kinder abschlachteten. Mit den kleinsten haben sie Fußball gespielt, bis ihre Körper wie zerbrochene Puppen umherlagen. Dann haben sie die Frauen geschändet und skalpiert.«

Hope hatte voller Entsetzen die Hände vor den Mund geschlagen, um nicht aufzuschreien, dennoch entrang sich ihren Lippen ein klagender Laut. Gabriel hörte sie nicht einmal. Viel zu sehr war er in seine Erinnerungen vertieft. Sein Blick war leer, ausdruckslos, und als er sie ansah, lief Hope trotz der Hitze des Tages ein Schauer über den Rücken: Seine Augen offenbarten in diesem Augenblick tiefe Abgründe der Verzweifelung.

»Der größte Teil des Stammes starb an jenem Tag, und mit ihm meine Familie.« Einen Moment lang blieb sein Blick starr und ausdruckslos, dann klärte er sich. Er sah Hope an, sah die Tränen, die ihr übers Gesicht rannen, und wandte den Blick ab, um den Schmerz nicht mit ihr teilen zu müssen.

»Sie wollten doch etwas über mich erfahren«, sagte er ruhig und erhob sich. »Und nun kommen Sie, wir müssen los.«

XV

Abgesehen von Vogelgezwitscher und dem Zirpen der Grillen war das leise Klappern des Hufschlags das einzige Geräusch, das Hope seit Stunden vernommen hatte. Die Landschaft, durch die sie ritten, war atemberaubend, aber Hope hatte heute kein Auge für die Schönheit der Natur. Gabriels Rücken, den sie nicht aus den Augen ließ, war aufrecht und abweisend, als er Meile um Meile vor ihr herritt, fast so, als hätte er ihre Anwesenheit vergessen. Schließlich hielt sie die bedrückende Stille nicht länger aus.

»Wie kommt es, dass Sie bei Indianern gelebt haben?«, stellte sie die Frage, die ihr seit seiner so unerwarteten Offenbarung auf der Zunge brannte. Erst dachte sie, er würde sie ignorieren, aber dann antwortete er doch.

»Meine Frau war Indianerin.«

Seine Frau.

Ein schmerzhafter Stich durchzuckte Hope bei seinen Worten, und sie fragte sich erstaunt, was das wohl zu bedeuten hatte. Nun ja, sagte sie sich, als er von seiner Familie gesprochen hatte, hatte sie angenommen, er spräche von seinen Eltern und vielleicht Geschwistern. Immerhin konnte man ihn mit seiner gebräunten Haut und den schwarzen Haaren durchaus für einen Indianer halten. Der Gedanke, er selbst könnte verheiratet gewesen sein, noch dazu mit einer Indianerin, war ihr noch gar nicht gekommen. Gabriel musste ihre Überraschung gespürt haben, denn er fuhr fort:

»Meine Frau hieß ›Geht mit den Wolken‹, und wir hatten zwei Söhne, ›Reitet wie der Wind‹ und ›Sichere Hand‹. Unser drittes Kind sollte sechs Monate später geboren werden.« Er schwieg einen Augenblick. »Wir hatten gehofft, es würde ein Mädchen sein.«

Nachdenklich starrte Hope auf seinen Rücken. Er hatte eine Frau gehabt und Kinder. Der Verlust musste entsetzlich für ihn gewesen sein, aber es erklärte noch immer nicht, wieso er überhaupt in einem Indianerlager gelebt hatte.

Hope hatte nicht bemerkt, dass sie die Frage wohl vor sich hingemurmelt hatte, und erschrak, als Gabriel sein Pferd zügelte und sich zu ihr umwandte.

»Ich habe mein Leben lang bei meinen roten Brüdern gelebt«, sagte er in einem Tonfall, den Hope nicht zu deuten vermochte. »Jedenfalls bis zu jenem Tag.«

»Aber wieso?«

Gabriel musterte sie, aber als er tatsächlich nichts als Neugierde in ihrem Blick las, sagte er: »Weil ich zur Hälfte Indianer bin.«

»Wirklich?« In Hopes Stimme schwang so viel Faszination mit, dass Gabriel sich zwingen musste, nicht zu grinsen.

»Ja, wirklich.«

»Aber wie ist das möglich?! Ich meine, Sie sind ganz normal angezogen, Sie sprechen eine richtige Sprache, und Sie sehen überhaupt nicht aus wie die Indianer, die ich bisher gesehen habe.« Gabriel betrachtete sie mit einem Lächeln.

»Und wie viele Indianer haben Sie schon gesehen?«

Hope schürzte die Lippen. »Oh, schon eine ganze Menge. Die meisten waren dreckig und haben betrunken unter den Gehwegen gelegen. Oder aber sie haben um Geld für Whiskey gebettelt.«

Gabriels Lächeln verschwand, als hätte es jemand fortgewischt, und sein Gesicht verfinsterte sich zusehends, als er Hopes Beschreibungen lauschte. Er war wütend, konnte ihr jedoch noch nicht einmal einen Vorwurf machen. Die meisten Weißen, die bislang nur »Stadtindianer« gesehen hatten, hatten das gleiche Bild von ihnen. Zerlumpte, bedauernswerte, immer betrunkene Bettler, die für einen Schluck Whiskey beinahe alles taten, sogar ihre Ehre verkauften.

Der Weiße Mann hatte Krankheiten aus Europa eingeschleppt und damit die indianische Bevölkerung erheblich dezimiert. Der schlimmste Fluch jedoch war der Alkoholismus, der auch noch die letzten Indianer auslöschen würde. Seit die Weißen ihnen das Feuerwasser gebracht hatten, waren allzu viele seinen Verlockungen gefolgt und ihm verfallen. Gabriel hatte die beklagenswerten Gestalten selbst gesehen, die, eine Flasche im Arm, in den Seitenstraßen gelegen hatten, verlacht und verhöhnt, jedoch zu betrunken, um sich etwas daraus zu machen. Wenn man sie sah, war es einfach unvorstellbar, dass sie einst stolze Krieger gewesen waren, aufrecht und frei, und keine elenden, im Dreck wühlenden Kreaturen.

»Nicht alle Indianer sind so«, knurrte Gabriel und wollte sich abwenden.

»Na, wenn Sie es sagen«, murmelte Hope wenig überzeugt, worauf Gabriel sein Pferd so heftig herumwirbelte, dass Hopes Pony vor Schreck scheute.

»Mein Stamm war nicht so, wie Sie es vielleicht glauben. Sie waren aufrichtige, ehrliche und stolze Menschen, deren Vorväter schon hier lebten, lange bevor es dem Weißen Mann einfiel, die Völker mit Feuerwasser gefügig zu machen.« Seine bernsteinfarbenen Augen schienen zu brennen, und Hope hielt erschrocken den Atem an.

»Ich wollte damit doch nicht andeuten ...«

»Doch, genau das wollten Sie. Sie sind wie alle Weißen. Sie sehen nur das, was Sie sehen wollen. Sie sehen die dreckige Rothaut, die von den Almosen der Weißen lebt. Sie sehen die zerlumpten Bettler, die um die Häuserecken schleichen auf der Suche nach dem nächsten Schluck, der sie das Elend, in das der Weiße Mann sie gestürzt hat, vergessen lässt.« Sein Pferd tänzelte nervös, als es die Aufregung seines Reiters spürte.

»Und wie sehen Sie mich jetzt? Bin ich in Ihren Augen jetzt auch nur noch eine verkommene Rothaut, um die man am besten einen weiten Bogen macht? Ist das der Grund, warum Ihnen der Kuss gestern Abend nicht gefallen hat und warum Sie sich schon im Vorfeld ausbedungen haben, nicht mit mir schlafen zu müssen?«

Hope schnappte angesichts seiner völlig ungerechtfertigten Anschuldigungen empört nach Luft. Was erlaubte er sich? Wie konnte er es wagen, so mit ihr zu sprechen? Wie konnte er es wagen, ihr solche Vorhaltungen zu machen? Und wie konnte er es wagen, ihr so etwas Absurdes auch nur zu unterstellen?

Sie hatte ihn behandelt wie einen Partner – einen weißen Partner wohlgemerkt, weil sie überhaupt nicht gewusst hatte, dass er Indianerblut in seinen Adern hatte. Aber selbst wenn sie es gewusst hätte, dann hätte es für sie keinen Unterschied gemacht. Nun, zumindest nahm sie das an, dass es keinen Unterschied für sie gemacht hätte, aber es war müßig, darüber nachzugrübeln, gerade weil sie es ja nicht gewusst hatte.

Hope wollte eben zu einer wütenden Erwiderung ansetzen, als Gabriel sein Pferd herumriss und davonstob. Staub und Steine spritzen unter den wirbelnden Hufen des Tieres auf, und Hope überlegte einen Moment lang, ob sie ihm folgen oder lieber kehrtmachen sollte. Unruhig trippelte ihr Pony auf der Stelle, und Hope lenkte es mehrmals im Kreis, unentschlossen, ehe sie ihm die Fersen in die Seiten schlug und Gabriels in der Ferne kleiner werdenden Gestalt hinterherpreschte.

XVI

Wind peitschte ihm ins Gesicht, und immer wieder musste Gabriel sich weit über den Pferdehals hinabbeugen, um nicht von tief hängenden Zweigen aus dem Sattel gefegt zu werden. Es fühlte sich gut an, seinem Braunen freien Lauf zu lassen, nichts als das Trommeln der Hufe zu hören und das Spiel der kräftigen Muskeln zwischen seinen Schenkeln zu spüren. Er könnte ewig so weiterreiten, losgelöst von der Welt und im Einklang mit seinem Pferd.

Aber irgendwann war es so weit, dass er daran denken musste, das mächtige Tier zu zügeln. Er wusste, dass der Wallach so lange laufen würde, bis er tot unter ihm zusammenbrach, wenn er das verlangen sollte, aber das würde er dem treuen Tier, das ihn schon so viele Jahre begleitet hatte, nicht antun. Schaum flockte vom Maul des Braunen, und sein Hals und seine Flanken waren ebenfalls schaumbedeckt. Das Tier wurde langsamer, fiel vom gestreckten Galopp in den Trab und schließlich in den Schritt.

Verdammt!

Er wusste selbst nicht, welcher Teufel ihn da geritten hatte, aber auf jeden Fall hatte es gut getan. Schuldbewusst erinnerte er sich an Hopes fassungslosen Gesichtsausdruck, als er ihr seine hasserfüllten und völlig aus der Luft gegriffenen Anschuldigungen entgegengeschleudert hatte, ihre schmerzerfüllten Augen, die sich jedoch schon kurz darauf völlig zu Recht mit Wut gefüllt hatten.

Großer Gott, ihre Augen. Er durfte gar nicht daran denken. Einfach alles an ihr faszinierte ihn, auch wenn er beim besten Willen nicht sagen konnte, warum. Sie war ›Geht mit den Wolken‹ so ähnlich wie die Sonne dem Mond, und dennoch – vielleicht waren es gerade diese Unterschiede, die sie für ihn so unwiderstehlich machten.

Wenn er auch nur einen Funken Verstand in seinem Kopf hatte, dann würde er seinen Weg fortsetzen, einfach weiterreiten und nie wieder zurückblicken. Hope verkörperte alles, wovor er seit dem Tod seiner Familie auf der Flucht war. Keine andere Frau, die in der Zwischenzeit sein Bett gewärmt und die Bedürfnisse seines Körpers gestillt hatte, hatte ihn derart berührt. Diese Frauen waren ein willkommener Zeitvertreib gewesen, warm, anschmiegsam und willig, aber keine von ihnen war ihm über das Körperliche hinaus nahe gekommen. Keine war ihm unter die Haut gegangen.

Er hatte immer darauf geachtet, dass keine der Frauen, mit denen er ins Bett ging, an einer längerfristigen oder gar dauerhaften Beziehung interessiert war, sondern, ebenso wie er, nur kurzweiliges Vergnügen suchte. Es gab genügend davon, und beide Seiten waren stets voll auf ihre Kosten gekommen. Und zur Not hatte er für sein Vergnügen eben bezahlt.

Warum nur konnte er es mit Hope nicht genauso halten? Ihre Vereinbarung sah es sogar vor, dass sie sich körperlich nicht näher kamen, was die Sache in seinen Augen eigentlich noch hätte vereinfachen sollen. Und dennoch war es für ihn schwerer, als er es je für möglich gehalten hatte.

Sein Gefühl schrie ihm zu, er sollte fliehen, aber sein Verstand erinnerte ihn an das Versprechen, das er Hope gegeben hatte.

Er musste umkehren.

Er hatte ihr sein Wort gegeben, zumindest bis zum Winter ihr Partner zu bleiben. Schon mehr als einmal hatte er gedroht, diese Partnerschaft zu lösen, und seine Lippen verzogen sich zu einem freudlosen Grinsen, als er daran dachte, wie Hope ihn wütend daran erinnert hatte, dass er an sein Wort gebunden war.

Er würde weglaufen, hatte sie gesagt, und Gabriel musste sich zu seiner Schande eingestehen, dass sie Recht hatte. Er lief tatsächlich davon. Seit mehr als fünf Jahren lief er vor sich selbst davon, vor seiner Vergangenheit – und auch vor seiner Zukunft.

Fluchend riss er sein Pferd herum, als ihm bewusst wurde, dass er Hope einsam und schutzlos mitten in der Wildnis zurückgelassen hatte, nachdem er es gewesen war, der darauf bestanden hatte, dass sie ihn begleitete. Wahrscheinlich stand sie Todesängste aus …

Sein Brauner warf nervös wiehernd den Kopf hoch und tänzelte zur Seite, als ein braunweißer Schecke wie eine Kanonenkugel auf ihn zugejagt kam. Die Reiterin auf seinem Rücken war kaum zu sehen, so sehr hatte sie sich zusammengekauert und ihre Hände in die Mähne verkrallt.

Im letzten Moment gelang es Gabriel, die Zügel zu ergreifen und das kleinere Tier zum Stehen zu bringen.

Hopes Gesicht war schneeweiß, als sie den Kopf hob und ihn mit glasigen Augen ansah.

»Hope, um Himmels willen, geht es Ihnen gut?« Gabriel schwang sich aus dem Sattel und streckte seine Hände nach Hope aus, um sie vom Rücken des Ponys zu ziehen. Schwer fiel sie gegen ihn, und seine Hände glitten verzweifelt über ihren Körper, um ihn nach Wunden zu untersuchen.

Tief und mit einem leisen Pfeifen saugte Hope Luft in ihre Lungen, während sie versuchte, Gabriels tastende Hände von sich zu schieben.

»Es geht mir gut«, ächzte sie und trat mit steifen Beinen zwei Schritte zurück, nur um unterdrückt aufzuschreien, als sie den Halt verlor und ungebremst auf ihre Kehrseite plumpste. Sofort ging Gabriel neben ihr in die Hocke. Wieder wollte er seine Hände nach ihr ausstrecken, aber Hope gebot ihm leise stöhnend Einhalt.

»Verdammt, Hope, was ist los?«

»Was los ist?«, krächzte sie. »Das fragen Sie noch?« Wütend blitzten ihre Augen ihn an. »Sie waren es doch, der diesen Satansbraten für mich ausgesucht hat.« Vage gestikulierte sie in Richtung des gescheckten Ponys, das mit hängendem Kopf und bebenden Flanken neben seinem Braunen stand. Außer, dass das arme Tier völlig erschöpft war, machte es eigentlich einen erstaunlich guten Eindruck.

»Gab es etwa Probleme mit dem Pferd?«, fragte Gabriel und runzelte die Brauen.

»Probleme?«, wiederholte Hope fassungslos. »Probleme?« Ihre Stimme wurde schrill. Sie wollte sich bewegen, aber überlegte es sich anders, als ein sengender Schmerz durch ihren Körper jagte. Gepeinigt verzog sie das Gesicht und funkelte Gabriel dann unter halb gesenkten Lidern hervor an.

»Dieses verdammte Viech ist nicht zu stoppen, wenn es erst einmal angefangen hat zu rennen. Verdammt, mein Hintern fühlte sich an, als würde er bereits Blasen werfen, aber egal, was ich auch versucht habe, diese Ausgeburt der Hölle rannte gnadenlos weiter.«

»Warum haben Sie es denn nicht mit einem leichten Schenkeldruck versucht?«, erkundigte Gabriel sich ratlos. »Ich sagte doch, es ist ein Indianerpony. Die reagieren für gewöhnlich nicht auf die Zügel.«

Hope riss die Augen auf und starrte ihn betont unschuldig an. »Oh, natürlich, die reagieren nicht auf die Zügel. Na sicher doch! Und wann, darf ich fragen, hatten Sie vor, mich an diesen Perlen der Weisheit teilhaben zu lassen? Bevor oder nachdem ich mir den Hals gebrochen habe?«

»Woher hätte ich denn …«

»Ich habe mein Lebtag noch nicht auf einem Pferd gesessen. Wann denn auch? Ich kann einen Wagen fahren, aber nicht reiten.«

Gabriels Lippen verzogen sich zu einem Grinsen. Es wurde immer breiter, bis er den Kopf in den Nacken warf und schallend lachte. Hope starrte ihn an, als wollte sie ihm am liebsten den Hals umdrehen, und Gabriel war froh, dass sie sich dank ihres schmerzenden Hinterteils nicht schnell genug bewegen konnte, um ihn zu überraschen.

»Aber warum«, prustete Gabriel, »haben Sie das denn nicht gesagt?«

»Wieso hätte ich denn was sagen sollen? So schwer kann es schließlich nicht sein. Alle Welt reitet, warum also nicht ich?«

Gabriel wurde ernst. »Weil es ein paar Grundregeln gibt, die Sie beherrschen sollten. Dazu gehört unter anderen, wie man ein Pferd wieder anhält.«

Wieder zuckten seine Lippen, und Hope nahm sich fest vor, ihn zu treten, wenn er wieder anfangen sollte zu lachen.

»Aber dafür, dass Sie zum ersten Mal auf einem Pferd gesessen haben, haben Sie Ihre Sache sehr gut gemacht.«

Sein unerwartetes Lob überraschte Hope. »Wirklich?«, fragte sie misstrauisch, und Gabriel nickte ernst.

»Ja, wirklich. Wie Sie sich über den Pferdehals gebeugt haben … Ich konnte nicht sofort erkennen, dass Sie nicht reiten können. Offensichtlich sind Sie ein Naturtalent.«

Ein wenig beschwichtigt erlaubte Hope ihm, ihr vom Boden aufzuhelfen. Ihr Hinterteil schmerzte, und ihre Beine waren ungewöhnlich schwach.

»Gehen Sie einen Moment auf und ab. Das wird helfen. Ich kühle inzwischen die Pferde ab.« Er sah sich um. »Und wir können dann ebenso gut hier unser Lager aufschlagen.«

Hope humpelte neben Gabriel her, als er die abgesattelten Pferde auf der Lichtung im Kreis herumführte. Er hatte Recht. Nach einigen Minuten ließen die Schmerzen spürbar nach, und sie hatte auch wieder Gefühl in den Beinen.

»Warum sind wir überhaupt so weit geritten?«, wollte sie dann wissen. »Ich habe auch in der Nähe der Mine Wild gesehen.«

Gabriel nickte. »Ich auch.«

Er kniete nieder und hobbelte die Vorderbeine der Pferde zusammen, so dass sie zwar grasen, sich aber nicht allzu weit entfernen konnten.

»Also?« Ungeduldig sah Hope ihn an. Anscheinend war es wieder so weit, dass sie Gabriel McKinlay jedes Wort aus der Nase ziehen musste.

»Ich wollte verhindern, dass jemand, der sich zufällig in der Nähe der Mine aufhält, durch die Schüsse auf uns aufmerksam wird.«

»Haben Sie etwa jemanden gesehen?« Nervös blickte Hope sich um, als wären sie bereits von Feinden umzingelt.

»Nein«, beruhigte Gabriel sie und begann, trockene Äste für ein Feuer zu sammeln. »Es ist eine reine Vorsichtsmaßnahme. Sobald ich eine Gelegenheit dazu finde, werde ich mir auch einen Bogen und Pfeile bauen. Dann kann ich lautlos jagen, und wir brauchen die Umgebung der Mine nicht zu verlassen.«

Fasziniert blickte Hope ihn an. »Sie können wirklich so richtig mit Pfeil und Bogen jagen?«, fragte sie aufgeregt. Ihre Augen trafen sich, als Gabriel aufschaute.

»Können Sie es mir beibringen?«

»Wenn Sie das wollen.« Hope nickte begeistert, und Gabriel schmunzelte, während er sich nach dem nächsten Ast bückte.

XVII

Das kleine Lagerfeuer knisterte und knackte, und Hope rückte näher an die wärmenden Flammen heran. Selbst im Sommer waren die Nächte so weit oben in den Bergen kühl, und sie streckte fröstelnd ihre Hände aus, um sie zu wärmen. An frisch geschnittenen Ästen rösteten einige Rebhühner über dem Feuer, und Hope lief bei dem köstlichen Geruch, den sie verströmten, das Wasser im Mund zusammen.

Gabriel hatte auch bei der Mine mit Fallen gejagt, so dass sie nicht über einem Mangel an Frischfleisch hatte klagen können, aber nach der kargen Kost der letzten Jahre kam ihr jedes Essen in Freiheit wie ein Festmahl vor. Sie hatten darauf verzichtet, Mehl oder Kartoffeln mitzunehmen, da sie vorhatten, bereits am nächsten Tag den Heimweg anzutreten. Gabriel hatte keinen Zweifel daran, dass das Jagdglück ihnen hold sein würde, und angesichts des Federviehs, das er bereits erlegt hatte, war Hope geneigt, ihm Recht zu geben.

»Was wollen Sie denn schießen?«, fragte Hope unvermittelt und richtete ihre Augen auf Gabriel. Sie konnte es sich nicht erklären, aber irgendwie zog er ihre Blicke magisch an. Ein paar Mal schien er gemerkt zu haben, dass sie ihn, wohl nicht unauffällig genug, unter gesenkten Augenlidern hervor beobachtet hatte. Falls ihn das belustigte oder irritierte, so zeigte er es nicht, aber Hope war es dennoch peinlich. Daher suchte sie hin und wieder einen Vorwand, um ihn anzusehen, indem sie ihn ansprach. So wie jetzt.

»Ich weiß noch nicht genau«, erwiderte Gabriel und prüfte einen der Braten mit den Fingern. Leise fluchend riss er seine Hand zurück und schüttelte sie, als die Flammen gefährlich nahe an seiner Haut entlangleckten.

»Einen Elch oder einen Hirsch. Mal sehen, je nachdem, was mir vor die Flinte läuft.«

»Ist so ein ganzer Elch nicht zu groß für uns?«, meinte Hope zweifelnd. Sie dachte an die kostbaren Salzvorräte und daran, wie viel davon nötig sein würde, um das ganze Fleisch zu pökeln.

»Wir schneiden das Fleisch in dünne Streifen und trocknen es in der Sonne.«

Angewidert rümpfte Hope die Nase. »Und das geht?«

Gabriel grinste. »Nun erzählen Sie mir nicht, Sie hätten noch nie Trockenfleisch gegessen.«

»Nein.« Schaudernd dachte Hope an die dunklen, ledrig aussehenden und dazu steinharten Streifen, die auch in Cummings' Mercantile verkauft worden waren. Sie hatte oft Hunger gehabt in ihrem Leben, aber auf den Gedanken, etwas davon zu essen, wäre sie nie gekommen. »Ich habe es zwar schon mal gesehen, aber das Zeug kann man doch unmöglich essen.«

Gabriels Grinsen wurde breiter. »Glauben Sie mir, Hope. Man kann es essen. Und wenn man es vor dem Trocknen würzt, ist es sogar recht schmackhaft. Aber auch ungewürzt ist es nicht schlecht. Es ist haltbar, leicht zu transportieren, und es stillt den Hunger. Ansonsten kann man immer noch wunderbar Suppe daraus kochen.« Er sah, dass Hope immer noch nicht überzeugt war. »Wenn es Sie beruhigt, dann können wir auch einen Teil davon räuchern. Schinken essen Sie doch zumindest, oder?« Hope nickte begeistert, und Gabriel reichte ihr eines der Rebhühner am Spieß.

»Ganz ruhig«, wisperte Gabriel ihr so leise zu, dass Hope die Worte kaum verstand. Sie wagte kaum zu atmen, als Gabriel das Gewehr anlegte, den Hahn mit einem kaum hörbaren Klicken spannte und zielte. Der junge Hirschbock wirkte vollkommen ahnungslos, wie er auf seinen langen, schlanken Läufen grazil durch das Unterholz stakste, und fast tat es Hope Leid, dass sie ihn töten würden. Doch ihre Vorräte würden nicht ewig reichen, und sie mussten etwas essen. Um sie herum erfüllten zahllose Vogelstimmen den Wald, und riesige, bunt schillernde Schmetterlinge tanzten taumelnd durch die laue Luft. Als plötzlich ein ohrenbetäubender Knall die friedliche Stille zerriss, hielt Hope den Atem an und presste die Augen fest zusammen. Aufgeregtes Vogelgeschrei und heftiges Flügelschlagen unterbrachen einen Moment lang die idyllische Ruhe, und das Donnern des Schusses hallte von den nahen Bergwänden wider. Hope blinzelte dorthin, wo der Hirsch gestanden hatte, und konnte einen klagenden Laut nicht unterdrücken, als sie das schöne Tier ausgestreckt im saftigen Grün liegen sah. Gabriel beugte sich bereits über die Beute, und Hope beobachtete, wie er die Halsschlagader des Hirsches mit seinem Messer öffnete und etwas murmelte, das wie ein leises Gebet klang.

»Was haben Sie da gesagt?«, wollte Hope wissen, als sie näher kam. Gabriel hob kurz den Kopf, dann wandte er sich wieder dem Hirsch zu. Mit geschickten Schnitten nahm er den Kadaver aus. Hope wandte angeekelt den Kopf ab. Auch wenn sie selbst jahrelang die niedrigsten Arbeiten verrichtet hatte, mit dem Ausweiden von Tieren hatte sie sich nie anfreunden können.

»Ein Gebet«, hörte sie ihn sagen. »Möchten Sie ein Stück Leber?«

Verwirrt sah Hope erst ihn an, dann das dunkelrote, blutige Etwas, das er ihr unter die Nase hielt.

»Nein!«, stieß sie hervor und erschauderte, als Gabriel ohne Zögern einen kräftigen Bissen von dem rohen Fleisch nahm.

»Wie können Sie das nur essen?« Angewidert wandte sie den Blick ab, nicht ohne noch zu sehen, dass sein halbes Gesicht blutverschmiert war.

Wie furchtbar!

»Leber muss man sofort essen, solange sie warm ist. Dann schmeckt sie am besten. Wenn es Ihnen lieber ist, können Sie sich aber auch ein Stück braten. Ist gesund.«

»Nein«, entgegnete Hope und hielt ihm demonstrativ den Rücken zugedreht.

»Ihre Entscheidung, aber Sie wissen nicht, was Ihnen entgeht.«

»Aber das Fleisch ist noch roh«, entrüstete Hope sich und vergaß dabei völlig, dass sie ihn nicht ansehen wollte. Noch immer war Gabriels Gesicht blutbeschmiert, und seine weißen Zähne leuchteten beinahe unnatürlich, als er sie erneut in das blutige Stück Leber schlug. Hope schluckte, als seine Augen sie spöttisch über das Fleisch hinweg anstrahlten. Sie wusste, er wollte sie provozieren, aber sie konnte dennoch den Blick nicht von dieser zu Schau gestellten Primitivität abwenden.

»Macht es Ihnen Spaß, sich wie ein Wilder aufzuführen?«, presste Hope missbilligend und mit schmalen Lippen hervor. Gabriel zuckte die Achseln. Falls sie ihn damit beleidigt haben sollte, dass sie ihn als Wilden bezeichnet hatte, so ließ er es sich nicht anmerken. Er verspeiste genüsslich den Rest der Leber, dann machte er sich daran, den Kadaver in eine mitgebrachte Haut einzuschlagen, um ihn vor den Fliegen zu schützen. Er würde ihn erst bei der Mine häuten und zerlegen.

XVIII

»Hey, kleine Motte!«, begrüßte Hope ihre Katze, die freudig maunzend auf sie zugerannt kam, kaum dass sie von ihrem Pony geglitten war. Sie nahm das Tier vom Boden hoch und presste es an ihre Brust. Das laute Schnurren ließ den ganzen Körper der kleinen Katze vibrieren, und Hope lachte, als Motte ihr die kleinen Pfoten in dem vergeblichen Versuch gegen die Brust stemmte, aus ihrem Arm einen Schlafplatz zu machen.

»Und, hast du viele Mäuse gefangen, während wir weg waren?«

Erwartungsgemäß enthielt sich Motte einer Antwort und presste stattdessen ihren Kopf unter Hopes Kinn, um ihre längst überfälligen Streicheleinheiten einzufordern. Auch als Hope sie einige Minuten später wieder absetzte, strich Motte ihr weiter um die Beine und hätte sie beinahe zu Fall gebracht.

»Wenn Sie ein wenig mehr Verstand bewiesen hätten«, hörte sie hinter sich Gabriels Stimme, »dann hätten Sie statt der Katze einen Hund mitgebracht.«

»Oh, Sie! Was haben Sie eigentlich gegen meine Katze?«

Gabriel grinste. »Nichts.« Sein Grinsen wurde breiter. »Aber Hunde schmecken ganz einfach besser, wenn man sie im Winter in den Kochtopf kriegt.« Belustigt beobachtete er, wie Hope entsetzt nach Luft schnappte. »Ist auch mehr dran!«, rief er über die Schulter zurück, als er davonschritt und die Pferde in den Verschlag neben der Hütte führte.

»Haben Sie das eigentlich ernst gemeint?«, wollte Hope abends wissen, während sie Motte, die sich in ihrem Schoß zusammengerollt hatte, hingebungsvoll streichelte.

Gabriel blickte von dem Ast auf, den er geschält hatte und nun zu einem Bogen zurechtschnitzte. »Was soll ich ernst gemeint haben?«

»Dass Sie Hunde essen.«

Gabriel blies einige Späne fort, dann setzte er sein Messer wieder an, um eine weitere Kerbe in das Holz zu schneiden.

»Wäre das so schlimm?«

»Das ist ekelhaft«, stieß Hope im Brustton der Überzeugung hervor. Gabriel sah sie an.

»Es gibt Stämme, die im Winter, wenn die Vorräte erschöpft sind und sie nicht jagen können, tatsächlich ihre Hunde essen. Man sagt, daran kann man erkennen, wie gut es einem Stamm im Winter geht. An der Anzahl der Hunde.«

»Und Sie? Haben Sie schon Hunde gegessen?«

Gabriel legte den Bogen zur Seite. »Und wenn es so wäre? Würden Sie mich dann der Hütte verweisen?«

»Natürlich nicht. Es ist nur … Der Gedanke, dass es Menschen gibt, die ihre Haustiere essen …« Ihre Finger gruben sich fester in Mottes weiches Fell, die daraufhin begann, vor lauter Wonne noch geräuschvoller zu schnurren. »Und nur damit Sie es wissen: Motte bekommen Sie nicht, egal, wie wenig Vorräte wir haben werden!«

Nachdenklich sah Gabriel Hope an. Er hatte sie nur ein wenig ärgern wollen, weil sie so entsetzt darauf reagiert hatte, dass er die rohe Leber gegessen hatte, aber nun war er überrascht, als er erkannte, dass Hope das Leben ihrer Katze notfalls mit ihrem eigenen schützen würde. Er wusste nicht genau, woher er diese Erkenntnis nahm, aber auf einmal hatte er daran nicht den geringsten Zweifel. Hope würde lieber verhungern, als ihre Motte zu opfern.

»Da können Sie ganz beruhigt sein. Ich habe nicht vor, mich an Ihrer Katze zu vergreifen. Außerdem werde ich im Winter wahrscheinlich gar nicht mehr hier sein. Denken Sie an unsere Abmachung.«

Hope zuckte innerlich zusammen. Natürlich. Wie hatte sie das nur vergessen können? Selbst in der kurzen Zeit, die sie bisher mit Gabriel McKinlay verbracht hatte, schien er ein so fester, ein so vertrauter Bestandteil ihres Lebens geworden zu sein, dass sie die Möglichkeit, er könnte sie schon in wenigen Monaten verlassen, völlig verdrängt hatte. Und das, obwohl er sie immer wieder bis zur Weißglut reizte.

»Natürlich«, sagte sie deshalb leichthin, um ihn nicht merken zu lassen, dass der Gedanke, er könnte gehen, sie mehr getroffen hatte, als sie zugeben wollte, »das meinte ich auch nur rein hypothetisch.«

Gabriel grinste sie an. »Wow, was für ein schwieriges Wort. Können Sie das auch buchstabieren?«

Er hatte etwas Falsches gesagt. Gabriel wusste es in dem Moment, da die Worte seinen Mund verließen. Sein Versuch, Hope ein wenig aufzumuntern, war gründlich fehlgeschlagen, auch wenn er beim besten Willen nicht zu sagen vermochte, warum.

Der Ausdruck in ihren wunderschönen Augen wechselte von einer Sekunde zur nächsten. Hatte sie eben noch niedergeschlagen gewirkt und nachdenklich, so sah sie ihn nun so verletzt an wie ein waidwundes Tier. Noch ehe er etwas sagen konnte, war sie aufgesprungen und rannte aus der Hütte.

Motte, die bei Hopes überstürzter Flucht unsanft aus ihren Katzenträumen gerissen worden war und den Halt verloren hatte, saß ratlos maunzend auf dem harten Boden. Gabriel ergriff das federleichte Fellbündel mit einer Hand und hob es auf, bevor er Hope nach draußen folgte.

Er fand sie am Paddock, den er aus einigen roh behauenen Baumstämmen aus der Hinterlassenschaft von Hopes Großvater für die Pferde gebaut hatte. Sie hatte ihre Arme auf die oberste Stange gelegt und starrte scheinbar blicklos ins Nichts. Wortlos stellte Gabriel sich neben sie und platzierte den rechten Fuß auf der untersten Stange. Motte, von seinem Arm sicher gehalten, rollte sich auf der obersten Stange zusammen und schlief sofort wieder ein. Falls Hope bemerkte, dass er ihre Katze mit hinausgebracht hatte, so sagte sie jedenfalls nichts dazu.

Nachdem sie mehrere Minuten schweigend in die Dunkelheit gestarrt hatten, brach Gabriel als Erster die Stille.

»Wollen Sie darüber sprechen?«

Zuerst dachte er schon, Hope hätte ihn nicht gehört, aber dann schüttelte sie kaum merklich den Kopf. Im Schein der schmalen Mondsichel – zunehmender Mond, stellte Gabriel beiläufig fest – sah er das Glitzern von Tränen auf ihrem Gesicht.

Verdammt. Er hatte sie ein wenig necken wollen, sie ärgern, weil es ihm einfacher erschien, ihr zu widerstehen, wenn sie wütend auf ihn war. Keinesfalls war es seine Absicht gewesen, sie zum Weinen zu bringen. Schon gar nicht mit dem, was er zuletzt gesagt hatte. Er neigte den Kopf ein wenig und sah sie an.

»Falls es Sie beruhigt«, sagte er dann, »ich glaube nicht, dass ich in der Lage bin, ›hypothetisch‹ fehlerfrei zu buchstabieren.« Falls er gehofft hatte, ihr damit ein Lächeln zu entlocken, so hatte er sich getäuscht. Hope wandte den Kopf ab, dann ließ sie ihr Gesicht wieder auf ihre Arme sinken. Nur am leichten Zucken ihrer Schultern konnte Gabriel erkennen, dass sie weinte.

»Hope?« Zögernd legte er ihr eine Hand auf die Schulter, aber unwirsch schüttelte sie seine Berührung ab.

»Gehen Sie weg«, stieß sie dann kaum hörbar hervor. Das Zucken ihrer Schultern wurde stärker, aber noch immer war kein Laut zu hören. Die Stille, mit der sie weinte, war beinahe beängstigend.

»Nein, erst wenn Sie mir gesagt haben, was mit Ihnen los ist.«

Motte hob verschlafen den Kopf, als Gabriels stützender Arm verschwand, aber er beachtete die Katze nicht weiter. Beleidigt streckte Motte sich, machte dann einen Buckel und sprang vom Zaun herunter, um mit hoch erhobenem Schwanz zurück in Richtung Hütte zu stolzieren.

»Sehen Sie, noch nicht einmal Ihre Katze kann Sie weinen sehen«, versuchte Gabriel sie in völliger Hilflosigkeit zu trösten. Hope hob den Kopf und sah ihn mit tränenüberströmten Wangen an.

»Ich weine nicht«, sagte sie mit erstickter, zitternder Stimme und zog geräuschvoll die Nase hoch.

»Nein, natürlich nicht«, erwiderte Gabriel. »Wer sollte bei Ihrem Anblick denn auch so etwas vermuten?«

Falls er gehofft hatte, ihr zumindest ein winziges Lächeln zu entlocken, wurde er wieder enttäuscht. Der Ausdruck in Hopes tränenglänzenden Augen war beinahe mehr, als er ertragen konnte.

»Hope, hören Sie, was immer ich dort in der Hütte gesagt habe, ich habe es nicht so gemeint. Ich wollte Sie nur ein wenig ärgern, Sie aufziehen ... Ich verspreche, dass ich Ihre Katze nicht fressen werde. Unter welchen Umständen auch immer. Ehrenwort.«

»Das ist es nicht«, krächzte Hope kaum hörbar.

»Das ist es nicht? Also darf ich Motte doch essen, oder wie soll ich das verstehen?«

Endlich richtete Hope sich auf und sah ihn an. »Wenn Sie das tun«, drohte sie mit tränenerstickter Stimme, »dann ziehe ich Ihnen das Fell über die Ohren.«

»Gut, einverstanden. Sie können mit meinem Fell machen, was immer Sie wollen, wenn Sie mir nur endlich verraten, welches Verbrechen ich in Ihren Augen da drinnen begangen habe.«

Hope wandte den Blick ein wenig ab und starrte über seine Schulter, während sie sich die Tränen vom Gesicht wischte.

»Das wissen Sie doch ganz genau.« Sie schluchzte noch immer, aber ihre Worte waren jetzt deutlicher zu verstehen. »Warum sollten Sie es denn sonst gesagt haben?«

»Was habe ich denn in Dreiteufelsnamen gesagt, was Sie so aus der Fassung gebracht hat?«

Wütend blitzte Hope ihn an. Schon besser, sagte sich Gabriel. Immerhin hatte sie fast aufgehört zu weinen.

»Sie haben sich über mich lustig gemacht, Gabriel McKinlay. Ich weiß selbst, dass ich Ihnen nicht das Wasser reichen kann, aber ich werde es verdammt noch mal nicht dulden, dass Sie mich verspotten.«

Sie wollte sich umdrehen und davonstampfen, aber Gabriel nahm ihren Arm und wirbelte sie wieder zu sich herum.

»Wovon zum Teufel reden Sie da? Womit soll ich mich über Sie lustig gemacht haben?«

»Das wissen Sie ganz genau«, zischte Hope.

»Nein, das weiß ich nicht, und ich will jetzt endlich wissen, was ich in Ihren Augen so Schlimmes gesagt habe.«

»Sie wissen ganz genau, dass ich hypothetisch nicht buchstabieren kann.«

Gabriel wich einen Schritt zurück und starrte sie entgeistert an. »Und deshalb regen Sie sich so auf? Verdammt, Hope, ich wette mit Ihnen, dass kaum jemand in Silver Springs dieses verfluchte Wort schreiben kann.«

Mühsam beherrscht riss Hope an ihrem Arm, aber Gabriel weigerte sich, ihn freizugeben. »Das mag schon sein«, fauchte sie dann, als sie sich nicht befreien konnte. Schwer atmend stand sie vor ihm. »Aber ich kann überhaupt nicht lesen und schreiben, und ich will verdammt sein, wenn ich mir das von Ihnen zum Vorwurf machen lasse.«

XIX

»Mister McKinlay?«

Überrascht sah Gabriel auf, als er am nächsten Morgen die Hütte betrat, nachdem er nach den Pferden gesehen hatte. Der Geruch von Bratkartoffeln, Rührei und gebratenem Speck hing im Raum und ließ ihm das Wasser im Mund zusammenlaufen, ebenso der Duft frisch gebackenen Brotes und starken Kaffees. Er nahm seinen Hut ab und hängte ihn an einen Haken neben der Tür an die Wand. Dann fuhr er sich mit den Fingern durchs Haar. Der Tisch war reich gedeckt, und eben stellte Hope einen wohl gefüllten Teller und einen dampfenden Becher auf seinen Platz. Zögernd ließ Gabriel sich nieder und sah sich um.

»Gibt es etwas zu feiern?«, fragte er vorsichtig.

»Nein, aber ich möchte mich für mein unmögliches Benehmen gestern Abend entschuldigen.«

Gabriel zog eine Braue in die Höhe, dann begann er mit gutem Appetit zu essen. »Also, wenn Sie sich immer so entschuldigen, Hope, dann können Sie das ruhig öfter tun.«

Für gewöhnlich fiel ihr morgendliches Frühstück weit weniger üppig aus, und Gabriel beschloss, dieses ausgiebig zu genießen.

»Soll das heißen, Sie nehmen meine Entschuldigung nicht an?«

Gabriel blickte von seinem Teller auf, sah ihre angespannte Haltung und legte sein Besteck zur Seite.

»Hope«, sagte er, »das sollte ein Scherz sein. Natürlich nehme ich Ihre Entschuldigung an, auch wenn es in meinen Augen nicht das Geringste gibt, für das Sie sich entschuldigen müssten. Ich habe Sie geärgert, und Sie haben die Fassung verloren. Ende der Geschichte.«

Gabriel konnte sehen, wie Hope sich entspannte. Ihre Hände waren nicht länger zu Fäusten geballt, aber die Spuren, die ihre Fingernägel in ihren Handflächen hinterlassen hatten, waren deutlich zu erkennen. Was hatte sie denn von ihm erwartet? Dass er sie dafür bluten ließ, weil sie die Beherrschung verloren hatte? Nicht zum ersten Mal fragte er sich, was Cummings wohl alles mit ihr gemacht hatte. Ganz offensichtlich hatte er sie geschlagen, wenn er meinte, dass Hope ungehorsam war, doch wegen einer Nichtigkeit wie am Vorabend konnte er sie unmöglich bestraft haben. Hope hatte doch ganz offensichtlich viel mehr darunter gelitten als er.

»Wollen Sie sich nicht setzen?«, fragte er dann, als Hope noch immer wie erstarrt neben dem Tisch stand.

»Ich dachte, falls Sie noch etwas wollen …«

»Hope, setzen Sie sich. Falls ich noch etwas haben will, dann hole ich es mir selber wie sonst auch.«

Zögernd nahm Hope ihm gegenüber Platz. Fast machte es den Eindruck, als traue sie dem Frieden noch nicht. Als Gabriel sich erhob, sprang sie jedenfalls sofort wieder auf.

»Setzen Sie sich«, sagte er sehr viel schärfer als beabsichtigt, und Hope sank, plötzlich leichenblass, zurück auf ihren Stuhl. Gabriel seufzte, füllte einen Teller mit Kartoffeln, Rührei und Speck und legte eine Scheibe des noch warmen Brotes daneben, dann goss er ihr noch eine Tasse Kaffee ein und stellte alles vor ihr auf den Tisch. Ihre Augen wirkten riesig in ihrem blassen Gesicht, als sie ihn verständnislos anblickte.

»Ich esse nicht gern allein«, stellte Gabriel fest und setzte sich wieder an seinen Platz. »Zumindest nicht, wenn mir jemand anders, der ebenfalls Hunger hat, dabei zusieht.« Einen Moment lang dachte er, Hope würde das Frühstück verweigern, aber dann sah er beruhigt zu, wie sie zu ihrer Gabel griff und ebenfalls anfing zu essen.

»Was hat Cummings mit Ihnen gemacht?«

Hope erstarrte kaum merklich, dann setzte sie ihre Arbeit fort.

Sie hatten das Frühstück in angespanntem Schweigen hinter sich gebracht. Hope hatte gemerkt, dass Gabriel viele Fragen auf der Zunge brannten, aber er hatte sie nicht gestellt. Wäre es nach Hope gegangen, wäre der Vorfall auch nie wieder zur Sprache gekommen, aber nun sah es so aus, als wollte Gabriel die Vergangenheit – ihre Vergangenheit – nicht ruhen lassen.

»Ich weiß nicht, was Sie meinen«, erwiderte sie und warf eine weitere Schaufel Geröll in die Rinne. Gabriel legte eine Hand auf ihren Arm, und sie hielt inne.

»Hope, hören Sie endlich auf, mit mir Verstecken zu spielen. Ich bin es allmählich leid.« Missbilligend blickte sie auf seine Hand, als wäre sie ein widerliches Insekt, aber er weigerte sich, sie zurückzuziehen.

»Was wollen Sie denn von mir hören, Mister McKinlay? All die schmutzigen kleinen Einzelheiten? Die Details? Dass er mich geschlagen hat, dass er mich hungern ließ? Was?«

Gabriel spürte ihren mühsam unterdrückten Zorn. Ihr ganzer Körper schien zu beben, so als stünde eine Explosion unmittelbar bevor.

»Hat er Sie denn geschlagen?«

Hopes Augen waren kalt und ausdruckslos, als sie ihn ansah. »Sie wissen doch, dass er mich geschlagen hat. Warum also fragen Sie?«

»Verdammt, Hope, weil ich es allmählich leid bin, jedes Wort auf die Goldwaage zu legen. Bei jeder unbedachten Bewegung, die ich mache, zucken Sie zusammen, als erwarteten Sie Schläge, und wenn ich irgendetwas sage, scheinen Sie hinterher Angst zu haben, ich würde Sie verprügeln. Heute Morgen trauten Sie sich nicht, in meiner Gegenwart zu essen. Warum?«

Hopes Lippen verzogen sich zu einem Lächeln, das ihre Augen jedoch nicht erreichte. »Nun, so ist das eben. Akzeptieren Sie es, Mister McKinlay. Sie sind mein Partner und nicht mein Beichtvater.«

Damit ergriff sie die Schaufel und warf eine weitere Schippe Schutt in die Rinne.

XX

»Hope!«

Gedankenverloren sah Hope von dem Blumenkranz auf, den sie soeben aus bunten Blüten geflochten hatte. Wieder einmal war ihr Lieblingstraum, die Szene am Fluss, vor ihrem geistigen Augen entstanden, nur dass der Mann, der aus dem Sonnenuntergang auf sie zugeritten war, diesmal von Anfang an ein Gesicht gehabt hatte.

Das Gesicht von Gabriel McKinlay.

Auch wenn er behauptete, ihr nie einen Golddollar geschenkt zu haben, so war er doch zweifellos der Mann ihrer Träume.

Sie hatte schon lange nicht mehr ihren Lieblingstagtraum geträumt, nicht mehr, seit sie Silver Springs verlassen hatte, aber heute war er einfach da gewesen, ohne dass sie ihn sich hatte herbeisehnen müssen. Und er war sogar noch weiter gegangen als sonst, weil es niemanden gegeben hatte, der sie brutal in die Wirklichkeit zurückgeholt hatte. Der Mann – Gabriel – war vor dem Haus angekommen. Er war abgestiegen und ohne ein Wort zu sprechen auf sie zugegangen. Er hatte sie in seine starken Arme geschlossen und sie geküsst, und ihre Hände waren in den Ausschnitt seines Hemdes geglitten. Sie hatte seine glatte, warme, ein wenig schweißfeuchte Haut berührt, das krause Haar auf seiner Brust. Was dann gekommen war, ließ ihre Wangen noch im Nachhinein sanft erröten, weil der Gedanke selbst für einen Traum einfach unvorstellbar war. Sie wusste selbst nicht, wie sie darauf gekommen war, aber sie hatte dem Mann – Gabriel – das Hemd ausgezogen. Sie hatte die Knöpfe geöffnet, einen nach dem anderen, und die Haut, die sie darunter entblößt hatte, mit ihren Lippen berührt. Im Traum hatte er ihre Schultern umklammert und dann seine Hände auf ihre Brüste gelegt. Noch immer spürte sie die seltsame Reaktion, die die Traumvorstellung in ihrem Körper hervorgerufen hatte. Ihre Brüste fühlten sich voller an und prickelten, und ihre Brustwarzen hatten sich beinahe schmerzhaft zusammengezogen, während sich tief in ihrem Schoß eine Wärme ausgebreitet hatte, die sie nie zuvor verspürt hatte.

Einen Moment lang blickte sie auf den Blumenkranz, den sie noch immer in der Hand hielt. Als sie ihn begonnen hatte, hatte sie es kaum erwarten können, dass er endlich fertig war, aber die Aussicht, Gabriel McKinlay erklären zu müssen, warum sie lieber kindische Blumenkränze flocht, anstatt Geröll zu sieben, ließ sie schaudern. Auch wenn er ihr in den fast zwei Monaten, die sie ihn nun kannte, keinen Anlass gegeben hatte, ihn zu fürchten, so würde sie seine Geduld ganz sicher nicht mit Blumenkränzen überstrapazieren. Hastig ließ sie den Kranz ins hohe Gras fallen, wo er ihn sicher nicht entdecken würde. Dann erhob sie sich.

»Hope!«

»Ich bin hier!«, rief sie und lief ihm entgegen. Die Wiese, auf der sie sich befand, lag am Hang. Bis zur Hütte waren es nur knapp dreihundert Meter, somit konnte er es ihr kaum zum Vorwurf machen, dass sie sich allzu weit von ihm entfernt hatte.

»Verdammt, Hope, haben Sie mich nicht rufen hören?« Er wirkte atemlos, stellte Hope überrascht fest, und sie spürte, wie die Aufregung von ihr Besitz ergriff.

»Was ist los? Haben Sie etwa die Ader gefunden?«

Hope hatte die Hoffnung, die letzte Goldader ihres Großvaters doch noch zu entdecken, fast schon aufgegeben. Es hatte beinahe einen Monat gedauert, bis Gabriel sich durch den Geröllberg in dem schmalen Tunnel gegraben hatte – nur um festzustellen, dass sich dahinter nichts weiter befand als eine Sackgasse mit einer weiteren Einsturzstelle. Ihre Enttäuschung war riesengroß gewesen.

Sie war sich so sicher gewesen, dass sie dort Gold finden würden.

Der Hohlraum hinter dem ersten Geröllhaufen war so klein gewesen, dass Gabriel darin kaum Platz gefunden hatte, und kurz dahinter war die Decke wohl schon vor Jahren ein weiteres Mal eingestürzt. Fluchend hatte Gabriel verkündet, dass er dort nicht weitergraben würde, und hatte stattdessen angefangen, in einem der größeren Tunnel zu schürfen, wo er wenigstens aufrecht stehen konnte.

Sollte er tatsächlich fündig geworden sein? Seine nächsten Worte machten diese Hoffnung zunichte.

»Nein, aber haben Sie nicht gehört, dass es donnert?«

Überrascht sah Hope ihn an. Tatsächlich, jetzt, wo er es sagte, war in der Tat ein leises Grummeln zu vernehmen.

»Ich dachte, Sie sprengen«, verteidigte Hope ihre Unachtsamkeit.

»Ohne Ihnen Bescheid zu geben? Wohl kaum.« Er blickte sich um, sah die dunklen Wolkenberge, die sich immer bedrohlicher an den schroffen Felswänden auftürmten. Nur noch wenig Blau war zwischen den schnell dahinziehenden Wolkenmassen zu erahnen, die sich in mehreren Schichten, von Weiß über Grau bis Tiefschwarz, riesigen Ungetümen gleich am Himmel formierten. Ein beängstigender gelblicher Schimmer erfüllte die plötzlich totenstille Luft, und fast schien es Hope, als hielte die Natur den Atem an. Nicht mehr lange, und das Unwetter würde losbrechen. Kaum zu glauben, dass sie nicht wenigstens die Wolken bemerkt hatte.

»Hat es schon mal gewittert, als Sie hier noch mit Ihrem Großvater lebten?«, wollte er wissen.

»Natürlich, sogar sehr oft. Wieso fragen Sie?«

»Und Sie sind dann in der Hütte geblieben?«

Hope nickte erstaunt.

»Gut. Auch wenn Sie auf mich den Eindruck machte, sicher zu sein, so wollte ich mich nur davon überzeugen. Nicht dass die Hütte bei Gewitterstürmen überschwemmt wird.« Wieder sah er sich um. »Was ist mit der Mine?«

Der Wind frischte plötzlich auf, überraschend kalt und schneidend. Pfeifend toste er um sie herum, riss altes Laub vom Boden hoch und wirbelte es ihnen in kleinen Minitornados entgegen, so dass Hope schon beinahe schreien musste, um sich verständlich zu machen. Erste, vereinzelte Regentropfen fielen, und Hope zuckte zusammen. Gewitter und Stürme zogen schnell auf in den Bergen. Wie hatte sie das nur vergessen können?

»Teile der Mine können dann unter Wasser stehen!«, rief sie, »Aber nicht alle. Meistens fließt das Wasser nach einigen Tagen auch wieder in unterirdische Hohlräume ab.« Gabriel nickte, um zu signalisieren, dass er verstanden hatte, dann ergriff er Hopes Hand und zerrte sie hinter sich her.

Hope jauchzte auf, als der Sturmwind auf der abschüssigen Strecke drohte, sie anzuheben, als könne sie fliegen, aber Gabriel sah sie grimmig an, weil sie die Gefahr, in der sie schwebten, anscheinend auf die leichte Schulter nahm.

»Kommen Sie!«, brüllte er und stemmte sich gegen den Sturm. Er schob Hope hinter sich, in seinen Windschatten, und sie war froh über den Schutz, als der Wind ihnen Sand und kleine Steine wie Geschosse entgegenschleuderte.

Der Wind zerrte an ihren Haaren, riss sie aus Hopes langem, geflochtenen Zopf, und Hope erstarrte, als sie ein seltsames Prickeln im Genick verspürte, das nach und nach ihre gesamte Kopfhaut erfasste. Sie zerrte an Gabriels Hand, um sich bemerkbar zu machen, weil sie selbst nichts entdecken konnte, womit sich dieses merkwürdige Gefühl erklären ließ. Gabriel wandte sich um, und Hope sah, wie seine Augen sich vor Schreck weiteten.

»Was ist los?«, wollte sie ihm entgegenrufen, aber der Wind riss ihr die Worte von den Lippen. Hope schrie erschrocken auf, als Gabriel sich der Länge nach über sie warf.

»Bleiben Sie unten!«, brüllte er direkt in ihr Ohr, dann fühlte Hope, wie er sie beide mit Schwung in eine flache Senke rollte. Er kam über ihr zu liegen, und sie wollte schon protestieren, als ein verästelter Blitz knisternd und knackend über sie hinwegfauchte. Hopes schriller Aufschrei und das Knallen des Einschlags in einer nahen Fichte waren eins. Beißender Ozongestank erfüllte die Luft und knisternde elektrische Entladungen gaben Hope das Gefühl, in einem Ameisenhaufen zu liegen. Sie fühlte Gabriels Herzschlag auf ihrer Brust, seine Wärme an ihrem Körper und seinen heißen Atem in ihrem Nacken. Wie aus weiter Ferne hörte sie das Knarren von geborstenem, brechendem Holz, das Kreischen eines sterbenden Baumes – dann bebte der Boden, als sich die riesige alte Fichte donnernd neben ihnen in die Erde bohrte und mit einem schrecklichen Seufzen ein letztes Mal nachfederte und liegen blieb.

XXI

»Mister McKinlay!« Ihre Lippen berührten sein Ohr, also musste er sie eigentlich gehört haben, dennoch rührte McKinlay sich nicht. Einen Augenblick lang befürchtete Hope, er wäre tot, aber dann spürte sie seinen ruhigen, gleichmäßigen Herzschlag an ihrer Brust.

»Mister McKinlay!« Sie versuchte, ihn zu schütteln, und endlich, nach einer Ewigkeit, wie es schien, hob er den Kopf. Ein wenig nur, aber weit genug, um sie anzusehen.

Und er grinste!

Wütend keuchte Hope auf, als sie seinen Gesichtsausdruck erblickte. Sie stand Todesängste aus, und Gabriel McKinlay grinste, als würde er die Gefahr, in der sie sich befanden, auch noch genießen!

»Kommen Sie!«, rief er ihr zu und zerrte sie vom Boden hoch. Dann umklammerte er ihr Handgelenk und riss sie mit sich, so schnell, dass Hope glaubte, ihre Füße würden den Boden nicht mehr berühren.

Erst als sie die Hütte erreicht hatten, verlangsamte Gabriel seine Schritte. Hope schnaufte wie eine Dampflokomotive und war völlig außer Atem – aber wenigstens lebte sie noch.

»Ihnen … macht … das … wohl … auch … noch … Spaß«, japste sie und hielt sich die schmerzenden Seiten. Gabriel stieß die Tür auf und drängte Hope hinein, ehe er die Tür wieder von außen schließen wollte.

»Wo wollen Sie hin?«, fragte Hope schrill. Nach dem Blitzschlag schien der Wind zunächst ein klein wenig nachgelassen zu haben, aber er frischte nun wieder zu seiner vollen Stärke auf.

»Die Fensterläden schließen!«, brüllte Gabriel. Der Wind drohte, ihm die Tür aus der Hand zu reißen.

»Ich helfe Ihnen!«, schrie Hope und wollte sich an ihm vorbeidrängen, aber Gabriel winkte ab.

»Legen Sie von innen die Riegel vor!«, versuchte er sich über das Tosen des Windes verständlich zu machen. Hope nickte und verschwand im Innern der Hütte. Auch wenn sie es sonst immer ein wenig düster fand, nun war sie froh darüber, dass die alte Blockhütte nur zwei Fenster hatte. Noch während sie dabei waren, die hölzernen Läden des zweiten Fensters zu befestigen, setzte der Regen ein.

Es konnten nur wenige Sekunden gewesen sein, die Gabriel noch draußen war, aber als er durch die Tür trat und sie von innen verrammelte, war er bereits bis auf die Haut durchnässt.

Ein schrecklicher Gedanke durchzuckte Hope.

»Die Pferde!« Sie wollte hinausstürzen, aber Gabriel hielt sie zurück.

»Ich habe die Pferde in Sicherheit gebracht, ehe ich mich aufgemacht habe, nach Ihnen zu suchen. Gott sei Dank haben die Biester mehr Verstand in ihren großen Schädeln und haben schon auf mich gewartet. Dabei hatte ich eigentlich Ihnen ein wenig mehr Grips zugetraut.«

Beschämt senkte Hope den Kopf. Er hatte Recht. Sie hätte das Herannahen des Gewitters eher bemerken müssen, schließlich hatte sie lange genug in den Bergen gelebt. Aber sie hatte wieder einmal geträumt.

»Kopf hoch«, munterte Gabriel sie auf. »Ist ja nichts passiert.«

»Aber es hätte etwas passieren können. Wenn Sie mich nicht geholt hätten …« Sie verstummte. Dann durchzuckte sie ein Gedanke.

»Warum haben Sie mich zu Boden geworfen? Woher konnten Sie wissen, dass ein Blitz neben uns einschlagen würde?«

Ohne sich mit den Knöpfen aufzuhalten, zerrte Gabriel sein klatschnasses Hemd aus der Hose und zog es sich über den Kopf. Der Temperatursturz, der mit dem Gewitter einhergegangen war, sorgte dafür, dass sich auf seinem Körper eine Gänsehaut bildete. Hope reichte ihm ein Handtuch und wandte dann hastig den Blick ab, um ihm ein wenig Privatsphäre zu gewähren.

»Haben Sie es denn nicht bemerkt?«, fragte Gabriel. Seine Stimme klang gedämpft, als er sich mit dem Handtuch die Haare trockenrubbelte.

»Was? Das Einzige, was ich bemerkt habe, war, dass meine Kopfhaut geprickelt hat«, stellte Hope fest. »Aber woher konnten Sie das wissen?«

Gabriel lachte leise und sandte damit einen angenehmen Schauer über Hopes Rücken.

»Geprickelt? Hope, Ihnen standen die Haare zu Berge. Jedes einzelne war von Ihrem Kopf abgespreizt. Sie sahen schlimmer aus als eine Katze, der sich die Schwanzhaare sträuben.«

Bei seinen Worten glitt Hopes Blick suchend durch die Hütte, bis sie Motte schlafend neben dem Herd entdeckte. Natürlich. Die kleine Katze hatte das Unwetter sicher schon vor Stunden gespürt und beschlossen, es einfach zu verschlafen.

Hope grinste. »Das war sicher ein interessanter Anblick.«

»Ja, wenn man nicht weiß, was er bedeutet. Ich habe einmal gesehen, wie jemand vom Blitz gegrillt wurde. Kein schöner Anblick, das können Sie mir glauben. Es war, als würde er den Blitz förmlich anziehen.«

Hope wollte sich eben zu Gabriel umdrehen, als sie ihn im selben Moment fragen hörte:

»Würden Sie mir wohl eine andere Hose bringen, Hope?«

Sie lief tiefrot an angesichts des Fehlers, der ihr beinahe unterlaufen wäre.

»Natürlich«, stammelte sie, griff sich eine Lampe und eilte davon. Zögernd schob sie die Tür zu seinem Schlafzimmer auf, die sich jetzt leicht bewegen ließ, und sah hinein. Sie hatte sein Schlafzimmer nicht mehr betreten, seit er es vor zwei Monaten bezogen hatte. Sie wusste nicht genau, was sie erwartet hatte, und war irgendwie enttäuscht, dass sich der Raum durch Gabriels Anwesenheit nicht wesentlich verändert hatte. Die Decke lag ordentlich zusammengefaltet am Fußende des Bettes, seine Satteltaschen hingen gegenüber der Tür an der Wand. Auf dem kleinen Toilettentisch lag sein Rasierzeug, und er hatte einen kleinen Spiegel an dem Haken an der Wand darüber befestigt. Nichts Aufregendes, aber dennoch fühlte sie sich, als würde sie sein Allerheiligstes entehren.

»Meine andere Hose hängt am Haken hinter dem Vorhang!«, rief Gabriel und riss Hope damit aus ihrer Erstarrung. Hastig nahm sie die Hose und eilte zurück in den Hauptraum. Erst im letzten Moment dachte sie daran, die Augen zu schließen, und hörte Gabriel spöttisch lachen. Wütend presste sie ihre Lippen aufeinander. Sollte er sich ruhig lustig machen.

»Sie können die Augen ruhig aufmachen. Ich bin präsentabel.« Zögernd öffnete Hope ein Augen einen Spalt weit. Irgendwie wusste sie nicht, wie weit sie Gabriel in dieser Sache trauen konnte, aber er hatte sich das Handtuch um die schlanken Hüften geschlungen, das ihn tatsächlich mehr oder weniger züchtig verhüllte.

Eher weniger, stellte Hope bewundernd fest und bemerkte, wie ihr Mund trocken wurde. Herrje, hätte sie nur nicht hingesehen. Jetzt hatte sie wieder jede Menge Stoff für ihren Tagtraum, und das war gar nicht gut. Schon dieses Mal hatte ihr Traum sie in eine Richtung geführt, die ihr nicht ganz geheuer war. Was sollte daraus erst erwachsen, wenn sie ihren Traum mit dieser geballten Ladung Männlichkeit konfrontierte?

Als er sich damals in seinem Hotelzimmer ausgezogen hatte, hatte sie ja nicht allzu genau hingesehen, und die unzähligen Male, zu denen er sich ihr bei der Arbeit ohne Hemd gezeigt hatte, nun ja, irgendwie war das etwas ganz anderes, Unpersönliches gewesen. Nun aber, erhellt vom flackernden Schein des Kaminfeuers, konnte sie ihren bewundernden Blick einfach nicht von ihm abwenden. Seine Schultern waren so breit, dass Hope es sich kaum vorstellen konnte, wie er sich damit durch die Stollen der Mine bewegte. Das krause Haar auf seiner Brust wuchs weit weniger üppig, als es unter dem offenen Ausschnitt seines Hemdes den Anschein hatte, aber es zog sich wie ein großes, dunkles V über seinen Brustkorb, um dann als dünnes Band über seinen flachen Bauch hinweg unter dem Handtuch zu verschwinden. Für gewöhnlich waren zumindest seine Beine vollständig bekleidet. Zwar zeichneten sie sich unter dem Stoff seiner Hosen ab, aber irgendwie war es nicht das Gleiche, als wenn sie nackt unter einem äußerst kurzen Handtuch hervorragten. Und was für Beine das waren! Kein Wunder, dass er damit so schnell laufen oder sein Pferd nur mit Schenkeldruck dirigieren konnte. Wie schon damals, als er in die Badewanne gestiegen war, zuckten seine Muskeln unter der sanft gebräunten Haut.

Hopes Blut jagte schneller durch ihre Adern, als sie sich in einem verwegenen Gedanken versuchte vorzustellen, wie sich seine haarigen Oberschenkel wohl an ihren eigenen, glatten Beinen anfühlen mochten. Hastig schob sie den Gedanken von sich.

Unvorstellbar! Niemals würden sich die Beine eines Mannes und einer Frau berühren, und doch …

Vor ihrem geistigen Auge sah sie Vern und die Hure, und dort hätte es durchaus …

Irritiert sah Gabriel auf, weil Hope nun schon seit Minuten nichts mehr gesagt hatte. Er war eben dabei gewesen, mit einem zweiten Handtuch seine Füße zu trocknen, als sie wieder hereingekommen war, und eine derartige Schweigsamkeit sah ihr überhaupt nicht ähnlich.

Sie hatte einen seltsam verklärten Gesichtsausdruck, als sie ihn schweigend betrachtete. So hatte er sie noch nie erlebt.

»Hope?«, fragte er zögernd und trat einen Schritt näher, als sie nicht reagierte. Dann noch einen.

»Hope?« Nur allmählich schien sie wie aus einem Traum zu erwachen, und Gabriel fragte sich, was wohl nun schon wieder geschehen war. Er streckte die Hand aus, aber Hope sah ihn nur verständnislos an.

»Meine Hose«, sagte Gabriel und zeigte auf das Kleidungsstück, das Hope noch immer mit einem Klammergriff umschlossen hielt, als wollte sie es strangulieren.

»Was?«, murmelte sie. »Ach so, ja, natürlich.« Sie reichte sie ihm, aber ihre seltsam entrückte Miene blieb, und Gabriel fragte sich, was in diesem Augenblick wohl in ihrem Kopf vorgehen mochte.

XXII

»D-d-der J-j-jun-ge s-s-sah m-m-m-ir …« Voller Konzentration runzelte Hope die Stirn, während sie verzweifelt versuchte, die einzelnen Buchstaben auf dem Papier in einen sinnvollen Zusammenhang zu bringen. Hilfe suchend sah sie Gabriel an, aber der schien sie nicht zu beachten, sondern befestigte eben eine Feder am Schaft seines Pfeils. Im Kamin knackte ein Scheit, und einige Funken stoben auf, ohne jedoch Schaden anrichten zu können. Der Rauchabzug führte in so vielen Kehrtwendungen durch den Fels, dass kein Windhauch die Flammen direkt erreichen konnte.

»Ich kann das nicht«, stieß Hope verzweifelt hervor und schob das Buch von sich.

»Aber natürlich können Sie es«, erwiderte Gabriel gelassen. Seine Lippen verzogen sich zu einem Lächeln. »Wissen Sie, Hope, es sieht Ihnen so gar nicht ähnlich, einfach die Flinte ins Korn zu werfen. Ich habe noch nie erlebt, dass Sie so einfach vor einer Aufgabe kapitulieren. Schon gar nicht vor einer so leichten.«

Wütend zog Hope das Buch wieder zu sich heran und starrte mit brennenden Augen auf die Seiten.

Einfach.

McKinlay hatte leicht reden. Er konnte ja lesen. Sie war es, die sich hier vor ihm zum Affen machte und nicht ein einziges Wort flüssig über die Lippen brachte.

Wie lange war es her, dass sie zum letzten Mal mit diesem Buch am Tisch gesessen hatte? Ihr Großvater hatte sie abends immer einige Abschnitte lesen lassen, damit sie es lernte, wie er immer betonte, aber ganz sicher auch, weil er sich gern von ihr vorlesen ließ. So hatte er die Hände frei, um sich mit anderen, wichtigeren Dingen zu beschäftigen. So wie Gabriel jetzt. Sie hatte die Bücher ihres Großvaters in seiner Truhe gefunden, sorgsam in Wachstuch eingeschlagen. Zusammen mit den

Quittungen für seine Einkäufe in Cummings' Mercantile, die er sorgsam aufbewahrt hatte. Hope hatte Tränen in den Augen gehabt, als sie die Belege entdeckte, und Gabriel hatte ihr tröstend eine Hand auf die Schulter gelegt.

»Ich habe es Ihnen gesagt«, hatte sie geschluchzt und das vergilbte Papier wütend mit den Händen zerknüllt, »aber niemand hat mir geglaubt.« Oh Gott, das Leben war so ungerecht!

Hope seufzte. Es war auch ungerecht, dass sie das Lesen nicht erst einmal für sich alleine üben konnte, bis sie sich wieder sicherer fühlte. Auch wenn sie die Geschichte früher geliebt hatte – so konnte sie Robinson Crusoe nichts abgewinnen.

Wütend klappte sie das Buch zu und erhob sich.

»Ich bin müde«, verkündete sie dann. »Ich gehe ins Bett.«

Gabriel sah sie an. »Was? Es ist gerade erst Mittag.«

»Na und?«, meinte Hope schnippisch und eilte an ihm vorbei. Sie glaubte sein leises Lachen zu hören und zog wütend den Vorhang vor ihrem Bett hinter sich zu. Wie gerne hätte sie eine Tür gehabt, die sie zuschlagen konnte! Mit fest zusammengepressten Lippen warf sie sich aufs Bett und starrte an die Decke. Hier, im hinteren Teil der Hütte, war es fast finster, beinahe so, als sei wirklich schon Nacht. Dabei hatte Gabriel Recht: Es war gerade erst Mittag. Aber da die Fensterläden geschlossen waren, spendeten einzig das Feuer im Kamin und die kleine Petroleumlampe, die sie zum Lesen neben sich auf dem Tisch gestellt hatte, Licht.

Obwohl der Sturm sich verzogen hatte, goss es bereits seit drei Tagen ununterbrochen wie aus Eimern. Abgesehen von kurzen, hastigen Gängen zur Toilette hatte keiner von ihnen häufiger als nötig einen Fuß vor die Tür gesetzt. Die Pferde standen im Trockenen und hatten genug zu fressen, und auch ihnen in der Hütte mangelte es an nichts.

An nichts bis auf Abwechselung.

Seit drei Tagen waren sie eingesperrt, und während Gabriel offensichtlich keine Probleme damit hatte, sich selbst zu beschäftigen, fiel Hope bereits nach dem ersten Tag die Decke auf den Kopf.

Wie ein Tiger im Käfig war sie auf- und abgelaufen, bis Gabriel sie halb im Spaß, halb im Ernst angefleht hatte, sich endlich hinzusetzen. Nach dem letzten Fiasko verzichtete Hope wohlweislich aufs Kartenspielen. Also war Gabriel auf die Idee gekommen, ihr das Lesen beizubringen. Anfangs war auch Hope davon überzeugt gewesen, das sei ein guter Einfall, aber nachdem sie auch am zweiten Tag noch keine sichtlichen Fortschritte gemacht hatte, begann sie allmählich zu verzweifeln.

Dabei kannte sie das Buch doch. Wieso nur fiel es ihr so schwer, die Buchstaben in die richtige Reihenfolge zu bringen? Gabriel hatte schnell gemerkt, dass sie ihm anfangs die Geschichte, so wie sie sie noch in Erinnerung hatte, erzählte, anstatt sie tatsächlich abzulesen. Er hatte behauptet, sie würde sich nur selbst betrügen, und darauf bestanden, dass sie richtig las.

Nun, mit welchem Ergebnis, hatten sie ja beide gesehen. Sie hoffte, dass er zufrieden mit sich war, sie derart gedemütigt zu haben, und sie fühlte, wie ihre Augen sich mit Tränen füllten.

»Hope?«

»Gehen Sie weg.«

»Verdammt, Hope, kommen Sie raus.«

»Warum? Damit Sie sich auf meine Kosten noch weiter amüsieren können? Nein, vielen Dank. Mein Bedarf für heute ist gedeckt.«

Sie keuchte erschrocken auf, als der Vorhang zur Seite gerissen wurde und Gabriels Silhouette sich bedrohlich gegen den helleren Hauptraum abzeichnete.

»Was fällt Ihnen ein!«, rief sie empört und wollte den Vorhang wieder zuziehen. Gabriel hielt ihn fest.

»Ist es das, was Sie von mir glauben?«, wollte er wissen. »Dass ich mich über Sie lustig mache?«

Er klang wütend, aber Hope war viel zu sehr in ihr Selbstmitleid versunken, um dem Beachtung zu schenken.

»Weshalb denn sonst?«, maulte sie.

»Ist es Ihnen schon einmal in den Sinn gekommen, dass ich Ihnen helfen will?«

Hope schnaubte verächtlich. »Ja, sicher.« Sie warf sich auf die Seite und drehte ihm demonstrativ den Rücken zu, damit sie ihn nicht länger ansehen musste und er sie endlich in Ruhe ließ.

»Dann versinken Sie doch in Selbstmitleid«, hörte sie ihn sagen. »Blasen Sie Trübsal. Aber hören Sie endlich auf, ständig so zu tun, als wollten Sie keine Hilfe, als würden Sie alles allein schaffen. Die größten Probleme, die Sie unmöglich allein bewältigen können, gehen Sie an wie ein wütender Stier, aber bei den kleinen Hindernissen, die Ihnen im Weg stehen und die Sie ohne fremde Hilfe mit Leichtigkeit meistern könnten, werfen Sie beleidigt die Flinte ins Korn, weil Sie glauben, jemand könnte Sie auslachen. Ich weiß nicht, wie Sie bisher Ihr Leben verbracht haben, Hope, aber es gibt für niemanden einen Grund, Sie auszulachen. Was auch immer Sie von sich glauben, Sie sind nicht dumm. Sie sprechen über Dinge, über die dumme Menschen nicht einmal nachdenken würden, und die Art, wie Sie sprechen, zeigt mir auch, dass Sie Köpfchen haben und über ein gewisses Maß an Bildung verfügen. Verdammt! Kaum einer im Westen kann lesen und schreiben, wieso also sollte sich ausgerechnet über Sie jemand lustig machen?« Er atmete tief durch. »Es tut mir Leid, Partner, aber ich hatte Sie für sehr viel kämpferischer und sehr viel cleverer gehalten.«

Beinahe rechnete Hope damit, jeden Augenblick Gabriels Hand auf ihrer Schulter zu spüren, die sie herumdrehte. Stattdessen zog er den Vorhang mit einem Ruck wieder zu und stapfte davon.

Hope lag in der Dunkelheit und versuchte, das eben Gehörte zu vergessen. Aber sie konnte es nicht. Sie wusste, was Gabriel meinte, als er davon sprach, dass sie über ein gewisses Maß an Bildung verfügte. Nachdem Cummings ihr die Schule verboten hatte, hatte sie selbst versucht, sich etwas beizubringen. Vergeblich. Ohne Hilfe hatte sie es einfach nicht geschafft. Keines der Kinder, die sie darum gebeten hatte, mit ihr zu lesen, hatte ihr den Gefallen getan. Sie hatten sie ausgelacht, sie verspottet und dann davongejagt. Noch heute hallten ihre Spottgesänge von der schmutzigen Hopp in ihren Ohren wider. Also hatte sie sich darauf beschränkt, sich unter dem Bürgersteig zu verstecken und den drei alten Männern auf ihrer Bank zuzuhören, wenn sie sich gegenseitig die Zeitung vorlasen. Die Zeitungen, die Silver Springs erreichten, waren niemals neu, sondern zumeist mehrere Monate alt, aber sie verbreiteten Neuigkeiten, die niemand in dem kleinen Ort zuvor gehört hatte. Sooft es ihre Zeit erlaubte, hatte sie im Schutze des Bürgersteiges gehockt, unbeobachtet, und hatte den Nachrichten aus einer Welt gelauscht, die zu sehen sie zwar gehofft, aber nie wirklich erwartet hatte. Seufzend drehte Hope sich um.

Aber was hatte Gabriel gemeint, als er sagte, er hätte sie für kämpferischer gehalten? Und was hatte er damit gemeint, sie würde die Flinte ins Korn werfen? Wann hatte sie jemals aufgegeben, wann ...

Hope setzte sich auf und strich sich die Haare aus der Stirn. Gabriel hatte Recht. Sie war noch nie einem Problem aus dem Weg gegangen, aber vor einem einfachen Buch hatte sie die Flucht ergriffen.

Das war doch einfach lachhaft. Selbst Cummings konnte lesen und schreiben, da sollte es für sie doch ein Leichtes sein.

Gabriel sah kurz auf, sagte aber kein Wort, als Hope an ihm vorbei zum Tisch ging und sich setzte. Seine Lippen jedoch verzogen sich zu der Andeutung eines Lächelns, als sie das Buch aufklappte und erneut zu lesen begann.

XXIII

»Es hat aufgehört zu regnen!«

Hopes aufgeregte Worte schallten durch die Hütte. Auch wenn es in seinem in den Fels gehauenen Schlafzimmer nur leise zu hören gewesen war, hatte Gabriel schon beim Aufwachen bemerkt, dass das stetige Klopfen des Regens ein Ende gefunden hatte. Er fuhr sich mit dem Rasiermesser ein letztes Mal über das Kinn, als Hope ungebremst durch die offen Tür in sein Schlafzimmer sauste.

»Es hat …« Sie verstummte abrupt, als ihr bewusst wurde, was sie da gerade tat. Gott sei Dank war McKinlay zumindest halbwegs angezogen, stellte Hope erleichtert fest und wandte sich errötend ab. Gabriel trug bereits seine Hose, aber noch kein Hemd. Stattdessen hatte er ein Handtuch um den Hals hängen, mit dem er sich soeben den letzten Rest Rasierschaum aus dem Gesicht wischte.

»Es hat aufgehört zu regnen«, wiederholte sie aufgeregt, als er nichts sagte, nur um die plötzliche Stille im Raum zu füllen. Sie konnte ihren Blick nicht von seiner hochgewachsenen Gestalt abwenden. Je öfter sie ihn ohne Hemd sah, desto stärker wurde ihr Verlangen, seine nackte Haut mit ihren Fingern zu berühren. Sie erinnerte sich noch deutlich daran, wie er sich angefühlt hatte, seine Brust, seine Schultern, und sie würde seine samtene Haut und die Bewegung seiner stahlharten Muskeln nur allzu gern wieder unter ihren Fingerkuppen spüren. Prompt begannen ihre Fingerspitzen zu kribbeln, und Hope verbarg hastig ihre Hände hinter dem Rücken, so als könnte Gabriel das verräterische Prickeln mit bloßem Auge erkennen.

Belustigt sah Gabriel die auf einmal ungewöhnlich stille Hope an, die ihm mit gesenktem Kopf und aufgekrempelten Hosenbeinen gegenüberstand. Mit ihren nackten Zehen zeichnete sie unsichtbare Muster auf den Boden. War sie etwa nervös? Fast hatte es den Anschein, als sei Hope verlegen. Täuschte er sich, oder überzog eine sanfte Röte ihre Wangen?

»Ich gehe also mal davon aus, dass Sie hinausgehen wollen«, stellte er fest und nahm ein frisch gewaschenes Hemd aus dem Regal, wohin Hope es, sorgsam zusammengefaltet, gelegt hatte. Er hatte sich erboten, ebenfalls im Wechsel mit ihr die Wäsche zu machen, aber davon hatte Hope nichts hören wollen.

»Darf ich?« Ihre Augen leuchteten voller Begeisterung auf, und Gabriel grinste angesichts solchen Eifers.

»Sie fragen mich doch sonst nicht um Erlaubnis. Warum also jetzt?«

»Nun ja …«

»Sollten Sie beabsichtigen, auch nur in die Nähe der Mine zu gehen, ist meine Antwort: Nein.«

»Aber Mister McKinlay, nur einen einzigen Blick. Nur ein paar Meter. Nur um zu sehen …«

»Hope. Ich sagte Nein, und ich meinte Nein. Nicht ein paar Schritte, und auch nicht wenige Meter. Es ist zu gefährlich.«

»Aber vielleicht hat der Regen die Ader …«

»Nach dem, was Sie mir erzählt haben, liegt die Ader viel zu tief, als dass Sie sie vom Eingang aus sehen könnten. Viel wahrscheinlicher ist es, dass der Regen die Stützbalken gelockert hat.«

»Aber die Balken haben schon mehr als zehn Jahre gehalten!«

»Das spielt überhaupt keine Rolle. Wir werden die Mine erst wieder betreten, wenn sich das Wasser verzogen hat und der Boden zumindest halbwegs trocken ist.«

Trotzig schob Hope ihre Unterlippe vor, und wenn es nicht so ernst gewesen wäre, stellte Gabriel zu seiner großen Überraschung fest, hätte er ihr am liebsten nachgegeben, so hinreißend sah sie in diesem Moment aus.

»Hope, ich möchte, dass Sie mir Ihr Wort geben.«

Etwas von der Ernsthaftigkeit in seiner Stimme musste sie erreicht haben, denn sie gab ihren trotzigen Gesichtsausdruck auf.

Erstaunt stellte Hope fest, dass Gabriel ihr Wort anscheinend akzeptieren würde. Das hatte noch nie jemand getan. Sie war ein Neutrum gewesen, ein Niemand ohne eigene Rechte, ohne Stolz und ohne Ehre. Niemand wäre je auch nur auf die

Idee gekommen, Hope Grangers Wort für irgendetwas zu akzeptieren, aber Gabriel McKinlay tat es ganz offensichtlich.

Sie reckte ihre Schultern und sah ihn an. Dann nickte sie feierlich. »Also gut. Ich werde die Mine nicht betreten.«

Gabriel nickte beruhigt und wandte sich ab.

Verblüfft starrte Hope auf seinen Rücken.

»Wie«, fragte Hope, »das war schon alles? Sie glauben mir einfach so? Ich muss nicht auf die Bibel schwören oder so was?«

Ruhig sah Gabriel sie an. »Wozu soll das gut sein? Sie haben mir Ihr Wort gegeben, Hope. Wenn Ihr Ehrgefühl Sie nicht an Ihr Wort binden sollte, wie könnte es dann ein Buch tun?«

Damit marschierte er hinaus, um zu frühstücken.

Motte war nicht zu halten. Drei Tage des Eingesperrtseins hatten die kleine Katze in ein Energiebündel verwandelt, das nicht zu bremsen war. Schon während der letzten Tage war deutlich zu spüren gewesen, dass das Tier, mehr noch als Hope, begann, unter Hüttenkoller zu leiden. Wie tobsüchtig war sie immer wieder über den Boden gefegt, hatte versucht, Gabriel und Hope mit rasant geschlagenen Haken zu Fall zu bringen, oder sich ganz einfach darangemacht, alles, dessen sie habhaft werden konnte, zu zerstören. Einzig wenn sie im Verschlag bei den Pferden war, wo sie jagen und auf Beute lauern konnte, oder wenn Hope mit ihr gespielt hatte, hatte sie keinen Unsinn angestellt, aber nun war sie ebenso froh wie Hope, endlich die Enge ihres Heims verlassen zu können.

Der Platz vor der Hütte war mit Pfützen übersät. Die Luft war nach dem Gewitter und während des nachfolgenden Regens kühl und erfrischend gewesen war, doch nun begannen die Temperaturen bereits wieder zu steigen. Tiefhängende Wolkenfetzen glitten an den steilen Berghängen entlang. Nebelschleier hingen wie wabernde Geister über den kleinen künstlichen Seen, und Motte sprang erschrocken fauchend zur Seite, als Hope mit beiden Beinen voran in eine Pfütze sprang, so dass das schlammige Wasser nach allen Seiten spritzte.

»Stell dich nicht so an, Angsthase«, lachte Hope übermütig und sprang weiter zur nächsten Pfütze.

Gabriel beobachtete sie lächelnd von der Tür aus. Kaum zu glauben, dass sie eigentlich schon erwachsen war, wie sie dort ausgelassen durch die Pfützen tollte. Andere Frauen ihres Alters waren verheiratet und hatten bereits Kinder.

Seit er sie kennen gelernt hatte, war sie immer nur ernsthaft und äußerst erwachsen gewesen, dabei vergaß er immer wieder, dass man ihr die Kindheit, die eigentliche Zeit des unbeschwerten Tobens und Herumtollens, genommen hatte. Anhand des Wenigen, das Hope über sich erzählt hatte, konnte er sich nicht vorstellen, dass Cummings Hope viel Zeit zum Spielen gelassen hatte.

Nicht Nigel Cummings.

Sie würde ihre Kindheit sicherlich nicht nachholen können, aber wenn es sie glücklich machte, durch Gewitterpfützen zu toben, dann hatte er ganz sicher nichts dagegen.

Zögernd näherte sich Hope Schritt für Schritt dem Eingang zum Stollen. Sie würde nicht hineingehen, denn das hatte sie Gabriel ja versprochen, aber er konnte ganz sicher nichts dagegen haben, dass sie zumindest von außen einen Blick in die Mine warf.

Alles, was sie sah, war Finsternis. Natürlich. Was hatte sie auch erwartet? Funkelndes Gold?

Seufzend und ein wenig enttäuscht wandte Hope sich ab. Sie erstarrte, als sie Gabriel McKinlay nur wenige Meter entfernt stehen sah. Das Gefühl in ihrer Brust vermochte sie nicht zu deuten, aber es war wesentlich schmerzhafter als die Enttäuschung, dass die Mine noch immer kein Gold preisgegeben hatte. Er vertraute also ihrem Wort! Alles nur schöne Worte.

Warum nur tat ihr diese Erkenntnis so weh?

»Was ist los?«, rief sie ihm wütend entgegen. »Vertrauen Sie meinem Wort jetzt doch nicht? Müssen Sie mich kontrollieren?«

Gabriel verschränkte die Arme vor der Brust und betrachtete Hopes rebellische Haltung, die von ihren schmutzigen Beinen und der schlammverkrusteten Kleidung nur geringfügig beeinträchtigt wurde.

»Ist das denn nötig?«, erwiderte er.

»Wie Sie sehen, bin ich nicht in die verdammte Mine hineingegangen!«

»Das hatte ich auch nicht erwartet.«

Überrascht sah Hope ihn an. »Nein?«, fragte sie ungläubig.

Gabriel kam näher. »Nein. Warum sollte ich daran zweifeln?« Er stand jetzt direkt neben ihr, und Hope stellte wieder einmal fest, wie viel größer als sie er doch war.

»Ich habe nicht an Ihrem Wort gezweifelt, Hope«, versicherte er ihr noch einmal. »Ich war lediglich neugierig und wollte mich selbst vom Zustand der Mine überzeugen.«

»Sie wollen doch wohl nicht hineingehen? Sie gehen jedenfalls nicht ohne mich!«

Gabriel konnte sich ein Lächeln nicht verkneifen. »Ich gehe weder mit Ihnen noch ohne Sie. Ich habe es ernst gemeint, was ich in der Hütte gesagt habe, und ich bin ganz sicher nicht lebensmüde.«

»Schade«, murmelte Hope und schlug dann entsetzt ihre Hand vor den Mund, als ihr bewusst wurde, was sie da gesagt hatte. »Also, ich meinte natürlich, schade, dass Sie nicht hineingehen,« stammelte sie. »Ich meinte jetzt wirklich nicht, schade, dass Sie nicht lebensmüde …« Sie verstummte und sah ihn an. Fasziniert blickte Gabriel in ihr Gesicht. Er konnte es sich einfach nicht erklären, was es war, das er darin las. Wie hatte er nur je glauben können, dass er ihr ohne Probleme widerstehen könnte? War er so blind gewesen? An jedem Tag, den er mit Hope verbrachte, entdeckte er neue Wesenszüge an ihr, die, anstelle sie gewöhnlicher und reizloser für ihn zu machen, sein Interesse an ihr nur noch steigerten. Wie gut, dass sie seine Gefühle nicht erwiderte, denn wie sollte er die ihnen verbleibende Zeit bis zum Winter nur überstehen, wenn sie ihm auch nur das geringste Anzeichen dafür gab, dass sie in ihm einen Mann und nicht nur ihren Geschäftspartner sah?

Vielleicht war es besser so. Ganz bestimmt sogar war es besser so, versuchte Gabriel sich selbst zu überzeugen. Hope hatte mit ihrer unschuldigen, unverdorbenen Ausstrahlung Gefühle in ihm geweckt, die er schon seit Jahren tot geglaubt – nein, verbesserte er sich, die er tot gehofft hatte. Er wollte nie wieder so tiefe Zuneigung zu jemandem empfinden, dass dessen Verlust ihn verletzen konnte. Er hatte sich geschworen, sein Herz nie wieder so weit und so bedingungslos zu öffnen, und doch war Hope mit ihrer ungezwungenen, herzlichen und manchmal halsstarrigen Art eben dabei, das Bollwerk, das er schon vor langer Zeit um sein Herz errichtet und seitdem gegen jeden Angriff verteidigt hatte, niederzureißen.

Er durfte es einfach nicht zulassen, dass sie diese Bedeutung für ihn erlangte. Er durfte es einfach nicht zulassen, denn so sehr Gabriel sich auch gegen diese Erkenntnis sträubte, so fühlte er tief in seinem Herzen, dass Hopes Verlust ihn nicht nur verletzen, sondern unwiederbringlich zerstören würde.

XXIV

»Herrje, und da dachte ich immer, nur ich würde mit offenen Augen träumen. Hallo!«

Irritiert blinzelte Gabriel sich in die Wirklichkeit zurück. Warm schien die Sonne auf seinen Rücken, und Hope stand neben ihm und schnippte mit ihren schlanken Fingern vor seinem Gesicht.

»Hope an McKinlay.«

»Was soll das?«, schnappte McKinlay hitzig und schlug Hopes Hand zu Seite.

»Sagen Sie mal, sind Sie immer so zickig, wenn Sie aus einem Tagtraum erwachen?«, wollte Hope wissen und wandte sich ein wenig beleidigt ab.

Tagtraum? Es war kein Tagtraum gewesen, stellte Gabriel zu seinem Entsetzen fest und wischte sich seine plötzlich schweißfeuchten Hände an seinen Hosenbeinen trocken. Sein ganzer Körper war trotz der Wärme mit einer dicken Schicht kalten Schweißes überzogen, und Gabriel wusste, das bedeutete nur eins: Er hatte Angst.

Mit den Augen folgte er Hopes schlanker Gestalt, die langsam in der ausgewaschenen Senke am Fuße des Abhangs entlangschlenderte und hin und wieder einen Kiesel aufhob, nur um ihn gelangweilt wieder davonzuschleudern. Es war blanker Irrsinn, auch nur noch einen Tag länger hier zu bleiben, aber er hatte keine Wahl. Er hatte Hope versichert, dass er ihr Wort akzeptieren würde, daher konnte er im Gegenzug nicht das seine brechen, so gerne er es auch getan hätte.

Langsam glitt sein Blick über die schroff abfallenden Berghänge, die das Plateau umgaben, auf dem die Hütte und der Eingang zur Mine sich befanden. Ein Teil war bewaldet, andere Hänge, die nicht allzu steil abfielen, bildeten eine gute Grundlage für saftige Weiden. Es war der Teil direkt oberhalb der Mine, der ihm Sorgen bereitete, auch wenn er nicht genau zu sagen vermochte, wieso. Durchzogen von tiefen Furchen ragten die Felsen kahl und karstig in den Himmel. Im gleißenden Sonnenlicht erschienen sie weiß, fast wie gebleichte Knochen. Waren die Furchen lediglich Ablaufrinnen von Schmelzwasser, oder hatten auch Gewitterregen sich hier über die Jahre in den Fels gefressen und die weicheren Bestandteile ausgewaschen? Eine unbestimmte Unruhe erfüllte ihn bei dem Gedanken.

»Hope?«

Sie hörte ihn nicht oder zog es vor, ihn zu ignorieren, was er ihr nicht einmal verübeln konnte. In ihren Augen musste er sich aufgeführt haben wie ein Idiot.

»Hope!«, rief er deshalb noch einmal in der Hoffnung, sie würde sich melden. Wieder keine Antwort. Langsam folgte Gabriel den Spuren ihrer Füße im aufgeweichten Untergrund und fand sie etliche Meter jenseits des felsigen Vorsprungs, der die Schächte, die möglicherweise ihr Großvater dereinst zur Belüftung in den Fels getrieben hatte, vom Haupteingang der Mine trennte.

Ein Tropfen zerplatzte auf seiner Wange, dann noch einer, aber als er einen prüfenden Blick gen Himmel warf, konnte er nicht eine einzige Wolke entdecken. Wieder traf ihn ein Tropfen, diesmal ein größerer, und Gabriels Blick glitt weiter hinauf in das Felsmassiv. Sämtliche Felsrinnen schienen gleichzeitig zu kleinen Wasserläufen zu werden, die ihre Kaskaden den Fels hinabsandten. Irgendwo weiter oben im Gebirge konnte ein See oder ein Bergbach die Wassermassen, mit denen das Unwetter ihn überflutet hatte, nicht mehr halten und trat über die Ufer. Immer mehr Wasser fand seinen Weg die ausgewaschenen Rinnen hinunter. Nicht auszudenken, wenn es Geröll mitriss oder sich gar in einen Sturzbach verwandelte.

»Hope!«

Sie sah kurz auf und wollte den Blick eben wieder abwenden, als sie bemerkte, dass etwas nicht stimmte. Das Rauschen des herabströmenden Wassers wurde lauter, übertönte bereits das sanfte Rauschen der Baumkronen im Wind. Hopes Blick flog hinauf zum Abhang, und sie erkannte, in welcher Gefahr sie schwebte. Sie sprang auf und hastete auf Gabriel zu, der ihr seinerseits entgegenrannte. Schmale, glitzernde Wasserfälle ergossen sich aus den Rinnen und füllten bereits die ausgewaschene Senke, die sich am Fuße des Bergmassivs gebildet hatte.

»Zurück zur Hütte!«, rief er und wollte Hope mit sich ziehen, als diese aus den Augenwinkeln eine Bewegung erspähte.

»Motte!«

Ihre Katze saß am Fuß des Berges, kläglich maunzend, und versuchte vergeblich, trockenen Fußes die vor ihr anschwellenden Wassermassen zu überqueren. Ehe Gabriel es sich versah, hatte Hope bereits kehrtgemacht.

Er fluchte ärgerlich und setzte ihr nach. Das Donnern über ihren Köpfen wurde lauter, und Gabriel blickte besorgt auf den immer stärker anschwellenden, inzwischen trüb-schlammigen Sturzbach, der sie jeden Augenblick erreichen musste.

»Hope! Nein!«, brüllte er über das Tosen hinweg, aber sie hörte nicht auf ihn. Verzweifelt versuchte sie, ihre Katze zu packen, und Gabriel atmete erleichtert aus, als ihre Finger sich um das pelzige Bündel schlossen – nur um entsetzt aufzuschreien, als aus mehreren Karstrinnen gleichzeitig sintflutartige Wassermassen hervorschossen, sich in der Senke zu einem reißenden Strom vereinigten und beide, Hope und Katze, mit sich fortrissen.

XXV

Gabriel schnellte vorwärts.

Das Wasser, das über seinem Oberkörper zusammenschlug, war eisig und raubte ihm einen Moment lang den Atem. Bereits nach wenigen Sekunden hatte Gabriel jedes Gefühl in den Händen verloren, während er verzweifelt versuchte, Hope zu ergreifen.

Er war so schnell gerannt wie nie zuvor in seinem Leben, den Blick starr auf Hopes schreckensbleiches Gesicht und ihre vor Angst weit aufgerissenen Augen gerichtet, als sie sich mit aller Kraft gegen die reißenden Fluten anstemmte. Schließlich hatte er sich ihr entgegengeworfen – genau in dem Augenblick, als Hope den Kampf verloren hatte. Der Sturzbach toste weiß schäumend um sie herum und riss sie mit sich in einen der kleineren Stollen im Fels.

Gabriels Herzschlag setzte aus, als er Hope in der Dunkelheit verschwinden sah. Seine Hände erhaschten ein Stück Stoff, fassten nach, schlossen sich um ein zerbrechlich wirkendes Handgelenk und hielten es fest. Für Sekunden erspähte er Hopes Gesicht, ein weißes, vom Wasser überflutetes Oval in der Dunkelheit, in dem ihre ängstlichen Augen riesengroß wirkten.

Gabriel biss die Zähne zusammen.

Er musste sie festhalten, er musste …

Voller Entsetzen bemerkte er, wie ihr Handgelenk seinem Griff zu entgleiten drohte. Seine Finger schlossen sich fester um ihren Arm, so fest, dass er befürchtete, ihre Knochen würden brechen, aber unaufhaltsam glitten seine vor Kälte fast erstarrten Finger an ihrer nassen Haut entlang, während der Sog des tosenden Wassers drohte, Hope in die Tiefe zu reißen.

»Deine andere Hand!«, brüllte Gabriel, nicht sicher, ob Hope ihn über das Rauschen hinweg überhaupt verstand. Seine Schultern blockierten den Eingang zum Stollen, aber noch immer brandete der reißende Sturzbach mit urtümlicher Gewalt um ihn herum.

»Deine Hand!«, brüllte er noch einmal. Täuschte er sich, oder schüttelte Hope den Kopf?

»Hope«, presste Gabriel zwischen fest zusammengebissenen Zähnen hervor. »Oh Gott, ich kann dich nicht halten …« Er spürte bereits ihre Finger, während das Wasser an ihren Körpern zerrte, spürte wie sie tiefer rutschte. Noch einmal versuchte er nachzugreifen, sie noch einmal zu fassen – vergeblich. Er sah Hopes Augen, sah die Angst, die darin aufflackerte, als das Wasser sie endgültig seinen Fingern entriss und sie in der Dunkelheit des bodenlosen Abgrundes verschwand.

XXVI

Einen Moment lang lag Gabriel reglos vor dem Stollen, wie betäubt, unfähig, das Geschehene zu begreifen.

Sie war fort.

Er war heiser, und sein Hals schmerzte, denn unzählige Male hatte er ihren Namen gebrüllt, ohne jedoch eine Antwort zu erhalten.

Das eisige Wasser brandete noch immer um ihn herum, aber er merkte bereits, wie die schlammigen Fluten an Kraft verloren. Nur ein paar Minuten länger, vielleicht auch nur Sekunden … Wenn es ihm gelungen wäre, Hope nur ein wenig länger festzuhalten, hätte die zerstörerische Kraft des Wasser von allein nachgelassen.

Wenn.

Gabriel presste die Augenlider fest aufeinander, teils aus Verzweifelung, teils um das Brennen in seinen Augen zu unterdrücken.

Fort.

Oh Gott, das durfte nicht sein. Nicht Hope, nicht sie ….

Gabriel presste seine Handballen in seine Augenhöhlen. Noch immer glaubte er, Hopes angsterfüllte Augen vor sich zu sehen, glaubte, ihre Hand in seiner zu spüren. Das Gefühl, als ihre schmalen Finger durch die seinen glitten, abrutschten …

Sie durfte nicht tot sein!

Entschlossen stemmte Gabriel sich vom Boden hoch. Sie durfte nicht tot sein. Nicht Hope. Er würde nicht zulassen, dass sie starb. Nicht, ehe sie sich ihren Traum von einem eigenen Kleid erfüllt hatte. Im Gegensatz zu ihm hatte sie noch Träume gehabt. Es waren kleine Träume gewesen, einfache Träume, aber er würde nicht ruhen, ehe sie sich erfüllt hatten.

Auf vor Erschöpfung zitternden Beinen rannte Gabriel taumelnd zurück zur Hütte.

Ein Seil.

Er brauchte ein Seil und die Spitzhacke. Dynamit war zu gefährlich, solange er nicht wusste, wo genau Hope sich in der Tiefe des Schachtes befand. Außerdem war es fraglich, ob es bei der Nässe überhaupt funktionierte. Mit Seilen und Spitzhacke bewaffnet hastete Gabriel zurück zu dem Stollen, dessen finstere Tiefen Hope verschlungen hatten.

»Hope?«

Der Untergrund war schlammig und voller Geröll, aber Gabriel kümmerte es nicht, als er sich Millimeter für Millimeter tiefer in den Schacht gleiten ließ. Steine gruben sich in seine Haut, scharfkantige Felsvorsprünge schürften sie auf, aber Gabriel bemerkte es kaum.

Wie ein Berserker hatte er geschuftet, dennoch hatte es fast drei Stunden gedauert, bis er den Eingang zum Stollen genügend erweitert hatte, damit er sich hineinzwängen konnte. Die ganze Zeit über hatte die Sonne so heiß vom strahlendblauen Himmel gebrannt, als wollte sie die reißenden Wassermassen vergessen machen, deren schlammige Überreste noch in den Senken standen. Gabriel hatte sich lediglich seines Hemdes entledigt und dann unermüdlich weitergegraben. Jede Minute, jede Sekunde zählte, denn es ging darum, Hopes Leben zu retten. Bereits jetzt hatte Gabriel Angst, zu spät zu kommen. Jeder Schlag gegen den unnachgiebigen Fels, jeder Felsbrocken, der sich löste, brachte ihn Hope ein Stückchen näher, und dennoch fürchtete er, sie nicht rechtzeitig zu erreichen. Die Zeit zerrann ihm zwischen den Fingern, die Sonne brannte auf seinen bloßen Rücken, aber endlich war es geschafft. Er musste seine Schultern hin und her drehen, um den Eingang zu passieren, aber dann tauchte er ein in das feuchte, kühle Dunkel.

Seltsam. Jenseits der engen Öffnung schien der Stollen ein wenig breiter zu sein. Nicht viel, aber dennoch so breit, dass er nur hin und wieder mit den Schultern an die Seitenwände stieß.

»Hope!«

Mit den Fingerspitzen schob Gabriel die Laterne einige Zentimeter weiter, ehe er selbst, auf Unterarme und Knie gestützt, weiterrobbte. Der Klang hallte nur dumpf von den Wänden wider, fast so, als würden die Geräusche verschluckt und nicht zurückgeworfen.

»Hope?«

Gabriel hustete. Die feuchte Kälte des schlammigen Untergrunds drang unangenehm in seinen Körper, aber er zwang sich, sie zu ignorieren. Sein Hals fühlte sich noch immer rau an, sowohl vom Rufen als auch von dem Staub, den er bei der Erweiterung des Tunneleingangs geschluckt hatte.

Plötzlich hörte er ein Echo, schwach und undeutlich, aber dennoch ... Gabriel hielt inne.

»Hope!«, brüllte er noch einmal. Die Dunkelheit verschluckte seine Stimme, aber noch während er lauschte, glaubte er, von irgendwoher eine kaum hörbare Antwort zu vernehmen.

»Hope! Ruf weiter, ich komme! Ich finde dich!«

Einige Male konnte er die Laterne nur im letzten Moment vor dem Umkippen bewahren, nachdem er sie zu hastig vor sich hergeschoben hatte, während er sich immer schneller durch den Stollen wand.

»Hope!«

Nichts.

Immer wieder hatte er ihren Namen gerufen, aber bis auf das eine Mal, wo er vermeint hatte, eine Antwort zu bekommen, war alles still geblieben. Nur das Geräusch rollender Kiesel, tropfenden Wassers und das Keuchen seines eigenen Atems drangen an sein Ohr.

War Hope zu schwach, um zu antworten?

An eine andere Möglichkeit mochte er nicht einmal denken. Nein! Hope lebte. Eine andere Möglichkeit gab es nicht, durfte es einfach nicht geben, denn er war nicht bereit, sie zu akzeptieren.

Gabriel verharrte schweigend und konzentriert, als könnte er allein Kraft seines Willens eine Antwort erzwingen.

Da!

Da war es wieder. Ein Geräusch. Zu vage, um es genau zu bestimmen, aber eindeutig keiner der Laute, die ihn bislang in der Finsternis des Stollens umgeben hatten.

»Hope?«

Vorsichtig robbte Gabriel weiter. Alle paar Sekunden hielt er inne, lauschte. Sein Zeitgefühl hatte er schon längst verloren. Wie lange befand er sich bereits in der Tiefe des Schachtes? Es mochten Stunden vergangen sein, aber er konnte es nicht genau sagen. Es spielte ohnehin keine Rolle. Egal, wie lange es dauerte: Er würde diesen Stollen nicht ohne Hope verlassen.

Wieder hörte er das Geräusch – und es kam näher!

»Hope?«

Eine Welle der Hoffnung durchströmte ihn und verlieh ihm ungeahnte Kräfte. Erfüllt mit neuer Energie robbte Gabriel vorwärts.

»Hope?«

Warum antwortete sie ihm nicht? Wieso sagte sie nichts, wenn sie ihm doch entgegenkam?

Angestrengt starrte Gabriel in die Dunkelheit jenseits des schwachen Lichtkegels, den die Lampe warf.

Bewegte sich dort nicht etwas? War dort nicht etwas Helles? Ein Jubelschrei entrang sich seiner Kehle, als er tatsächlich eine Bewegung ausmachte.

Hope!

Und sie lebte!

Erleichtert streckte Gabriel die Hand nach ihr aus – und berührte nasses Fell.

Mit einem kläglichen Mauzen drängte sich Motte gegen seine Hand, rieb ihren Kopf an seinen Fingern, als wäre sie froh und erleichtert, endlich auf ein anderes lebendes Wesen zu treffen. Sie war schmutzig und tropfnass und sah so elend aus, wie eine nasse Katze nur aussehen kann. Noch immer schnurrte und maunzte sie, aber Gabriel verspürte bei ihrem Anblick nur Enttäuschung und Wut.

Entsetzliche Wut. Einen Moment lang zuckte es ihm in den Fingern, als ihm bewusst wurde, warum Hope ihm nicht ihre andere Hand gereicht hatte.

Natürlich.

Weil sie damit ihre verdammte Katze umklammert gehalten hatte. Die Katze, die die Katastrophe nass, aber ansonsten unbeschadet überlebt hatte. Nur von Hope fehlte nach wie vor jede Spur.

Kälte breitete sich in Gabriels Innerem aus, doch diese Kälte drang nicht von außen in seine Glieder. Es war die Katze gewesen, die auf sein Rufen geantwortet hatte, nicht Hope.

Hope lag noch immer irgendwo in den Tiefen des Stollens, besinnungslos oder gar …

Gabriel wagte noch immer nicht, den Gedanken zu Ende zu bringen.

Nein. Das durfte nicht sein.

Auch wenn er die Katze hasste, weil sie der Grund dafür war, dass Hope von den Wassermassen fortgerissen worden war, so brachte er es dennoch nicht über sich, ihr den mageren Hals umzudrehen. Immerhin liebte Hope dieses Tier, war sogar bereit gewesen, ihr Leben dafür zu riskieren. Er wollte Motte an sich vorbeischieben, damit sie allein den Weg zum Ausgang fand, aber die Katze entwand sich seinem Griff und tapste zurück in die Dunkelheit. Der magere Schein der Lampe reichte gerade aus, um zu zeigen, dass sie verharrte und ihn ansah.

»Verdammtes Miststück. Komm schon her. Du bist überhaupt an allem schuld«, schimpfte Gabriel. Gerade als er die Hand ausstrecken wollte, wich Motte weiter zurück. Ihr Mauzen erfüllte den Gang, dann drehte sie sich um und schritt mit erhobenem Schwanz hinein in die Dunkelheit. Hin und wieder wartete sie und maunzte, wenn Gabriel ihr nicht schnell genug folgte, und Gabriel fragte sich, was die Katze damit bezweckte. Wäre sie ein Hund gewesen, hätte er angenommen, sie wolle ihn zu Hope führen, aber das war ja wohl unmöglich. Schließlich war sie nur eine Katze.

Wieder hörte er Motte maunzen. Drängender, als wolle sie ihn zur Eile antreiben. Er wusste, es war verrückt, aber noch einmal mobilisierte Gabriel seine letzten Reserven.

»Verdammt, Mistvieh, wo bist du?«, rief er in die Dunkelheit hinein. Überrascht stellte er fest, dass der Tunnel sich weitete, so sehr, dass er sich erst auf Händen und Knien fortbewegen und schließlich sogar aufstehen konnte. Der Hohlraum, in dem er sich befand, war klein, aber von Katze oder Hope fehlte jede Spur.

»Hope?«, versuchte er es noch einmal. Er hob die Laterne höher. Links von ihm war ein schmaler Spalt. Sollte Hope dort hindurchgegangen oder hindurchgespült worden sein? Er ging darauf zu und glaubte, Licht zu sehen.

»Hope?«

»Hier!«

Gabriel erstarrte, dann spürte er, wie unbändige Freude ihn erfüllte. Die Stimme klang schwach, erschöpft, aber es war eindeutig Hope.

»Hope!«, rief er und wandte sich nach rechts, der Stimme entgegen. »Hope?«

»Hier drin. Ich ... Ich schaffe es nicht allein ...«

Suchend sah Gabriel sich um. Schließlich entdeckte er die Öffnung ziemlich weit unten in der Wand. Sie war schmal, zu schmal für ihn, aber er ließ sich davor auf dem Boden nieder und spähte hinein.

»Hope?« Er leuchtete mit der Laterne, und tatsächlich, dort, nur wenige Meter von ihm entfernt, erkannte er Hopes blasses Gesicht.

»Warte, ich hol dich raus.« Er entrollte das Seil, das er zusätzlich zu seiner Sicherungsleine am Gürtel befestigt hatte, und ließ das Ende zu ihr hinab.

»Kannst du dich festhalten?«

»Ich glaube schon.« Gabriel sah, wie sich ihre Finger um das Seil schlossen, es ihr aber immer wieder entglitt. Schließlich wand sie es sich um die Handgelenke, und er konnte sie langsam zu sich heraufziehen. Mit einem Seufzen, das verdächtig nach einem Schluchzen klang, schloss er Hope in seine Arme.

XXVII

»Verdammt, Hope! Wie konntest du nur so verrückt sein, für eine Katze dein Leben zu riskieren?« Allein der Gedanke, sie zu verlieren, war beinahe zu viel für ihn gewesen.

»Ich konnte nicht anders«, wisperte sie heiser an seiner Brust. Ihre Kleidung war schlammig und kalt und klebte an ihrem Körper. Ihre Haut fühlte sich eisig an, und ihre Lippen, so stellte Gabriel fest, waren ebenso wie ihre Finger blau angelaufen. Auf der Stirn hatte sie eine blutige Wunde, die bereits begonnen hatte anzuschwellen, und Gabriel widerstand nur mit Mühe der Versuchung, ihr den Schmutz aus dem Gesicht zu wischen. Das musste warten, bis sie wieder in der Hütte waren und warmes, sauberes Wasser hatten.

»Wir müssen dich ins Warme bringen«, stieß er hervor und schob sie vor sich her in Richtung des Stollens, durch den er gekommen war.

»Aber ich friere überhaupt nicht«, stellte Hope fest.

»Genau das ist es ja, was mir Angst macht«, knurrte Gabriel. »Du bist schon blau angelaufen und zitterst nicht einmal. Glaub mir, du stehst kurz vor dem Erfrieren.«

Hopes Gesichtsausdruck blieb teilnahmslos, spiegelte noch nicht einmal Überraschung wider angesichts seiner Worte. Sie war zu Tode erschöpft, stellte Gabriel fest, und er hatte schon oft gesehen, dass Menschen nach überstandenen Katastrophen eine Zeit lang nicht sie selbst waren. So wie nun Hope. Nun, wenigstens schien der betäubende Zustand dafür zu sorgen, dass sie keine Schmerzen verspürte. Selbst im schwachen Schein der Lampe erkannte Gabriel zahlreiche Prellungen und Schürfwunden an Hopes Körper, und es konnte nicht mehr lange dauern, ehe sie diese auch spüren würde. Es war sicher am besten, wenn sie bis dahin in der Hütte waren.

»Aber wieso? Es waren doch nur wenige Minuten.«

Ungläubig sah Gabriel sie an. Minuten? Wie konnte sie glauben, dass nur Minuten vergangen waren? Die einzige Erklärung, die er hatte, war, dass Hope zwischenzeitlich das Bewusstsein verloren hatte. Das war nicht gut. Das war gar nicht gut, denn dann hatte sie sich auch nicht bewegt, und die Schramme an ihrer Stirn war möglicherweise schlimmer, als sie aussah. Er musste sie schnellstens wieder ins Freie bringen.

Mit sanftem Druck zwang Gabriel Hope, vor ihm in den Gang zu kriechen, aus dem er gekommen war. Sie zögerte.

»Wo ist Motte?« Angst und Sorge schwangen in ihrer Stimme mit, aber Gabriel konnte sie beruhigen.

»Hier. Siehst du?«

Die nasse Katze eilte an ihnen vorbei und in den Gang, als könnte auch sie es jetzt nicht mehr erwarten, diesen dunklen, nassen Ort endlich zu verlassen. Es war schon sonderbar, dass sie zuvor so lange hier in der ungemütlichen Finsternis ausgeharrt hatte und für Hope noch einmal hierher zurückgekehrt war, anstatt sich einfach nur in Sicherheit zu bringen. Hope folgte ihr nur zu bereitwillig.

Der Weg zurück ins Tageslicht erschien endlos, beinahe noch länger als der quälende Abstieg. Zumindest empfand Gabriel es so, der spürte, wie Hope mit jeder Sekunde schwächer wurde und immer heftiger zu zittern begann.

»Ich glaube«, bibberte sie, »mir ist jetzt doch kalt.« Sie wollte eine Pause machen, aber Gabriel trieb sie voran. »Du kannst dich hier nicht ausruhen, Hope, aber gleich, wenn wir in der Hütte sind.«

»Aber mir ist so kalt.«

»Ich weiß. Und nun los. Weiter.« Unnachgiebig drängte er sie voran. Endlich, als Gabriel es schon nicht mehr geglaubt hatte, tauchte vor ihnen ein heller Fleck auf. Nun kam der Eingang schnell näher.

Hope seufzte erleichtert auf, als helles und vor allem warmes Sonnenlicht sie umfing. Ihre Glieder zitterten so stark, dass sie sich kaum auf den Beinen halten konnte, und so ließ sie es widerstandslos zu, dass Gabriel sie auf die Arme hob. Die Wärme, die sein stattlicher, halbnackter Körper verströmte, war einfach himmlisch, und Hope presste ihre Wange an seine glatte Schulter. Sie spürte seinen Puls, und wie zufällig legte sie ihre Hand über sein heftig pochendes Herz. Mit langen Schritten strebte er der Hütte zu. Hope protestierte, als sie aus den wärmenden Strahlen der untergehenden Sonne ins Halbdunkel traten, aber Gabriel ignorierte es. Er setzte sie auf einen der Stühle und legte eine Decke um sie, dann zerrte er die Kupferwanne, in der Hope schon als Kind gebadet hatte, aus dem Stall herein und füllte sie mit dem Wasser aus dem Kessel, der immer am Rande des Feuers hing. Das Wasser war nicht sehr heiß, denn das Feuer war fast heruntergebrannt, aber Gabriel schürte die Glut und legte Holz auf, dann füllte er den Kessel mit frischem Wasser und hängte ihn wieder über die Feuerstelle.

Hope hatte sich die ganze Zeit über nicht einmal bewegt, aber beobachtete schweigend jeden seiner wohl platzierten Handgriffe.

Auch wenn er eine solche Wärme abstrahlte, dass er dem Feuer Konkurrenz machen konnte, musste auch Gabriel frieren. Deutlich konnte sie die Gänsehaut erkennen, die seinen Körper überzog. Außerdem war er über und über mit Schlamm verkrustet. Sie konnte verstehen, dass er zuerst ein Bad nehmen wollte.

Sie keuchte überrascht auf, als er sich zu ihr umdrehte und sie vom Stuhl hoch auf die Beine zog. Ihre Finger krallten sich in die Decke, als er versuchte, sie ihr von den Schultern zu nehmen.

»Aber mir ist so kalt«, stammelte sie mit klappernden Zähnen.

»Ich weiß«, murmelte Gabriel, ließ sich jedoch nicht beirren. Oh Gott, dachte Hope, er würde sie bestrafen für das, was geschehen war. Er gab ihr die Schuld. Er würde sie frieren lassen, vielleicht auch hungern, weil sie nicht nur ihr eigenes, sondern auch sein Leben für Motte aufs Spiel gesetzt hatte. Würde er sie auch schlagen?

Mit schreckgeweiteten Augen suchte sie nach einer Fluchtmöglichkeit, einem Ort, wo sie sich verstecken konnte, während sie leise wimmernd versuchte, seine Hände abzuwehren. Er war stärker. Mit hängendem Kopf ergab Hope sich schließlich in ihr Schicksal und ließ es zu, dass er ihr das Hemd auszog, dann die Hose. Ihr ganzer Körper bebte vor Kälte. Ihre Haut war schneeweiß und stellenweise sogar bläulich, und erst jetzt bemerkte Hope die hässlichen Abschürfungen an ihren Armen und Beinen. Sie runzelte nachdenklich die Stirn. Wie war das passiert? Natürlich, als sie vom Wasser durch den Schacht in die Tiefe gerissen worden war. Sie hatte bemerkt, dass sie einige Male gegen Felsvorsprünge oder die Wände geprallt war, hatte dem jedoch weiter keine Beachtung geschenkt, weil sie viel zu sehr damit beschäftigt gewesen war, zu atmen und am Leben zu bleiben. Vor allem aber war sie bemüht gewesen, Mottes kleinen Körper festzuhalten.

Einzig eine leichte Schamesröte überzog ihre Wangen, als sie nur mit ihrem dünnen, schmutzigen Unterhemd und ihren Stiefeln bekleidet vor ihm stand, stellte Gabriel beunruhigt fest. Die restliche Farbe ihres Körpers hätte ebenso die einer Toten sein können. Außerdem war sie ruhig, beängstigend ruhig. Mit fest aufeinander gepressten Lippen zog er Hope auch noch die Stiefel und Strümpfe aus, dann nahm er sie auf seine Arme und stellte sie wie ein Kind in die Wanne. Er bemerkte, dass sie ihn erstaunt ansah, und fragte sich, was sie wohl erwartet hatte.

Im Kessel war nicht genügend warmes Wasser gewesen, um sie darin zu baden, also begann er, ihre Beine von den Füßen aufwärts mit einem Schwamm abzuwaschen, während der nächste Kessel Wasser über dem Feuer warm wurde. Er fühlte ihre eiskalten Hände auf seinen Schultern, als sie Halt suchte, und das Beben all ihrer Gliedmaßen. Nur allmählich spürte er, dass nach und nach das Leben in ihren Körper zurückkehrte.

»Das tut weh«, hörte er Hopes schwachen Protest, als auch ihre Nerven wieder begannen zu funktionieren. »Das brennt.« Gabriel biss die Zähne zusammen. Verdammt, er hatte gewusst, dass auch das lauwarme Wasser an ihren unterkühlten Beinen schmerzen würde. Wenn ein Körper so viel Wärme verloren hatte wie Hopes, fühlte sich jede Temperaturveränderung an, als würde man verbrennen.

Dennoch, auch wenn er ihr Schmerzen bereitete: Es musste sein.

»Es wird gleich besser«, knurrte er. Er spürte jedes Zusammenzucken wie einen Schlag, aber er konnte es nicht ändern. Der Schwamm glitt weiter aufwärts, über die Rundung ihrer Hüften, dann über ihren flachen Bauch. Hopes Augen wirkten wie Seen, unergründlich, dunkel und tief, als seine Hand unter ihr Hemdchen glitt. Sie erschauerte, aber wehrte sich nicht gegen seine Berührung. Noch immer hatten ihre Lippen einen bläulichen Ton, aber zumindest ihr Körper färbte sich ganz langsam wieder rosig. Ehe Hope protestieren konnte, hatte Gabriel ihr das Hemdchen über den Kopf gestreift und sie in eine Decke gehüllt. Dann hob er sie aus der Wanne.

Gabriel füllte das inzwischen kochende Wasser in die Wanne, goss kaltes hinzu, bis er sicher war, dass Hope die Temperatur ertragen konnte, dann hob er sie wieder ins Bad. Ihre Finger krallten sich einen Moment lang in die Decke, als er sie ihr wieder abnahm, aber dann folgte sie dem sanften, jedoch unnachgiebigen Druck seiner Hände und ließ sich ins Wasser sinken, das ihr bis zu den Brüsten reichte. Scharf sog sie die Luft ein, als ihr geschundener Körper protestierte, aber sie ließ es ohne Widerspruch geschehen, als Gabriel begann, sie zu waschen. Schlammiges Wasser rann in dünnen Bahnen ihren Körper hinab, und Hope erschauderte, als Gabriel zärtlich auch die Schürfwunden mit sauberem Wasser reinigte.

»Jetzt ist mir richtig kalt«. Ihre Zähne hatten hörbar begonnen zu klappern, und ihre Worte waren vor Zittern kaum zu verstehen. Sie fühlte sich, als würde ihr nie wieder warm werden.

»Okay, dann raus mit dir aus der Wanne«, sagte Gabriel und zog sie hoch. Mit schnellen, zügigen Bewegungen trocknete er sie ab, dann hob er sie nackt, wie sie war, auf seine Arme.

»Gabriel?«, fragte Hope mit dünnem Stimmchen, als er sie an ihrem Bett vorbei in sein Schlafzimmer trug.

»Mein Bett ist größer. Dort wirst du es bequemer haben«, war seine Antwort, und Hope bettete ihren Kopf an seine Schulter. Ihre Augenlider waren schwer wie Blei. Alles, was sie wollte, war schlafen, und es war ihr ganz egal, wo. Sie spürte, wie Gabriel sie auf die Matratze bettete und die Decke über sie breitete. Sie fror noch immer und sagte es auch.

»Gleich wird dir wärmer, versprochen«, hörte sie Gabriels Stimme wie aus weiter Ferne. »Ich bin gleich wieder da.« Sie wollte ihn festhalten, aber ihre Hand fiel zurück auf die Matratze. Sie war zu müde, um erneut nach seiner davoneilenden Gestalt zu greifen.

Hope schlug die Augen auf, als ein kalter Hauch ihre Beine streifte. Sie erkannte Gabriel neben dem Bett, dann wurde es warm an ihren Füßen, als er die Decke wieder um sie wickelte und eine weitere über sie legte. Gleich darauf senkte sich die Matratze unter seinem Gewicht, und Wärme breitete sich auch in ihrem Rücken aus. Wohlig seufzend kuschelte Hope sich tiefer in die Decken und das Kissen, dem Gabriels vertrauter Geruch anhaftete, und versank im Reich der Träume.

XXVIII

Nur das Feuer im Kamin flackerte, als Hope ihre Augen wieder öffnete. Erstaunt stellte sie fest, dass sie nicht in ihrem eigenen Bett lag, sondern in Gabriels. Da der Raum kein Fenster hatte, war es unmöglich zu sagen, wie spät es war, aber Hope hatte das Gefühl, mehrere Tage geschlafen zu haben. Sie streckte sich und zuckte zusammen, als sie von ihren protestierenden Muskeln schmerzhaft an die Prellungen und Abschürfungen erinnert wurde, die sie erlitten hatte. Dennoch, bis auf diese Blessuren fühlte sie sich gut. Hope räkelte sich. Die Decke glitt über ihren Körper, und Hope stellte errötend fest, dass sie darunter nackt war.

Natürlich. Gabriel hatte sie wie ein Kind gebadet und dann ins Bett – sein Bett – gebracht. Undeutlich erinnerte sich Hope daran, dass er sich zu ihr gelegt hatte, und an die wohltuende Wärme seines Körpers in ihrem Rücken. Er hatte sie im Arm gehalten, sie an sich gezogen …

Wo war Gabriel?

Hope hatte den Gedanken noch nicht beendet, als sie ihn neben sich spürte. Vorsichtig drehte sie den Kopf zur Seite und blickte in sein Gesicht. Er lag auf der Seite, seine Augen waren geschlossen, und sein Atem ging ruhig und gleichmäßig. Bewundernd betrachtete Hope seine schön geschwungenen Lippen, die sie schon einmal auf den ihren gespürt hatte, und seine hohen Wangenknochen. Er hatte gesagt, er hätte Indianerblut in den Adern, und es mochte stimmen. Allerdings war seine Nase gerade, anders als sie es bei den Indianern in der Stadt gesehen hatte, so dass seine Herkunft auf den ersten Blick nicht offensichtlich war. Im Schlaf wirkten seine Züge entspannt, und Hopes Finger zuckten vor Verlangen, ihn zu berühren.

Warum nicht? Er schlief und würde es nie erfahren. Zögernd streckte Hope die Hand aus und strich mit den Fingerkuppen über seine Lippen. Erschrocken schrie sie auf, als seine Finger sich wie Stahlklammern um ihr Handgelenk schlossen. Bernsteinfarbene Augen funkelten sie an, kampfbereit, und der Druck um ihr Handgelenk verstärkte sich, ehe Erkennen in Gabriels Blick aufflackerte und er sie so plötzlich wieder losließ, wie er nach ihr gegriffen hatte.

Er rollte sich auf den Rücken und fuhr sich mit den Händen übers Gesicht und durch das zerzauste, schwarze Haar. Nur zu gerne hätte Hope es ihm gleichgetan und auch ihre Finger durch sein weiches Haar gleiten lassen, aber sie unterdrückte den Impuls. Die Heftigkeit seiner Reaktion hatte ihr deutlich gezeigt, dass er nicht von ihr berührt werden wollte, und ein unerwarteter Schmerz durchzuckte bei dieser Erkenntnis ihr Herz.

Gabriel McKinlay wollte sie nicht.

Er mochte der Mann sein, den sie in ihren Träumen gesehen hatte, er mochte sich um sie kümmern und für sie sorgen – aber ansonsten wollte er nichts mit ihr zu tun haben. Tränen drohten ihr die Kehle zuzuschnüren, als ihr dieses bewusst wurde, und Hope kämpfte heroisch dagegen an. Keiner wollte sie. Niemand. Noch nicht einmal der Mann, von dem sie seit Jahren träumte.

Sie war eben Hopp und würde es auch immer bleiben. Sie war die kleine, unscheinbare Hopp, mit der niemand etwas zu tun haben wollte.

Ohne McKinlay anzusehen, setzte Hope sich auf. Zu spät erinnerte sie sich daran, dass sie nackt war, und riss die Decke wieder hoch über ihre Brüste, doch da hatte Gabriel schon mehr gesehen, als ihr lieb war. Aber was machte es schon? Er hatte sogar schon ihren ganzen Körper gesehen, und er war dennoch nicht im Mindesten an ihr interessiert, wie er ihr ja soeben bewiesen hatte.

Gabriel spürte, wie sein Mund trocken wurde. Nur einen Moment lang hatte sein Blick auf Hopes Brüsten geruht, ihre Vollkommenheit bewundert, ehe sie sie wieder vor ihm verborgen hatte. Er wusste, dass er sie mit der Heftigkeit seiner Reaktion erschreckt hatte, aber er war es nicht mehr gewohnt, im Schlaf berührt zu werden, ohne einen Angriff zu vermuten. Würde er überhaupt jemals wieder neben einer Frau schlafen können, ohne im Unterbewusstsein darauf zu lauern, ob er angegriffen wurde? Er sah Hope an, aber sie erwiderte seinen Blick nicht, sondern sah starr auf die Decke.

Nun, vielleicht war es besser so, sagte sich Gabriel. Vielleicht war es besser, wenn er die Dinge zwischen ihnen nicht unnötig verkomplizierte. Er wollte keine erneute Bindung. Alles, was er ihr bieten konnte, war sein Körper. Oh, er hatte keinen Zweifel daran, dass er sie glücklich machen konnte, dass sie in seinen Armen dahinschmelzen würde, aber sie verdiente mehr. Er hatte selbst gesehen, zu welcher Hingabe sie fähig war, wenn sie erst jemandem ihr Herz geöffnet hatte. Sogar für ihre Katze hätte sie ihr Leben gegeben. Eine Frau wie Hope verdiente einen Mann, den sie lieben konnte und der auch sie liebte. Sie brauchte jemanden, der zu ihr hielt, in guten wie in schlechten Tagen, jemanden, der ihr Kinder schenkte und dem nicht der Schweiß ausbrach, wenn er diese Kinder auf den Arm nehmen oder mit ihnen spielen sollte.

Sie brauchte jemand anderen als ihn, Gabriel McKinlay.

Mit einem Seufzen rollte er sich aus dem Bett und blieb auf der Kante sitzen. Hope wandte den Blick ab, und ein bitteres Lächeln umspielte Gabriels Lippen, als er nach seinen Hosen griff und sich ankleidete, ehe er das Schlafzimmer verließ.

»Wo sind meine Sachen?«

Gabriel sah auf und erblickte Hope, die weiß wie das Laken, in das sie sich gehüllt hatte, in der Tür stand.

»Wer hat Ihnen erlaubt aufzustehen?«, grollte er und kam drohend einen Schritt näher. Im hellen Licht des Tages, das in breiten Bahnen durch die geöffneten Fensterläden und die offene Tür in den Raum fiel, wirkte Hope so bleich wie ein Gespenst. Nur die Prellungen und verschorften Wunden zeichneten sich farbig auf ihrer blassen Haut ab.

Hope warf den Kopf in den Nacken, aber Gabriel sah, dass sie die Lippen fester aufeinander presste und dass sich ihr Griff um den Türrahmen verstärkte, um nicht den Halt zu verlieren.

»Das braucht mir niemand zu erlauben.«

»Ach nein? Und ich darf Sie dann aufsammeln, wenn Sie entkräftet zusammenbrechen?«

Hope funkelte ihn wütend an, ehe sie den Blick abwandte und eine leichte Röte ihre Wangen überzog.

»Ich musste aufstehen.«

»Nein, mussten Sie nicht. Was meinen Sie wohl, warum ich Ihnen den Eimer ans Bett gestellt habe?«

Die Röte ihrer Wangen wurde tiefer, als sie ihn empört anstarrte.

»Ich werde ganz gewiss keinen Eimer benutzen!«

Gabriel faltete seine Arme vor der Brust und baute sich vor ihr auf. »Ach nein?«

Hope erwiderte seinen Blick, auch wenn sie sich nicht traute, den Türrahmen loszulassen. Schon der Weg vom Bett bis zum Wohnraum war beinahe über ihre Kräfte gegangen, und ihre Knie drohten, jeden Augenblick nachzugeben, während ihr Kopf sich seltsam leicht anfühlte. Ihr war übel.

»Nein«, antwortete sie dennoch und hoffte verzweifelt, dass sie nicht einfach zusammenbrach.

»Ach, verdammt«, presste Gabriel zwischen zusammengebissenen Zähnen hervor. Mit wenigen Schritten war er bei ihr und hob sie auf seine Arme.

»Was tun Sie?«

»Wonach sieht es denn aus?«, fragte Gabriel, während er mit langen Schritten den Raum durchmaß. Geblendet schloss Hope die Augen und beschattete ihr Gesicht mit ihrer Hand, als sie ins gleißende Sonnenlicht hinaustraten. Der Himmel erstrahlte in seinem schönsten Blau, und die Luft war warm und mild und erfüllt von Vogelstimmen und dem Zirpen der Grillen. Gabriel steuerte das Toilettenhäuschen an und setzte Hope überraschend vorsichtig davor ab.

»Kommen Sie allein klar?«, wollte er wissen, und Hope nickte, ohne ihn anzusehen. Das Laken schleifte hinter ihr über den Boden, als sie das Häuschen betrat und die Tür hinter sich zuzog.

Ihre Wangen glühten, als sie einige Minuten später wieder herauskam, doch sie stieß einen leisen Seufzer der Erleichterung aus, als ein schneller Blick ihr verriet, dass Gabriel sich zum Corral zurückgezogen hatte, um ihr ein wenig Privatsphäre zu gewähren. Er trug sie zurück zur Hütte, aber Hope protestierte, als er sie zurück ins Innere bringen wollte.

»Kann ich nicht ein wenig draußen bleiben? Bitte«, setzte sie flehend hinzu, als sie seinen abweisenden Gesichtsausdruck bemerkte. »Ich möchte so gerne die Sonne auf meiner Haut spüren.« Ohne ein Wort setzte Gabriel sie auf der Bank vor dem Haus ab und verschwand in der Hütte. Hope wickelte eben das Laken fester um sich, als Gabriel wieder erschien und, zu ihrer Überraschung, ein Kissen zwischen ihren Rücken und die Hauswand schob.

»Danke«, rief sie ihm nach, aber er war schon wieder verschwunden. Warm wie die zärtlichen Hände eines Liebhabers streichelten die Sonnenstrahlen Hopes Gesicht. Der Tag war wunderschön, und es war eine Schande, dass sie ihn nicht zum Goldsuchen nutzen konnten. Es bestand kein Zweifel, dass Gabriel, wenn auch widerwillig, ihretwegen in der Nähe der Hütte blieb. Angesichts seiner Wortkargheit und seines zumeist finsteren Gesichtsausdrucks fragte Hope sich, warum. Einige Male versuchte sie, ihn in ein Gespräch zu verwickeln, aber da sie, abgesehen von einem Grunzen, keine Antwort erhielt, gab sie es auf und genoss die warme Liebkosung der Sonne. Einige Male brachte Gabriel ihr ein Glas Wasser, einmal ein Schälchen Suppe, aber er ließ sich nicht zu einem Gespräch bewegen, und Hopes Hoffnung, er möge ihr nicht böse sein, weil ihre Verletzungen die Goldsuche verzögerten, schwand mehr und mehr.

Hope wollte protestieren, als Gabriels starke Arme sie von der Bank hoben, aber es fiel ihr schwer, ihre Augen zu öffnen. Die Wärme hatte spürbar nachgelassen, und unter ihren halb geschlossenen Lidern erkannte Hope, dass die Sonne bereits hinter den Bergen verschwunden war.

»Kommen Sie schon, Hope. Sie müssen zurück ins Bett«, hörte sie Gabriels Stimme und kuschelte sich bereitwillig in seine Arme, während er sie ins Haus trug.

XXIX

»Was ist das?« Überrascht sah Hope erst das dicke Bündel, dann Gabriel an, der es ihr gegeben hatte.

»Packen Sie es aus.«

Mit Feuereifer schob Hope die lockeren Schnüre beiseite und schlug das braune Packpapier auseinander. Solange sie denken konnte, hatte noch nie jemand ihr ein Geschenk gemacht, noch nicht einmal ihr Großvater. Ein andächtiges Seufzen kam über ihre Lippen, als sie die Kleidungsstücke erblickte. Ein schlichter, braun-grün-rot karierter Rock, zwei weiße Blusen mit Rüschen an Kragen und Bündchen, die an der Knopfleiste mit kleinen blauen Blümchen bestickt waren, und zwei fast transparente Unterhemden. Dazu weiche Baumwollstrümpfe und Strumpfhalter.

»Für mich?«, fragte sie und drückte eine der Blusen an sich, Tränen in den Augen.

Gabriel grinste. »Nun, ich fürchte, ich würde darin ziemlich albern aussehen, nicht wahr? Ziehen Sie sich an.«

Drei Tage waren vergangen, seit sie das erste Mal nach ihrem Unfall wieder draußen gewesen war. Die Beule an ihrer Stirn war deutlich abgeschwollen, und auch die Übelkeit und das Schwindelgefühl hatten nachgelassen. Inzwischen konnte sie ohne Gabriels Begleitung bis zur Toilette gehen und hatte entschieden, dass es nun an der Zeit war, endgültig aufzustehen, anstatt die Tage mußig auf der Bank vor dem Haus zu verbringen.

Es war Anfang August, und sie hatten noch immer kein Gold gefunden. Noch einen Monat, vielleicht zwei, allerhöchstens zweieinhalb, wenn sie Glück hatten, dann würde der erste Schnee fallen. Und auch wenn sie im Winter weitersuchen konnte – Gabriel würde dann nicht mehr bei ihr sein.

Sie versuchte, den Gedanken daran zu verdrängen, doch er schob sich immer häufiger in ihr Bewusstsein, und jedes Mal schnitt ihr ein flammender Schmerz wie eine sengende Klinge ins Herz. Sie waren Partner, sonst nichts, versuchte sie sich immer wieder einzureden, aber der Gedanke, Gabriel zu verlieren, war beinahe mehr, als sie ertragen konnte. Er hatte keinen Hehl daraus gemacht, dass sie kein ausreichender Grund für ihn war zu bleiben, aber vielleicht würde er es sich anders überlegen, wenn sie nur endlich Gold fanden.

Nach dem Männerhemd, das sie so lange getragen hatte, fühlte sich die Baumwolle des Unterhemdes auf ihrer Haut wie Seide an. Das war es also gewesen, was Gabriel noch erstanden hatte, nachdem sie den Laden bereits verlassen hatte. Wieso hatte er Kleidung für sie gekauft? Nun, aus welchen Gründen auch immer er es getan hatte – Hope war ihm dankbar. Zwar würde sie ihre eigenen Sachen noch einmal flicken können, aber bis es so weit war, hatte sie zumindest etwas zum Anziehen. Sie fühlte sich unbeschreiblich weiblich, als sie die kleinen Perlmuttknöpfe des Hemdchens schloss und das Seidenbändchen am Hals zu einer Schleife band. Die Bluse passte, als wäre sie für sie gemacht, und Hope strich liebevoll über die kleinen Rüschen an den Bündchen. Von so etwas hatte sie immer geträumt. Aber woher hatte Gabriel das wohl gewusst? Er musste die Sachen doch schon gekauft haben, bevor sie ihm davon erzählt hatte.

Da sie auch früher nie Unterröcke getragen hatte, war es ihr vertraut, den Rock an ihren nackten Beinen zu spüren. Ungewohnt jedoch war das Gefühl der Strümpfe und Strumpfbänder, besonders, nachdem sie in den letzten Wochen stets Hosen getragen hatte.

Ein wenig unsicher betrat sie den Hauptraum der Hütte. Was würde Gabriel wohl sagen? Ob ihm gefiel, was er sah? Oder würde er ihre veränderte Erscheinung überhaupt nicht beachten? Mit gesenktem Kopf blieb sie stehen, plötzlich ängstlich, ihm ins Gesicht zu sehen.

Gabriel erwartete sie bereits, gespannt, wie Hope in den weiblichen Kleidungsstücken wohl aussehen würde. Sie hatte ja selbst gesagt, dass sie es nicht gewohnt war, passende Frauenkleider zu tragen, und er hatte sie auch noch nie in solchen gesehen, aber der Anblick, den sie selbst in diesen einfachen Sachen bot, verschlug ihm den Atem. Brennendes Verlangen erwachte in ihm. Eigentlich hatte er gehofft, es besser zügeln zu können, wenn sie ihre langen, schlanken Beine und ihre wohl gerundete Kehrseite endlich nicht mehr in Hosen zur Schau stellte, aber das Gegenteil war der Fall. Sie wirkte zierlich, fast zerbrechlich, und dabei so unbeschreiblich weiblich, dass Gabriel sich unwillkürlich fragte, ob es überhaupt irgendeine Kleidung gab, die er ihr nicht am liebsten vom Körper gerissen hätte. Hope hielt den Kopf gesenkt, sah ihn nicht einmal an, aber das Heben und Senken ihrer Brüste unter der züchtigen weißen Bluse, die sanfte Andeutung ihrer Hüften unter dem weich fließenden Rock, das Wissen um ihre langen, wohl geformten Schenkel allein reichten schon, um seine Fantasie mit ihm durchgehen zu lassen.

»Sie sehen hübsch aus«, stellte er mit rauer Stimme fest, um die Stille zu durchbrechen – sie erwartete irgendeine Reaktion von ihm. Es war ein sehr lahmes Kompliment, aber etwas anderes wollte ihm einfach nicht einfallen. Zumindest nichts, was er in ihrer Gegenwart hätte aussprechen können.

»Wirklich?« Hopes Augen strahlten. Noch ehe Gabriel es sich versah, war Hope bei ihm und schlang in überschwänglicher Freude ihre Arme um seinen Hals.

»Danke«, murmelte sie unter Tränen und presste sich an ihn. Zögernd und ein wenig ungelenk erwiderte Gabriel die Umarmung. Er hatte nicht geahnt, dass diese kleine Geste, einige einfache Kleidungsstücke, so viel für Hope bedeuten würde, und er fühlte sich unbehaglich. Hatte sie wirklich nie zuvor ein Geschenk erhalten? Die Berührung ihrer Brüste und Schenkel trieben ihm das Blut noch stärker in die Lenden, und er bemühte sich, ein wenig von ihr abzurücken, damit sie den verräterischen Druck seiner rebellischen Männlichkeit nicht bemerkte. Langsam, aber bestimmt schloss er dann seine Finger um ihre Handgelenke und schob sie auf Armeslänge von sich. Ihre Augen glänzten, und ihre vollen, roten Lippen luden ihn förmlich ein, sie zu küssen, bis sie ihn atemlos um mehr anflehte, aber Gabriel wusste, dass das keine gute Idee war.

Er ließ ihre Handgelenke los, bedauernd, sie nicht länger berühren zu dürfen, dann musste er sich abwenden, um den Zustand seines Körpers vor ihr zu verbergen.

Es waren noch Wochen, möglicherweise Monate, ehe er von seinem Versprechen entbunden war, und Gabriel fragte sich wieder einmal, wie er diese Zeit überstehen sollte, ohne den Verstand zu verlieren.

Ächzend gab Gabriel dem Holzkasten auf Rädern – Lore konnte man den Wagen kaum nennen – einen letzten Stoß und schob ihn damit ganz aus der Grube. Mühsam kroch er dann auf Händen und Knien vorwärts, bis seine Schultern den felsigen Eingangsbereich passiert hatten und er sich endlich aufrichten konnte. Da die Mine in den gesicherten Bereichen offensichtlich kein Gold mehr enthielt, hatte er einen neuen Seitentunnel gesprengt. Er war noch eng und niedrig, so dass Gabriel sich darin nur auf Händen und Knien bewegen konnte. War die Arbeit in der eigentlichen Mine schon Knochenarbeit gewesen, so grenzte das Schürfen in dem winzigen, unbefestigten Seitenstollen geradezu an Wahnsinn.

Gabriel atmete tief durch, entleerte den Holzkasten in die Lore, die auf Schienen im Hauptstollen bereitstand, und begab sich dann zum Eingang der Mine. Erleichtert hielt er sein Gesicht in die noch immer sengenden Sonnenstrahlen. Hier draußen war es nur unwesentlich kühler als in dem Loch, in dem er gehockt hatte. Er hatte auf eine kühle Brise gehofft, ein wenig Abkühlung, aber kein Windhauch regte sich in der drückend stillen Luft. Gabriel stemmte seine Hände in den schmerzenden Rücken und streckte sich. Niemals hatte er damit gerechnet, wie anstrengend es sein würde, den ganzen Tag über in gebückter Haltung zu verharren und Gestein abzubauen, ohne sich hin und wieder einmal lang ausstrecken zu können. Wenn er sich vorstellte, dass es Menschen gab, die ihr ganzes Leben lang, Tag für Tag, in solch winzigen, bis auf kleine, flackernde Laternen stockfinsteren Stollen schufteten, einzig und allein getrieben von der Aussicht auf ein bisschen Gold – nein, für ihn war das einfach undenkbar. Nicht für alles Gold der Welt wäre er bereit, diese Tortur über Monate oder gar Jahre hinweg über sich ergehen zu lassen. Nicht auszudenken, was Hope tun würde, nachdem ihre Wege sich getrennt hatten. Würde sie ihren Plan, Gold zu finden, dann aufgeben, oder würde sie alleine, ohne seine Hilfe, weitermachen? Gabriels Lippen verzogen sich zu einem freudlosen Grinsen, und er schüttelte, verwundert über sich selbst, den Kopf. Es war überhaupt keine Frage. Natürlich würde sie weitermachen, daran hatte er nicht den geringsten Zweifel. Sie war viel zu stur, um aufzugeben, und die Gefahren, denen sie sich aussetzte, würde sie wahrscheinlich mit einem Schulterzucken ignorieren. Auch wenn er sich davon hatte überzeugen können, dass sie körperlich durchaus in der Lage war, schwer zu arbeiten, so bezweifelte er jedoch, dass Hope diesen Strapazen lange würde gewachsen sein.

Und was dann? Würde sie eines Tages entkräftet in einem der Stollen zusammenbrechen und das Tageslicht möglicherweise niemals wieder sehen? Oder würde sie sich einen anderen Partner suchen, ehe ihre Kräfte sie verließen?

Gabriel wusste selbst nicht, warum der Gedanke, Hope könnte sich einen neuen Partner suchen, ihm solches Unbehagen bereitete. Sie waren schließlich nur Partner, mehr nicht, das hatte sie ihm immerhin oft genug zu verstehen gegeben. Einzig und allein die Vereinbarung, die sie getroffen hatten, verband sie, und die würde mit dem Einbrechen des Winters enden, sofern er es wünschte. Angesichts der Tatsache, dass sein Körper jeden Tag heftiger auf ihren Anblick, ihr Lächeln, ja sogar ihre Stimme reagierte, wäre es Wahnsinn, länger bei ihr zu bleiben. Auch wenn er sich nach dem Tod seiner Familie dafür hatte bestrafen wollen, dass er sie nicht beschützt hatte, und sich für Hope verantwortlich fühlte – die Tortur, Tag für Tag in ihrer Nähe zu sein, ohne sie berühren zu dürfen, würde er nicht überstehen.

Natürlich blieb es ihr freigestellt, sich einen neuen Partner zu suchen. Vielleicht war es sogar das Beste, denn allein konnte sie es unmöglich schaffen. Vielleicht würde sie sogar heiraten …

Wütend über sich selbst, weil er entgegen aller guten Vorsätze damit begann, sich um Hopes Zukunft Sorgen zu machen, wischte er sich mit den Handgelenk den Schweiß von der Stirn. Die Kleine würde es schon schaffen. Sie war bislang sehr gut ohne ihn zurechtgekommen, und das würde sie ganz sicher auch weiterhin. Es war nicht sein Problem, wenn sie sich in Gefahr begab, egal, ob mit oder ohne Partner. Aber dennoch: Ein neuer Partner würde unweigerlich eine Gefahr für sie bedeuten. Immerhin war Hope eine junge, begehrenswerte Frau, und nicht jeder Mann, der auf ihr Angebot einer rein geschäftlichen Partnerschaft einging, mochte ein Ehrenmann sein.

Gabriel vertrieb die finsteren Gedanken und wischte sich noch einmal den Schweiß von der Stirn. Der Sand und Steinstaub auf seiner Haut scheuerten unangenehm, und sein Schweiß, der ihm weiterhin aus allen Poren floss, brannte in den unzähligen winzigen Schnitten und Abschürfungen, die er sich bei der Arbeit zugezogen hatte. Vielleicht wäre es besser, im Stollen das Hemd anzubehalten, überlegte Gabriel, aber dort war es dafür einfach zu eng und zu heiß. Er nahm den Lappen, der neben dem Eingang über einen Holzbalken hing, tauchte ihn kurz in den Eimer mit inzwischen lauwarmem Wasser und wischte sich übers Gesicht.

Gabriel grinste. Wenn er genauso schmutzig war wie nun der Lappen, dann sah er zum Fürchten aus.

Verdammt, er würde kurz sehen, wie weit Hope mit ihrer Arbeit war, und sich dann erst einmal waschen gehen.

Er fand Hope an der Wasserrinne. Sie war eben dabei, zwei Schaufeln Geröll, das er der Erde entrungen hatten, in die Rinne zu werfen, dann beugte sie sich vor und begann, den Aushub zu waschen. Ihre enge Hose, die sie der Bequemlichkeit halber weiterhin bei der Arbeit trug, spannte über ihren runden Hinterbacken, und Gabriel fragte sich, ob er sich an den Anblick jemals gewöhnen würde. Wahrscheinlich nicht. Allein schon, dass ihre langen, schlanken Beine in jeder Einzelheit zu sehen waren, bereitete ihm Unbehagen. Er hatte sich eigentlich nie für prüde gehalten, aber inzwischen war ihm klar geworden, warum die Sittenwächter behaupteten, es gehöre sich für eine Frau einfach nicht, Hosen zu tragen. Die Versuchung für den männlichen Teil der Bevölkerung war ganz entschieden zu groß.

Er beobachtete, wie Hope die größeren Steine beiseite warf. Das leichtere Geröll und den Sand schwemmte das Wasser mit sich, während sich das schwerere Gold in den kleinen Vertiefungen am Boden der Rinne sammeln würde. Es war noch immer nicht viel, was sie gefunden hatten. Einige Nuggets, die Hopes Großvater anscheinend übersehen hatte. Alles in allem jedenfalls weit weniger, als Hope gehofft hatte, daran gab es keinen Zweifel.

Auch hier stand die Hitze. Die Segeltuchplane, die sie zum Schutz vor der Sonne gespannt hatten, diente mehr für kurze Pausen, denn ihr Schatten reichte nicht bis zu dem Platz, an dem Hope jetzt arbeitete. Wegen der hohen Temperaturen hatte Hope ihr Haar aufgesteckt und sich ihres festen Baumwollhemdes, das sie geflickt hatte und normalerweise zur Arbeit trug, entledigt. Gabriel erinnerte sich, dass er das dünne Unterhemd, das sie jetzt anhatte, zusammen mit einigen anderen für sie erstanden hatte. Nur hatte er damals nicht damit gerechnet, es eines Tages durchgeschwitzt an ihrem Körper klebend zu sehen zu bekommen. Das Bändchen, das den Ausschnitt sittsam geschlossen halten sollte, hing offen herunter, und zudem hatte Hope die beiden obersten Knöpfe geöffnet, so dass die Stoffhälften auseinander klafften. Unwillkürlich wanderte Gabriels Blick von Hopes Kehrseite zu ihren festen und bei jeder Bewegung leicht wippenden Brüsten. Er spürte, wie seine Kehle trocken wurde, und das hatte nichts mit dem Staub zu tun, den er während der Arbeit geschluckt hatte. Feuchte Haarsträhnen klebten an ihren Wangen und in ihrem Nacken. Fasziniert beobachtete Gabriel, wie kleine Schweißperlen glitzernden Tautropfen gleich zunächst über Hopes schlanken Hals, dann über ihr sonnengebräuntes Dekolletee und den Ansatz ihrer Brüste rannen, ehe sie unter dem an ihrer Haut klebenden Stoff in dem Spalt zwischen ihren Brüsten verschwanden.

Hope richtete sich aus ihrer gebückten Haltung auf, stemmte die Hände ins Kreuz und atmete tief durch. Die Bewegung presste ihre Brüste nach vorne, und einen Moment lang glaubte Gabriel, sie würden die Knöpfe des engen Hemdchens sprengen. Erst als Hope wieder ausatmete, bemerkte er, dass er selbst voller Erwartung die Luft angehalten hatte.

War es Enttäuschung, die er verspürte? Enttäuschung darüber, dass der Stoff und die Knöpfe gehalten hatten? Er wusste es nicht, aber konnte im Augenblick auch keinen klaren Gedanken fassen und darüber nachdenken.

Im Profil war noch viel deutlicher zu erkennen, wie transparent das schweißfeuchte Hemdchen wirklich war. Hope hatte seine Anwesenheit nicht bemerkt, da war er sich sicher. Sie fühlte sich unbeobachtet, denn sonst hätte sie sich ihm niemals derart freizügig gezeigt. Bislang hatte sie immer darauf geachtet, sich ihm sittsam hochgeschlossen zu präsentieren und jeden auch nur erdenklichen Anstand zu wahren.

Gabriel wusste, er sollte sich abwenden oder zumindest die Augen schließen, das verlangte sein Gewissen, aber selbst wenn sein Leben davon abgehangen hätte, so hätte er es nicht gekonnt. Der dünne Stoff klebte an Hopes grazilem Körper und zeichnete jede Kontur fast liebevoll nach. Hatten ihr bei ihrem ersten Zusammentreffen noch die nötigen Rundungen gefehlt, so hatte ihr Körper diese trotz der schweren Arbeit, die sie verrichtete, inzwischen entwickelt.

Er fühlte sich, als wolle eine höhere Macht ihn dafür bestrafen, dass er sie beobachtete, denn in diesem Augenblick ergriff Hope ihr Halstuch, das sie über den Rand der Rinne gehängt hatte, und tauchte es ins Wasser. Gabriels Kehle wurde eng, und er hielt gequält den Atem an, als sie den Kopf in den Nacken legte, den tropfnassen Stoff über ihr Dekolletee hielt, einen Moment lang zögerte und ihn dann langsam ausdrückte. Glitzernde kleine Wasserfälle ergossen sich über ihre erhitzte Haut, und Gabriel stieß geräuschvoll die Luft aus seinen Lungen, als Hopes leises, erleichtertes Seufzen wie eine Liebkosung an sein Ohr drang.

Verlangen schoss ohne Vorwarnung in seine Lenden, so heftig, dass seine Knie einen Augenblick lang zitterten, ehe er sich wieder unter Kontrolle hatte. Beinahe ungläubig verfolgte Gabriel, wie Hopes Brustwarzen sich unter dem kühlen Schwall zusammenzogen und aufrichteten. Hart und aufreizend, umgeben von dunklen Höfen, zeichneten sie sich wie Kirschen unter dem nassen Stoff ab, und Gabriel ballte voller Verzweifelung die Hände zu Fäusten, um der Versuchung zu widerstehen, danach zu greifen.

Verdammt! Was tat er sich da nur an?

Voller Unschuld und in dem Glauben, unbeobachtet zu sein, öffnete Hope noch zwei weitere Knöpfe ihres Hemdchens. Gabriel schloss verzweifelt die Augen – nur um sie sofort wieder aufzureißen. Er konnte den Blick nicht abwenden, er konnte es einfach nicht. Er schluckte schwer, als Hope den Stoff ihres Halstuchs erst über ihr Dekolletee führte, einmal, zweimal, nur um dann damit durch das Tal zwischen ihren Brüsten zu fahren. Gabriels Hände öffneten und schlossen sich ohne sein Zutun, als sie erst die eine, dann die andere Brust ein wenig anhob, um mit dem Lappen darunter entlangzustreichen, so dass sogar die dunkel gekrönten Spitzen einen Augenblick lang über dem Rand des Hemdchens erschienen.

Gabriel konnte sie beinahe spüren, ihre weiche, samtige Haut. Ihre Brüste wären kühl vom Wasser, straff, aber unter den Liebkosungen seiner Händen würden sie sich schnell erwärmen, sich in seine Handflächen schmiegen …

Entsetzt, wohin seine Gedanken so selbstverständlich wanderten, wollte Gabriel ihnen Einhalt gebieten – vergeblich. Seine Daumen und Zeigefinger rieben aneinander, als würden sie Hopes reife Brustspitzen liebkosen, und seine Erektion drängte gebieterisch, fast schon schmerzhaft, gegen den Schritt seiner Hose. Gabriel verlagerte sein Gewicht, um sich Erleichterung zu verschaffen, aber der Versuch war schon von vorneherein zum Scheitern verurteilt. Es gab eigentlich nur zwei Dinge, die ihm jetzt Entspannung bereiten könnten, aber zumindest eine dieser Möglichkeit war ihm durch das Versprechen, das er Hope gegeben hatte, verwehrt.

Hope hängte ihr Halstuch wieder über den Rand der hölzernen Rinne und schloss dann gedankenverloren die Knöpfe ihres Hemdes. Das Wasser war erfrischend gewesen, aber solange die Sonne vom Himmel brannte, würde sie keine dauerhafte Abkühlung erfahren. Also konnte sie ebenso gut weitermachen.

Hope warf einen prüfenden Blick gen Himmel. Nun ja, immerhin würde es nicht mehr allzu lange dauern, ehe die Sonne hinter den Gipfeln der Berge verschwand. Trotz der Hitze des Tages würde es sich mit der Abenddämmerung empfindlich abkühlen. Jeden Augenblick musste auch Gabriel aus der Mine auftauchen. Vielleicht wäre es das Beste, wenn sie zum Stollen ging, um zu sehen, ob sie ihm mit der letzten Fuhre behilflich sein konnte.

Gabriel hatte die Mine anscheinend schon verlassen, stellte Hope einige Minute später fest, und war, wie sie überrascht bemerkte, auch nicht in der Hütte. Sie tauschte ihr Arbeitshemd gegen eine Bluse und zog ihre Stiefel aus, dann ging sie weiter zu dem kleinen Teich, den der Bach in einer Senke oberhalb der Mine bildete und den sie gelegentlich zum Baden nutzten. Der Wasserfall, der im Frühjahr so majestätisch über die Klippen geschossen war, war beinahe versiegt, nur ein kleines Rinnsal plätscherte noch abwärts in den Teich. Schwarzes Gestein zu seiner Linken und Rechten ließ erahnen, wo das Wasser nach der Schneeschmelze wieder tosend seine Urgewalt zum Ausdruck bringen würde.

Weiches Gras umspielte Hopes nackte Füße, als sie den Pfad aufwärts schritt, und sie rupfte hier und da eine Grasrispe ab und ließ die Samenkörner durch ihre Finger rinnen. Vielleicht, so überlegte sie, sollte sie nachher selbst auch ein erfrischendes Bad nehmen, ehe es zu kühl wurde …

Hope erstarrte. Der Teich war flacher, viel flacher, als er noch vor einigen Wochen gewesen war, und sie fragte sich verzweifelt, wieso sie nicht daran gedacht hatte, dass der Wasserspiegel mit dem Andauern des Sommers gefallen war. Hatte er sonst ausgereicht, um den Badenden bis zum Bauch zu bedecken, so reichte das Wasser Gabriel jetzt nur noch bis zu den Knien.

Hope wusste nicht, ob sie ein Geräusch gemacht hatte oder ob es eine geheime Macht war, die dafür sorgte, dass Gabriel sich in eben diesem Augenblick zu ihr umdrehte, aber ihre Augen weiteten sich ungläubig bei dem Anblick, der sich ihr bot.

Er war nackt.

Natürlich.

Sein gebräunter, muskulöser Körper glänzte feucht im Licht der bereits schräg stehenden Sonne, und Hope spürte, wie ihr Mund trocken wurde. Gabriel sah sie an, herausfordernd, stolz und selbstbewusst, und er machte keine Anstalten, seinen Körper vor ihren Blicken zu verbergen. Fasziniert glitten Hopes Augen darüber, saugten jedes Detail seiner mächtigen Gestalt in sich auf: die breiten Schultern, die stahlharten Arme, die muskulöse, leicht behaarte Brust und den flachen Bauch. Hope verspürte ein kaum bezwingbares Verlangen, ihn zu berühren. Unwillkürlich glitt ihr Blick tiefer zu jenem Körperteil, das sie nie zuvor gesehen hatte. Hope errötete. Unter ihrem ungläubigen Blick begann Gabriels männlicher Pfahl, sich aus seinem Nest schwarzer Haare zu erheben, ihr entgegenzuwachsen, und Hopes Augen flogen fassungslos zu Gabriels Gesicht. Seine Augen blickten spöttisch, aber noch immer bedeckte er sich nicht und wandte sich auch nicht ab.

»Geh, Hope«, sagte er leise, seine Stimme rau, kaum zu vernehmen. Hope wusste, sie sollte sich abwenden, davonlaufen, aber ihre Beine gehorchten ihr nicht. Wie angewachsen stand sie da und starrte ihn an. Wieder glitt ihr Blick über ihn, und Gabriels Lippen verzogen sich zu einem freudlosen Grinsen.

»Verdammt, Hope, geh! Verschwinde, denn wenn du es nicht tust, werde ich das Versprechen, das ich dir gegeben habe, nicht halten können. Geh!«

Noch immer stand Hope wie angewurzelt. Sie befeuchtete ihre Lippen mit der Zunge, den Blick unverwandt auf Gabriel gerichtet. Da war es wieder, dieses Gefühl in ihren Brüsten, dieses sanfte Ziehen und die Wärme tief in ihrem Schoß. Ihre Schenkel bebten, als sie erst einen, dann noch einen Schritt auf Gabriel zuging. Sie sah das heiße Aufleuchten in seinen Augen, das sengende Verlangen, als er seinen Blick auf ihre Brüste senkte.

Wieder befeuchtete sie ihre Lippen, und Gabriel glaubte, er würde beim Anblick ihrer pfeilschnellen rosa Zunge die Beherrschung verlieren. Sein Blut rauschte wie ein Gebirgsbach in seinen Ohren, und sein Herz schlug rasend in seiner Brust.

»Vielleicht will ich gar nicht, dass du dich daran hältst«, hörte er wie aus weiter Ferne Hopes Stimme. Sie hatte den Rand des Teichs erreicht. Mit zwei großen Schritten war er aus dem Wasser und stand direkt vor ihr. Mit einem unterdrückten Knurren schloss er sie in seine Arme. Hope hob ihm ihr Gesicht entgegen, und Gabriel wühlte seine Finger in ihr seidiges Haar, befreite es von den Nadeln und ließ es über seinen Handrücken gleiten, während seine Lippen die ihren mit einem hungrigen Kuss verschlossen. Er neigte den Kopf, streichelte ihre Lippen mit seiner Zunge, und ohne zu zögern hieß Hope ihn willkommen. Gabriel seufzte, als die Wärme ihres Mundes ihn aufnahm. Sie schmeckte so süß, wie er sie in Erinnerung hatte, und er plünderte ihren Mund mit all dem Verlangen und der wilden Verzweiflung, die sich in den letzten Wochen in seinem Innern aufgestaut hatten. Seine Hände glitten tiefer, über ihre Schultern, dann weiter ihren Rücken hinab, bis sie schließlich Hopes rundes Gesäß umspannten und an sich zogen.

Hope war überwältigt von der Flut der Gefühle, die sie durchströmten. Sie genoss Gabriels fordernde Hände auf ihrem Körper, seine vom Wasser kühle Haut, die sich unter ihren streichelnden Fingern so rasch erwärmte, und seine suchende, tastende Zunge in ihrem Mund. Sie bemerkte nicht einmal, wie er ihre Bluse und das Hemdchen ungeduldig aus dem Bund ihrer Hose zerrte, aber als seine rauen Hände über die sensible Haut ihres bloßen Rückens streichelten, erbebte sie vor unaussprechlicher Wonne. Seine Hände glitten tiefer, fuhren unter den derben Stoff der Hose und umspannten ihre nackten Hinterbacken. Hope stöhnte auf, als er begann, ihr festes Fleisch zu kneten, und sie presste sich noch enger an ihn. Als er sie hochhob, legte sie ihre Arme um seine starken Schultern und schlang ihre Schenkel fest um seine Hüften. Sie neigte den Kopf ein wenig weiter und erwiderte seinen Kuss voll leidenschaftlicher Hingabe. Hopes Welt neigte sich zur Seite, als Gabriel sie, ohne den Kuss zu unterbrechen, in das weiche Gras sinken ließ, das in der Nähe des Teichs grün und üppig wuchs. Erst dann hob er den Kopf und sah sie an. Hopes graue Augen wirkten verträumt, und mit den Fingern zeichnete sie seine Züge nach.

Gabriel presste einen Kuss in ihre Handfläche, während er den Verschluss ihrer Hose löste und sie ihr von den Hüften streifte. Instinktiv versuchte Hope, ihre Beine übereinander zu schlagen und ihre Blöße mit den Händen zu bedecken, aber Gabriel nahm ihre Handgelenke gefangen.

»Du brauchst dich vor mir nicht zu verstecken. Ich will dich ansehen«, sagte er, seine Stimme vor ungestilltem Verlangen heiser und tief.

»Aber ich bin …« Hope zögerte, dann nahm sie ihren ganzen Mut zusammen, »ich bin unansehnlich und hässlich.«

Gabriels ungläubiger Blick traf ihr Gesicht. »Wie kommst du denn darauf?«

Cummings' Worte bei ihrem letzten Zusammentreffen fielen ihm ein, und sein Blick verfinsterte sich. Hopes Augen füllten sich mit Tränen, und sie wandte den Blick ab, da sie seine Miene als Zustimmung deutete. Zitternd sog sie den Atem ein und schloss die Augen.

»Hope, sieh mich an.« Sie schüttelte den Kopf.

»Hope, bitte, sieh mich an.« Zögernd öffneten sich ihre Lider. Gabriel lächelte sie an. »Du bist wunderschön, Hope.«

Sie fühlte ein hysterisches Lachen in sich aufsteigen. »Ach ja? Wenn ich so wunderschön bin, warum hast du mich dann bisher nicht gewollt?«

Gabriel dachte, er hätte sich verhört, aber dann verzog er die Lippen zu einem breiten Grinsen. »Oh Hope, wenn du nur wüsstest, wie sehr ich dich wollte. Was meinst du, wie viel Selbstbeherrschung es mich gekostet hat, die Finger von dir zu lassen?« Wie zur Bestätigung glitten seine langen, ein wenig rauen Finger über die seidige Haut ihres Bauches, und er beobachtete fasziniert, wie ihre Muskeln unter seiner Berührung zuckten.

»Ich träume schon seit Wochen davon, das hier zu tun«, murmelte er und streichelte langsam aufwärts. Seine gebräunte Hand zeichnete sich deutlich unter der transparenten Baumwolle des Hemdchens ab, während er mit der anderen Knopf für Knopf die Bluse darüber öffnete. Hope hielt einen Moment lang gespannt den Atem an, aber als Gabriel die Bluse auseinander schob, hob und senkte sich ihr Brustkorb unter schnellen, beinahe atemlosen Zügen. Ihre Brüste reckten sich ihm unter dem dünnen Material des Hemdchens rund und fest entgegen, und Hope widerstand nur mit Mühe der Versuchung, sie mit ihren Händen zu bedecken. Stattdessen beobachtete sie, wie Gabriel erst den einen, dann den anderen Hügel mit seinen warmen Händen umschloss. Ihr Atem stockte, als er begann, ihre Brustwarzen, die sich auf einmal so seltsam prickelnd und hart anfühlten, zwischen Daumen und Zeigefinger zu rollen.

»Und davon«, hörte sie ihn murmeln. Haltlos fiel ihr Kopf zur Seite, und sie schloss die Augen, gab sich ganz den Gefühlen hin, die sie erfüllten. Wie eine Bogensehne schnellte sie vom Boden hoch und umklammerte seine breiten Schultern, als Gabriel seine Lippen um eine der aufgerichteten Knospen schloss und mit seiner warmen Zunge darüberstrich. Ihre Finger glitten in sein Haar, hielten seinen Kopf an sich gepresst, als er begann, rhythmisch an der plötzlich so empfindsamen Kuppe zu saugen. Wärme erfüllte sie, schien in ihrem Innern zu pulsieren und sich zwischen ihren Schenkeln zu sammeln.

Unruhig warf Hope sich hin und her. Ihre Hüften zuckten, und als Gabriel sich über sie rollte, spreizte sie ihre zarten Schenkel für ihn ohne Aufforderung. Sie fühlte seine rauen Oberschenkel an ihrer weichen Haut, seinen haarigen Bauch an ihrem, seine tastenden Finger und noch etwas anderes, etwas Hartes, Heißes … Erstaunt riss Hope die Augen auf. Gabriels flammender Blick bohrte sich in den ihren. Hope spürte seine Hand zwischen ihren Schenkeln, spürte, wie er einen Finger in sie tauchte, dann einen zweiten …

»Was tust du?«, keuchte sie entsetzt und bäumte sich auf, aber seine Hand folgte jeder ihrer Bewegungen. Sie wollte ihre Schenkel schließen, aber seine Hüften lagen dazwischen, machten es ihr unmöglich. Sie stemmte ihre Hände gegen seine Schultern – und sank mit einem leisen Stöhnen zurück ins Gras, als eine unbeschreibliche Lohe sie feurig gänzlich ohne Vorwarnung durchzuckte.

»Gabriel …?« Wieder spürte sie, wie die gleißende Flamme, die seine kundige Hand in ihrem Körper entfachte, sie bis tief in ihr Innerstes erfüllte, und ihre Hüften hoben sich ihm fragend entgegen.

»Oh Gott, Hope, ich kann nicht mehr warten«, stieß Gabriel hervor. Seine Lippen senkten sich auf die ihren, und Hope schlang ihre Arme um seinen Nacken. Wieder spürte sie diesen unbekannten samtharten Stahl zwischen ihren Schenkeln, tastend, suchend – und dann hatte er sein Ziel erreicht. Hope keuchte auf, als seine Männlichkeit sie erfüllte, langsam, doch unaufhaltbar, bis sie glaubte, es keine Sekunde länger mehr ertragen zu können. Schwer atmend lag Gabriel über ihr, verharrte. Er küsste sie wieder und wieder, aber Hope biss die Zähne zusammen und stemmte ihre Fersen in die weiche Erde, um sich gegen den plötzlichen Schmerz, der sie erfüllte, zu wappnen.

»Hope«, keuchte Gabriel, »vertraust du mir?« Tief sah er ihr in die Augen.

»Ja«, wisperte Hope heiser. »Ja, ich vertraue dir.« Ihre Arme schlossen sich fester, Halt suchend, um seine Schultern.

Gabriel stöhnte angesichts des grenzenlosen Vertrauens, das er in ihrem Blick lesen konnte, und küsste sie erneut. Ihre samtige Tiefe, die ihn so perfekt umspannte, war so wunderbar eng, aber er spürte auch die zarte Barriere, die ihr Körper ihm entgegensetzte. Schweiß perlte von seiner Stirn und rann ihm in Bächen über das wie im Schmerz verzerrte Gesicht, während er sich bemühte, Hopes unerfahrenem Körper die Zeit zu geben, die er benötigte, sich an ihn zu gewöhnen.

Sie war vollkommen.

Ihr heißer Schoß umschloss ihn, als wäre er nur für ihn gemacht, streichelte ihn bei jeder noch so kleinen Bewegung, bis er sich nur noch wünschte, sich mit einem einzigen, mächtigen Stoß ganz und gar in sie zu versenken. Er spürte noch immer den zarten Widerstand in ihrem Schoß, hatte geahnt, dass es so sein würde, auch wenn er gehofft hatte, er möge schwächer sein.

Seine Augen suchten Hopes. Ihr Blick war anklagend, tränenerfüllt, aber auch voller Vertrauen, und Gabriel wusste, es gab für ihn kein Zurück.

»Es tut mir Leid«, murmelte er. Seine Hände umrahmten ihr Gesicht. Mit den Daumen wischte er ihr die Tränen aus den Augenwinkeln. Dann verschloss er ihre Lippen mit den seinen und trank ihren leisen Aufschrei, als er auch das letzte Stück des Weges in sie glitt.

XXX

Hope schrie leise auf, als sein harter, heißer Pfahl sie ganz erfüllte. Was immer sie erwartet hatte – das war es nicht gewesen. Nicht mit Gabriel, der ihr bislang nie Schmerzen bereitet hatte. Wie betäubt lag sie unter ihm, von seinem Gewicht ins Gras gedrückt. Noch immer fühlte sie ihn in sich, riesig, auch wenn der Schmerz bereits verklang. War es das gewesen, was auch Cummings mit ihr hatte machen wollen?

»Ist es vorbei?«, wisperte sie. Sie streichelte Gabriels Haar, so als müsse sie ihn davon überzeugen, dass es ihr gut ging. Er schüttelte den Kopf, dann ging ein Beben durch seinen Körper.

»Nein«, schnaufte er, während er gleichzeitig versuchte, Lachen und Verzweifelung zurückzudrängen. »Nein, es ist noch nicht vorbei.«

Seine Hüften zuckten, und in Erwartung eines erneuten Schmerzes hielt Hope den Atem an, doch der Schmerz kam nicht. Gabriel hob den Kopf und sah sie an. Wieder bewegte er seine Hüften, zog sich zurück und glitt dann wieder tief in sie.

Hope schnappte nach Luft, als all ihre Nervenbahnen beinahe gleichzeitig zum Leben erwachten. Ihre Muskeln vibrierten, ihre Gefühle sangen, und sie seufzte wohlig auf, als Gabriel die Bewegung wieder und wieder wiederholte. Sie fühlte sich leer, wenn er sich zurückzog, und ihr Körper jubilierte, wenn er sie wieder erfüllte. Sie verstand nicht, was mit ihr geschah, aber sie schlang ihre Schenkel um seine Hüften und krallte ihre Finger in die harten Muskelstränge seines Rückens, um ihn in sich zu halten. Schneller und schneller wurden seine Bewegungen, härter und leidenschaftlicher seine Stöße, die Hope bis in ihre Grundfeste zu erschüttern schienen. Sie schluchzte seinen Namen, krallte sich an ihn und bog ihm ihren jungen, geschmeidigen Körper entgegen auf der Suche nach der Erfüllung, die nur er ihr zu geben vermochte. Sie spürte, dass sich in ihrem Innersten etwas immer fester zusammenzog, pulsierte, wartete, bis sie glaubte, vor Sehnsucht zu vergehen. Aber dann, plötzlich, als sie glaubte, es nicht länger ertragen zu können, schienen ihre Gefühle mit der Macht einer Dynamitladung zu explodieren. Hope schrie auf und klammerte sich an Gabriel, der zuckend tief in ihr verharrte, als die Welt um sie herum in einem gleißenden Feuerball erstrahlte und verging.

Gabriel genoss Hopes samtigen Körper, der sich nackt in seine Arme schmiegte. Sie lag mit dem Rücken zu ihm, ihre Kehrseite gegen seine jetzt entspannte Männlichkeit gepresst, während seine linke Hand ihre Brüste umspielte, die trotz der gerade geteilten Leidenschaft auf jede seiner Berührungen reagierten. Sie war so wundervoll, so leidenschaftlich …

Gabriel strich ihre Haare beiseite und hauchte einen Kuss auf ihre Schulter. Hope kicherte, und er presste einen weiteren Kuss auf ihre Wirbelsäule, ohne die Liebkosungen seiner Hand zu unterbrechen.

Hope spürte, dass etwas nicht stimmte, als Gabriels Hand an ihrer Brust mitten in der Bewegung erstarrte. Sie wandte sich halb um, sah ihn an, aber die Frage, was denn geschehen sei, blieb ihr angesichts der plötzlichen, ohnmächtigen Wut in seinem Gesicht im Halse stecken.

»Gabriel?« Ihre Stimme war heiser, beinahe ein Flüstern, und sie zuckte zusammen, als hätte er sie geschlagen, als Gabriels Finger prüfend über ihren Rücken strichen.

»Mein Gott, Hope, was ist das?«

Ungläubig starrte Gabriel auf die weißen Narben, die Hopes Rücken wie ein engmaschiges Netzwerk überzogen. Mit den Fingerkuppen zeichnete er sie nach, fassungslos, bis er bemerkte, dass Hope so stocksteif vor ihm lag, als würde sie unter seiner nächsten Berührung wie Glas zerspringen.

»Ich möchte aufstehen«, sagte sie ruhig, gefasst und rollte sich so plötzlich zur Seite, als befürchtete sie, er könnte sie daran hindern.

Mit vor der Brust verschränkten Armen kniete sie vor ihm. Ihr Blick ging ins Leere, als sie ihn bat: »Würdest du dich bitte umdrehen?«

»Verdammt, Hope, was soll das?«

»Würdest du dich bitte umdrehen?«, wiederholte sie, schärfer. Diesmal sah sie ihn an, und Gabriel wich angesichts des Schmerzes, der ihm aus ihrem Blick entgegenschlug, zurück.

»Hope …«

»Du hättest das niemals sehen dürfen. Es tut mir Leid, Gabriel. Es ist mein Fehler.« Sie schüttelte den Kopf, und ihre langen Haare fielen nach vorn und verhüllten sie wie ein Umhang. Ohne ihre Hände sinken zu lassen, kam sie unbeholfen auf die Beine. »Bitte entschuldige«, wisperte sie. Ihre Augen schwammen in Tränen, und sie wollte sich abwenden und davonstolpern, aber Gabriel sprang auf und zog sie in seine Arme.

»Lass mich los, bitte«, keuchte Hope. »Fass mich nicht an. Ich …«

Gabriel ließ sich nicht beirren. Er zog Hope fester an sich. Er fühlte ihre Tränen auf seiner Brust, und jetzt, wo er wusste, worauf er achten musste, spürte er fast ebenso deutlich die Narben auf ihrem Rücken.

»Ich habe nicht daran gedacht«, schluchzte Hope. »Ich habe gewusst, dass sie dich abstoßen würden, aber ich habe nicht daran gedacht. Ich sagte doch, ich bin hässlich. Es tut mir Leid.«

Gabriel stutzte, dann ergriff er Hopes Schultern und schob sie von sich, bis sie ihn ansehen musste.

»Was meinst du mit ›dass sie mich abstoßen würden‹? Herrje, Hope, glaubst du etwa, ein paar Narben könnten mich stören?« Zärtlich strich er ihr über die Wange. »Sie stoßen mich nicht ab. Ich war, ich bin nur wütend, dass es jemand gewagt hat, dir so etwas anzutun.« Er zog sie wieder an sich. »Wer ist nur in der Lage, eine junge Frau derart zu misshandeln?« Aber er kannte die Antwort auf seine Frage auch so.

Nigel Cummings.

»Es ist schon lange her«, wisperte Hope, als würden die Misshandlungen dadurch an Grausamkeit verlieren.

»Willst du mir damit sagen, dass er dich so geprügelt hat, als du noch ein Kind warst?« Gabriel zitterte vor mühsam unterdrücktem Zorn. Hope nickte.

»Die meisten Narben sind alt. Gleich, nachdem er mich versklavt hatte, habe ich häufiger gewagt, mich zu widersetzen. Später dann habe ich diesen Mut verloren.«

Beruhigend strich Gabriel über ihren schmalen Rücken. Den Mut verloren? Wer konnte es Hope zum Vorwurf machen, dass sie sich nicht länger grün und blau oder gar blutig prügeln lassen wollte? Er ganz sicher nicht.

»Und dir hat niemand geholfen?« Er fühlte ihr Kopfschütteln, fühlte ihre langen, weichen Haare auf seinen Händen.

»Wie hast du nur zehn Jahre lang überlebt?«

»Indem ich Cummings nicht mehr wütend gemacht habe. Und egal, was er getan hat, er hat es Hopp angetan, nicht mir. Es gab mich nicht. Zehn Jahre lang gab es nur Hopp, nicht Hope. Erst als Cummings vorhatte …« Sie verstummte, aber Gabriel wusste auch so, was sie meinte. Diese letzte Drohung war zu viel gewesen. Diese Drohung hatte auch Hope erreicht – und Hope hatte endlich beschlossen zu fliehen.

Gabriels Blick glitt über die Berge, für die das Schicksal der Menschen nicht existierte. Für einen Berg waren die Menschen nicht mehr als Bruchteile von Sekunden in seiner Geschichte, nicht wert, überhaupt bemerkt zu werden, dabei waren einige von ihnen so unendlich bemerkenswert.

Die Berghänge waren in Zwielicht getaucht, in wenigen Augenblicken würde es dunkel sein. Es wurde Zeit, zur Hütte zurückzukehren.

»Komm«, murmelte er und half Hope, ihre Kleidung anzulegen, ehe er in seine eigene schlüpfte.

Er verließ Hope vor dem Eingang und sah noch einmal nach den Pferden. Als er in die Hütte zurückkehrte, war von Hope nichts zu sehen.

»Hope?«

Keine Antwort.

»Hope?«, rief er noch einmal. Er sah in sein Schlafzimmer, dann zog er den Vorhang zu Hopes Bett zur Seite. Sie lag auf der Seite, unter der Decke, die Augen geschlossen, aber er wusste, dass sie nicht schlief.

»Was soll das?«, fragte er und setzte sich auf die Bettkante. Hope ignorierte ihn, und Gabriel seufzte.

»Hope, ich glaube nicht, dass du das, was zwischen uns heute geschehen ist, einfach ungeschehen machen kannst, indem du es leugnest.«

Ihre Augenlider flatterten auf, und sie sah ihn an.

»Ich will es nicht leugnen, ich will es vergessen.«

Gabriels Lippen verzogen sich zu einem Grinsen. »Hat es dir denn nicht gefallen?« Er hatte gefühlt, dass sie noch vor ihm zum Höhepunkt gekommen war, hatte gefühlt, wie die Muskeln in ihrem Schoß sich zusammengezogen und seinen pulsierenden Schaft förmlich gemolken hatten, aber er hielt dennoch den Atem an, gespannt auf ihre Antwort.

»Ich glaube, du weißt, dass es mir gefallen hat«, gab Hope ehrlich zu und wandte den Kopf ab.

Oh ja, dachte, Hope, es hatte ihr gefallen. Aber es war dennoch ein Fehler gewesen. Der Gedanke, Gabriel McKinlay zu Beginn des Winters gehen zu lassen, war schon vorher schwierig genug gewesen, nun aber, nachdem er ihren Körper für die Liebe erweckt hatte, nachdem sie eins geworden waren und er sie zu der Seinen gemacht hatte, würde die Trennung ihr das Herz brechen. Sie liebte ihn, hatte ihn schon seit Wochen geliebt, dessen war sie sich nun sicher. Es war nicht nur ihr Wunschtraum, den sie liebte, nein, es war dieser Mann. Wie also sollte sie überleben, wenn er ihre Gefühle mit jedem Lächeln, jeder Berührung und jeder Liebkosung vertiefte, nur um ihr dann zu Beginn des Winters das Herz aus dem Leib zu reißen?

Sie zuckte zusammen, als er ihr über die Wange strich.

»Nicht viele Frauen haben das Glück, dass ihnen ihr erstes Mal gefällt.« Er beugte sich vor und hauchte einen Kuss auf ihr Haar. Warm streichelte sein Atem ihr Ohr und sandte einen Schauer über ihren Körper. »Also war es besser als nur *nett*?«

Hope blickte auf und sah in seine lachenden Augen. Konnte es sein, fragte sie sich überrascht, dass sie Gabriel McKinlays Eitelkeit verletzt hatte, als sie seinen Kuss lediglich *nett* gefunden hatte? »Ja«, antwortete sie leise, »Es war besser als *nett*. Es war wundervoll.«

Gabriel grinste. »Und von jetzt an wird es nur noch besser werden.«

Oh Gott, eben das befürchtete sie ja.

»Wollen wir nicht in mein Bett gehen? Es ist größer und viel bequemer.«

Jedes seiner Worte streichelte ihre Sinne und führte sie weiter in Versuchung. Sie wusste, es war falsch, wusste, sie sollte sich von ihm distanzieren, solange sie es noch konnte, wenn schon nicht körperlich, dann doch zumindest emotional, aber noch während sich dieser Gedanke formte, wusste sie, dass es dafür schon längst zu spät war. Ihre Finger umschlossen seine Hand und erlaubten, dass er sie von ihrem Lager hochzog. Ihre Lippen fanden unbeirrbar den Weg, als er sie mit den seinen verschloss, und ihre Arme schlangen sich wie von selbst um seinen Hals, als er sie auf seine starken Arme hob und ohne zu zögern in sein Schlafzimmer trug.

XXXI

Zärtlich streichelten Hopes Finger über Gabriels Brust. Sie umkreisten eine seiner kleinen, flachen Brustwarzen und fuhren dann weiter hinab zu seinem Bauchnabel, ehe sie begannen, unsichtbare Muster auf seine noch immer schweißfeuchte Haut zu zeichnen. Sie hatten sich geliebt, ausdauernd und leidenschaftlich und mit einer Intensität, die Hope niemals für möglich gehalten hätte. Nun fühlte sie sich wunderbar träge und entspannt, und sie wusste, dass es Gabriel, der sie unter halbgesenkten Lidern hervor beobachtete, ganz genauso erging.

Nur das Kaminfeuer spendete knisternd und prasselnd einen flackernden Schein, der jede Kontur von Gabriels wunderbarem Körper hervortreten ließ. Hope spürte, wie ihr Herz bei seinem Anblick anschwoll vor Liebe, und sie biss sich auf die Zunge, um nicht mit ihren Gefühlen herauszuplatzen.

»Wofür ist das hier?«, wollte sie wissen, auch um sich abzulenken, und umschloss den kleinen Lederbeutel, den Gabriel immer an einer Lederschnur um den Hals zu tragen schien. Gabriels Hand zuckte hoch und umspannte die ihre, dann bog er ihre Finger auseinander, bis sie das schmucklose Teil wieder losließen. Fragend sah sie ihn an.

»Das ist meine Medizin.«

Hope stützte sich auf einen Ellenbogen und musterte ihn nachdenklich. »Bist du denn krank?«

Gabriels Mundwinkel verzogen sich zur Andeutung eines Lächelns.

»Nein«, erwiderte er. »Es ist eine indianische Tradition. Wenn ein Junge das Mannesalter erreicht, erhält er vom Medizinmann des Stammes seinen Medizinbeutel.«

»Wozu?« Hope rollte sich auf den Bauch und stützte ihr Kinn auf ihre Hände.

Gabriel zuckte mit den Schultern. »So ist das eben. Die Medizin ist so eine Art Talisman, ein Segen der Geister. Sie bestimmt das Schicksal eines Kriegers, sein Handeln, charakterisiert, was er ist.«

»Und was ist da drin?« Wieder wollte sie danach greifen, aber Gabriel umschloss den Lederbeutel schützend mit der Hand.

»Das wissen nur der Medizinmann und die Geister.«

»Du hast nie hineingesehen?«, rief Hope ungläubig. Sie wollte darüber lachen, aber die ruhige Überzeugung, die ihr aus Gabriels Blick entgegenschlug, stoppte sie.

»Nein«, sagte er nach einer Weile. »Nein, ich habe nie hineingesehen. Es zu tun würde bedeuten, den Zorn der Götter heraufzubeschwören. Die Götter haben mich schon genug bestraft, ohne dass ich sie herausgefordert hätte.« Hope wusste, er sprach von seiner Familie, aber ging nicht darauf ein, denn sie wollte nicht, dass die Erinnerung an seine tote Frau die Stimmung zwischen ihnen zerstörte.

»Du glaubst an mehrere Götter?«, fragte sie stattdessen und klang beinahe entrüstet. »Das ist heidnisch!«

»Glaubst du etwa nur an einen?«, gab Gabriel schmunzelnd zurück. »Ziemlich ärmlich.«

»Aber es gibt doch nur einen«, erwiderte Hope im Brustton der Überzeugung. »Das steht schon in der Bibel.«

Gabriel grinste. »In einer Bibel, die von Menschen geschrieben wurde, Hope. Auch mir haben sie in der Missionsschule versucht, meinen Aberglauben, wie sie es nannten, auszutreiben. Es gibt nur einen Gott, haben sie gesagt, der alle Menschen auf der Welt wie seine Kinder liebt.« Er wurde ernst. »Aber warum liebt dieser Gott dann den Weißen Mann mehr als den Roten? Warum sollen meine Roten Brüder zu einem Gott beten, der sie so offensichtlich im Stich lässt?« Er schüttelte den Kopf. »Nein, Hope. Die Völker der wahren Menschen haben schon lange, bevor man ihnen von dem weißen Gott erzählte, zu ihren eigenen Göttern und Geistern gebetet. Ich kann nicht sagen, wer Recht hat, ob die Weißen oder die Völker des Roten Mannes, aber das ist auch nicht wichtig.« Nachdenklich betrachtete er den schlichten Medizinbeutel. »Ich trage ihn immer. Vielleicht dient er nur dazu, mich an meine indianischen Wurzeln zu erinnern, aber vielleicht bietet er mir auch den Schutz der Götter meiner Kindheit.« Er sah sie an. »Ich glaube, selbst mein Bruder bewahrt seine Medizin noch irgendwo auf, auch wenn er schon lange behauptet, nicht mehr daran zu glauben.«

»Dein Bruder?«

»Rafael, mein Zwillingsbruder. Während ich beim Volk meiner Mutter blieb, wählte er den Pfad des weißen Mannes und wurde Soldat. Er kämpfte im Bürgerkrieg. Jetzt lebt er mit seiner Frau auf einer Ranch in den Bergen von Montana. Ich glaube, du würdest ihn mögen.« Plötzlich starrte er sie an, als würde ihm etwas Unglaubliches in den Sinn kommen, dann schlug er sich mit der flachen Hand gegen die Stirn.

»Wieso habe ich daran nicht früher gedacht?« Seine Lippen verzogen sich zu einem breiten Grinsen. »Weißt du noch, dass du behauptet hast, wir wären uns schon einmal begegnet?«

Hope nickte zögernd.

»Das war nicht ich, sondern Rafe. Er war vor zwei Jahren in Silver Springs, natürlich. Er hat Emily, seine Frau, zu ihrem Verlobten gebracht.«

»Er hat seine Frau zu ihrem Verlobten gebracht?«, fragte Hope zweifelnd. »Also ist dein Bruder ein wenig seltsam.«

»Damals war sie noch nicht seine Frau. Sie war entführt worden, und Emilys damaliger Verlobter hatte Rafe angeheuert, um sie aus der Hand von Indianern zu befreien. Wie sich herausstellte, war ihr Verlobter alles andere als ein Ehrenmann …« Er verstummte und überlegte, wie viel er Hope von den Ereignissen erzählen sollte.

»Doch nicht etwa der Besitzer des *French Emporium*, der seine Verlobte als Hure angeboten hat?«

Gabriels Kopf fuhr herum. »Du weißt davon?«

Hope errötete leicht. »Nun ja, du darfst nicht vergessen: Ich habe in einem Saloon gearbeitet«, gab sie zu bedenken. »Die Nachricht ging herum wie ein Lauffeuer. Ich hätte taub sein müssen, um nichts davon mitzubekommen. Ich habe gehört, dass jemand die Frau gerettet hat.«

»Ja, das war Rafael. Inzwischen sind die beiden verheiratet und haben eine süße kleine Tochter, Lily.«

Schmerzhaft zog sich Hopes Herz bei dem Gedanken zusammen. Deshalb also war ihr Traummann niemals zurückgekehrt. Er hatte eine andere geheiratet und sich an die unscheinbare Hope wahrscheinlich nicht einmal mehr erinnert. Aber, so stellte Hope überrascht fest, das war es gar nicht, was sie bedrückte. Der Mann von damals war eine Traumgestalt gewesen, mehr nicht. Die Erinnerung an ihn hatte ihr über vieles hinweggeholfen, aber sie hatte niemals ernsthaft damit gerechnet, ihn wieder zu sehen. Nein, was schmerzte, war die Vorstellung, vielleicht niemals eine eigene Familie zu haben, ein Kind, das sie umsorgen konnte, und einen Mann, der sie aufrichtig und um ihrer selbst willen liebte. Der stets bei ihr war … Davon hatte sie immer geträumt.

Sie blickte Gabriel an. Sie liebte ihn, aber schon bald würde er sie verlassen. Sie würde ihn verlieren, denn mit Beginn des Winters würde er fortgehen und sie einsam und leer zurücklassen. Sie war die letzten zehn Jahre allein gewesen, genau genommen also den größten Teil ihres Lebens, und auch wenn sie ihre Eltern und ihren Großvater geliebt hatte, so war ihr Verlust in nichts mit dem zu vergleichen, was es bedeuten würde, Gabriel zu verlieren. Er hatte ihr Herz erobert, war ein Teil von ihr geworden. Ihn gehen zu lassen würde ebenso schmerzen, als würde sie sich ihr Herz aus dem Körper reißen. Denn genau das würde es bedeuten. Hope barg ihr Gesicht an seiner Brust, damit er die Tränen, die ihre Augen füllten, nicht bemerkte.

Die ihr unbekannte Emily hatte ihren Traummann gefunden, und Hope fragte sich verzweifelt, ob es ihr eines Tages auch gelingen würde.

XXXII

»Ich kann es kaum glauben«, strahlte Hope und ließ erneut die Goldnuggets durch ihre Finger gleiten. Es waren kantige Brocken, keine abgerundeten Klumpen, was, wie Gabriel ihr erklärt hatte, daran lag, dass sie das Gold aus dem Fels gesprengt hatten und nicht aus einem Fluss gewaschen. Nur ein Teil des Goldes war rein, der Rest bestand aus mit Fels durchsetztem Erz, das erst durch die Schmelze zu seiner reinsten Form finden würde.

Zwei Tage waren vergangen, seit Gabriel plötzlich aufgeregt nach ihr gerufen hatte.

Gold!

Er hatte endlich Gold gefunden! Es war unfassbar, aber der Stollen, den Gabriel in den Fels getrieben hatte, hatte eine Ader freigegeben. Keine große Ader, aber immerhin – Gold.

Mit Feuereifer hatte Hope das Geröll gewaschen, das Gabriel ans Tageslicht beförderte, und tatsächlich war ein Goldklumpen nach dem anderen schwer und glänzend auf dem Boden der Rinne liegen geblieben, bis sie einige Säckchen damit gefüllt hatten. War das der Grund gewesen, warum ihr Großvater nie zu seiner Frau zurückgekehrt war, sondern der Goldgräberei über Jahre hinweg treu geblieben war? Dieses unbeschreiblich Hochgefühl, wenn man nach Wochen, nach Monaten des Suchens endlich fündig wurde? Dieser unbändige Wunsch, noch mehr zu finden als das, was man bereits in Händen hielt?

»Was das wohl wert ist?«, sinnierte Hope.

Lächelnd beobachtete Gabriel ihr strahlendes Gesicht. »Oh, einige tausend Dollar, denke ich.«

»Tausend Dollar?!« Oh Gott, sie hatte nie damit gerechnet, jemals so viel Geld zu besitzen. Sie war reich! Endlich würde sie sich alle Wünsche erfüllen können.

»Und ich wette, wo das herkommt, da ist auch noch mehr«, wisperte Gabriel dicht an ihrem Ohr. Er schob ihr langes, schweres Haar beiseite, und Hope erschauderte, als sein warmer Atem sie streifte. Mit der Zungenspitze zeichnete er die zarte Muschel ihres Ohres nach, und Hope wandte sich ihm zu. Ihre Lippen berührten sich

»Glaubst du?«, hauchte sie und spürte, wie Gabriel nickte. Ihrer beider Atem vermischte sich.

»Ja.« Seine Finger glitten in ihr Haar, umspannten ihren Hinterkopf und zogen sie an sich. Ihre Lippen verschmolzen, und hungrig erwiderte Hope seinen Kuss, ehe sie willig mit ihm in das weiche Gras der Wiese sank. Es war Abend geworden, und Gabriel hatte sich mit ihr auf die Wiese oberhalb der Hütte zurückgezogen, um im Schein der untergehenden Sonne den Fund des Tages noch einmal in Augenschein zu nehmen. Nun aber schien etwas anderes seine ganze Aufmerksamkeit gefangen zu nehmen.

Der Sack mit dem Gold fiel Hope aus der Hand, als sie ihre Arme um Gabriels starke, nackte Schultern legte.

Ich liebe dich.

Die Worte durchzuckten Hopes Gedanken ohne Vorwarnung. Oh Gott, hatte sie sie wirklich nur gedacht oder etwa laut ausgesprochen? Verzweifelt klammerte sie sich an Gabriel. Falls er ihren Liebesschwur vernommen hatte, so ließ er es sich nicht anmerken. Ungeduldig öffnete er ihre Bluse, dann ihr Hemdchen, und entblößte ihre Brüste. Im Dämmerlicht schimmerte ihre Haut weiß wie Alabaster, und ihr aschblondes Haar umfloss ihren Körper wie geschmolzener Mondschein. Träge streichelte Gabriel die zarten Hügel und reizte die Kuppen mit Zunge und Zähnen, bis sie sich ihm verlangend entgegenreckten. Dann glitten seine Lippen tiefer, hinab über ihren flachen Bauch. Seine geschickten Finger fanden und lösten die Bändchen am Bund ihres Rocks, während seine Zunge die Senke ihres Nabels erkundete.

Hope kicherte, aber dann stockte ihr Atem, als Gabriel ihren Körper ganz für seine heißen Blicke entblößte. Andächtig streichelte er das weiche, goldene Vlies am Scheitelpunkt ihrer Schenkel und die verheißungsvolle Wärme darunter.

»Gesponnenes Gold«, wisperte er heiser, und ihre Blicke trafen sich. »Schöner als alles, was wir jemals in diesem Berg finden werden.« Ohne den Blickkontakt zu unterbrechen, senkte er den Kopf. Hope zuckte zusammen, als seine Lippen sie berührten. Ihr Herz schlug wie rasend, so als wollte es der Enge ihres Körpers jeden Augenblick entfliehen. Mit einigen wenigen schnellen Bewegungen entledigte sich Gabriel des Restes seiner Kleidung, dann spreizte er ihre Schenkel und glitt, nackt, wie Gott ihn erschaffen hatte, dazwischen. Noch immer hielt er ihren Blick gefangen. Seine starken Hände umspannten ihr festes Fleisch, und Hope keuchte überrascht auf, als er ihre Beine ohne Vorwarnung über seine Schultern zog.

»Gabriel«, protestierte sie atemlos, während zugleich eine ungeahnte Erregung von ihr Besitz ergriff. Instinktiv fuhren ihre Hände hinab, um ihre Blöße vor ihm zu verdecken, aber er ergriff ihre Handgelenke und führte sie zu seinem Gesicht. Er berührte ihre Handflächen mit der Zunge, zeichnete die empfindsamen Zwischenräume zwischen ihren gespreizten Fingern nach, dann schob er ihre Hände weiter hinauf, bis sie sich Halt suchend in seinem dichten, schwarzen Haar verkrallten. Noch immer hielt er ihre Arme und ihre Augen gefangen, während er ihrem verborgenen Zentrum langsam, ganz langsam seinen Kopf entgegenneigte.

Beinahe kühl strich sein warmer Atem sanft über ihr erhitztes, feuchtes Fleisch, und Hopes Atem stockte in gebannter Erwartung. Ihr Herz schien einen Schlag auszusetzen, ehe es mit Urgewalt erneut gegen ihren Brustkorb hämmerte. Ihre Hüften zuckten, und Gabriels Lippen verzogen sich zu einem wissenden Lächeln. Seine Augen schienen von innen heraus zu glühen, und Hope beobachtete voller atemloser Faszination, wie seine Zunge über seine Lippen glitt. Sie erbebte, als würde sie die Berührung, einem warmen Streicheln gleich, auch an ihrem eigenen, pochenden Fleisch verspüren. Gabriels Hände gaben ihre Arme frei. Seine mit Hornhaut bedeckten, rauen Handflächen strichen sanft ihre Oberschenkel hinauf und umspannten ihre Hinterbacken, aber anstatt ihn von sich zu stoßen, verstärkte Hope wie zur Bestätigung ihren Griff in seinem Haar und zog ihn an sich.

Wieder blies er über ihr bebendes Fleisch, und Hope schloss für einen flüchtigen Moment die Augen, als das Pochen zwischen ihren Schenkeln übermächtig wurde. Ein unartikulierter Laut entrang sich ihrer wie zugeschnürten Kehle, dann stöhnte sie verlangend auf, als sich Gabriels Lippen endlich heiß und hungrig um das zarte Zentrum ihrer Weiblichkeit schlossen.

Tief stieß seine Zunge in sie, und Hope schrie auf, als Gabriel sie voller Leidenschaft liebkoste, als wollte er auch die letzten Geheimnisse ihres weiblichen Körpers erkunden.

Die feurige Lanze der Lust durchzuckte ihr Innerstes ohne Warnung. In stummem Flehen hob sie ihm ihren Schoß entgegen, und Gabriel trank gierig vom süßen Nektar ihrer Quelle, die sie ihm voll unschuldiger Hingabe darbot.

Gabriel spürte das Beben, das von Hopes Körper Besitz ergriff, hörte ihre kurzen, atemlose Schreie, als Welle um Welle der Leidenschaft begann, ihren schlanken Leib zu überrollen. Er riss seinen Mund von ihr los und schob sich über sie. Er konnte nicht länger warten. Sein fast schon schmerzhaft erigierter Schaft fühlte sich an, als müsse er bei der kleinsten Berührung bersten, und schon die Reibung seiner heißen, verschwitzten Haut an der ihren war beinahe mehr, als er ertragen konnte. Hopes sengender Schoß hieß ihn feucht und bereit willkommen, als er die Falten ihrer Scham mit den Fingern teilte und sich dann mit einem einzigen, mächtigen Stoß tief in sie versenkte.

»Gabriel!«, keuchte Hope, als er sie groß und stark bis in ihr Innerstes erfüllte. Ihre Finger suchten Halt an den zuckenden Muskelsträngen seines schweißglänzenden Rückens, während seine Hüften kreisten und pumpten und sie selbstvergessen seinem wilden, ungestümen Rhythmus folgte. Seine Stöße wurden heftiger, schneller, und Hope nahm ihn mit ihren schlanken Schenkeln gefangen, um ihn noch tiefer, noch perfekter in sich zu spüren. Jede Bewegung, jede Berührung drohte, sie über den Rand der Welt hinauszuschleudern, aber sie wollte, dass Gabriel dann bei ihr war, in ihr war …

»Ich liebe dich«, stöhnte sie dicht an seinem Ohr und klammerte sich noch fester an ihn. Das pulsierende Pochen in ihrem Innern war fast schon unerträglich, und sie glaubte, vor ungestilltem Verlangen zu vergehen. Sie wusste, sie würde sterben, wenn es nicht bald passierte. Ein letztes Mal drang Gabriel tief in sie, und Hope schluchzte befreit auf, als die Spannung sich auf einen Schlag löste. Sie hörte Gabriels erlösten Aufschrei, spürte das Zucken seines Körpers, die Wärme, die er tief in sie verströmte, und gab sich dem Wahnsinn hin, der sie überrollte und sie aus der Wirklichkeit mit sich fortriss ins Nichts.

XXXIII

»Was soll das werden?«, fragte Hope und versuchte, in der Konstruktion, die Gabriel einige Dutzend Meter vom Haus entfernt errichtete, irgendeinen Sinn zu entdecken. Was immer es war, es war zu klein, als dass einer von ihnen darin aufrecht stehen konnte. Ein weiterer Stall schied somit aus, ganz abgesehen davon, dass sie keinen brauchten, und schon gar nicht so weit entfernt vom Haus. Gabriel hatte die unteren Enden junger, biegsamer Espenstämme in einem Abstand von ungefähr je fünfzig Zentimetern kreisförmig in die Erde eingegraben und die Spitzen in der Mitte zusammengebunden. Nun war er dabei, die Zwischenräume der so entstandenen Kuppel mit frisch geschnittenen Tannenzweigen zu verschließen.

Hope war auf Gabriels Bauwerk aufmerksam geworden, als sie nach Motte suchte und diese schließlich als gespannte Beobachterin mit untergeschlagenen Pfoten in Gabriels Nähe liegend entdeckt hatte. Ganz offensichtlich konnte sich auch ihre Katze auf das, was sie da sah, keinen Reim machen, doch sie war zu neugierig, um ihren Posten im hohen Gras zu verlassen.

»Wonach sieht es denn aus?«, erwiderte Gabriel und hievte einen weiteren dicht benadelten Zweig auf das Dach der entstehenden Rundhütte.

»Nun, wie eine zu niedrige Hütte«, meinte Hope und zog fröstelnd die Schultern ein wenig höher. Es war inzwischen Anfang September. Auch wenn die Tage noch sonnig und warm waren, gab es in den Nächten gelegentlich schon Frost, und hin und wieder, so wie jetzt, blies ein eisiger Wind über das Plateau. Der Herbst hatte von einem Tag auf den anderen Einzug gehalten und den Sommer verdrängt. Beinahe über Nacht hatten sich die Blätter der Bäume verfärbt und leuchteten nun in den verschiedensten Gelb-, Gold- und Rottönen. Fast schien es, als würde der Wald ringsherum in lodernden Flammen stehen. Es war die Zeit, da sich die Natur auf das Herannahen des Winters vorbereitete. Die Waldfrüchte wuchsen in Hülle und Fülle, und man hatte den Eindruck, als wolle die Natur ihre Bewohner mit diesem Reichtum für das Schwinden des Sommers entschädigen.

Schon seit Wochen durchstreifte Hope die umliegenden Wälder auf der Suche nach Pilzen und Beeren, um sie anschließend sorgsam vor dem Haus auszubreiten und für die kalte Jahreszeit zu trocknen. Pilzschnitze hingen wie eckige Perlen auf langen Schnüren aufgefädelt Reihe um Reihe zwischen Hütte und Stall, und bereits getrocknetes Obst baumelte, verpackt in luftige Baumwollsäckchen, im hinteren, kühlen Teil der Hütte von den Deckenbalken. Gabriel hatte ihr Hagebutten gezeigt und sie gebeten, auch diese zu sammeln und zu trocknen, um daraus im Winter Tee zu bereiten. Hope, die sich bei Hagebutten nur noch undeutlich an die von ihrer Mutter gekochte Marmelade erinnern konnte, kam der Aufforderung mit gemischten Gefühlen nach. Auch wenn die Marmelade, sofern ihre Erinnerung sie nicht täuschte, äußerst schmackhaft gewesen war, so konnte sie sich den Verzehr der getrockneten Früchte selbst als Tee nicht wirklich vorstellen.

So viel Arbeit es auch gab – Hope liebte diese Jahreszeit. Sie gab ihr ein Gefühl der Ruhe und des Friedens und war für sie fast wie ein Versprechen auf die Rückkehr des Frühlings. Dieses Jahr jedoch war das Ende des Sommers viel zu schnell gekommen, und auch der farbenprächtige Herbst mit all seiner majestätischen Pracht und Schönheit würde schon bald Vergangenheit sein. Und war der Winter in den letzten Jahren die ruhigste Zeit des Jahres für sie gewesen, so sah sie dem ersten Schneefall diesmal voll banger Erwartung entgegen.

Würde Gabriel sie dann verlassen?

Er hatte es nie wieder gesagt, doch obwohl er sie Nacht für Nacht leidenschaftlich und selbstvergessen liebte, spürte Hope die Unruhe, die allmählich, aber stetig in ihm wuchs. Er versuchte, es sich nicht anmerken zu lassen, aber Hope wusste auch so, dass ihn irgendetwas beschäftigte, das er nicht mit ihr teilte.

Wie fast immer arbeitete Gabriel ungeachtet des beißenden Windes ohne Hemd, und Hope bewunderte das Spiel seiner eisenharten Muskeln unter der glatten, braunen Haut. Zudem hatte er seine Hosen gegen ein Beinkleid eingetauscht, das

Hope noch nie an ihm gesehen hatte. Es bestand aus einem Lederschurz und ledernen Leggins, die mit einem Lederriemen um seine Hüften befestigt waren. Immer wieder gewährte die fremdartige Kleidung Hope den Blick auf Gabriels nackte Haut, und sie fragte sich, ob er so wohl bei den Indianern bekleidet gewesen war. Auch wenn sein Haar kurz geschnitten war, konnte sie sich ihn so beinahe als einen Krieger vorstellen, was ihr sonst meist schwer fiel.

Gabriel grinste sie an und wischte sich mit dem Handrücken den Schweiß von der Stirn. Hope kiekste auf, als er sie an sich zog und ihr einen raschen Kuss auf die Lippen drückte, ehe er nach einem weiteren Zweig griff.

»Nun, es ist eine Hütte«, sagte er dann. »Eine Schwitzhütte.« Ohne sich umzuwenden, warf er den Ast aufs Dach, wo er genau über einer der noch verbliebenen Öffnungen liegen blieb.

Hope lachte ungläubig auf. »Eine was?«

»Eine Schwitzhütte. *Oínikaġa típi*, wie man in der Sprache der Sioux sagt.« Gabriel drehte sich um. »Man geht hinein, um zu schwitzen.«

»Und wozu soll das gut sein?« Hope klang mehr als skeptisch.

»Es dient der Reinigung von Körper und Geist, wenn man krank ist. Man kann Ängste bekämpfen, indem man sich ihnen in Visionen stellt. Außerdem ist es eine sehr angenehme und entspannende Erfahrung, besonders im Winter, wenn draußen der Schnee meterhoch liegt.«

»Du willst mir also weismachen, dass du vorhast, da drin zu schwitzen, um dich zu entspannen?« Bei seiner Erwähnung des Winters hatte ihr Herz einen Schlag ausgesetzt, hoffnungsvoll, aber Hope zwang sich, der beiläufigen Bemerkung keine Bedeutung beizumessen.

Gabriel trat auf sie zu. Er legte seine Hände auf ihre Hüften und zog sie an sich. Lächelnd drückte er ihr erneut einen Kuss auf die Lippen. »Nun«, murmelte er dann und presste vielsagend die Schwellung seiner Männlichkeit gegen ihren Bauch, »ich tue auch andere Dinge, die mich zum Schwitzen bringen und bei denen ich hinterher trotzdem herrlich entspannt bin.« Fasziniert beobachtete er die Röte, die Hope bei seinen Worten förmlich aus dem Kragen in ihre Wangen kroch. Dass sie nach all dem, was sie miteinander geteilt hatten, noch immer erröten konnte wie ein Schulmädchen …

»Ich glaube nicht, dass das eine mit dem anderen zu vergleichen ist«, wisperte Hope erstickt.

»Nein«, erwiderte Gabriel leise, »da gebe ich dir Recht.« Er begann, an ihrem Hals zu knabbern, und Hope neigte ihren Kopf zur Seite, um ihm besseren Zugang zu gewähren. Gabriel liebte die leisen, beinahe schnurrenden Geräusche, die sie bei seinen Liebkosungen tief in ihrer Kehle machte, und sein Atem stockte, als Hopes Finger geschickt die Vorzüge seines neuen, leichten Beinkleides ausnutzten, darunter glitten und ihn berührten. Wie von selbst driftete seine Erinnerung zurück zu den Worten, die ihr vor einigen Tagen während ihres Liebesspiels entschlüpft waren, wahrscheinlich ohne dass sie es überhaupt bemerkt hatte.

Ich liebe dich.

Nichts in der Welt hätte seinen ungestümen Drang, sie zu besitzen, in jenem Moment aufhalten können, aber hinterher, nachdem der Irrsinn ein Ende gefunden hatte und er seinen Verstand wieder hatte gebrauchen können, war ihm bewusst geworden, was Hope dort zu ihm gesagt hatte.

Ich liebe dich.

Sein Herz machte einen Sprung, wann immer er daran dachte, während die eisige Faust der Furcht es gleichzeitig mit brachialer Gewalt zusammenpresste. Er wollte nicht wieder lieben. Er hatte es sich geschworen, damals …

Aber nun gab es Hope, begehrenswert, leidenschaftlich und dabei doch so unendlich verletzlich. Sie hatte keine Ansprüche an ihn gestellt, keine Forderungen, aber er wusste auch so, dass sie keine Frau war, deren Körper man über Wochen oder gar Monate lieben konnte – und die man dann einfach verließ.

Er hatte versucht, sich von ihr fern zu halten, ihr aus dem Weg zu gehen, aber er war in ihrem Bannkreis gefangen wie ein hilfloser Nachtfalter im hell leuchtenden Schein einer Laterne. Wann immer er sich auch vornahm, sie nicht wieder zu berühren – meist wenn er nach geteilter Leidenschaft ermattet neben ihr lag und ihre schlafende Gestalt in den Armen hielt –, so reichte ein Lachen von ihr, ein Augenzwinkern oder ihr Duft auf dem Wind, um ihn all seine guten Vorsätze über

Bord werfen zu lassen. In ihrer Gegenwart war er wie ein Ertrinkender, dem ihre Nähe den nötigen Halt gab. Er war ein Verdurstender, der sich an ihrer Hingabe und ihrer Leidenschaft labte. Der Gedanke, sie aufzugeben, sie nicht mehr jederzeit und überall bei sich zu haben, sie berühren zu können, zu lieben, ließ seine Hände vor Entsetzen feucht werden.

Aber war es nicht trotz allem besser, sie zu verlassen?

War es nicht besser, nichts über ihr weiteres Schicksal zu erfahren, als möglicherweise miterleben zu müssen, dass sie ihm genommen wurde? Würde er es ertragen können, auch sie zu verlieren? Schon einmal hatte er geglaubt, dass das grausame Schicksal sie ihm entrissen habe, aber damals hatte er sie retten können. Was würde mit ihm geschehen, wenn er sie tatsächlich verlöre? Würde er diesen Verlust überleben? Oder würde er darüber den Verstand verlieren? War ein sauberer, von ihm selbst ausgeführter Schnitt durch sein Herz, der vielleicht sogar eines Tages verheilen würde, nicht besser als monatelanges Siechtum und Qualen, sollte ihm durch ihren unerwarteten Tod erneut die Seele aus der Brust gerissen werden?

Er wusste es nicht.

Nächtelang hatte er wach gelegen und gegrübelt, sich rastlos hin und her geworfen auf der Suche nach einer Antwort auf seine quälenden Fragen – vergeblich.

Mit einem unterdrückten Stöhnen umklammerte er Hopes Schultern und riss sich dann schwer atmend von ihr los. Ihre Augen glänzten verträumt vor erwachender Leidenschaft, und ihre Lippen waren geschwollen, als hätte er sie bereits mit den seinen berührt. Sie war die fleischgewordene Versuchung, und Gabriel fragte sich verzweifelt, wie er nur jemals die Kraft aufbringen sollte, ihr zu widerstehen.

»Gabriel«, hauchte sie und versuchte, ihn wieder fester an sich zu ziehen, aber er schob sie auf Armeslänge von sich.

»Nein«, keuchte er. Jeder seiner Atemzüge schmerzte in seiner Brust, ebenso seine harte Lanze, die sich Hope verlangend entgegenreckte, aber das alles war nichts verglichen mit dem unerwarteten Schmerz, der ihn durchzuckte, als er den verletzten Ausdruck auf ihrem Gesicht sah.

»Nein«, wiederholte er rau und ließ sie so plötzlich los, als hätte er sich verbrannt. »Hope, es tut mir Leid. Ich …« Beinahe panisch sah er sich um, so als würden die finsteren

Dämonen seiner Vergangenheit aus dem Unterholz hervorbrechen, dann machte er so hastig auf dem Absatz kehrt und stürmte davon, als wären alle Teufel der Hölle auf seinen Fersen.

Am ganzen Körper bebend starrte Hope ihm nach. Zitternd schlang sie ihre Arme um ihren Oberkörper, um sich gegen den schneidenden Wind zu schützen, aber es war nicht die äußere Kälte, die sie bis in den letzten Winkel ihres Körpers erfüllte.

Er würde sie verlassen.

Bis zuletzt hatte sie gehofft, gebetet, er würde es sich anders überlegen und bei ihr bleiben, aber nun hatte sie Gewissheit. Tränen rannen ihr ungehindert über die Wangen, während sie mit leerem Blick auf den Wald starrte, der Gabriels hoch gewachsene Gestalt verschluckt hatte. Würde er überhaupt noch einmal zurückkehren? Würde sie ihn noch einmal wieder sehen? Ein Teil von ihr schrie, es wäre besser, wenn nicht, aber ein anderer Teil, der größere Teil, flehte, er möge zurückkommen.

Natürlich würde er wiederkommen, schalt sie sich. Gabriel trug nichts außer seinen Stiefeln, Leggins und einen Lendenschurz. Ganz sicher würde er nicht ohne seine Kleidung, sein Pferd oder die Ausrüstung in die Berge aufbrechen.

Hope spürte eine Berührung an ihrem Bein, und als sie hinuntersah, erblickte sie Motte, die sich an ihrem Knöchel rieb, als würde sie den Kummer ihres Menschen spüren. Hope hob sie auf und barg aufschluchzend ihr Gesicht in Mottes weichem Fell. Der warme, kleine Körper war ein tröstendes Gewicht in ihren Armen.

»Jetzt habe ich nur noch dich«, schluchzte Hope verzweifelt, doch ihr antworteten lediglich das Rauschen des Windes und ein leises Schnurren.

XXXIV

»Werde ich dich jemals wieder sehen?« Auch wenn Angst ihr Herz zusammenpresste, war Hope bemüht, ihrer Stimme einen ruhigen, leichten Klang zu geben, während sie mit einem flauen Gefühl im Magen beobachtete, wie Gabriel seine Sachen auf den Wagen packte.

Mechanisch hatte sie am Abend zuvor die Hausarbeit erledigt, sich dann an den Tisch gesetzt und auf Gabriels Rückkehr gewartet.

Vergebens.

Die Nacht war schon lange hereingebrochen, und der Wind strich so klagend um die Hütte, als würde er ihr Leid teilen, als sich Hope endlich in ihr Bett zurückzog. Es war das erste Mal, seit Gabriel sie zu seiner Geliebten gemacht hatte, dass sie nicht in seinem großen Bett schlief, sondern auf ihrer schmalen Pritsche, allein und mit brennenden Augen. Sie hörte, wie er Stunden später die Hütte betrat, den Hauptraum durchmaß und dann in sein Zimmer ging. Seine Schritte verharrten nur kurz vor dem Vorhang zu ihrem Bett, dann entfernten sie sich, und Hope barg schluchzend ihr Gesicht in ihrem Kissen.

Ihre letzte Hoffnung, er möge sich anders besonnen haben, erstarb.

Als sie sich an diesem Morgen erhoben hatte, war Gabriel bereits draußen bei den Pferden. Sie hatte sich in sein Schlafzimmer geschlichen, um einen Blick in den Spiegel zu werfen, aber alles, was er ihr zeigte, war ein leichenblasses Gesicht mit rot verquollenen Augen, gegen die auch das kalte Wasser, mit dem sie sich frisch gemacht hatte, nichts auszurichten vermochte.

Nun, sie konnte es nicht ändern.

»Warum solltest du mich nicht wieder sehen?«, brummte Gabriel und überprüfte noch einmal, ob das Geschirr des Mulis richtig saß. Seit er bemerkt hatte, dass Hope hinter ihm stand, hatte er keinen klaren Gedanken mehr fassen können. Seine Bewegungen waren mechanisch, routiniert, aber er weigerte sich standhaft, sich zu ihr umzudrehen.

Die letzte Nacht, allein und schlaflos in seinem großen Bett, während er nebenan Hope leise hatte in ihr Kissen weinen hören, war beinahe zu viel für ihn gewesen. Er wusste nicht mehr, wie oft er die Decke zurückgeschlagen und die Beine aus dem Bett geschwungen hatte, um sich dann zu zwingen, sich wieder auf das plötzlich so ungewohnt harte Lager sinken zu lassen.

Es hatte keinen Sinn. Ihre Beziehung konnte niemals gut gehen, nicht mit den Ängsten und Befürchtungen, die ihn immer, wahrscheinlich sein Leben lang, quälen würden.

Nein, es war besser, wenn er ging. Besser für sie beide. Er würde noch einmal in die Stadt fahren – allein – und Vorräte besorgen, damit Hope hier in den Bergen genug zu essen hatte, und dann …

»Es ist noch nicht Winter.«

Gabriel verharrte mitten in der Bewegung. Dann presste er seine Stirn gegen den Rücken des dösenden Mulis und seufzte.

»Willst du mich etwa wieder an unsere Abmachung erinnern?«

»Wenn es sein muss.«

Gott, wie konnte sie ihm das nur antun? Sah sie denn nicht, wie viel Überwindung es ihn kostete, die für sie beide richtige Entscheidung zu fällen? Wie war es nur möglich, dass sie in einer solchen Situation noch an ihr Geschäft denken konnte, während alles, was er wollte, war, sie in seine Arme zu ziehen und nie wieder loszulassen?

»Verdammt noch mal, Hope …« Gabriel wandte sich um – und erstarrte. Das Gesicht, das ihm entgegenblickte, war blass, und Hopes tränenglänzende graue Augen verrieten eine unermessliche Verzweifelung. Gabriel war es plötzlich, als würde eine Riesenfaust sich mit aller Gewalt in seinen Magen bohren.

Und noch während er sie ansah, quoll erst eine, dann noch eine Träne über den Rand ihrer Lider und rann als schimmernder Tautropfen über ihre Wangen.

»Bitte geh nicht«, schluchzte Hope, verzweifelt um Fassung bemüht. Sie hatte sich fest vorgenommen, nicht zu weinen. Sie hatte sich geschworen, ruhig und gelassen zu bleiben, wenn sie ihn an ihre Abmachung erinnerte, und wischte sich deshalb wütend mit dem Ärmel die Tränen aus dem Gesicht. Doch die salzigen Tropfen liefen immer schneller, immer zahlreicher, bis sie einem Sturzbach gleich über ihre Wangen strömten.

»Es tut mir Leid«, schluchzte Hope und wandte sich ab, aber Gabriels Arme umschlossen fest ihre Schultern und wirbelten sie wieder zu sich herum. Mit einem unterdrückten Stöhnen riss er sie an sich und verschloss ihre Lippen mit den seinen. Sie schmeckte nach dem Salz ihrer Tränen und dennoch so süß wie keine andere Frau vor ihr.

Hungrig erwiderte Hope seinen Kuss. Sie schlang ihre Arme um seinen Nacken und stellte sich auf die Zehenspitzen, um ihm noch näher zu sein, während seine Hände sie ungestüm, fast schon schmerzhaft gegen seinen Körper pressten.

»Hope«, keuchte Gabriel heiser und ließ Küsse auf ihr Gesicht regnen. »Was tust du mir nur an? Wieso nur kann ich dich nicht verlassen?«

Ihre Arme schlossen sich noch fester um ihn, als könnte sie so verhindern, dass er sich jemals wieder von ihr löste.

»Weil ich nicht will, dass du gehst«, wisperte sie und presste ihre Lippen wieder und wieder auf seine geliebten Züge.

»Du weißt nicht, was du da sagst. Ich bin nicht der Mann, den du brauchst.«

Nur kurz sah Hope ihn an, erstaunt, ehe sie ihr Gesicht an seiner breiten Brust barg. Ihre Finger glitten in das schweißfeuchte Haar in seinem Nacken, das ihm inzwischen bis über den Kragen seines Hemdes fiel, während sie seinem rasenden Herzschlag unter ihrer Wange lauschte.

»Du bist genau der Mann, den ich brauche«, flüsterte sie kaum hörbar und spürte, wie Gabriels Arme sich anspannten.

»Du weißt doch gar nichts über mich«, antwortete er ebenso leise, als wolle er den Bann nicht brechen.

»Dann erzähl es mir«, bat Hope. »Erzähl mir, was dich bedrückt.« Sie sah ihn an. »Erzähl mir, warum du solche Angst davor hast, bei mir zu bleiben.«

Gabriel erwiderte ihren Blick. Lange sah er sie an, schweigend, und Hope befürchtete, dass er ihr immer noch nicht genug vertraute, um seine Ängste mit ihr zu teilen. Dann aber spürte sie, wie er tief atmete.

»Du willst wissen, wovor ich mich so fürchte?«

Hope nickte und wartete, gespannt, mit angehaltenem Atem.

»Deine Liebe.«

Hope stieß den Atem aus. »Was?«, fragte sie dann ungläubig. Gabriels Augen blickten ernst, todernst.

»Ich fürchte mich vor deiner Liebe, Hope. Ich fürchte mich davor, sie nicht erwidern zu können.« Er seufzte und schlug die Augen nieder. »Aber fast noch mehr fürchte ich mich davor«, er zögerte, dann sprach er weiter, »dass ich es eines Tages doch tun werde und dass ich daran zugrunde gehe.«

XXXV

»Halt den Arm ganz ruhig.« Warm streichelte Gabriels Atem ihr Ohr. Er stand direkt hinter ihr, und sie war zwischen seinen ausgestreckten Armen gefangen. Seine Hände lagen über ihren, während sie den Strohsack, den Gabriel als Ziel an einen Baum gehängt hatte, über den Pfeil hinweg anvisierte.

»Du spannst die Sehne nur mit zwei Fingern. Ja, genau so. Dann atmest du ein, hältst den Atem einen Moment lang an und lässt beim Ausatmen die Sehne los.«

Mit einem leisen Surren schnellte der Pfeil von dannen. Auch wenn er noch immer nicht das Zentrum der Kreise traf, die Gabriel mit einem Stück Kohle auf den Sack gemalt hatte, so blieb er doch zitternd knapp daneben stecken.

»Getroffen!«, jubelte Hope und wandte sich lachend zu Gabriel um. Er zog sie in seine Arme und küsste sie lange und hingebungsvoll. Fast war es, als hätte es ihn befreit, über »Geht mit den Wolken« und seine Söhne mit ihr zu sprechen, über seine Ängste und seinen Schwur, niemals wieder zu lieben. Hope hatte ihm ruhig zugehört und nur hin und wieder eine Frage gestellt. Als er geendet hatte, sah er, dass ihr Tränen über die Wangen liefen, aber sie hatte ihn an sich gezogen und geküsst, als könnte sie so seinen Schmerz lindern und vergessen machen. »Ich liebe dich«, hatte sie gesagt, »und ich verspreche dir, dass du mich niemals verlieren wirst. Ich werde immer für dich da sein, solange du mich willst.«

Solange er sie wollte? Oh Gott, er würde sie immer wollen, das wusste er jetzt. Er konnte nicht sagen, ob er den Schmerz, den er in seinem Herzen trug, jemals würde überwinden können, aber für Hope war er gewillt, es zu versuchen.

Es war Mitte September. Hope hatte ihn daran erinnert, dass er ihr das Jagen mit Pfeil und Bogen beibringen wollte, und wie sich herausstellte, war sie eine geschickte Schülerin. Er beobachtete, wie sie einen weiteren Pfeil aus dem Köcher zog und auf die Sehne legte. Diesmal zielte sie ohne seine Hilfe. Gabriel liebte den konzentrierten Ausdruck auf ihrem Gesicht, wenn sie ihre Oberlippe zwischen ihren Zähnen fing und die Augen leicht zusammenkniff. Er sah, wie sie tief einatmete, den Atem anhielt und dann, beim Ausatmen, den Pfeil davonschwirren ließ. Diesmal landete er fast im Zentrum des inneren Kreises. Hope wirbelte herum, und Gabriel konnte spüren, wie stolz sie war.

»Sehr gut«, lobte er. »Wenn du so weitermachst, bist du bald besser als ich.«

»Besser als ein Indianerkrieger?«, fragte Hope lachend. Gabriel grinste. »Ein Indianerkrieger kann sein Ziel auch von seinem galoppierenden Pferd aus treffen.«

»Mit so einem Bogen?«

Gabriel lachte auf. »Nein. Die Bogen der Krieger sind bedeutend kürzer. Dieser Bogen ist schon fast ein Langbogen, wie ihn mein Vater benutzte, als er noch in Schottland auf die Jagd ging. Er hat es mich ebenfalls gelehrt, als ich noch ein Junge war, aber ich habe diese Sorte Bogen seitdem selten genutzt.«

»Und warum jetzt?«

»Zum Jagen ist er besser geeignet. Und da ich nicht vorhabe, ihn auf einem Pferd zu benutzen …« Gabriel zuckte mit den Schultern.

An den vergangenen Abenden hatte er auch noch einen kürzeren Bogen gefertigt. Als Hope ihn fragte, wozu er zwei Bogen baute, hatte Gabriel geantwortet: »Um nicht aus der Übung zu kommen.«

Hope war gespannt, ob er ihr das Jagen vom Pferd aus auch beibringen würde, aber angesichts ihrer mäßigen Reitkünste bezweifelte sie es. Gabriel hatte ihr gezeigt, wie Indianerkrieger ritten, und ihr war mehr als einmal das Blut in den Adern gefroren, wenn er sich ohne Vorwarnung von seinem rasend schnell dahingaloppierenden Pferd herunterbeugte, um einen Gegenstand vom Boden aufzuheben, oder sich seitlich an die Flanke des Pferdes klammerte, was ihn im Ernstfall vor feindlichen Angriffen schützen konnte. Gabriel versicherte ihr zwar, dass er das Pferd auf der Bergwiese gar nicht so schnell laufen lassen konnte wie in der Ebene, aber dennoch waren seine Manöver schlichtweg atemberaubend, und Hope wusste, dass sie sich derartige Kunststückchen niemals trauen würde.

»Ich werde morgen aufbrechen und in die Stadt fahren.«

Die Worte fielen plötzlich und gänzlich unerwartet. Hope erstarrte. »Was?«, fragte sie heiser. Sie hatte gedacht, er würde ... Aber er hatte doch gesagt ... Ihre Gedanken wirbelten durcheinander.

»Ich werde morgen in die Stadt fahren«, wiederholte Gabriel ruhig. Er legte einen Pfeil auf die Sehne. Zielen und Schuss waren eins. Der Pfeil zitterte mitten im Schwarzen. »Der Winter wird jetzt bald losbrechen, und wir brauchen noch Vorräte. Ich kann es nicht mehr länger hinauszögern, wenn ich nicht unterwegs vom Schnee überrascht werden will.« Er wandte sich zu Hope um, und seine Züge verfinsterten sich, als er ihren Gesichtsausdruck bemerkte.

»Was hast du denn gedacht? Dachtest du, ich würde mich aus dem Staub machen? Dich hier mutterseelenallein und ohne Vorräte zurücklassen?«

Hopes Gesicht wurde noch eine Spur blasser, und Gabriel wusste, dass seine Vermutung richtig war. Er lachte bitter auf. »Verdammt, Hope, wofür hältst du mich eigentlich? Du hast zwar gesagt, dass du mich liebst, aber gehört dazu nicht auch Vertrauen?«

Hope ließ den Kopf hängen. »Du hast Recht«, wisperte sie erstickt. »Es tut mir Leid.«

Gabriel packte sie bei den Schultern und zog sie an sich. »Hör endlich auf, dich ständig bei mir zu entschuldigen«, brummte er, während er beruhigend ihren Rücken streichelte.

Vertrauen.

Er hatte es gerade nötig, Vertrauen zu predigen, wenn es ihm doch selbst so schwer fiel, Vertrauen zu schenken. Dabei wusste er, dass Hope ihn niemals enttäuschen würde.

Er hatte eine liebende Familie gehabt, hatte Eltern, Brüder, die alles für ihn tun würden, und dennoch war er misstrauisch, weil ihm das Schicksal vor langer Zeit einmal einen grausamen Streich gespielt hatte.

Hope hingegen hatte nie etwas besessen. Sie hatte nur kurze Zeit Glück und Liebe kennen lernen dürfen, dafür aber jahrelang Brutalität und Gewalt. Konnte er ihr da also einen Vorwurf machen, wenn sie Angst davor hatte, wieder einmal von jemandem, den sie liebte, verlassen zu werden? Dass ihre Eltern und ihr Großvater nicht freiwillig gegangen waren, hatte für sie als Kind sicher keinen allzu großen Unterschied bedeutet. Es war das Ergebnis, das zählte.

Er barg sein Gesicht in ihrem weichen Haar. »Wo du hingehst, da werde ich auch hingehen«, murmelte er und zog sie noch fester an sich. »Ich werde dich niemals verlassen.«

Ich liebe dich, dachte Hope. *Oh Gott, ich liebe dich so.* Sie wusste, er wollte die Worte nicht hören, und hoffte dennoch, dass er sie eines Tages zu ihr sagen würde.

»Und du bist sicher, dass das eine gute Idee ist?« Zweifelnd blickte Hope sich um. Dichter, aromatischer Dampf erfüllte die kleine Hütte, und es erschien ihr nicht geheuer hineinzugehen.

»Komm rein oder bleib draußen«, seufzte Gabriel und lehnte sich entspannt zurück. »Aber mach die Tür zu.« Zögernd trat Hope ein. Die Lederklappe, die Gabriel anstatt einer festen Tür vor dem Eingang angebracht hatte, fiel herunter und schloss den letzten Rest des dämmrigen Tageslichtes aus. Das Innere der Hütte war in fast vollständige Dunkelheit getaucht. Hope fröstelte trotz der Wärme und fasste die Decke, die sie sich um den Körper geschlungen hatte, fester. Allmählich gewöhnten sich ihre Augen an die Lichtverhältnisse, und sie sah sich um.

Viel zu sehen gab es nicht. Die Hütte war leer, bis auf zwei Matten, einen Stapel Steine und einen Eimer Wasser. Auf einer der Matten lag Gabriel, entspannt und so nackt wie am Tage seiner Geburt. Nun, dachte Hope errötend, vielleicht nicht gerade wie am Tag seiner Geburt, aber zumindest nackt.

»Warum setzt du dich nicht?«, schlug Gabriel vor, ohne die Augen zu öffnen, und Hope zuckte zusammen, als ihr seine Stimme aus der Dunkelheit entgegendrang. Vorsichtig tastete sie sich zur zweiten Matte vor und ließ sich darauf nieder.

»Und nun?«, wollte sie wissen.

»Lehn dich zurück und entspann dich. Lass deine Gedanken wandern. Versuch, an nichts Bestimmtes zu denken.«

»Und wozu soll das gut sein?« Schon jetzt war sie schweißgebadet, und die Decke klebte unangenehm feucht an ihrem Körper.

»Die Schamanen versuchen so, Vision zu erlangen. Der Dampf reinigt den Körper und den Geist und macht ihn so für die Botschaften der Götter empfänglich.«

»Aber ich bin kein Schamane«, beschwerte sich Hope und versuchte vergeblich, sich mit der Decke Kühlung zuzuwedeln.

»Ich auch nicht. Man geht auch in die Schwitzhütte, wenn es draußen kalt ist oder man sich ganz einfach entspannen will.«

Hope lachte auf. »Also, ich entspanne mich hier nicht gerade, das kann ich dir sagen.«

Sie hörte das Lachen in Gabriels Stimme, als er antwortete, auch wenn er sich bemühte, ernst zu bleiben. »Du redest ja auch unentwegt. Dabei kann ich meinen Geist auch nicht entspannen und wandern lassen.«

Wollte er ihr etwa damit sagen, dass sie ihn störte und den Mund halten sollte? Hope wollte sich eben beleidigt erheben, als sie seine Hand auf ihrem Arm verspürte. Sie war ebenso schweißnass wie ihr Körper, und Hope erschauderte, als seine Finger in der Dunkelheit ihren Arm hinaufglitten, über ihre Schulter, wo sie ihr Schlüsselbein nachzeichneten, und dann wieder hinab zu ihren Brüsten. Nur kurz zupften sie an ihrer Decke, die Hälften fielen auseinander, und seine Hand legte sich auf ihre Brust. So warm es in der Hütte auch war, seine Hand war wärmer, und Hope erschauderte wohlig, als er begann, ihre Brustwarze zwischen Daumen und Zeigefinger zu rollen. Ihr Atem ging schneller, und sie sank zurück auf die Matte.

»Na also«, hörte sie ihn murmeln. Sie wollte ihm böse sein, aber er ließ seine Hand auf ihrer Brust liegen und streichelte sie träge. »Versuch, an nichts zu denken. An absolut gar nichts. Lass dich einfach treiben.« Seine ruhige, beinahe hypnotische Stimme verfehlte ihre Wirkung nicht. Ihre Glieder wurden schwerer, als wären sie mit Blei gefüllt, und auch in ihrem Innern breitete sich Wärme aus. Farben, rot, blau, gelb, dann bunt gemischt, begannen, vor ihrem inneren Auge zu wabern, und sie gab sich der Ruhe hin, die sie umfing. Gelegentlich hörte sie ein Zischen, wenn Gabriel neues Wasser auf die von einer außerhalb der Hütte befindlichen Feuerstelle beheizten Steine goss und sich die Hütte mit frischem Dampf füllte, aber sie war zu träge, um dagegen zu protestieren. Sie sah Cummings, das Gesicht wutverzerrt, wie er zum Schlag ausholte, und sie wusste, sie sollte sich fürchten, aber sie tat es nicht. Gabriels beruhigende Nähe gab ihr Kraft, die Erinnerung zu überwinden. Sie erblickte Gesichter, die ihr fremd waren und doch seltsam vertraut, die sie freundlich anlächelten, als wollten sie ihr etwas sagen, aber sie hörte keinen Laut, und schließlich waren sie wieder verschwunden.

Ruhe durchströmte sie. Bunte Landschaften entstanden vor ihrem inneren Auge, wilde Schluchten und tiefe Seen, dann wieder endlose Prärien, bis sie schließlich wieder in ihrem liebsten Traum gefangen war.

Sie saß vor dem Haus, und ihr Mann kam nach Hause. Er stieg vom Pferd und zog sie in seine Arme. Er küsste sie, dann hob er sie auf seine starken Arme und trug sie ins Schlafzimmer, wo er sie auf das Bett niedersinken ließ. Sie wusste nicht wie, aber plötzlich waren sie nackt, und er schob sich über sie. Sein Gewicht drückte sie tief in die Matratze, und ihre Leiber waren schweißfeucht und glänzend. Sie spreizte ihre Beine, und er sank dazwischen. Mit den Fingern prüfte er ihre Bereitschaft, ihn zu empfangen.

Hope seufzte leise auf, als er die Blätter ihrer Scham entfaltete. Wärme umfing sie, als er sie tief und verlangend streichelte, dann spürte sie, wie er seinen sengend heißen Schaft zu ihr führte, in sie.

Hope bäumte sich auf, als seine stahlharte Lanze in sie glitt und sie erfüllte. Sie öffnete die Augen und blickte in Gabriels Gesicht. Seine Hüften zuckten, und sie zog ihn mit ihren Schenkeln noch fester an sich, während er auch den letzten Teil ihres Traumes, den selbst zu träumen sie nie gewagt hatte, durch das Versprechen seines Körpers mit Leben füllte.

In dieser Nacht lag Hope in Gabriels Armen. Sie lauschte auf seine ruhigen, gleichmäßigen Atemzüge, betrachtete sein geliebtes Gesicht im Schein des herunterbrennenden Feuers. Sie hatten sich geliebt, und Gabriels Liebesspiel war wilder gewesen als sonst, leidenschaftlicher, verzweifelter, als hätte sie ihn mit ihren Befürchtungen an den Rand seiner Beherrschung getrieben. Wieder und wieder hatte er sie zum Höhepunkt geführt, als müsste er ihr etwas beweisen oder als würde er irgendetwas von ihr erwarten, und Hope hatte an sich halten müssen, um nicht ihre Liebe, vor der er sich fürchtete, hinauszuschreien.

Sie hatten kein Wort mehr über seine geplante Abreise verloren, aber seine Sachen lagen fertig gepackt bereit, und sie hatten zur Vorsicht ihre Goldfunde an einem sicheren Ort verborgen. Hope war sich sicher, dass er mit den Vorräten zu ihr zurückkommen würde, aber trotz seiner Beteuerungen befürchtete sie tief in ihrem Innern noch immer, er könnte ihr dann Lebwohl sagen und für immer aus ihrem Leben verschwinden.

»Darf ich fragen, was du da machst?«

Bedrohlich grollend erklang Gabriels Stimme direkt hinter ihr, als Hope ihr Bündel auf das Wagenbett warf und den Bock erklomm. Sie trug wieder ihre Hosen, ein Anblick, der ihm in den letzten Wochen fremd geworden war.

»Ich komme mit.«

»Den Teufel wirst du tun. Das ist viel zu gefährlich.«

Hope wandte ihm den Kopf zu und funkelte ihn an. »Auch nicht gefährlicher, als hier allein auf dich zu warten«, entgegnete sie schärfer als beabsichtigt.

»Aber ich habe doch gesagt, ich komme zurück.«

Tief atmete Hope durch und sah ihm direkt in die Augen. »Daran zweifele ich auch gar nicht.« Sie ignorierte seinen ungläubigen Gesichtsausdruck. »Ich habe nur Angst, dass dir unterwegs etwas zustößt. Irgendetwas, dass es unmöglich macht, dass du zurückkommen kannst.« Flehentlich blickte sie ihn an. »Ich könnte die Ungewissheit nicht ertragen. Ich würde umkommen vor Angst.«

»Was ist, wenn dich jemand erkennt?«, gab Gabriel zu bedenken. Sein Blick glitt über ihren Körper. Es gab nicht die geringste Hoffnung, dass irgendjemand *nicht* bemerken könnte, dass sie eine Frau war. War ihre Figur bei ihrem Aufbruch vor über vier Monaten noch knabenhaft schlank, fast mager gewesen, so war sie jetzt an den richtigen Stellen wohl gerundet.

Selbst wenn es ihr gelingen sollte, ihre Brüste und ihr Haar zu verbergen, so lagen ihre Hosen jetzt so eng an ihren sanft geschwungenen Hüften, dass garantiert niemand mehr ihren runden, knackigen Hintern für das Gesäß eines Mannes halten würde. Dazu musste man schon blind sein, und seines Wissens gab es in Silver Springs nicht allzu viele Blinde.

»Ich muss ja nicht mit bis in die Stadt kommen. Ich könnte außerhalb auf dich warten«, schlug Hope vor. »Dann wäre ich aber in deiner Nähe …«

Gabriel seufzte. Bei dem Gedanken, sie hier zurückzulassen, war ihm selbst nicht ganz wohl gewesen. Zu lebendig waren noch immer seine Erinnerungen an längst vergangene Tage. Die Vorstellung aber, Hope wieder in Cummings' Nähe zu bringen, ließ ihn in Schweiß ausbrechen.

»Versprich mir, dass du keine Dummheiten machen wirst«, verlangte er deshalb. »Ich kann es verstehen, wenn du mit den Quittungen beweisen willst, dass Cummings dich zu Unrecht versklavt hat, aber versprich mir, dass du nicht versuchen wirst, mir in die Stadt zu folgen. Versprich mir …«

»Ich verspreche es«, unterbrach ihn Hope. »Ich will Cummings auch nicht wieder begegnen, das kannst du mir glauben.« Sie hatte mit dem Gedanken gespielt, Gerechtigkeit zu fordern, aber welchen Sinn hatte das schon? Cummings spielte niemals fair, und alles, was sie damit erreichte, war, auch Gabriels Leben zu gefährden. Das würde sie niemals tun.

Gabriel zögerte, dann nickte er grimmig und schwang sich ebenfalls auf den Kutschbock. »Also gut«, sagte er und schnalzte mit der Zunge, damit sich die Mulis in Bewegung setzten.

XXXVI

Er war schneller fertig geworden, als er gedacht hatte, stellte Gabriel erleichtert fest und warf den letzten Sack Mehl auf die Ladefläche. Mit den Vorräten, die er besorgt hatte, würden sie gut durch den Winter kommen, ganz egal, wie lange die kalte Jahreszeit dauerte. Er hatte mit einigen kleineren, nicht ganz reinen Goldkörnern bezahlt, die nicht den Verdacht aufkommen lassen würden, er wäre auf eine reiche Ader gestoßen. Hope hatte ihm von den Befürchtungen ihres Großvaters berichtet, und er gab dem alten Herrn Recht. Gier und Habsucht hatte schon manche Existenz zugrunde gerichtet, daher konnte es nicht schaden, vorsichtig zu sein.

Er konnte es kaum erwarten, endlich zu Hope zurückzukehren. Sie hatten am Vorabend etwa zwei Stunden von Silver Springs entfernt auf einer Lichtung in der Nähe des Weges ihr Nachtlager aufgeschlagen. Versorgt mit Wasser und ein paar Nahrungsmitteln, würde Hope dort auf seine Rückkehr warten. Der Wald entlang des Weges war dicht und nicht leicht zu durchdringen, daher sollte sie in seinem Schutz vor zufälliger Entdeckung sicher sein. Falls tatsächlich jemand vorbeikam, konnte sie sich tiefer ins Unterholz zurückziehen.

»Ich habe ehrlich gesagt nicht damit gerechnet, Sie jemals wieder zu sehen«, hörte Gabriel eine Stimme und erstarrte. Langsam richtete er sich auf. Seine Nackenhaare sträubten sich, und er wusste auch ohne sich umzudrehen, wer dort hinter ihm stand.

»Wie ich sehe, haben Sie Ihren Sohn heute nicht dabei.«

Langsam wandte Gabriel sich um. Cummings grinste ihn an.

»Nein«, erwiderte Gabriel ruhig. »Er ist zu Hause geblieben. Kann ich Ihnen irgendwie helfen?«

»Nein, eigentlich nicht.« Cummings spie aus und nahm dann einen Zigarillo aus seinem Brustetui. »Ich wollte nur freundlich sein.« Lauernd sah er Gabriel an. »Hat es einen bestimmten Grund, warum Sie nicht bei Cummings' Mercantile einkaufen?« Er entzündete den Zigarillo, ohne Gabriel aus den Augen zu lassen.

»Nein.«

Cummings' Augenbrauen zogen sich unwillig zusammen. »Ich mache Ihnen einen besseren Preis als dieser Kleinkrämer Lindsay.«

Gabriel zuckte mit den Schultern. »Ich hatte bei Lindsay noch eine Bestellung offen«, log er, dann schloss er die hintere Klappe des Wagens und ging nach vorn zum Bock.

»Haben Sie das Mädchen gefunden, nach dem Sie damals gesucht haben?« Gabriel zwang sich, Cummings bei seiner Frage in die Augen zu sehen. Dieser zog an seinem Zigarillo und stieß nachdenklich den Rauch aus.

»Nein«, antwortete er. »Die kleine Hure ist wie vom Erdboden verschluckt. Hab Nachforschungen angestellt. Eingekauft hat sie nichts, und das, was sie bei mir geklaut hat, würde ihr in der Wildnis nicht viel nützen. Also frage ich mich natürlich, ob ihr wohl jemand geholfen hat.« Wieder musterte er Gabriel lauernd. Der zuckte mit den Achseln.

»Kann schon sein. Geht mich aber nichts an, ich stecke meine Nase nicht in anderer Leute Angelegenheiten. Wenn Sie also nichts dagegen haben, breche ich jetzt auf.«

»Aber nicht doch. Was sollte ich denn dagegen haben? Ich wünsche Ihnen eine gute Heimfahrt.« Er winkte betont fröhlich, als Gabriel die Zügel auf die Rücken der Mulis niederzucken ließ.

»Wo, sagten Sie, liegt Ihre Farm?«, rief Cummings ihm nach, aber Gabriel tat, als hätte er ihn nicht gehört und trieb die Mulis vom Schritt in einen leichten Trab.

Mit finsterer Miene starrte Nigel Cummings dem davonfahrenden Wagen nach. Er wollte verdammt sein, wenn der Kerl ein Farmer war. Er sah nicht aus wie ein nach Viehmist stinkender, im Dreck wühlender Farmer. Nein, er hatte einen Blick für so etwas, und dieser Mann war gefährlich. Er hatte das Schießeisen an seiner Hüfte gesehen. Gut, viele Männer im Westen, genau genommen fast alle, besonders die, die nach Silver Springs kamen, trugen Revolver oder andere Waffen. Aber dieser Kerl sah aus, als könnte er auch damit umgehen. Cummings warf den halb aufgerauchten Zigarillo auf die Straße. Seine Lippen verzogen sich zu einem verächtlichen Grinsen, als ein zerlumpter Indianer unter dem Gehweg vorschoss, sich den Glimmstängel griff und gierig an seine Lippen setzte.

Abschaum! Elender, überflüssiger Abschaum.

Dann drehte er sich auf dem Absatz um und betrat den Laden der Lindsays.

Grinsend trat Nigel Cummings einige Minuten später wieder ins Freie. Gut gelaunt entzündete er einen Zigarillo, dann machte er sich auf den Weg zum Büro des Sheriffs.

Es hatte keine drei Minuten gedauert, da hatte er die Informationen, die er wollte, und weitere fünf Minuten, um die Lindsay mit ihrem Geschwafel wieder loszuwerden. Natürlich hatte der Kerl keine Bestellung laufen gehabt, aber er hatte genügend Vorräte gekauft, um damit mehrere Personen über den Winter zu bringen.

Blieb die Frage, wen er wohl über den Winter bringen wollte? War er mit Hopp allein? Oder warteten da noch andere? Nun, das würde er spätestens dann herausfinden, wenn er dort ankam. Dass der Typ Hopp bei sich hatte, daran hatte er jedenfalls keinen Zweifel mehr, denn bezahlt hatte er mit Gold. Gold, das verdammt noch mal so aussah wie das des alten Granger.

Außerdem hatte er Spitzenunterwäsche gekauft, Kleider, Strümpfe und Bänder. Was für eine Verschwendung bei so einer grauen Maus wie Hopp.

Nun, angesichts dessen, was der Kerl alles für sie erstanden hatte, war wohl damit zu rechnen, dass er schon zwischen ihre Schenkel gekrochen war – oder aber, dass er es zumindest für die nahe Zukunft geplant hatte. Cummings' Grinsen wurde breiter. Nun, daraus würde wohl nichts werden.

Scheiße, aber woher hätte er ahnen sollen, dass Hope ihre kleine Muschi anbieten würde, um sich einen Helfer an Land zu ziehen, nachdem sie sich bei ihm so zimperlich angestellt hatte?

Er stieß die Tür zum Sheriffbüro auf und betrat den Raum. Sheriff Danefield saß hinter seinem Schreibtisch und sichtete die mit der Post eingetroffenen Steckbriefe, ehe er sie an die Wand hängte. Durch die Tür zum Zellentrakt konnte Nigel Cummings den alten Paul Yates erkennen, der im Gefängnis seinen Rausch ausschlief. Wahrscheinlich war er wieder einmal zu besoffen gewesen, um nach Hause zu reiten. Außerdem hätte seine Frau Ellie ihm dort vermutlich mit dem Nudelholz noch zusätzlich zu ganz beträchtlichen Kopfschmerzen verholfen.

Danefield sah auf. Seine Augenbrauen zogen sich unwillig zusammen, als er erkannte, wer dort sein Büro betreten hatte.

»Was kann ich für Sie tun, Mister Cummings?«, fragte er dennoch und lehnte sich in seinem Stuhl zurück, dessen Federn bedrohlich quietschten.

»Sheriff«, begrüßte ihn Cummings und tippte sich an seinen Hut. »Ich möchte eine entlaufene Leibeigene melden und Sie bitten, mir bei Ihrer Ergreifung behilflich zu sein.«

Danefield wippte wieder nach vorn und stützte seine Unterarme auf den Schreibtisch.

»Mister Cummings, es mag Ihnen entgangen sein, aber die Sklaverei wurde selbst im Süden schon vor einigen Jahren abgeschafft.«

Cummings biss die Zähne zusammen. Er hasste es, wenn sich jemand über ihn lustig machte, und dass der Sheriff ihn aufzog, stand außer Frage. Aber er brauchte ganz einfach seine Hilfe, denn es würde seine Rache um so viel süßer machen, wenn Hopp begriff, dass er das Gesetz auf seiner Seite hatte.

»Sheriff, ich rede auch nicht von Sklaverei.« Seine Kiefer mahlten. »Ich sprach von Leibeigenschaft. Die junge Frau, die für mich arbeitet, Hopp, sie arbeitet die Schulden ihres Großvaters bei mir ab. Sie ist weggelaufen und hat einen größeren Geldbetrag entwendet.«

Danefield lehnte sich wieder zurück. »Korrigieren Sie mich, wenn ich mich irre, aber ich habe Hopp schon seit einigen Monaten nicht mehr gesehen. Wieso melden Sie ihr Verschwinden erst jetzt?«

»Weil ich zunächst keine Anzeige erstatten wollte. Ich hatte den Verlust des Geldes nicht sofort bemerkt, und das war mir peinlich. Hopp war verschwunden, und ich hatte keinen

Anhaltspunkt, wohin, daher wollte ich die Sache auf sich beruhen lassen. Nun aber weiß ich, wo sie sich aufhält. Und ich möchte, dass Sie ihr folgen und sie verhaften. Sie soll für ihren Diebstahl bezahlen.«

Danefield wippte in seinem Stuhl leicht vor und zurück. Nachdenklich sah er Nigel Cummings an. Er wusste nicht, was zwischen Cummings und Hopes Großvater gelaufen war, weil er damals noch nicht in Silver Springs lebte, aber er war sich ziemlich sicher, dass der Großvater der Kleinen kaum so viele Schulden gemacht haben konnte, dass seine Enkelin nach all den Jahren noch immer dafür zahlen musste. Nun, solange sie keine Anzeige erstattete oder sich beschwerte, konnte es ihm egal sein, wie auch immer er selbst zu der Sache stand. Nun aber erstattete ausgerechnet Nigel Cummings Anzeige, und er konnte es nicht einfach ignorieren, so gern er es auch getan hätte. Seufzend beugte er sich wieder vor.

»Wie viel hat die junge Dame Ihnen denn gestohlen?«, fragte der Sheriff und setzte seinen Stift an, um den Betrag zu notieren.

»Fünfhundert Dollar.«

Überrascht ließ Danefield den Stift sinken. »Fünfhundert Dollar? Sie wollen mir allen Ernstes erzählen, dass Sie den Verlust von fünfhundert Dollar nicht sofort bemerkt hätten?«

Cummings grinste. »Sehen Sie, ich bin ein erfolgreicher Geschäftsmann. Es ist meine Leidenschaft, Geld zu verdienen. Sehr viel Geld sogar. Ich habe den Verlust leider nicht sofort bemerkt. Wenn das die Runde gemacht hätte, wäre das der Zahlungsmoral meiner Schuldner nicht gerade zuträglich gewesen. Deshalb habe ich geschwiegen, immerhin war Hopp mit ihrer Beute bereits über alle Berge. Eine Anzeige hätte mir mein Geld nicht zurückgebracht, meinem Ruf in der Stadt jedoch einen möglicherweise nicht wieder gutzumachenden Schaden zugefügt. Nun aber weiß ich, wo Hopp sich aufhält, und ich will meinen Besitz wiederhaben.«

»Und Sie glauben, eine Anzeige schadet Ihrem Ruf jetzt nicht mehr?«

»Nein, Sheriff, weil die Schuldige jetzt schnell zur Rechenschaft gezogen und ihrer gerechten Strafe zugeführt wird. Jeder, der mir etwas schuldet, wird sehen, dass ich mir nicht ungestraft etwas wegnehmen lasse und dass man mich nicht zum

Narren halten kann, was man aber ohne Zweifel angenommen hätte, wenn Hopp entkommen wäre.«

Der Sheriff seufzte. Verdammt! Dieser Tag hatte so schön ruhig begonnen. Warum zum Teufel hatte er nicht auch so enden können? Er stand auf und griff nach seinem Hut.

»Also gut«, sagte er dann. »Ich trommele meine Deputies zusammen, und wir treffen uns in einer Stunde vor dem Mietstall.«

XXXVII

»Hope?«, rief Gabriel leise und zügelte die schwitzenden Mulis. Die Tiere rangen hörbar nach Luft, denn er hatte sie gnadenlos angetrieben, aber in der gegenwärtigen Situation war das auch nötig gewesen.

»Hope?«, rief er noch einmal, drängender.

Er war sich beinahe sicher, dass Cummings etwas vermutet hatte. Warum sonst hätte er ausgerechnet ihn in ein Gespräch verwickeln sollen. Nein. Gabriel glaubte nicht an solche Zufälle. Cummings hatte Verdacht geschöpft, und wenn sie Pech hatten, war er ihnen bereits auf den Fersen. Also war es besser, kein Risiko einzugehen.

Noch immer keine Antwort.

»Verdammt, Hope, wo steckst du?« Schweiß brach ihm aus, als er die Bremse festtrat und vom Bock sprang. Wo zum Teufel war sie? Cummings konnte ihn doch unmöglich auf der schmalen Straße hierher überholt haben, und er traute Hope außerdem genügend Verstand zu, um in Deckung zu bleiben, wenn sie hörte, dass Reiter sich näherten. Die Mulis blieben mit gesenkten Köpfen stehen, während Gabriel sich umsah.

Da! Ein frisch abgeknickter Zweig. Dort entlang musste Hope gegangen sein. Gabriel teilte das Unterholz mit den Armen und erkannte einen Wildpfad, der vom Weg wegführte. Er war kaum zu erkennen, aber für Gabriel war es kein Problem, ihm zu folgen. Zwischendurch rief er immer wieder leise Hopes Namen. Warum hatte sie sich so weit entfernt? Hatte sie jemand entdeckt? Musste sie fliehen?

Gabriel blieb stehen, als er plötzlich aus dem dichten Grün des Waldes auf eine Lichtung kam. Saftiges Gras bedeckte beinahe kniehoch den Boden, und glänzendes Sonnenlicht fiel in breiten, goldenen Bahnen durch die rot glühenden Wipfel der Bäume. Sein Herz übersprang einen Schlag, und er hielt gebannt den Atem an, als er Hope, einer Nymphe gleich, in einer kleinen Quelle auf der anderen Seite der Lichtung baden sah. Auch um die Mittagszeit war es noch herbstlich kühl, und die Nebelschwaden, die in der klaren, sonnendurchwirkten Luft über dem Wasser hingen, ließen vermuten, dass es sich um eine heiße Quelle handelte. Wasser perlte über Hopes herrlichen Körper, und der feine Dunst umgab sie wie ein silbriges, tauglitzerndes Spinnennetz. Sie war beinahe überirdisch schön, wie ein Wasserwesen aus einer anderen Welt, und Gabriel hasste es, sie zu stören, aber er hatte keine Wahl.

»Hope?«

Sie fuhr herum, ihre Arme schützend vor der Brust, aber als sie ihn erkannte, ließ sie ihre Arme wieder sinken. Milchig weiß reckten sich ihm ihre leicht wippenden Brüste entgegen, und Gabriel schluckte schwer, als die Versuchung stärker als die Vernunft zu werden drohte.

»Hallo, Gabriel«, begrüßte sie ihn und kam ohne Scheu auf ihn zu. »Ich bin einem Hirsch gefolgt, und er führte mich hierher. Das Wasser ist herrlich.«

»Ich weiß«, antwortete Gabriel. »Aber wir haben keine Zeit. Wir müssen los. Sofort.« Seine gepresste Stimme ließ Hope den Ernst der Lage erkennen.

»Was ist passiert?«, fragte sie. Hastig trocknete sie sich ab und schlüpfte in ihre Kleidung.

»Ich fürchte, Cummings hat Verdacht geschöpft.«

Entsetzt starrte Hope ihn an. »Was? Aber wie konnte das passieren?«

»Ich weiß nicht. Aber er fragte mich nach meinen *Sohn* und tat, als wären wir die besten Freunde. Deshalb werde ich das Gefühl nicht los, dass er uns die Geschichte damals nicht abgekauft hat. Zumindest scheint er misstrauisch geworden zu sein, nachdem du nicht wieder aufgetaucht bist.« Sie hasteten gemeinsam durch den Wald. »Er vermutet, jemand hätte dir geholfen, und warum sollte er das nach all der Zeit ausgerechnet mir erzählen, wenn er mich nicht verdächtigt?«

Gabriel hielt Hope zurück, als sie auf den Wagen zulaufen wollte. Vorsichtig sah er sich um. Als er nichts Ungewöhnliches entdecken konnte, nickte er ihr zu, und sie rannten gemeinsam los.

»Am liebsten würde ich den Wagen stehen lassen. Er hält uns nur auf, aber wir brauchen die Vorräte.« Wortlos setzte Hope sich neben ihn, aber Gabriel sah, dass sie am ganzen Körper zitterte wie Espenlaub. Verdammt! Und sie hatte allen Grund, Angst zu haben. Hätte er sie nur nicht mitgenommen.

»Biege dort vorne nach links ab.«

Überrascht sah Gabriel sie an. »Aber wir sind nicht von dort gekommen.«

»Ich weiß.« Hopes Lippen verzogen sich zu einem traurigen Lächeln, als sie Gabriel ansah. »Mein Großvater hat immer darauf geachtet, niemals zweimal hintereinander den gleichen Weg zur Mine zu nehmen. Je weniger wir die einzelnen Strecken befuhren, desto weniger Spuren konnten wir hinterlassen.«

Gabriel nickte anerkennend. »Nicht dumm. Und was machen wir, wenn dieser Weg blockiert ist?«

»Keine Sorge, dieser Weg kann eigentlich nicht blockiert sein.«

»Ach, und warum haben wir ihn nicht genommen, als wir das erste Mal zur Mine gefahren sind?« Er sah Hope an, die seinen Blick schweigend erwiderte. »Oh, ich verstehe. Du hast mir damals nicht getraut.«

»Ich kannte dich nicht. Alles, was ich wollte, war rauszukommen aus der Stadt. Wenn sich unterwegs gezeigt hätte, dass du nicht vertrauenswürdig bist, hätte ich dich nicht zur Mine geführt.«

»Soll das also heißen, jetzt bin ich vertrauenswürdig?«

Hope grinste. »Nun, ich habe dich doch auch letztes Mal dorthin geführt, oder etwa nicht?«

Gabriel schüttelte den Kopf. Da sollte nun einer schlau werden aus ihr.

»Was ist los, Häuptling?«, höhnte Cummings, als der Indianer zum wiederholten Male seine Finger über einen Abdruck im Boden gleiten ließ. »Jetzt sag bloß, du versoffene Rothaut bist noch nicht einmal dazu zu gebrauchen, eine deutlich sichtbare Spur zu verfolgen.«

»Cummings!« Die Stimme des Sheriffs klang scharf.

»Wieso? Ist doch wahr. Was dieser Wichtigtuer bislang an Spuren gefunden hat, hätte sogar ein Blinder mit dem Krückstock entdeckt. Dazu brauchen wir ihn nicht.«

»Ab hier zwei Personen sitzen auf Wagen«, hörte er die heisere Stimme des Indianers. Gleichgültig sah er Cummings an, aber Chester Danefield, der Sheriff, las den mühsam unterdrückten Zorn in seinen Augen. Tja, Gleichgültigkeit und mühsam unterdrückter Zorn, mehr war den Indianern von ihrem einstigen Stolz nicht geblieben.

Verdammt, er war auch kein großer Freund der Rothäute, nie gewesen, aber was die Armee und einige selbst ernannte Indianerkämpfer da abzogen, war schon eine gottverdammte Schweinerei.

Er würde sicher niemals eine dieser Kreaturen zu einem seiner Hilfssheriffs ernennen, aber als Fährtenleser waren die roten Brüder unschlagbar. Das hatte sogar Cummings einsehen müssen, als sie eine Posse zusammengestellt hatten.

Danefield seufzte. Noch immer verspürte er nicht übel Lust, Cummings zum Teufel zu jagen. Er mochte den Kerl einfach nicht. Auch wenn Cummings sich konkret nie etwas hatte zuschulden kommen lassen, so waren Chester Danefield in seinen zwei Jahren als Sheriff von Silver Springs so einige Sachen zu Ohren gekommen, die ihm Nigel Cummings nicht eben sympathischer werden ließen.

Verdammter Mist!

Er hatte die Kleine, um die es ging, hin und wieder gesehen. Eine unscheinbare graue Maus, die es unter Cummings' Knute sicher nicht leicht gehabt hatte. Irgendwie konnte er ihr noch nicht einmal einen Vorwurf machen, dass sie ausgerückt war. Wenn es nach ihm gegangen wäre, dann hätte er die Sache auf sich beruhen lassen, aber wenn sie tatsächlich in die Kasse gegriffen hatte … Wahrscheinlich hatte sie sich über die Jahre sogar jeden Penny verdient, den sie mitgenommen hatte, aber Cummings hatte ja unbedingt Anzeige erstatten müssen.

Verdammter Mist!, fluchte Danefield noch einmal still, aber voller Inbrunst.

Solange nicht geklärt war, ob sie ihre Schuld inzwischen abgegolten hatte, gehörte das Mädchen nach dem Gesetz noch immer Cummings. Und wenn sie tatsächlich gestohlen hatte, verbesserte das ihre Lage auch nicht gerade.

Danefield seufzte. Also musste er der Sache eben nachgehen, ganz egal, ob er wollte oder nicht.

Scheiße.

»Wohin ist der Wagen gefahren?«, fragte er den Indianer. Er wusste noch nicht einmal seinen Namen, stellte er fest. Meistens riefen sie ihn »Hey, du« oder »Hey, Rothaut«. Wenn er ehrlich war, wollte er den Namen auch gar nicht wissen. Das hätte dem Roten irgendwie eine Persönlichkeit verliehen. Ihn zu einem Menschen gemacht. Nein, es war wohl besser, wenn er bei »Hey, du« blieb.

»Da entlang.« Der Indianer deutete auf einen Weg, der im scharfen Winkel nach links abknickte.

»Ja, sag mal, spinnst du?«, brauste Cummings auf. »Da geht es nirgendwohin. Wieso sollten sie also dahin unterwegs sein?«

Der Sheriff kratzte sich nachdenklich am Kinn. »Nun, wenn der Weg nirgendwohin führt, wieso ist er dann da?«

»Da hatten mal so ein paar wirre Goldgräber ihre Claims …« Cummings verstummte. Das konnte doch gar nicht sein. Hopes Großvater war Goldsucher gewesen. Er hatte immer mit Gold bezahlt. Nichts Reines und keine aufregenden Brocken, aber immerhin. Granger hatte seinen Claim irgendwo in diesen Bergen, und Cummings hätte plötzlich alles, was er besaß, darauf verwettet, dass die kleine Hure ihn damals angelogen hatte, als sie behauptete, nicht zu wissen, wo die Mine des Alten war. Sie wusste es damals, und sie wusste es heute, und sie war jetzt auf dem Weg dorthin. Vor Aufregung schlug er seinem Pferd so heftig die Sporen in die Seite, dass es protestierend schnaubte.

Er wollte verdammt sein. Der Gedanke an Gold brachte ihn in Hochstimmung. Er fühlte, wie sein Schwanz vor Erregung hart wurde, und seine Lippen verzogen sich zu einem Grinsen. Schon bald würde Hopp wieder ihm gehören, und dann würde er endlich das mit ihr tun, was er schon vor Monaten hätte tun sollen. Und falls dieser verlogene Bastard, mit dem sie unterwegs war, sie inzwischen flachgelegt hatte – na, auch egal. So monatelang allein in der Wildnis, wer konnte es ihm da schon verdenken, dass er nicht immer selbst kratzen wollte, wenn seine Latte ihn juckte? Hier draußen konnte ein Mann schließlich nicht wählerisch sein und nahm sogar mit so einem hässlichen Vogel wie Hopp vorlieb. Vielleicht hatte er ihr ja ein paar Tricks beigebracht, die seinen Ritt auf dem unansehnlichen Klappergestell ein wenig interessanter gestalten würden.

Cummings trieb sein Pferd auf den steilen Bergpfad, ohne abzuwarten, ob die anderen ihm folgten. Er konnte es kaum erwarten, Hopps Gesicht zu sehen, wenn der Sheriff sie ihm offiziell übergab. Das war so ziemlich der einzige Grund, warum er überhaupt den Sheriff bemüht hatte. Ohne diesen Versager wäre er viel schneller unterwegs gewesen, aber er wollte, dass diesmal alles seine Richtigkeit hatte. Er hatte gehört, dass es in der Stadt so einige gab, die Hopps Flucht hinter seinem Rücken guthießen. Er sei zu hart zu ihr gewesen, hatten sie gesagt, er habe sie ausgebeutet und gequält, und es hatte sogar Zweifel gegeben an der Rechtmäßigkeit seines Anspruchs. Was wussten die denn schon? Hopp hatte es nie so richtig schlecht bei ihm gehabt. Er hatte sich immer um sie gekümmert, und wenn er ihr hin und wieder mal kräftig den Arsch versohlt hatte, dann hatte sie es auch verdient gehabt, mit ihrem frechen Mundwerk und ihrer ewigen Träumerei. Und was wäre denn aus ihr geworden, wenn er sie nicht genommen hätte? Ein anderer hatte sie doch auch nicht gewollt! Keiner von diesen plötzlichen Moralaposteln hatte auch nur ein Wort gesagt, als er sie in seine Dienste genommen hatte. Keiner hatte widersprochen oder angeboten, sie bei sich aufzunehmen.

Hinter sich hörte Cummings den Hufschlag der anderen Pferde auf dem felsigen Boden. Nur der Häuptling war an ihm vorbeigeritten und hatte erneut die Spitze eingenommen. Als ob das im Augenblick nötig wäre, schließlich gab es ja nur diesen einen Weg.

Er dachte zurück an Mrs. Lindsays verdutztes Gesicht, als er plötzlich in ihrem Laden gestanden hatte. Im ersten Moment hatte er schon gedacht, sie würde das Kreuzzeichen schlagen oder irgendein Zeichen gegen den bösen Blick, aber dann obsiegte doch ihre Neugier. Es war wirklich zu schön, dass die alte Lindsay so eine Tratsche war. Ohne sie hätte er seinen Verdacht sicher nicht so schnell bestätigt gefunden …

»Halt!«

Irritiert blickte Cummings auf. »Was soll das?«, fragte er, als er bemerkte, dass die anderen absaßen. »Wir haben sie noch nicht eingeholt.«

»Wir rasten hier für die Nacht und reiten morgen weiter«, stellte der Sheriff fest und schwang sich ebenfalls von seinem Pferd.

»Nein«, widersprach Cummings. »Wir reiten jetzt weiter.« Er trieb sein Pferd an, zügelte es jedoch wieder, als er bemerkte, dass nur seine beiden Männer ihm folgten. Die drei Deputies des Sheriffs rührten sich nicht vom Fleck, und von der Rothaut war weit und breit nichts zu sehen.

»Mister Cummings, es ist Ihnen natürlich freigestellt, die Verfolgung allein fortzusetzen, aber es ist meine Pflicht, Sie darauf hinzuweisen, dass Sie kein vereidigter Deputy sind und somit keinerlei rechtliche Befugnisse genießen.«

Verdammtes geschraubtes Bürokratengequatsche. Cummings knirschte vor Wut mit den Zähnen, aber dann beugte er sich widerwillig den Wünschen des Sheriffs. Schließlich brauchte er ihn noch.

»Wo ist der Häuptling?«

»Er ist vorausgeritten, um das Gelände zu erkunden. Er wird mich informieren, falls er die Verfolgten in unmittelbarer Nähe entdecken sollte.«

»Ach ja? Und das glauben Sie ihm? Wer sagt Ihnen, dass sich die verdammte Rothaut nicht aus dem Staub macht und uns hier hängen lässt?«

»Niemand, Mister Cummings, außer der Logik. Wo sollte er hin, und vor allem, warum? Er war in der Stadt kein Gefangener, somit war es ihm freigestellt, jederzeit dahin zu gehen, wohin es ihn beliebte.«

»Mist!« Cummings warf seinen Sattel auf den Boden und setzte sich. Die Vorbereitungen für das Nachtlager überließ er den anderen, während er brütend in die Flammen des Lagerfeuers starrte.

XXXVIII

»Oh nein«, stöhnte Hope, als sie am nächsten Morgen erwachten. Sie waren am Abend zuvor so lange gefahren, wie sie es im Dunkeln verantworten konnten, aber als immer dichtere Wolken schließlich den Mond verdeckten, hatten sie notgedrungen anhalten müssen.

Und jetzt überzogen Raureif und eine dünne Schicht Schnee die Bäume und den Boden. Auch wenn sie ansonsten auf dem felsigen Untergrund so gut wie keine Spuren hinterließen, so würde ab sofort selbst ein Kind ihrer Fährte folgen können.

»Vielleicht sollten wir gar nicht zur Mine zurückkehren«, schlug Gabriel vor, aber Hope schüttelte den Kopf.

»Nein«, sagte sie leise und seufzte. »Das kann ich nicht machen.«

»Motte«, knurrte Gabriel und schloss gequält die Augen.

»Ja.« Sie sah ihn an. »Aber wenn du lieber woandershin …« Gabriel unterbrach sie mit einem Kuss.

»Ich gehe dorthin, wo auch du hingehst, schon vergessen? Uns wird schon etwas einfallen.«

Hope sah an ihm vorbei – und schrie auf. Gabriel wirbelte herum, den Colt schussbereit in der Hand.

»Ich komme in Frieden, Bruder«, sagte der Indianer und hob zum Zeichen, dass er unbewaffnet war, die Hände.

»Wer bist du, und was willst du?«, entgegnete Gabriel, den Revolver noch immer auf den Fremden gerichtet.

»Man nennt mich Weißer Adler, und ich bin gekommen, um Wolfsauge zu warnen. Böse Männer sind auf seiner Spur. Ich führe sie.«

»Ach, und warum sollte ich dir dann glauben, wenn du sie führst? Vielleicht ist das eine Falle?«

Weißer Adler zuckte die Achseln. »Wenn ich sie nicht geführt hätte, hätte es ein anderer getan, einer, der euch nicht gewarnt hätte.« Er sah zu Hope, die die Schaffelljacke, die Gabriel für sie gekauft hatte, fester um sich zog.

»Der weiße Mann sucht nur die Frau. Er sagt, du hast ihm seine Frau gestohlen, und er will sie wiederhaben.«

»Sie ist nicht seine Frau. Sie war seine Sklavin.« Der Indianer nickte bedächtig.

»Und nun ist sie deine Frau?«, wollte er dann wissen.

»Ja, so ist es.«

Wieder nickte der Indianer. »Ich werde versuchen, ihren Weg langsamer zu machen. Aber ich kann sie nicht aufhalten. Der weiße Mann, Cummings, er ist von Hass zerfressen, und er wird nicht rasten, bis er die Frau gefunden hat.«

»Er wird sie nicht zurückbekommen.«

Weißer Adler lächelte. »Dann wird Wolfsauge um sie kämpfen müssen.«

»Wenn es so weit ist, werde ich bereit sein.«

Ohne ein weiteres Wort wandte der Indianer sich um und schritt davon.

»Du lässt ihn gehen?«, fragte Hope.

»Er ist nicht unser Feind. Er wollte mich warnen. Anscheinend denkt er, ich würde dich Cummings ausliefern und mich in Sicherheit bringen.«

Fröstelnd zog Hope die Schultern hoch. »Vielleicht solltest du das tun. Cummings ist unberechenbar.«

»Und dich ihm ausliefern?«, fragte Gabriel fassungslos. »Niemals. Ich habe gesehen, was er dir angetan hat. Und außerdem …« Er verstummte.

Fragend blickte Hope ihn an. Außerdem … was? Aber was immer sie von ihm zu hören gehofft hatte, blieb ungesagt. Ohne den Satz zu beenden, wandte Gabriel sich ab, um die Tiere zu holen.

Während Gabriel die Mulis anspannte, bereitete Hope den Kaffee, den sie zusammen mit ein wenig Lagerbrot vom Vorabend hinunterstürzten. Dann brachen sie auf und konnten nur hoffen, dass die steigende Sonne ihre Spuren beseitigte, ehe die Verfolger darauf aufmerksam werden konnten.

»Wer ist *Wolfsauge*?«, fragte Hope nach einer Weile. Sie saß neben Gabriel auf dem Kutschbock und kaute auf einem Stück Trockenfleisch.

»Das ist mein Name bei den Sioux.«

»Wolfsauge?«, lachte Hope.

Gabriel sah sie an, und sie verstummte. »Der Name passt zu dir«, stellte sie dann fest.

»Deshalb habe ich ihn bekommen«, erwiderte Gabriel trocken.

»Haben deine Eltern und Geschwister auch Indianernamen?«

»Ja, natürlich. Mein Vater heißt eigentlich Angus McKinlay, aber bei den Sioux nennen sie ihn Weißer Wolf. Daher wurde Rafael, mein Zwillingsbruder, Sohn des Weißen Wolfes genannt, und ich Wolfsauge.«

»Woher wusste der alte Indianer, wer du bist?«

Gabriel zuckte mit den Schultern. »Ich kann mich nicht entsinnen, ihm schon einmal begegnet zu sein, aber vielleicht kennt er meinen Bruder oder meinen Vater. Wir sehen uns recht ähnlich. Und mein Vater genießt großes Ansehen bei den Völkern des roten Mannes. Viele wissen, wer er ist.«

»Hast du noch mehr Familie?«

»Meinen Bruder Michael und meine Mutter. Sie ist eine Dakota-Sioux und trägt den klangvollen Namen ›Wasser rauscht auf Steinen‹. Und natürlich Rafes Frau Emily und ihre Tochter Lily. Emily hat sich übrigens den Namen Mutiges Herz verdient, auch wenn sie selbst nicht davon überzeugt ist und meint, dass sie ihn zu Unrecht trägt.«

»Und was denkst du?« Neugierig sah Hope ihn an. Seine Stimme war weicher geworden, als er von Emily sprach, doch sie verspürte seltsamerweise keine Eifersucht auf die ihr unbekannte Frau.

Gabriel grinste. »Du kennst Rafael nicht. Ich finde, sie verdient ihn sich jeden Tag aufs Neue. Aber er wurde ihr ursprünglich von dem Krieger gegeben, der Emily gefangen nahm – und zwar noch bevor Rafe und Emily sich kennen lernten.«

»Und welchen Namen würdest du mir geben?«, wollte Hope wissen. Gabriel sah sie einen Moment lang an, und Hope hielt voller Erwartung den Atem an.

»›Fragt mir Loch in den Bauch‹«, erwiderte er ernsthaft, und Hope schnappte empört nach Luft, als ihr klar wurde, dass er sie auf den Arm nahm.

»Oh, du«, schimpfte sie und knuffte ihn in die Seite. »Und ich dachte, du gibst mir einen schönen Namen.«

»Aua«, rief Gabriel lachend. »Lass das.« Er versuchte, sich mit dem Ellenbogen vor ihren Faustschlägen zu schützen. Auch wenn ihre kleinen Fäuste durch das dicke Leder seiner Lammfell-Jacke keinen allzu großen Eindruck hinterließen, so machte es die Mulis nervös, wenn er ständig an den Zügeln zog und zerrte, was ihm auf dem an einer Seite steil abfallenden Pfad nicht sonderlich behagte.

»Schon gut, schon gut«, winkte Gabriel noch immer lachend ab und versuchte, ihre Hände zu fassen, ohne die Zügel loszulassen. »Ich gebe dir einen schönen Namen.«

»Nein«, schmollte Hope. Wütend verschränkte sie ihre Arme vor der Brust und wandte sich ab. »Wenn du es sowieso nicht ernst meinst, dann will ich überhaupt nicht, dass du mir einen Namen gibst.«

Lächelnd blickte Gabriel auf ihre abweisende Schulter. Sie hatte am Morgen ihr Haar zu einem Zopf geflochten, der wie ein dickes, platinglänzendes Seil ihren Rücken hinabhing. Das Bändchen, welches die Enden zusammengehalten hatte, hatte sich gelöst, und die schimmernde Flut ergoss sich wie ein Wasserfall aus geschmolzenem Mondlicht über ihren stocksteifen Rücken.

Gabriel strich ihr das Haar zur Seite und wünschte, er könnte das sanfte Gleiten der kühlen Seide durch seinen Handschuh hindurch auf der Haut spüren. Hope erbebte unter seiner Berührung.

»›Gebadet im Mondschein‹«, sagte er leise, seine Stimme rau, und Hope spannte überrascht die Schultern an.

»Was?«

»›Gebadet im Mondschein‹«, wiederholte Gabriel und strich über ihren Nacken. Hope drehte sich zu ihm um. »Dein Haar ist wie Mondlicht, und als du dort im Wald in der Quelle gebadet hast – das war das Schönste, was ich je gesehen habe.«

»Wirklich?«

Gabriel neigte seinen Kopf, und Hope hob ihm ihr Gesicht entgegen. Ihre Lippen trafen sich …

Der Wagen rumpelte durch ein Schlagloch und riss sie auseinander. Wehmütig lächelnd griff Gabriel die Zügel fester und konzentrierte sich wieder auf den holprigen Felspfad, der vor ihnen lag.

»Glaubst du, dass sie uns überhaupt noch folgen?«, fragte Hope, als sie eilig die Vorräte abluden und in die Hütte brachten. Fieberhaft beluden sie dann ihre Packtaschen für den Fall einer Flucht in die Berge.

»Kein Zweifel. Einer wie Cummings gibt nicht auf. Er will dich.« Er presste einen kurzen, harten Kuss auf ihre überraschten Lippen und grinste. »Und ich kann es ihm nicht einmal verdenken.«

Da peitschte jaulend ein Schuss durch die offene Tür, und mit einem unterdrückten Fluch warf Gabriel sich über Hope, um sie mit seinem Körper zu schützen. Gemeinsam rollten sie aus dem Schussfeld.

Verdammt!

Er hatte nicht damit gerechnet, dass ihre Verfolger ihnen so dicht auf den Fersen waren und dass sie sich so leise anschleichen würden. Anscheinend war es Weißer Adler nicht gelungen, sie aufzuhalten. Wieder bellte ein Schuss auf, und die Kugel blieb mit einem dumpfen Geräusch im Holz über ihren Köpfen stecken.

Draußen brandete Stimmengewirr auf, dann rief eine laute Stimme:

»Hier spricht Sheriff Chester Danefield aus Silver Springs. Wir sind in der Überzahl. Kommen Sie mit erhobenen Händen raus!«

Gabriel sah Hopes schreckgeweitete Augen in ihrem bleichen Gesicht und rollte sich ein wenig zur Seite, um sie nicht mit seinem Gewicht zu erdrücken. Er hielt seinen Revolver in der Hand, und Hope fragte sich, wann er ihn gezogen hatte.

»Welche Garantien haben wir, dass uns niemand abknallt, wenn wir rauskommen?«, brüllte Gabriel zurück. Hope zuckte zusammen.

»Sie haben mein Wort!«

Gabriel lachte bitter auf, ehe er zurückrief: »Nichts für ungut, Sheriff, aber solange jemand wie Nigel Cummings mit von der Partie ist, reicht mir das nicht.«

Wieder hörte man Stimmengemurmel, dann peitschen zwei weitere Schüsse in schneller Folge durch die Hütte.

»Hören Sie endlich auf, Sie verdammter Idiot!«, hörte Gabriel die Stimme des Sheriffs. Dann: »Sie haben mein Wort, dass niemand auf Sie feuern wird, auch nicht Cummings.«

Wieder fuhr Gabriels Blick hinüber zu Hope, und er sah ihr leises Kopfschütteln. Sie vertraute Cummings auch nicht.

»Weshalb sind Sie überhaupt hier?«, rief Gabriel, um Zeit zu gewinnen. Mit dem Fuß angelte er nach der Tür, um sie ins Schloss zu treten. »Wessen werden wir beschuldigt?«

»Sie haben einer Leibeigenen, die ihre Schulden noch nicht bezahlt hat, zur Flucht verholfen.« Gabriel hörte Hopes ersticktes Keuchen.

»Sie ist keine Leibeigene! Cummings hatte kein Recht, ihr das anzutun. Wir haben die Quittungen hier, die beweisen, dass ihr Großvater seine Rechnungen immer bezahlt hat.«

Schweigen.

Gabriel hörte, wie Pferdehufen stampften, dann Stimmen, schließlich Schritte, die sich näherten. »Nicht schießen!«, vernahmen sie die Stimme des Sheriffs. »Ich komme zu Ihnen.«

»Keinen Schritt weiter«, drohte Gabriel und hob den Revolver, als ein Schatten auf den Boden der Hütte fiel. Geschützt durch die Tür hatte er freies Schussfeld, falls es nicht der Sheriff war.

Vor der Schwelle hielten die Schritte inne.

»Ich bin's, Sheriff Danefield. Darf ich die Belege sehen, von denen Sie gesprochen haben?«

»Sind Sie unbewaffnet?«

Der Revolver des Sheriffs fiel polternd auf den Boden der Hütte und rutschte bis zum Kamin. Es konnte ein Trick sein. Er konnte mehr als ein Schießeisen bei sich tragen, aber Gabriel war gewillt, das Risiko einzugehen. Der Sheriff hatte beim Pokern einen ehrlichen Eindruck auf ihn gemacht. Offensichtlich hatte Cummings ihn unter Vorspiegelung falscher Tatsachen hierher gelotst. Hopes Finger schlossen sich fester um seinen Oberarm, aber Gabriel konzentrierte sich auf den Gegner.

»In Ordnung, Sheriff, kommen Sie rein. Aber schön langsam, und die Hände so, dass ich sie sehen kann.«

Ruhig und gelassen betrat Danefield mit erhobenen Händen den Raum. Er blieb zur hinteren Wand gerichtet stehen, so dass Gabriel sich nicht bedroht fühlte.

»Ich bin unbewaffnet«, sagte der Sheriff noch einmal. »Darf ich die Hände jetzt runternehmen?« Langsam ließ er sie sinken.

»Nein.«

Danefields Arme fuhren wieder hoch.

»Erst, wenn ich es sage. Wo hast du die Belege?«, fragte Gabriel leise in Hopes Richtung. Seine Augenbrauen zogen sich bedrohlich zusammen, als Hope sie aus der Brusttasche ihres Hemdes zog und ihm bewusst wurde, dass sie sie die ganze Zeit über bei sich gehabt haben musste.

»Du hattest mein Wort«, erinnerte sie ihn. Sie hatte also nicht vorgehabt, eine Dummheit zu begehen. Gabriel nickte.

»Hope wird Ihnen die Belege jetzt reichen, Sheriff. Drehen Sie sich nicht zu ihr um. Eine falsche Bewegung, und ich sehe mich gezwungen zu schießen. Und das würde ich nur sehr ungern tun.«

»Ich sähe es auch nur äußerst ungern, wenn Sie auf mich schießen würden, Fremder«, erwiderte der Sheriff. Wie befohlen, blieb er ruhig stehen, streckte Hope nur die Hand entgegen, als sie ihm die Quittungen reichte, ohne in Gabriels Schusslinie zu geraten. Er war ein wenig überrascht gewesen, als ihr Revolver schwingender Beschützer ihren Namen nannte.

Hope.

Und er hatte immer gedacht, ihr Name sei Hopp, sich aber dennoch ein wenig darüber gewundert.

Danefield blätterte die vergilbten Blätter rasch durch, dann sah er auf. Vorsichtig wandte er den Kopf.

»Sieht so aus, als wäre Ihr Großvater Cummings nie etwas schuldig geblieben, Miss.«

Tränen glänzten in Hopes Augen, als sie ihn ansah. »Mein Großvater hat seine Rechnungen immer sofort bezahlt. Das habe ich damals auch jedem gesagt, aber niemand hat mir geglaubt.«

»Wollen Sie gegen Cummings Anzeige erstatten, wegen Freiheitsberaubung?«

Hope atmete tief durch. »Nein«, sagte sie dann. »Ich möchte nur, dass das endlich aufhört. Ich möchte endlich meine Freiheit wiederhaben. Mein Leben.« Sie sah den Sheriff an. »Ich möchte endlich keine Angst mehr vor Nigel Cummings haben müssen.«

Danefield nickte. »Er wirft Ihnen auch vor, fünfhundert Dollar gestohlen zu haben.«

»Das ist gelogen«, protestierte Hope. »So wie auch die Schulden meines Großvaters erfunden waren. Ich habe kein Geld gestohlen.« Danefield nickte bedächtig.

»Ich glaube Ihnen«, sagte er, dann wandte er sich um.

»Die Belege sind in Ordnung!«, rief er. »Sie sagt die Wahrheit. Granger hatte nie Schulden …«

Ein Schuss krachte, und Sheriff Danefield wurde nach hinten geschleudert. Schwer prallte er auf dem Boden auf und blieb liegen. Weitere Schüsse folgten, und Gabriel kickte fluchend die Tür ins schloss.

»Bleib unten«, zischte er Hope zu, dann robbte er zur Tür und warf den Riegel vor. Überrascht sah er Hope an, als seine Winchester über den Boden auf ihn zuschlitterte. Er nahm die Waffe an sich und durchstieß die geölte Lederhaut vor dem Fenster, ehe er wieder in Deckung ging. Gottlob waren die Wände zu dick, um von Schüssen durchdrungen zu werden. Durch die Häute vor den Fenstern jedoch hagelten die Kugeln gegen die Rückwand des Raumes.

»Wie geht es ihm?«, fragte er Hope, ohne sich umzusehen.

»Ich fürchte, nicht gut«, erwiderte sie und presste ein Tuch auf die Wunde in der Brust des Sheriffs. Sein Hemd war bald blutdurchtränkt.

»Was geht da draußen vor?«, keuchte Danefield.

»Soweit ich das sehen konnte, haben Cummings und seine Männer Ihre Deputies erschossen. Tut mir Leid, Sheriff.«

»Dieser verdammte Hurensohn. Ich hätte wissen müssen, dass ich ihm nicht trauen kann.«

Gabriel enthielt sich wohlweislich einer Antwort.

Danefield lachte krächzend, ein Laut, der Hope eine Gänsehaut über den Rücken jagte. Blut schäumte auf seinen Lippen. »Äußerst taktvoll«, keuchte der Sheriff. »Aber ich konnte einfach nicht glauben, dass Cummings sich an Männern des Gesetzes vergreifen würde. Selbst er …« Er verstummte. Sein gequältes Husten erfüllte den Raum.

»Wo ist Weißer Adler?«, fragte Gabriel, und Danefield kniff die Augen zu schmalen Schlitzen zusammen.

»Wer?«

»Weißer Adler. Der Indianer.«

»Oh, der. Cummings hat ihn verdächtigt, uns auf eine falsche Fährte zu lenken und auf ihn geschossen, da ist er abgehauen. Konnte ich sogar verstehen, aber dass er mich …« Wieder hustete er, und auf seinen Lippen schäumte immer mehr Blut. Ein paar Mal atmete er noch pfeifend ein und aus, dann lag er still.

»Und was machen wir jetzt?«, fragte Hope leise, während sie dem Sheriff die Augen zudrückte.

Gabriel grinste. »Falls du einen guten Vorschlag hast – ich bin ganz Ohr«, erwiderte er. Er schnellte hoch, stieß das Gewehr durch die Fensteröffnung und gab zwei schnelle Schüsse ab. Ein Schmerzensschrei bestätigte ihm, dass er getroffen hatte. Sofort ließ er sich wieder unter dem Fenster auf den Boden sinken, während ein Kugelhagel die Einrichtung des Raumes weiter zerstörte. Hope schrie auf, als Glassplitter einer Öllampe auf sie niederregneten, und rutschte aus dem Gefahrenbereich.

»Wir müssen hier raus. Es kann nicht mehr lange dauern, dann kommen die Kerle auf die Idee, uns auszuräuchern.« Grimmig sah Gabriel sich um. »Wir müssen sie irgendwie ablenken.«

»Aber wie? Ich mag es kaum sagen, aber selbst mit den Pferden haben wir keine Chance. Dafür reite ich einfach zu schlecht.«

Gabriels Blick flog über die Wände, ihre Ausrüstung, und plötzlich überzog ein breites Grinsen sein Gesicht.

»Ich glaube«, stieß er hervor, »ich habe da eine Idee.«

Nigel Cummings riss sein Gewehr hoch, als er schrilles Wiehern und Hufgeklapper vernahm. Aus der Stalltür kommend, preschten zwei gesattelte Pferde durch die Dämmerung, die Reiter so tief über die Hälse gebeugt, dass sie kaum zu sehen waren.

»Hinterher!«, brüllte er. »Na los, sie wollen abhauen!«

Mit einem Satz schwang er sich in den Sattel und riss sein Pferd herum. Seine Männer taten es ihm gleich, wobei sie den Flüchtenden näher waren.

»Einhundert Dollar für den, der sie mir bringt, aber die Frau will ich lebend!«, schrie Cummings, während er seinen Begleitern nachjagte.

XXXIX

»Glaubst du, sie fallen darauf rein?«, meinte Hope und spähte vorsichtig um die Stalltür herum. Der Hufschlag war noch gedämpft zu vernehmen, aber der Wald hatte die Pferde und ihre Verfolger verschlungen.

»Nun, darauf reingefallen sind sie schon. Fragt sich nur, wann sie den Schwindel bemerken. Los, komm.« Er ergriff Hopes Hand und zog sie hinter sich her. Der Vollmond tauchte hinter den schnell dahinziehenden Wolkenbergen auf und badete den freien Platz zwischen Hütte und Mine in fahles Licht, als sie ihn hastig überquerten. In der Kälte der Nacht fröstelte Hope ohne ihre dicke Jacke und zog die Schultern hoch, während sie beobachtete, wie Gabriel den Eingang zum Stollen mit Dynamit verminte.

Jetzt, nachdem Cummings den Weg zur Mine kannte, war sie vor ihm nicht mehr sicher, und Hope wollte ihm die Mine nicht überlassen. Sie schlang ihre Arme fester um sich, damit Motte, die es sich unter ihrer dünnen Sommerjacke bequem gemacht hatte, nicht den Halt verlor.

Donnernder Hufschlag erklang, und Gabriel fluchte. Verdammt, Cummings hatte zu früh gemerkt, dass er zwar das Fell, nicht aber den Hasen jagte.

Sie hatten ihre dicken Jacken über Strohsäcke gezogen und auf die Pferderücken gebunden, so dass es aussah, als versuchten geduckte Reiter zu fliehen. Irgendetwas musste schief gelaufen sein.

»Los«, wisperte Gabriel. Er entzündete die Lunte und zog Hope mit sich. Zischend und fauchend fraß sich die kleine Flamme die Lunte entlang. Jeden Augenblick musste das Dynamit detonieren.

»In den Wald.«

Hope stolperte hinter Gabriel her, der Augen wie ein Luchs – nein, wie ein Wolf, korrigierte sie sich – zu haben schien. Er stolperte nicht ein einziges Mal, sondern fand seinen Weg mit geradezu traumwandlerischer Sicherheit.

Hinter sich hörten sie die Stimmen lauter werden.

»... Bockshorn jagen lassen. Ich wette, sie sind hier noch irgendwo. Weit können sie nicht gekommen sein.«

Das Donnern der Explosion war ohrenbetäubend.

Die Druckwelle schien Hope von den Beinen heben zu wollen, aber Gabriel hielt sie fest und riss sie weiter. Der Eingang zur Mine sowie auch der ganze Platz davor waren für Sekunden in gleißendes Licht getaucht, so dass Hope auf einmal sehen konnte, wohin Gabriel sie lenkte.

»Da sind sie!«

Ihr Herz drohte auszusetzen.

Sie waren entdeckt! Ihre Füße schienen den Boden kaum zu berühren, so schnell flogen sie über den unebenen Untergrund dahin.

»Hier hinein«, keuchte Gabriel und schob Hope in einen Stollen. Ohne zu zögern, krabbelte sie auf allen vieren hinein, dicht gefolgt von Gabriel, der noch ihre Ausrüstung und einige Vorräte vor sich her in die Dunkelheit beförderte.

»Folge dem Stollen bis ans Ende.«

»Kommst du nicht mit?«, fragte Hope, plötzlich ängstlich. Sie wollte nicht ohne Gabriel von der Dunkelheit verschlungen werden.

»Ich komme gleich nach. Na los!«

Zunächst zögernd, dann schneller, kroch Hope in den Stollen, wie Gabriel es ihr befohlen hatte. Sie konnte nur hoffen, dass er einen Plan hatte und dass sie beide hier heil wieder rauskamen. Nach einigen Metern holte sie Motte aus ihrer Jacke und ließ die Katze allein laufen, damit sie sich etwas besser bewegen konnte. Die Tasche mit den Vorräten über ihrer Schulter war schon schwer genug, und ständig blieb sie damit an irgendwelchen Felsvorsprüngen hängen. Von Gabriel hörte sie nichts.

Die Dunkelheit, die sie umfing, war absolut, ebenso die Stille. Bis auf ihren eigenen, keuchenden Atem, das Rutschen von Geröll unter ihren Händen und Knien und das gelegentliche Tropfen von Wasser drang kein Laut an ihre Ohren. Einige Male tastete Hope über die Seitenwände des Stollens, aber ihre Hände trafen immer nur auf solides Gestein. Offensichtlich gab es keine Nebentunnel, so dass Gabriel auch diesem Weg folgen musste. Hin und wieder spürte sie Mottes Fell an ihrem Arm und wusste so, dass ihre Katze noch in ihrer Nähe war, ansonsten fühlte sie sich, als wären sie die einzigen lebenden Wesen in dieser finsteren Unterwelt.

Gabriel hatte sich eben durch den Eingang zum Stollen gezwängt, als ein Kugelhagel über den Fels peitschte und jaulende Querschläger durch die Luft sirrten.

»Kommt raus!«, brüllte Cummings. »Ihr habt keine Chance!« Der zuckende Schein der brennenden Mine, die noch immer von Explosionen erschüttert wurde, verwandelte sein Gesicht in eine Teufelsfratze.

Ruhig spannte Gabriel die Sehne auf seinen kurzen Jagdbogen, dann griff er nach einem Pfeil. Hoffentlich gelang es ihm, das zusätzliche Gewicht der Dynamitstange auszugleichen. Er hatte so etwas noch nie versucht. Kurz glomm ein Funke auf, dann legte er den Pfeil an und schoss. Er verfehlte Cummings nur um Millimeter. Der Stamm der riesigen alten Fichte, in der der Pfeil stecken blieb, zerbarst unter der Detonation des Dynamits, und Cummings und seine Schergen suchten fluchend Deckung.

Gabriel schoss einen weiteren Pfeil ab, dann noch einen. Als er sich sicher sein konnte, dass es für mehrere Sekunden niemand mehr wagen würde, aus seiner Deckung zu kommen, platzierte er das restliche Dynamit am Eingang des Stollens und setzte eine längere Lunte in Brand. Dann kroch er, so schnell die Enge des Tunnels es ihm erlaubte, in die Dunkelheit hinein.

Die Wucht der Explosion war bis in die kleine Höhle zu spüren, in der Hope zusammengekauert hockte. Ihr war kalt, aber mehr noch brachte die Angst um Gabriel sie zum Zittern. Wo blieb er nur? Sie zuckte zusammen, als der Donner der Detonation sie erreichte. Selbst hier in der Tiefe bebte der Boden. Winzige Steinsplitter regneten von der Decke hinab, und Hope presste Motte fester an sich.

Was war geschehen?

Ihre Augen füllten sich mit Tränen, als sie daran dachte, dass Gabriel etwas zugestoßen sein könnte. Nein. Sie musste einfach glauben, dass es ihm gut ging. Es musste ihm einfach gut gehen, denn sonst würde sie hier, allein gefangen in der Dunkelheit, den Verstand verlieren.

Hope wusste nicht, wie viel Zeit vergangen war, als das Rollen und Klappern von Steinen, die Ankunft eines Menschen durch den Stollen verkündete.

»Gabriel?«, fragte sie mit zitternder Stimme.

»Ja«, hörte sie seine gedämpfte Antwort, und ihr fiel ein Stein vom Herzen.

»Warum hockst du denn hier im Dunkeln?«, wollte er wissen und tastete sich bis zu ihr vor. Verzweifelt warf sich Hope in seine starken Arme und zog ihn an sich.

»Du hast die Lampe«, seufzte sie, als seine Lippen sich endlich von ihren lösten. Sie spürte, wie sich sein Mund zu einem Lächeln verzog.

»Und warum hast du keine Kerze genommen?«

Hope lachte verlegen. »Daran habe ich überhaupt nicht gedacht.« Sie hörte, wie er in der Dunkelheit etwas suchte, dann ratschte ein Zündholz, und gleich darauf erhellte der zuckende Schein einer Kerzenflamme die Finsternis.

»Schon besser«, murmelte Gabriel und tropfte ein wenig Wachs auf einen Felsen, in das er die Kerze drückte.

»Was ist dort oben geschehen?«

»Ich habe auch den Eingang zu diesem Stollen gesprengt«, erwiderte Gabriel ruhig. »Wir können nur hoffen, dass Cummings uns für tot hält.« Er setzte Motte, die es sich auf seinem Schoß bequem machen wollte, auf den Boden, und sie marschierte beleidigt zu Hope, die sie in ihre Arme schloss.

»Und wie kommen wir dann wieder hier raus?« Hope versuchte, das ängstliche Zittern und die Panik in ihrer Stimme zu unterdrücken. Gabriel würde schon wissen, was er tat. Zumindest hoffte sie das.

»Als ich dich damals hier unten gesucht habe, habe ich gesehen, dass dort durch den Spalt Licht hereinkam.« Er zeigte in eine Richtung, in der Hope jedoch nichts erkennen konnte. »Diese Höhle muss also noch einen anderen Ausgang haben.«

»Hoffst du.«

»Hoffe ich.«

»Und wenn nicht?«

Gabriels Lippen verzogen sich zu einem schiefen Grinsen. »Nun, ich fürchte, dann haben wir ein Problem. Ein großes Problem, aber darüber mache ich mir Gedanken, wenn es so weit ist.«

Damit rückte er seine Packtasche als Kopfkissen zurecht und breitet eine Decke aus. »Komm her«, sagte er und streckte seine Hand aus.

»Wie kannst du jetzt nur ans Schlafen denken?«, fragte Hope entgeistert. Wollte Gabriel sich jetzt tatsächlich hier zur Ruhe betten?

»Weil ich müde bin. Und jetzt, während der Nacht, können wir den Ausgang sowieso nicht finden. Also können wir die Zeit auch zum Schlafen nutzen. Es sei denn, du hast einen angenehmeren Zeitvertreib im Sinn.«

Hope war froh, dass er ihr Erröten im Schein der flackernden Kerze nicht sehen konnte. *Das* war das Letzte, wonach ihr jetzt zumute war.

Wieder überlief ein Schauer ihren Rücken. Zumindest aber würde sie näher an Gabriel heranrücken. Wenn sie schon nicht schlafen konnte, dann wollte sie es wenigstens warm haben. Er nahm sie in seine Arme und zog sie halb auf seinen Körper. Es war erstaunlich, welche Wärme er selbst unter diesen Umständen noch verströmte – dabei trug er noch nicht einmal eine Jacke.

Hope war selbst überrascht, als sie gähnte. Erschrocken hielt sie sich eine Hand vor den Mund. Gabriel zog sie noch ein wenig enger an sich, dann schlug er die Decke über sie beide. Mit einem leisen Seufzen bettete Hope ihren Kopf an seine Schulter. Wieder gähnte sie, dann war sie eingeschlafen.

Cummings tobte.

Am liebsten hätte er einen seiner Männer einfach über den Haufen geschossen, um sich irgendwie abzureagieren, aber er hielt sich mit Mühe zurück.

Verdammte Scheiße! Nichts lief so, wie er es geplant hatte. Erst sprengte dieser Bastard die Mine, so dass sie nie wieder jemand betreten würde, dann war er auch noch dämlich genug, sich selbst und Hope in die Luft zu jagen.

Ausdruckslos starrte Cummings auf den Geröllhaufen, wo einst ein Stollen gewesen war, und knirschte mit den Zähnen. Er hatte Hope lebend haben wollen. Er hatte in ihr Gesicht sehen wollen, wenn sie begriff, dass er noch immer ihr Herr und Meister war, dass sie ihm gehörte und dass er noch immer mit ihr tun und lassen konnte, was er wollte. Aber bislang hatte er nur einmal im Dunkeln ihre Schemen gesehen, und so, wie die Dinge lagen, würde sie ihm auch nie wieder gegenübertreten können.

Elender Mist! So gesehen war sie ihm doch entkommen.

Er hielt inne und blickte zurück auf den einstigen Eingang des Nebenstollens. Vielleicht waren sie tot, vielleicht aber auch nicht. Und je mehr er darüber nachdachte, desto sicherer war er sich, dass sie noch lebten.

Erregung durchströmte ihn. Auch Füchse hatten niemals nur einen Ausgang aus ihren Bauten, und in seinen Augen waren sie nichts anderes als Füchse, und er war der Jäger. Für den Augenblick mochten sie sich verkrochen haben, aber er würde sie schon wieder aufscheuchen.

»Durchsucht die Hütte und steckt sie anschließend in Brand«, befahl er unwirsch und wirbelte herum. Er musste etwas zerstören, irgendetwas, und wenn er seine Wut nur an der Hütte auslassen konnte, dann würde er es tun.

Krachend und polternd durchwühlten seine Männer die Behausung, aber Cummings konnte an ihren enttäuschten Ausrufen hören, dass sie nichts Brauchbares zutage förderten. Sie rissen Regale um und verteilten Bettzeug und Bücher auf dem Boden des Hauptraums, dann flogen Fackeln in hohem Bogen durch die Luft und durch die offene Tür ins Innere. Stoff, Papier und trockenes Holz flackerten auf, fingen Feuer und brannten innerhalb weniger Minuten lichterloh.

Grinsend starrte Cummings in die zuckenden Flammen. Nichts sollte hier zurückbleiben. Wenn er Hope und das Gold nicht haben konnte, dann sollte ihr auch nichts mehr bleiben.

»Boss?«

»Was ist?«, fauchte Cummings. Roland Murchard, einer seiner Männer, wich einen Schritt zurück, dann hob er den Blick zum Himmel. Dicke Schneeflocken tanzten ihren gemächlichen Reigen gen Boden.

»Vielleicht hätten wir die Hütte doch noch nicht abbrennen sollen«, gab Murchard zu bedenken, und Cummings warf wutentbrannt seinen Hut auf den staubigen Boden. Im Moment lief aber auch gar nichts richtig.

»Und was nun?«, fragte Murchard leise. Unter Cummings wildem Blick wich er erschrocken einen weiteren Schritt zurück.

»Wir lagern … im Schutz … der Bäume«, keuchte Cummings und hob seinen Hut auf. Er klopfte ihn an seinem Hosenbein ab. »Und morgen Früh bringen wir die Leichen des Sheriffs und seiner Deputies zurück nach Silver Springs.«

»Aber dann hängt man uns auf!«, protestierte Murchard entgeistert. Cummings' Mund verzog sich zu einem hässlichen Lächeln.

»Aber wieso denn uns? Was können wir denn dazu, dass Hopp und ihr Begleiter den Sheriff und seine Männer ermordet haben? Wirklich eine Schande, wenn man bedenkt, dass die armen Teufel nur ihre Pflicht tun wollten.«

Ein grausames Grinsen umspielte seine Lippen.

Und um die Jagd interessanter zu gestalten, würde er ihnen jeden Gesetzeshüter im Westen für den Mord am Sheriff und seinen Deputies auf den Hals hetzen.

XL

Verschlafen tastete Hope nach Gabriel und fand seinen Platz leer. Sie setzte sich auf und strich sich das Haar aus dem Gesicht. Sie hatte es letzte Nacht noch flechten wollen, war aber irgendwie vorher eingeschlafen. Dabei hätte sie schwören können, dass sie überhaupt nicht müde war.

»Gabriel?«

Keine Antwort. Hope schlug die Decke zurück und kroch auf allen Vieren auf den Spalt zu, den Gabriel erwähnt hatte. Nur gut, dass sie Hosen anhatte. Wie viel schwieriger wäre der Abstieg in den Tunnel und der Weg hier über Steine und Geröll gewesen, wenn sie einen Rock getragen hätte.

»Gabriel?« Sie hörte ihn irgendwo nicht allzu weit entfernt rumoren. Plötzlich war Motte an ihrer Seite, und Hope fühlte sich nicht mehr ganz so allein. Sie schob sich durch den Spalt und richtete sich auf – und blieb mit vor Erstaunen offenem Mund stehen.

Das Gewölbe war zwar nicht allzu groß, dafür jedoch atemberaubend. Sonnenlicht fiel grün gedämpft durch kleine, anscheinend überwucherte Öffnungen im Fels, und ein wenig weiter entfernt erkannte Hope eine größere Öffnung – möglicherweise ein Ausgang.

Feuchtglänzende Stalaktiten hingen wie die Reißzähne riesiger Raubtiere von der Decke herunter, während ihnen von unten wuchtige Stalagmiten entgegenwuchsen. Farbige Zeichnungen bedeckten die Wände. Sie zeigten Jagdszenen, Büffel, Reiter, Vögel und Tiere, die Hope nie zuvor gesehen hatte. Waren es Fantasiewesen oder existierten sie einst wirklich? Bewundernd ließ Hope ihre Finger über die Bilder gleiten. Wer hatte die Zeichnungen im Fels wohl angefertigt?

Sie hörte, wie Gabriel mit leise knirschenden Schritten auf sie zukam, und wandte sich um.

»Wo sind wir hier?«

»An einem heiligen Ort.«

»Einem heiligen Ort?«

Gabriel nickte. »Meinem Volk sind solche Orte heilig. Ich denke, die meisten Indianerstämme empfinden so. Schon vor Urzeiten müssen die Menschen das Besondere dieses Ortes gefühlt haben. Warum sonst hätten sie die Zeichnungen anbringen sollen?«

»Kennst du ihre Bedeutung?«

Gabriel schüttelte den Kopf. »Nein. Ich glaube, niemand kennt sie. Vielleicht waren es Gebete für eine gute Jagd oder eine Danksagung. Vielleicht wollten die Zeichner aber auch nur nicht, dass das Wissen um ihre Welt verloren geht.« Er zuckte mit den Achseln. »Wer weiß.«

Nachdenklich betrachtete Hope die bunten Figuren, die vor ihren Augen zum Leben zu erwachen schienen.

»Sie sind wunderschön«, hauchte sie andächtig. Gabriel schloss von hinten seine Arme um sie, zog sie an seine Brust und legte sein Kinn auf ihren Kopf.

»Es freut mich, dass du so empfindest«, er presste einen Kuss auf ihren Scheitel, »aber ich glaube, den meisten Weißen wären diese Zeichnungen völlig egal.« Seine Stimme klang bitter, als er weitersprach. »Sie kommen in unser Land, nehmen es sich, ohne zu fragen, und sie töten die Tiere nur so zum Vergnügen. Sie zerstören alles, was ihnen nicht nützlich ist oder was sie nicht verstehen.« Seine Arme schlossen sich fester um sie. »Sie haben keinen Respekt vor unseren Traditionen, keinen Respekt vor dem Leben.«

Hope wusste nicht, was sie erwidern sollte, denn tief in ihrem Herzen befürchtete sie, dass er Recht hatte.

»Lass uns gehen«, sagte er nach einer Weile.

»Heißt das, du hast einen Weg hinaus gefunden?«

Gabriel grinste angesichts der Begeisterung in ihrer Stimme. »Hast du etwa daran gezweifelt?«

»Aber nicht eine Sekunde«, gab Hope mit gespielter Entrüstung zurück und eilte ihm nach, um ihre Sachen zu holen.

»Oh nein!«, rief Hope entsetzt, als sie vor den rauchenden Überresten ihrer Hütte standen. Cummings und seine Männer hatten ganze Arbeit geleistet. Was nicht verbrannt war, hatten sie niedergerissen, so dass nicht ein brauchbares Teil übrig geblieben war. Sogar die Schwitzhütte war ihrer Zerstörungswut zum Opfer gefallen.

»Großvaters Bücher«, schluchzte sie, »unsere Vorräte.« Gabriel zog sie tröstend in seine Arme. Sie hatte nie viel besessen in ihrem Leben, aber das Wenige, das sie ihr Eigen nennen konnte, war ihr schon wieder genommen worden.

»Was sollen wir denn jetzt nur tun?«

Gabriel sah sich um. Der Schnee auf dem freien Platz vor der Hütte war aufgewühlt, als hätten Cummings und seine Männer noch nach etwas gesucht. Vermuteten sie, dass Hope und er noch am Leben waren?

Möglich war es.

Als sie den Ausgang der Höhle erreicht hatten, hatte sich ihnen ein fantastischer Blick über die atemberaubende Welt der Berge geboten, so dass sie Cummings und seine Schergen am liebsten vergessen hätten. Schneebedeckte Gipfel, tiefe Schluchten und Täler, steile Abhänge, rauschende Wälder und glitzernde Seen unter einem stahlblauen Himmel. Es war nicht schwer, sich vorzustellen, warum diese Höhle für die Indianer ein heiliger Ort war. Auch Hope spürte den Hauch des Magischen, der ihn umwehte.

Vorsichtig hatten sie sich dann auf den beschwerlichen Weg zurück zur Hütte gemacht. Es gab keinen Pfad, dem sie hätten folgen können, und sie mussten sich selbst einen Weg entlang der teils extrem brüchigen Felswand suchen. Falls es einst einen Pfad gegeben hatte, so war er längst hinabgestürzt in die Tiefe. Mehr als einmal waren sie ins Rutschen gekommen, jeder Schritt, beinahe jede Bewegung konnte den sicheren Tod bedeuten. Motte, sicher untergebracht in einer Trageschlaufe, die Gabriel aus ihrer Decke gefertigt und sich über den Rücken gehängt hatte, hatte sich erstaunlich ruhig verhalten, auch wenn sie ihr Unbehagen hin und wieder durch ein klagendes Maunzen erkennen ließ. Hope hatte es am schwersten gehabt. Ihre Arme und Beine waren zu kurz, um die Handgriffe und Spalten zu erreichen, in denen Gabriel festen Halt fand. Zudem pfiff ein eisiger, schneidender Wind, gegen den ihre Kleidung sie nicht zu schützen vermochte und der die Finger in kürzester Zeit gefühllos werden ließ. Der Wind trieb Wolkenfetzen vor sich her, die dichter und dichter wurden, bis sie erneut schwer und grau den Himmel verdunkelten, und es wurde immer kälter.

Aber sie hatten es geschafft. Nach mehr als einer Stunde über dem gähnenden Abgrund hatten sie schließlich einen Felsvorsprung erreicht, der sich am Abhang entlangzog und zudem stabil genug war, ihr Gewicht zu tragen. Ihre größte Sorge – Cummings und seine Männer könnten sich noch in der Nähe aufhalten – bewahrheitete sich zum Glück nicht. Gabriel hatte damit gerechnet, dass die Hütte zerstört sein würde, doch Hope traf der Anblick gänzlich unvorbereitet. Während ihrer Klettertour hatte sie immer wieder von einem warmen Bad geschwärmt, und der Gedanke hatte sie angetrieben. Gabriel hatte keinen Sinn darin gesehen, sie zu entmutigen – umso größer war nun ihre Enttäuschung.

Schluchzend lag sie in seinen Armen, und Gabriel wusste, wie sehr sie sich darauf gefreut hatte, ins Warme zu kommen, ein Feuer im Kamin zu entzünden, ein Bad zu nehmen und ihre eisigen Glieder wieder aufzuwärmen.

»Wir gehen nach Silver Springs«, sagte er unvermittelt.

Hope glaubte, sich verhört zu haben.

»Was?«, krächzte sie und sah ihn mit tränenverschleierten Augen an, als habe er den Verstand verloren. Gabriel erwiderte ihren Blick.

»Wir gehen nach Silver Springs«, bekräftigte er. »Hast du die Quittungen noch?«

Hope nickte zögernd und zog sie halb aus ihrer Brusttasche.

»Gut.« Gabriel bedeutete ihr, sie wieder einzustecken.

»Aber wieso? Gabriel, ich verstehe das nicht.« Sie sah sich um. »Ich will nicht zurück nach Silver Springs, und jetzt«, sie schluckte, noch immer den Tränen nahe, »hält mich auch hier nichts mehr. Alles, weswegen ich hierher zurückgekehrt bin, ist zerstört.« Flehentlich sah sie ihn an. »Lass uns von hier fortgehen, bitte. Mit dem Gold, das wir schon gefunden haben, können wir ein neues Leben beginnen, weit, weit weg von hier.«

Nachdenklich schüttelte Gabriel den Kopf. »Willst du etwa dein Leben lang auf der Flucht sein, Hope?«, fragte er dann und sah ihr tief in die Augen.

»Aber Cummings …«

»Sieh dich um«, meinte Gabriel und deutete auf die Fuß- und Hufspuren, die den Boden vor dem alten Hauptstollen und dem Tunnel, durch den sie geflohen waren, aufgewühlt hatten. »Cummings hat irgendetwas gesucht, und ich möchte wetten: uns. Ich an seiner Stelle …« Er verstummte. Mit schnellen Schritten eilte er auf einen Ast zu, der unversehrt neben der Hütte im Boden steckte. Ein Lederfetzen flatterte im Wind, und Gabriel zerknüllte ihn wütend in seiner Hand, nachdem er die Worte darauf gelesen hatte.

»Was ist?«, fragte Hope, die ihm gefolgt war.

»Cummings weiß, dass wir leben. Zumindest ahnt er es.« Er reichte Hope die Nachricht. Es dauerte einige Sekunden, bis sie die verschmierten Buchstaben entziffert hatte, aber dann wich jegliche Farbe aus ihrem Gesicht.

»Oh, mein Gott«, wisperte sie. Entsetzt sah sie Gabriel an. »Das ist nur ein Grund mehr wegzulaufen. So weit wie es nur irgend geht. Gabriel, bitte …«

Gabriels Blick glitt in die Ferne.

Wo immer ihr seid, ich kriege euch!

»Nein«, sagte er dann entschlossen und sah sie an. Verdammt, er war schon zu lange davongelaufen, vor seinen Erinnerungen, vor seinen Gefühlen und vor seiner Zukunft. Es war Zeit, dass er sich zumindest der Gegenwart stellte. Das schuldete er Hope – und er schuldete es auch sich selbst.

»Es gibt keinen Ort, wohin wir gehen können. Wäre ich an Cummings' Stelle, dann würde ich dafür sorgen, dass wir uns nirgendwo mehr sehen lassen können, ohne Schwierigkeiten zu bekommen. Ich würde in der Stadt verbreiten, dass wir beide für den Tod des Sheriffs und der Deputies verantwortlich sind, und dann würde jeder Gesetzeshüter und wahrscheinlich auch bald jeder Kopfgeldjäger im Land Jagd auf uns machen. Wir wären nirgendwo mehr sicher. Immer auf der Flucht. Ist es das, was du willst?«

»Aber es ist doch nicht wahr«, rief Hope verzweifelt. »Wir haben doch niemandem etwas getan.«

Gabriel lachte grimmig. »Aber das wird niemanden interessieren, glaub mir. Ich fürchte, unser Steckbrief wird schon bald überall auf uns warten, ganz egal, wohin wir uns auch wenden.«

»Vielleicht hättest du mich ihm doch ausliefern sollen«, flüsterte Hope erstickt und blickte zurück zu den Resten ihrer verbrannten Hütte. »Dann könntest wenigstens du dein Leben in Frieden weiterleben.«

Gabriel zog sie an sich. »Ohne dich gibt es für mich keinen Frieden, Hope. Ich habe das Gefühl nicht mehr gekannt bis zu dem Tag, an dem ich dich getroffen habe. Ich lebte von einem Tag zum anderen, und wenn ich gestorben wäre, dann hätte es keinen großen Unterschied für mich gemacht. Denn innerlich war ich bereits tot. Erst durch dich habe ich wieder erfahren, was es bedeutet zu leben, sich lebendig zu fühlen und ein Ziel zu haben, für das es sich lohnt zu leben.«

Er küsste sie lange und leidenschaftlich, und Hope schmiegte sich mit einem leisen Laut des Begehrens an ihn.

»Das letzte Mal, als du es mit Cummings aufnehmen musstest, warst du ein Kind. Und du warst allein. Dieses Mal kämpfen wir gemeinsam.«

»Ich habe Angst«, flüsterte Hope und barg ihr Gesicht an seiner Schulter. »Ich habe entsetzliche Angst, auch dich zu verlieren.«

»Aber du wirst mich nicht verlieren, keine Sorge.« Beruhigend schloss er seine Arme fester um sie. »Wir werden uns stellen. Cummings ist in Silver Springs nicht allzu beliebt, daher glaube ich nicht, dass man uns aufgrund seiner Anschuldigungen lynchen wird. Vor allem jetzt nicht, wo du endlich beweisen kannst, dass er dich zu Unrecht versklavt hat. Du hattest keinen Grund, den Sheriff zu ermorden. Ganz im Gegenteil. Er hätte dir helfen können.«

»Zu Fuß wird es ein weiter Weg nach Silver Springs«, gab Hope zu bedenken. Ihr war kalt, obwohl sie im Gegensatz zu Gabriel wenigstens eine dünne Jacke trug, und sie hatte das Gefühl, als würde es von Minute zu Minute kälter werden. Schneeflocken tanzten wieder vom schweren, bleigrauen Himmel herab, und es sah nicht so aus, als würde es bald aufhören zu schneien.

Gabriel stieß einen durchdringenden Pfiff aus. Hope zuckte zusammen und sah ihn verwundert an. Aber noch ehe sie ihn fragen konnte, was er damit bezweckte, hörte sie bereits rasch näher kommendes Hufgetrappel. Sie wollte in Deckung gehen, doch Gabriel hielt sie zurück.

Hope lachte auf, als sie Gabriels Braunen, gefolgt von ihrem Schecken, aus dem Wald auftauchen sah.

»Hast du gewusst, dass sie kommen würden?«

Gabriel grinste. »Nun, ich habe es zumindest gehofft. Mein Pferd ist darauf abgerichtet, und sofern Cummings es nicht erwischt hatte, was ich mir nicht vorstellen konnte, musste es zu mir kommen. Und da die beiden Tiere sich aneinander gewöhnt haben, ist es nur natürlich, dass sie zusammengeblieben sind.«

Er löste seine Jacke vom Sattel. Hopes war nirgendwo zu sehen. Anscheinend hatte sie sich aus der Verschnürung gelöst. Wahrscheinlich hatte Cummings die Verfolgung der Pferde deshalb so früh abgebrochen. Gabriel wollte Hope seine Jacke reichen, aber sie lehnte ab.

»Verdammt, Hope, fang nicht schon wieder an, mit mir zu streiten«, grollte Gabriel drohend und trat einen Schritt näher, aber Hope wich, Motte fester an sich drückend, zurück.

»Aber ich streite doch gar nicht. Ich finde nur, dass du deine Jacke nötiger brauchst als ich. Ich habe eine. Sie ist zwar nicht so dick, aber ich habe auch noch die Decke. Was kann es mir nützen, wenn du dich wie ein Gentleman benimmst und dabei erfrierst.«

Wie zur Bestätigung ihrer Worte frischte der Wind auf und trieb die Schneeflocke immer dichter vor sich her. Gabriel biss die Zähne zusammen. So ungern er es zugab: Hope hatte Recht. Mit finsterem Gesichtsausdruck schlüpfte er in seine Lammfelljacke, dann half er Hope aufzusitzen und reichte ihr Motte hinauf, die sich sofort unter Hopes Jacke kuschelte. Dann legte er ihr die Decke um die Schultern.

»Sag mir Bescheid, wenn du frierst«, ermahnte er sie, und Hope nickte.

»Wollen wir nicht unsere Sachen holen? Ich meine das Gold.«

»Damit man es uns abnimmt?« Gabriel schüttelte den Kopf. »Nein. Hier ist es sicher. Wir werden später zurückkommen und es holen.«

Wenn man uns nicht aufhängt.

Beide dachten es, aber keiner sprach es aus.

Ihre Knie fest an die Seiten ihres nervösen Ponys gepresst, sah Hope zu, wie auch Gabriel sich auf den Rücken seines

Braunen schwang. Der Schnee fiel immer dichter. Genau genommen hatten sie gar keine andere Wahl, als nach Silver Springs zurückzukehren, wenn sie nicht erfrieren wollten. Ihre wenigen Vorräte würde Gabriel dank seines Jagdgeschicks schnell aufstocken können, aber ohne Unterkunft und ohne warme Kleidung waren sie im Winter hier in den Bergen verloren.

Gabriel drückte seinem Pferd die Fersen in die Flanken und ritt voran. Hope zog den Kopf zwischen die Schultern, um sich gegen den schneidenden Wind zu schützen, und folgte ihm.

XLI

»Du wirst nicht glauben, was ich dir jetzt erzähle«, keuchte Vern, als er völlig außer Atem in den Verkaufsraum von Cummings' Mercantile stürmte. Nigel Cummings sah von den Büchern auf und blickte ihm leicht genervt entgegen.

Vern.

Was für Neuigkeiten konnte er schon haben? Für gewöhnlich lockten die Dinge, die Vern begeisterten, niemanden sonst hinter dem Ofen hervor. Warum sollte es heute also anders sein?

»Was? Sind im Hurenhaus neue Mädchen angekommen?« Er wusste genau, dass Mae keine neue Lieferung erwartete, aber irgendetwas musste er ja schließlich sagen.

»Hope und ihr Begleiter haben sich gestellt!«

Cummings starrte ihn an, dann, als ihm die Bedeutung der Worte bewusst wurde, sprang er auf.

»Du machst Witze!«

»Nein, es ist wahr. Hope und dieser finster dreinblickende Fremde kamen ganz von allein in die Stadt geritten und sind ins Büro des Sheriffs marschiert. Hugh Carmichael wusste gar nicht, wie ihm geschah. Er soll vor Schreck rückwärts mit seinem Stuhl umgefallen sein, als er erkannte, wen er da vor sich hatte.«

Cummings schnaubte verächtlich. Das wiederum konnte er glauben. Carmichael war ein Versager, ein Schwächling, den Danefield nur in der Stadt zurückgelassen hatte, weil er eine Gefahr für den Suchtrupp gewesen wäre, nicht etwa, weil er es Carmichael zugetraut hätte, in der Stadt für Recht und Ordnung zu sorgen. Jedenfalls war Carmichael jetzt der einzige Vertreter des Gesetzes in der Stadt, zumindest, bis jemand aus Green River eintraf. Und das konnte dauern, immerhin hatten sie das Telegramm erst vor zwei Tagen abgeschickt.

»Sind sie noch im Sheriffbüro?«

»Na klar. Carmichael soll mit zitternden Fingern seine Pistole gezogen und sie ins Gefängnis gesteckt haben. Und da sind sie noch.«

Cummings erhob sich und zog seine Jacke an. Sorgsam strich er das Revers glatt, dann vergewisserte er sich, dass sein Revolver geladen war, und machte sich auf zum Büro des Sheriffs.

»Hugh?« Niemand war zu sehen, als Cummings das Büro des Sheriffs betrat. Sollte Carmichael die Gefangen doch woanders hingebracht haben? Aber dann hörte er Schritte aus dem hinteren Teil des Gebäudes, dort, wo die Zellen untergebracht waren. Einen Augenblick später erschien Hugh Carmichael. Seine schütteren Haare waren mit Pomade glatt an seinen ovalen Schädel gekämmt, was seine magere Gestalt nur noch unterstrich.

»Gott sei Dank«, meinte Cummings mit gespielter Erleichterung. »Ich dachte schon, dir sei etwas zugestoßen.«

»Was soll mir denn zugestoßen sein?«, fragte Carmichael misstrauisch.

»Na hör mal. Du bist hier mit den beiden Verbrechern allein, die den Sheriff und seine Männer umgelegt und einen meiner Leute verletzt haben. Du solltest dir Verstärkung kommen lassen.«

»Ich komm schon klar.«

In Gedanken seufzte Cummings, aber nach außen versuchte er, es nicht zu zeigen. »Ich will ja auch nicht andeuten, dass du nicht klar kommst, aber einer der beiden ist ein eiskalter Killer. Du solltest …«

»Die beiden sagen aber etwas anderes.«

Cummings' Augen verengten sich zu Schlitzen. »Ach nein? Was sagen sie denn?«

»Sie …«, Carmichael schluckte, und er sah sich nervös um, als ihm bewusst wurde, dass er mit Cummings allein war. »Nun, sie sagen, du hättest den Sheriff erledigt.«

Cummings lachte ungläubig auf. »Wer? Ich?« Voll gespielter Unschuld wies er mit den Händen auf seine Brust. »Ich soll den Sheriff ermordet haben? Aber warum sollte ich denn so etwas tun?«

Wieder schluckte Carmichael, und sein hervorstehender Adamsapfel zuckte deutlich. »Sie sagen, der Sheriff war auf ihrer Seite. Sie sagen, sie konnten dem Sheriff beweisen, dass du gar kein Recht hattest, Hopp zu versklaven.«

»Hast du Beweise dafür gesehen?«, fragte Cummings lauernd.

»Nein, aber …«

»Aber, aber … Herrje, Hugh, denk doch mal nach. Die beiden haben buchstäblich kalte Füße bekommen. Es wird Winter, und sie hatten keine Lust, in den Bergen draufzugehen. Ihre Hütte ist abgebrannt. Natürlich kommen sie hierher, erzählen irgendein rührseliges Märchen von verbrannten Beweisen und hoffen, dass sie damit durchkommen. Willst du ihnen das etwa abkaufen?«

Carmichael wirkte ratlos. »Na, ich weiß nicht. Es klingt ziemlich logisch, was sie da erzählen.«

»Nennst du mich etwa einen Lügner? Und Roland auch?« Cummings wusste, dass Carmichael und Roland Murchard Saufkumpanen waren. »Nennst du etwa auch Roland einen Lügner? Du weißt genau, dass Hopp nicht gut auf mich zu sprechen ist. Willst du ihr Wort über meines oder Rolands stellen? Und dann noch John. Er war auch dabei. Er hat auch gesehen, was passiert ist. Also, ich sage, wir geben dem Mörder, was ihm zusteht. Ich sage, wir hängen ihn auf.«

Nervös rieb Carmichael mit den Händen über seine Oberschenkel. Der speckig glänzende Stoff seiner Hose zeigte deutlich, dass er das häufiger tat.

»Also, ich weiß nicht, Nigel«, wandte Hugh Carmichael ein. »Ich kenne Hopp schon so lange, und ich glaube nicht …«

»Also denkst du, ich hätte es getan?« Cummings' Stimme peitschte schneidend durch den Raum.

»Nein!« Entsetzt starrte Hugh ihn an. »Nein, Nigel, das will ich damit ganz und gar nicht sagen. Aber … Aber ich kann da keine Entscheidung treffen. Das muss ein Gericht …«

»Ein Gericht würde das Gleiche sagen. Warum also wollen wir Zeit verschwenden? Lass es uns erledigen.«

»Nigel, das kann ich nicht machen. Das weißt du.«

»Hast du etwa Schiss?« Cummings wusste, wie er Carmichael anpacken musste, doch zu seiner Überraschung nickte dieser.

»Ja, Nigel. Ja, ich hab Angst. Ich weiß, dass ich kein guter Sheriff wäre, ich bin ja noch nicht mal ein guter Deputy. Aber ich will alles richtig machen. Ich habe ein Telegramm nach Green River geschickt, und ich werde warten, bis jemand kommt, der weiß, was zu tun ist.«

»Verdammt, Hugh …«

»Nein, Nigel. Tut mir Leid. Ich weiß, dass du wütend bist. Das wäre ich auch, wenn ich mitangesehen hätte, wie der Sheriff gestorben ist. Aber du musst verstehen …«

»Alles, was ich verstehe, ist, dass du ein elender Schlappschwanz bist. Aber du wirst schon sehen, was du davon hast.« Er musste sich zusammennehmen, um Hugh Carmichael nicht über den Haufen zu knallen, als dessen Hand sich vorsichtshalber auf den Griff seines Revolvers legte.

Drohend.

Verdammt. Hugh Carmichael war der größte Schwächling von Silver Springs. Warum musste er ausgerechnet heute sein Rückgrad entdecken?

»Darf ich zu ihnen?«

»Ich glaube nicht, dass das eine gute Idee ist, Nigel.«

Ohne ein weiteres Wort wandte Nigel Cummings sich ab und verließ das Büro.

»Hugh?«

Carmichaels Gesicht hellte sich auf, als er seinen Namen aus Richtung der Gefangenen hörte. Er trat auf Hope zu, die auf der Pritsche in ihrer Zelle, gleich der ersten von den dreien im Gefängnistrakt, saß.

»Danke.«

Irritiert sah er sie an. »Danke, wofür?«

»Danke, dass du zumindest an Cummings' Wort zweifelst. Und danke, dass du ihn nicht hier hereingelassen hast.«

»Ich tue nur meine Pflicht.«

»Ich weiß. Aber es gibt verschiedene Arten, seine Pflicht zu tun.«

»Ich habe nach Green River telegrafiert. Sie werden einen Richter schicken, aber ich weiß nicht, wann. So lange müsst ihr hier bleiben.«

»Das macht nichts. Ich bin bereit zu warten. Ich habe zehn Jahre lang darauf gewartet, Cummings zu entkommen. Da kommt es auf einige Tage oder Wochen auch nicht mehr an.«

»Du glaubst also, dass der Richter dich …« Er zögerte und sein Blick fiel auf Gabriel, der ebenfalls auf seiner Pritsche saß. Zwischen ihm und Hope lag allerdings eine freie Zelle. »… dass er euch freisprechen wird?«

»Er hat gar keine andere Wahl. Wir sind unschuldig. Cummings lügt.«

»Aber ich kenne Nigel schon fast mein ganzes Leben …«

Hope stand auf und umklammerte die Gitterstäbe. »Genau. Du kennst ihn schon fast dein ganzes Leben. Und genauso lange weißt du schon, was für ein Unmensch er sein kann und wozu er fähig ist.« Sie atmete tief durch. »Du kennst auch mich schon seit zehn Jahren. Traust du mir etwa zu, den Sheriff zu erschießen?«

Wieder blickte Hugh Carmichael auf Gabriel. »Nun, dir nicht …«

Frustriert wandte Hope sich ab und setzte sich wieder. Sie zog Motte auf ihren Schoß und begann, sie zu kraulen. Natürlich. Fast jeder in Silver Springs kannte sie, und auch wenn ihr die wenigsten den Mord an Sheriff Danefield zutrauten, so wusste niemand, was er von Gabriel zu halten hatte.

»Es tut mir Leid, Hopp, wirklich.«

Hope sah auf. »Mein Name ist Hope. Hope Granger. Nenn mich bitte nie wieder Hopp.«

Carmichael hatte den Anstand, rot zu werden. »Natürlich«, murmelte er und verließ mit hängenden Schultern den Raum.

XLII

»Und ich sage: Hängen wir ihn auf!« Zustimmendes Gemurmel erklang rings um ihn herum, und Nigel Cummings verzog die Lippen zu einem siegessicheren Lächeln.

»Barkeeper! Noch eine Runde für alle!«

Diese Ankündigung wurde mit wesentlich mehr Begeisterung aufgenommen als der Aufruf zur Lynchjustiz, aber Nigel war sich sicher, dass alles nur eine Frage der Zeit und des Alkohols war.

Es war noch früh am Abend, aber es war Samstag und fast alle Viehtreiber der umliegenden Ranches und etliche Schürfer würden in wenigen Stunden ihren Weg nach Silver Springs gefunden haben. Und diese rauen Burschen hatten nur ein Ziel: Sie wollten sich sinnlos betrinken, ihren Spaß haben und kräftig einen draufmachen.

Noch einige Freirunden, noch einige gezielt gestreute Anschuldigungen und Verdächtigungen und den Cowboys wäre es egal, ob sie sich einfach nur prügelten oder ob sie als wütender Mob loszogen, um jemanden zu lynchen.

Hope und dieser Kerl, McKinlay, saßen jetzt schon seit acht Tagen im Knast, und noch immer weigerte Hugh Carmichael sich standhaft, ihm zumindest Hope auszuliefern. Dabei gehörte sie ihm, egal, was Hope auch behauptete. Cummings grinste in sein Bier. Nun, einem aufgebrachten Lynchmob würde Carmichael sich ja wohl kaum entgegenstellen wollen – nicht, wenn er nicht gleich neben dem Gefangenen baumeln wollte.

»Auf Sheriff Danefield!«, rief Cummings zwei Stunden später und hob sein Glas. Alle Anwesenden taten es ihm gleich und fielen in den Toast mit ein. »Und auf seine Deputies! Es ist eine Schande, wie sie sterben mussten. Eine Schande, jawohl!

Ich würde mich bedeutend wohler fühlen, wenn ich wüsste, dass ihr Mörder seine gerechte Strafe bekommen hat.« Wieder zustimmendes Gemurmel, diesmal lauter. »Aber der Mörder unseres Sheriffs und seiner getreuen Deputies sitzt mit seiner Geliebten bei voller Kost und Logis in unserem schönen, warmen Gefängnis und lässt es sich gut gehen, während der Sheriff und seine Männer in ihren kalten Gräbern ruhen.«

Rufe. Lauter.

Cummings' Grinsen wurde breiter. Allmählich entwickelte sich die Sache so, wie er es sich gedacht hatte. Er gab dem Barkeeper ein Zeichen, noch eine Runde für alle auszuschenken, und soweit er es sehen konnte, sagte niemand Nein.

»Hugh Carmichael, diese feige Memme, traut sich ganz einfach nicht, seine Pflicht zu tun. Ihr wisst alle, was für ein Versager er ist. Der hat doch Angst vor seinem eigenen Schatten!«

Beifallsrufe und ein erstes »Holen wir sie uns!«.

Die Forderung wurde aufgegriffen, wiederholte sich, und noch ehe Cummings es sich versah, war die Meute johlend und grölend unterwegs zum Gefängnis. Pistolenschüsse dröhnten durch die Nacht, und Fackeln erhellten den Weg.

»Hugh Carmichael!«, schrie Cummings mit hochrotem Kopf, als sie das Büro des Sheriffs mit dem angrenzenden Gefängnis erreicht hatten. »Wir fordern dich auf, uns McKinlay zu übergeben, damit wir ihn seiner gerechten Strafe zuführen können.« Zustimmende Rufe tönten über die Straße.

»Hast du uns gehört, Carmichael?«

Im Innern des Sheriffbüros kauerte Hugh Carmichael mit seinem Revolver hinter einem der vergitterten Fenster und starrte angestrengt nach draußen. Schweiß rann ihm in Strömen über die Stirn, und er schluckte nervös. Verdammt!

Der Platz vor dem Gefängnis war voller Menschen. Menschen, die er kannte, aber auch Menschen, hauptsächlich Cowboys, die er nie zuvor gesehen hatte. Der Schein der Fackeln verlieh ihren fanatischen Gesichtern etwas Gespenstisches, und Hugh spannte nervös den Hahn seines Revolvers.

»Geben Sie mir eine Waffe«, hörte er von hinten die Stimme des Gefangenen.

»Das kann ich nicht tun«, gab Carmichael gepresst zurück. Verdammt, er war der Deputy. Er vertrat das Gesetz. Die Gefangenen unterstanden seinem Schutz. Wieso nur konnte die Meute da draußen das nicht begreifen?

»Carmichael, allein können Sie das Gebäude nicht halten. Verdammt, lassen Sie mich raus und geben Sie mir eine Waffe!«

Stumm schüttelte Hugh Carmichael den Kopf, und Gabriel biss frustriert die Zähne zusammen. Sein Blick fuhr zu Hope, die schweigend und mit wächsernem Gesicht auf ihrer Pritsche kauerte. Wenn der Mob die Tür aufbrach, hatten sie keine Chance. Er traute es Carmichael einfach nicht zu, sie zu verteidigen. In was für eine ausweglose Situation hatte er sie da nur gebracht?

»Carmichael«, versuchte er es noch einmal, »die bringen uns um. Und Sie wissen doch so gut wie ich, dass wir unschuldig sind. Wollen Sie etwa unseren Tod auf dem Gewissen haben?«

Carmichael fuhr sich nervös mit der Zunge über die Lippen, sagte aber nichts. Wütend warf Gabriel sich auf seine Pritsche. Wenn er doch nur eine Waffe hätte. Er zuckte zusammen, als die Vordertür unter einem wuchtigen Hieb zitterte, und sprang erneut auf. Seine Fingerknöchel traten weiß hervor, als seine Hände sich um die Gitterstäbe seiner Zellentür schlossen.

»Carmichael, verdammt noch mal ...«

Wieder bebte die Tür, und Hugh Carmichael wich einen Schritt zurück. Das waren keine Tritte. Offenbar hatte jemand so etwas wie einen Rammbock organisiert.

Dieses Mal knackte die Tür bedrohlich in ihren Angeln, als das Gewicht dagegen prallte. Carmichael hob die Waffe mit zitternden Händen, dann brach die Tür auf, und der Pöbel stürmte in den Raum. Die Menge stoppte, als sie Carmichaels erhobene Waffe sah, aber Cummings lächelte siegesgewiss und trat vor.

»Hör schon auf, Hugh. Du kennst uns. Wir sind deine Freunde, deine Nachbarn. Willst du etwa auf uns schießen?«

»Wenn es sein muss«, entgegnete Carmichael, aber seine Stimme zitterte.

»Ach, Hugh, sei kein Narr. Willst du dein und unser aller Leben aufs Spiel setzen für einen Mörder, der den Sheriff auf dem Gewissen hat?«

»Wir haben niemanden ermordet!«, schrie Hope empört und sprang auf. »Wir haben den Sheriff nicht erschossen. Das waren Sie!«

Cummings lachte auf. »Habt ihr das gehört, Leute? Da beschuldigt sie mich, weil sie sonst keinen anderen Weg mehr sieht, um die Haut ihres Liebhabers zu retten. Da, seht sie euch an. Sieht etwa so eine ehrbare Frau aus?« Zustimmendes Gemurmel erklang, und Hope musste sich zwingen, nicht zurückzuweichen, als einige Kerle sie spekulierend und mit unverhohlenem Interesse musterten. »Sie hat mich bestohlen, und als der Sheriff sie dafür verhaften wollte, hat ihr sauberer Freund hier ihn umgelegt. Meine Männer und ich waren Zeugen.«

»Das ist gelogen!«, rief Hope. »Alles gelogen! Wir haben niemanden umgebracht!« Aber sie sah, dass ihr niemand glaubte. Und selbst wenn es Zweifler gegeben hätte, so wurden sie mitgerissen durch den Pöbel, der Blut sehen wollte, aufgestachelt durch Alkohol und Cummings' Lügen. Carmichael wollte sich dem Mob in den Weg stellen, aber ein wohl platzierter Hieb streckte ihn nieder.

»Nein!«, protestierte Hope, als jemand die Tür zu ihrer Zelle öffnete. Sie flüchtete in die hinterste Ecke, aber vergeblich.

»Hope!«, brüllte Gabriel und rüttelte wie ein Berserker am Gitter seiner Zelle, als starke Arme sie ins Freie zerrten.

»Gabriel!«, hörte er sie rufen, dann übertönten andere, lautere Stimmen ihre verzweifelten Schreie. Langsam, beinahe schlendernd, kam Cummings näher.

»Na, wie ist es so, wenn man weiß, dass es ans Sterben geht? Kannst du Hope hören? Hörst du ihre Schreie? Ich erinnere mich noch gut daran, wie es sich angehört hat, als das Leder meiner Peitsche in ihre Haut gebissen hat.« Grinsend beobachtete er, wie Gabriel erneut an den Gitterstäben riss. »Das hier ist damit natürlich nicht zu vergleichen.«

»Dafür bring ich dich um«, stieß Gabriel zwischen zusammengebissenen Zähnen hervor, aber Cummings lachte.

»Nur keine Sorge. Ich werde schon dafür sorgen, dass sie nicht gehängt wird. Immerhin will ich meinen Besitz ja unversehrt wieder zurückbekommen. Du hingegen – für dich habe ich keine Verwendung mehr.«

Wieder stürmten Männer ins Gefängnis. Hugh Carmichael rollte sich stöhnend aus dem Weg, um nicht überrannt zu werden. Nun drehte sich der Schlüssel im Schloss von Gabriels Tür.

Jede Gegenwehr war vergeblich.

Es waren einfach zu viele. Brutal zerrte man ihm die Arme auf den Rücken und fesselte sie mit groben Stricken. Schläge prasselten auf ihn nieder, und wenn er zu stolpern drohte, rissen harte Fäuste ihn wieder auf die Beine und schleiften ihn unbarmherzig weiter. Aus der Ferne hörte Gabriel Hopes verzweifelte Schreie, während sie ihn die Hauptstraße hinaufprügelten. Blut lief ihm aus einer Platzwunde an der Stirn in die Augen, aber er konnte es nicht fortwischen. Wieder spürte er einen Schlag an seinem Hinterkopf, und für einen Moment wurde es dunkel um ihn. Als sein Blick sich wieder klärte, erkannte Gabriel, dass ihr Ziel der Mietstall war, der als einziges Gebäude einen Flaschenzug am Giebel hatte, der nun als Galgen dienen sollte.

Eben warf jemand unter dem Gejohle und Applaus der Zuschauer ein Seil über den Querbalken. Das Ende, das drohend hin- und herbaumelte, war zu einer improvisierten Schlinge geknüpft. Hope hatten sie mit auf dem Rücken gefesselten Armen an die Buche gebunden, die vor dem Mietstall aufragte, so dass sie alles, was geschah, hilflos mitansehen musste, ohne eingreifen zu können.

Undeutlich hörte Gabriel, wie sie versuchte, die Männer vom Irrsinn ihres Treibens zu überzeugen, aber sein Blut rauschte zu laut in seinen Ohren, um ihre genauen Worte zu verstehen. Noch einmal versuchte er mit letzter Kraft, sich zur Wehr zu setzen.

Er bäumte sich auf, und es gelang ihm tatsächlich, die Männer, die ihn gefangen hielten, abzuschütteln, aber ein Hieb mit einem Revolverkolben gegen seine Schläfe ließ ihn taumeln. Benommen fühlte er, wie er weitergezerrt wurde, dann legte sich der raue Hanf um seine Kehle und wurde festgezogen.

»Verdammt! Wollt ihr ihn etwa hochziehen?«, hörte Gabriel eine Stimme, und eine zweite rief: »Das geht auch einfacher!«

»Ein Pferd!«, brüllte ein Dritter, und noch ehe Gabriel es sich versah, wurde er von zahlreichen Händen auf den Rücken eines ungesattelten Gauls gehievt. Der magere Zossen tänzelte nervös unter ihm, und Gabriel sah das Weiße in den angstvoll rollenden Augen des Tieres. Krampfhaft klammerte er sich mit den Knien an den bebenden Flanken des Pferdes fest. Noch hielten Fäuste das Halfter umklammert, aber jeden Augenblick …

Das Pferd machte einen Satz vorwärts, und die Schlinge schloss sich ruckartig um Gabriels Hals. Ein erstickter Laut entrang sich seiner Kehle, und Hope schrie in Panik auf.

Dann ließ der Druck plötzlich nach. Das Seil hatte sich überraschend gelöst, und gierig saugte Gabriel Luft in seine Lungen.

»Verdammte Scheiße!«, brüllte jemand. »Wieso habt ihr das Ende nicht festgehalten?«

Hektisch rannten die Männer umher. Das Pferd wurde zur Seite geschoben, während einige versuchten, das Ende des Seils wieder über den Querbalken zu werfen. Schließlich gelang es.

Gabriel schloss die Augen, als das Seil straffgezogen wurde und sich die Schlinge fest um seine Kehle schloss, bis das Seil schmerzhaft in seine Haut schnitt. Er musste sich ein wenig weiter aufrichten, um überhaupt atmen zu können, und das Pferd begann unter dem Druck seiner Schenkel erneut, nervös zu tänzeln.

Gabriel hörte Hopes Stimme in der Menge und riss die Augen auf. Wenn er schon sterben musste, dann sollte sie das Letzte sein, was er auf Erden sah.

Dann fiel sein Blick jedoch auf Cummings, der sich, die Hände in die Seiten gestemmt, siegesgewiss vor ihm aufgebaut hatte.

»Noch einen letzten Wunsch?«, höhnte Cummings grinsend. »Oder vielleicht ein letztes Wort?«

»Fahr zur Hölle!«, stieß Gabriel hervor, und Cummings warf den Kopf in den Nacken und lachte schallend.

»Wahrlich ein frommer Wunsch, aber ich kann nur sagen: Nach dir, McKinlay, auf jeden Fall nach dir.« Er gab den Männern ein Zeichen, und Gabriels Augen richteten sich auf Hope, die ihn angsterfüllt und mit tränenüberströmtem Gesicht ansah.

Ihre Lippen formten ein stummes *Ich liebe dich*, und Gabriel wünschte sich nichts sehnlicher, als sie ein letztes Mal in den Armen zu halten und ihre Lippen auf den seinen zu spüren. Sie hatten nur so wenig Zeit miteinander gehabt …

Gabriel spürte, wie das Pferd unter ihm die Muskeln anspannte. Verzweifelt umklammerten seine Beine die zitternden Flanken, versuchten, es zu beruhigen, zum Stillhalten zu bewegen – dann preschte es los.

Hopes entsetzter Aufschrei gellte in seinen Ohren, und ein mörderischer Ruck riss ihm den Kopf in den Nacken. Grelle Lichter zuckten hinter seinen Lidern auf, dann übertönte ein lautes Dröhnen alles um ihn herum, und er stürzte ins Bodenlose.

XLIII

Gabriel keuchte auf, als er mit seinen gefesselten Armen auf dem harten Boden aufschlug und liegen blieb. Der Aufprall trieb ihm die Luft aus den Lungen, und er versuchte, trotz der Schlinge um seinen Hals zu atmen. Stöhnend wälzte er sich zur Seite. Einen Moment lang befürchtete er, seine Arme wären gebrochen, dann setzte ein dumpfes Pochen ein und betäubte den Schmerz. Auf seiner Zunge lag ein metallischer Geschmack nach Blut, und Gabriel spie aus. Was immer auch passiert war: Er war jedenfalls nicht tot.

Stimmengewirr drang zu ihm durch, und auch Hopes aufgeregte Rufe. Benommen rollte er sich weiter auf die Knie und versuchte, sich zu erheben, aber Hände auf seinen Schultern hielten ihn zurück. Gabriel wollte sie abschütteln, aber dann bemerkte er, dass es Hope war, die ihn in ihre Arme schloss.

»Gabriel«, schluchzte sie, und ihre Tränen fielen heiß und salzig auf sein Gesicht. »Oh Gott, Gabriel, ist alles in Ordnung? Geht es dir gut?« Zitternd strich sie durch sein Haar, über seine Wangen, seine Kehle, dann spürte Gabriel, wie der Druck der Schlinge nachließ und verschwand.

Gabriel setzt sich auf. Noch immer schnitten die rauen Fesseln in seine Handgelenke, aber allmählich klärte sich sein Blick so weit, dass er seine Umgebung erkennen konnte.

Der Mob war einige Meter zurückgedrängt worden. Männer mit Gewehren im Anschlag hielten die wütende Meute in Schach. Hugh Carmichael kam auf sie zu und durchtrennte die Stricke um Gabriels Handgelenke, dann half er ihm auf.

»Der Marshall und der Richter kamen wirklich in letzter Minute. Wenn sie und ihre Leute nicht gewesen wären ...« Er brauchte nicht weiterzusprechen.

Sein allmählich zuschwellendes rechtes Auge und die blutige Schmarre an seiner linken Schläfe zeigten deutlich, dass

Hugh Carmichael allein sich nicht gegen die Meute hätte behaupten können.

»Kommen Sie«, sagte er, und gestützt auf Carmichael und Hope schleppte sich Gabriel zurück zum Gefängnis.

Mit geschlossenen Augen ließ Gabriel Hopes sanfte Pflege über sich ergehen. Jedes Mal, wenn sie die zahlreichen Schrammen und die Platzwunde in seinem Gesicht mit dem feuchten Tuch berührte, zuckte er zusammen.

Der Marshall hatte ihnen bereits einen kurzen Besuch abgestattet, ebenso der Richter. Die Deputies des Marshalls hatten im Büro des Sheriffs Stellung bezogen, bis die Tür wieder gerichtet war. Ein älterer, weißhaariger Mann, der sich jedoch nicht vorgestellt hatte, war kurz in den Zellentrakt gekommen, hatte sich dann aber ohne ein Wort zurückgezogen.

Howard Hodges, der Barbier, der gleichzeitig als Arzt praktizierte, war gerade gegangen. Er hatte Gabriels ausgekugelte Schulter wieder eingerenkt und etwas Whiskey zur Linderung der Schmerzen dagelassen. Die eigentliche Versorgung der Wunden aber übernahm Hope. Zärtlich wusch sie Gabriels Gesicht mit warmem Wasser, und er fühlte, dass es ihr mehr Schmerzen bereitete als ihm. Wenn sie wüsste, dass er es durch das Leben bei seinen roten Brüdern gewohnt war, auch schlimmere Schmerzen zu erdulden, wäre sie wahrscheinlich nicht so besorgt gewesen. Seine Lippen verzogen sich unwillkürlich zu einem Lächeln.

Erstaunt hielt Hope inne.

»Darf ich fragen, was dich so amüsiert?«

Gabriels Grinsen wurde breiter, und er öffnete die Augen, um sie anzusehen. Ihre grauen Augen waren noch immer voller Sorge, und Gabriel wurde bewusst, dass Hope nicht zum Lachen zumute war.

»Nichts«, antwortete er daher. »Ich genieße es nur, mich von dir verwöhnen zu lassen.«

Hope tauchte das Tuch wieder ins Wasser und drückte es mit einem leisen Plätschern aus, ehe sie mit der Säuberung seiner Wunden fortfuhr.

»Unter anderen Umständen würde ich es sicher auch genießen.«

Lächelnd schloss Gabriel die Augen und überließ sich ihren zärtlichen Händen.

Das blecherne Scheppern des Wassereimers, den Hugh Carmichael ihnen am Abend zuvor in die Zelle gestellt hatte, riss Gabriel aus dem Schlaf. Ein wenig benommen setzte er sich auf. Sein Schädel dröhnte noch immer, und hinter seiner Stirn hämmerte ein dumpfer Schmerz, so als hätte jemand seinen Kopf mit einem Bergwerk verwechselt und würde nun mit einer Spitzhacke versuchen, ein Loch hineinzuschlagen. Er verspürte außerdem eine leichte Übelkeit. Verdammt! Eigentlich konnte er eine ganze Menge einstecken, aber einer der Schläge in der vergangenen Nacht musste ihn doch härter getroffen haben als zunächst vermutet. Aber irgendetwas stimmte auch nicht mit Hope, stellte Gabriel fest, denn gerade beugte sie sich würgend über den Eimer.

»Was ist los?«, wollte er wissen und erhob sich.

Anstelle einer Antwort umklammerte Hope den Eimer fester, und Gabriel trat zu ihr. Tröstend schlossen sich seine Hände um ihre Schultern, und er strich ihr das Haar aus der Stirn. Es dauerte eine Weile, ehe sie wieder sprechen konnte.

»Ich weiß nicht, was es ist«, seufzte sie und ließ es zu, dass Gabriel sie in seine Arme zog. »Mir ist schon seit Tagen morgens ein wenig übel, aber so schlecht wie heute ging es mir noch nie.

»Aus dem Weg!«, stieß sie plötzlich hervor und stürzte sich erneut auf den Eimer. Gabriel rieb ihr mit der Hand über den Rücken.

»Doktor Hodges kommt heute noch mal vorbei, um nach mir zu sehen. Ich denke, er sollte auch dich gleich untersuchen.«

»Unsinn«, stöhnte Hope. »Ich brauche keinen Arzt. Ich bin noch nie krank gewesen. Mir geht es gut.« Aber ihr Magen strafte ihre Worte gleich wieder Lügen.

»Nein!«, protestierte Hope. Sie verschränkte die Arme vor dem Körper und drehte den Männern demonstrativ den Rücken zu. »Ich habe schon vorhin gesagt, dass es mir gut geht. Mir fehlt nichts, und ich werde mich nicht von diesem Quacksalber untersuchen lassen.«

Vielsagend sah Hodges Gabriel an, schien die Beleidigung aber nicht allzu übel zu nehmen. Seit McKinlay ihn gebeten hatte, auch Hope zu untersuchen, hatte diese sich störrisch und bockig gezeigt, aber Gabriel war nicht gewillt nachzugeben. Er hatte einen Verdacht, um was es sich bei Hopes morgendlicher Übelkeit handeln könnte, aber er wollte sicher gehen und sich ihren Zustand von einem Arzt bestätigen lassen. Auch »Geht mit den Wolken« hatte zu Beginn ihrer Schwangerschaften unter Übelkeit gelitten, und auch wenn sie keinen Arzt aufgesucht hatte, so hatte sie zur Linderung ihrer Beschwerden doch die Kräutertees getrunken, die der Medizinmann des Stammes für sie zubereitet hatte.

»Hope, sei vernünftig. Dir ist seit Tagen übel, das hast du selbst gesagt.«

»Na und? Dann habe ich eben etwas Falsches gegessen.«

Gabriel schmunzelte. »Ich habe dasselbe gegessen wie du, und mir geht es gut.« Er trat näher zu Hope, bis er direkt hinter ihr stand. Dann legte er ihr seine Hände auf die Schultern und zog sie an sich.

»Mir zuliebe. Bitte, Hope.«

Er spürte, wie sie zögerte, aber als ihre Schultern sich entspannten, wusste er, das er gewonnen hatte.

»Herrje, dann lass ich mich eben in Gottes Namen untersuchen.« Wütend drehte sie sich um und stapfte zu Hodges hinüber. »Na los«, sagte sie ungnädig. »Bringen wir es hinter uns.«

Über ihre Schulter hinweg sah Hodges Gabriel mit einem Zwinkern im Auge an, dann wandte er sich Hope zu.

»In Ordnung, machen Sie den Oberkörper frei und setzen Sie sich.«

»Ich soll was?«

»Sie sollen den …«

»Ich habe Sie gehört, verdammt noch mal. Aber Sie glauben doch wohl nicht, dass ich mich hier vor Ihnen ausziehe?«

Hodges seufzte. »Hope, wie soll ich Sie denn sonst untersuchen?«

»Das ist mir ziemlich egal. Lassen Sie sich etwas einfallen. Schließlich bin ich nicht diejenige, die untersucht werden will. Ausziehen tue ich mich jedenfalls nicht.«

»Nur das Hemd, Hope. Ich verspreche, Sie können Ihre Unterwäsche anbehalten.«

Einen Moment lang dachte er, Hope würde auch das ablehnen, aber dann knöpfte sie mit schnellen, wütenden Bewegungen ihr Hemd auf und ließ es von den Schultern gleiten.

»Drehen Sie sich um. Ich möchte Ihren Rücken abhören.«

Hodges wollte eben sein Stethoskop ansetzen, als er mitten in der Bewegung erstarrte. Ungläubig starrte er auf die Narben, die Hopes schlanken Rücken überzogen. Nur ein Teil, ein, wie er beinahe befürchtete, geringer Teil war über ihrer Unterwäsche sichtbar, weil sich die Narben auch über ihren Nacken und ihre Schultern erstreckten. Howard Hodges schluckte. Er hatte schon zu viele ähnliche Vernarbungen gesehen, um zu glauben, dass sie von einem Unfall herrührten. Nein, diese Spuren hatten Peitschen- oder Stockhiebe hinterlassen, und zwar über einen Zeitraum von mehreren Jahren.

Sein Blick fuhr herüber zu Gabriel, der ihn mit versteinerter Miene ansah. McKinlay hatte also von den Narben gewusst. War es seine Absicht gewesen, dass auch jemand anders sie sah? Wollte er einen Zeugen haben für das, was Nigel Cummings Hope ganz offensichtlich angetan hatte?

»Was ist?«, riss ihn Hopes ungeduldige Stimme aus seinen Gedanken.

»Nichts«, murmelte er hastig und machte sich an die Arbeit.

»Und? Was fehlt mir?«, fragte Hope, noch immer mürrisch, nachdem Hodges die Untersuchung für beendet erklärt hatte.

Noch immer musste dieser an die Narben denken, die den Rücken der jungen Frau überzogen, die gerade so kämpferisch ihr Kinn in die Höhe reckte. Hatte sie sich deshalb nicht vor ihm entkleiden wollen? Er konnte es ihr nicht verdenken. Was für ein Mensch war Nigel Cummings nur? Er selbst hatte nie viel mit ihm zu tun gehabt, aber bei den wenigen Gelegenheiten, zu denen sie aufeinander getroffen waren, war Cummings ihm unsympathisch gewesen. Er kannte eigentlich niemanden, der wirklich gern in Cummings' Gesellschaft war. Nigel Cummings war unberechenbar, herrisch und kalt, aber dass er eine junge Frau – Lieber Gott, damals musste sie fast noch ein Kind gewesen sein! – blutig prügelte, das hätte er nicht von ihm gedacht.

Hodges packte seine Instrumente in seine schwarze Arzttasche.

»Nichts. Sie sind kerngesund, Hope.«

Ein strahlendes Lächeln erhellte ihre Züge und ließ ihr Antlitz aufleuchten. Wieso nur war ihm nicht schon früher aufgefallen, was für ein wundervolles Lächeln Hope hatte, fragte sich Hodges verwundert. Wie hatte Hope es nur geschafft, ein solches Lächeln so lange vor der ganzen Stadt zu verbergen? Nun, bislang hatte sie wohl nicht allzu viel zu lächeln gehabt, dachte er dann im Stillen.

»Hah! Hab ich's doch gewusst.« Mit einem siegessicheren Lächeln wirbelte Hope zu Gabriel herum. »Siehst du? Deine Sorge war ganz unbegründet. Mir geht es gut. Was habe ich dir gesagt?«

»Sie sind nur schwanger«, fuhr Hodges fort, und Hope erstarrte. Viel langsamer, als würde sie ihren Ohren nicht trauen, wandte sie sich wieder zu ihm um.

»Was?«, fragte sie dann ungläubig.

»Sie sind schwanger.«

Hope schüttelte den Kopf. »Oh nein«, protestierte sie, legte ihre Hände aber dennoch schützend auf ihren noch flachen Bauch. »Oh nein, das bin ich nicht.«

»Glauben Sie mir, Hope. Alle Anzeichen sind da. Fragen Sie McKinlay.«

Wieder wirbelte Hope herum. »Du hast es gewusst?«, wollte sie anklagend wissen. »Du hast es gewusst und mir nichts gesagt?«

Hope wusste nicht, was sie denken, was sie fühlen sollte. Tausendundkein Gedanke schossen ihr gleichzeitig durch den Kopf und ließen sie beinahe taumeln.

Sie war schwanger. Sie erwartete ein Baby. Gabriels Baby. Wilde Freude durchströmte sie, aber auch Furcht. Ängstlich blickte sie ihn an.

Freute er sich? Seine Miene ließ nichts erkennen, aber hätte er es ihr nicht früher gesagt, wenn er sich auch auf das Baby freute?

»Hope, ich habe es nicht gewusst«, versicherte er ihr, und seine Lippen formten sich zu einem warmen Lächeln. »Erst als dir heute morgen schlecht war und du sagtest, dir sei schon seit Tagen morgens übel, fing ich an, Verdacht zu schöpfen. Deshalb sollte Doc Hodges dich ja untersuchen.«

»Du hast es also nicht früher gewusst?«, wollte Hope leise wissen. Gabriel schüttelte den Kopf.

»Denkst du etwa, ich hätte es dir nicht gesagt?« Sein Grinsen wurde breiter. »Obwohl – eigentlich sind es ja die Frauen, die ihre Männer über ihre bevorstehende Vaterschaft in Kenntnis setzen, und nicht umgekehrt.«

Er schloss Hope in seine Arme und zog sie ganz fest an sich. Ihr Haar war weich an seinem Gesicht und duftete nach den Blumen des Sommers. Ihr Körper war schlank und anschmiegsam, und tief in ihrem Innern wuchs sein Kind heran.

Sein Kind.

Er würde wieder Vater werden.

Der Gedanke daran versetzte ihm einen Stich, und Gabriel fühlte, wie seine Hände vor Angst feucht wurden. Er hatte sich geschworen, dass das nicht wieder geschehen würde. Er hatte nie wieder eine Familie haben wollen, keine Kinder, keine Verantwortung, keinen Schmerz – aber er spürte auch, wie Aufregung und Vorfreude von ihm Besitz ergriffen.

Hopes Kind.

Würde es eher nach ihm kommen, mit dunklen Haaren und dunklem Teint? Oder würde es Hope ähnlicher sein? Vielleicht ein Mädchen mit dem Mondhaar seiner Mutter und den gleichen funkelnden grauen Augen?

Seine Arme schlossen sich fester um seine Frau.

Seine Frau!

Verdammt!

Er hätte schon viel früher daran denken sollen, aber bislang hatte sich dazu ja auch noch keine Gelegenheit ergeben. Gabriel schmunzelte. Seine Befürchtung, dass Hope eine Frau war, die er nicht einfach lieben und verlassen konnte, bewahrheitete sich, aber seltsamerweise verspürte er dabei nicht die Furcht, die Beklemmung, die er erwartet hatte. Nein, er wollte, dass Hope nicht nur in seinem Herzen, sondern auch vor dem Gesetz seine Frau war. Erwartete Hope eine große Zeremonie? Wohl kaum. Es gab ja nicht allzu viele Menschen, die sie dazu einladen könnte, und er kannte in Silver Springs auch niemanden. Einen Moment dachte er an seinen Bruder und seine Eltern, aber auch sie würden es ihm verzeihen, wenn er ohne ihr Beisein vor den Traualtar trat, schließlich hatte auch Rafael in aller Stille geheiratet.

An wen musste er sich überhaupt wenden? In solchen Dingen war er ja nur mit den Gebräuchen des Roten Mannes vertraut und wusste nicht einmal, wie ein Weißer es anstellte, wenn er heiraten wollte. Nun, er würde es schon herausfinden.

»Ich werde für Sie ein Zimmer im Hotel vorbereiten lassen«, drang Hodges Stimme in seine Gedanken. »Da haben Sie es bequemer als hier in der Zelle.«

»Nein«, erwiderte Hope und wandte sich ihm zu. Sie stützte ihre Hände auf die Hüften. »Ich werde auf keinen Fall ins Hotel ziehen.«

»Hope«, versuchte Gabriel sie umzustimmen, auch wenn ihm der Gedanke, von Hope getrennt zu sein, nicht gefiel. »Es ist besser für dich.«

»Was ist besser für mich?«, fauchte Hope. »Von dir getrennt zu sein? Oder Cummings ausgeliefert zu sein?«

»Natürlich wird der Marshall einen Mann …«

»Nein«, unterbrach Hope den Arzt. »Ich will nicht, dass jemand davon erfahrt. Ich will nicht, dass Cummings davon erfährt.«

»Hope …«

»Nein!« Tränen traten ihr in die Augen, als sie Gabriel ansah. »Ich will nicht, dass er es weiß. Du kennst ihn nicht so gut wie ich. Er wird es in den Schmutz ziehen, er … er … er wird einen Weg finden, das Wissen um unser Kind gegen mich zu verwenden. Bitte, Gabriel, versprich es mir. Ich will nicht, dass er davon erfährt. Ich will, dass niemand davon erfährt.«

Zögernd sah Gabriel von Hope zu Doc Hodges, dann nickte er.

»Na gut. Wenn du es so willst.«

»Danke«, seufzte Hope erleichtert und warf sich in seine Arme. »Danke, Gabriel.«

Gabriel zog sie an sich, aber ein Gedanke ging ihm nicht aus dem Kopf: War es wirklich nur ihre Angst vor Cummings, die Hope veranlasste, ihre Schwangerschaft geheim zu halten? Oder gab es da noch einen anderen Grund, einen, der damit zu tun hatte, dass der Vater des Kindes ein Halbblut war?

XLIV

»Sie haben einen Besucher.«

Erstaunt sahen Hope und Gabriel auf. Nachdem Hope seine Wunden versorgt hatte, hatten Carmichael und der Marshall, Norman Markson, darauf bestanden, jeden wieder in einer eigenen Zelle einzuschließen. Angesichts von Hopes Weigerung, ihre Schwangerschaft bekannt zu geben, hatte Gabriel kein Argument gehabt, dieses zu verhindern. Diesmal allerdings waren sie nicht mehr durch die leere Zelle getrennt.

»Guten Tag, Miss Granger, Mister McKinlay«, der Besucher lüftete grüßend seinen Bowlerhut, ehe er ihn ganz abnahm und auf einen kleinen Tisch an der Wand legte, auf dem er auch sein Aktenköfferchen sorgsam platzierte.

»Mein Name ich Ferdinand Blanchett, und ich werde Sie verteidigen.«

Er warf Hugh Carmichael, der noch immer in der offenen Tür zum Zellentrakt stand, einen eisigen Blick zu, worauf dieser sich hastig zurückzog und die Tür hinter sich schloss. Blanchett öffnete seinen Koffer und entnahm ihm einige Dokumente.

»Wir haben keinen Anwalt gefordert«, stellte Gabriel fest und trat nach vorn ans Gitter. Seine Schulter schmerzte noch immer, und mit dem Verband, der sein Auge halb verdeckte, sah er, so fand Hope, mehr als verwegen aus.

Blanchett sah ihn kurz an, dann wandte er sich wieder seinen Unterlagen zu. »Das hat nichts zu sagen. Als Angeklagter steht Ihnen ein Anwalt zu.«

»Ich dachte eigentlich, die Sache ist geklärt.«

»Mein lieber Freund, nichts ist geklärt. Wenn ich einen Hang zum Dramatischen hätte, würde ich jetzt sagen: Ihre Hinrichtung ist aufgeschoben, nicht aufgehoben, aber ich hoffe doch sehr, dass ich in der Lage sein werde, diese gänzlich zu verhindern.«

»Aber wir können beweisen, dass Nigel Cummings keinen Anspruch auf mich hat. Dass er nie einen Anspruch hatte«, warf Hope ein. Auch sie war aufgestanden. Blanchett warf ihr einen missbilligenden Blick zu.

»Ich schlage vor, dass Sie sich als Erstes bekleiden, wie es sich ziemt. Wenn Sie so vor den Richter treten, werde selbst ich nicht viel für Sie tun können.«

Gabriel sah, wie Hope vor Empörung rot anlief und nach Luft schnappte. Beruhigend legte er ihr durch die Gitter hindurch eine Hand auf die Schulter.

»Können Sie uns etwas anderes zum Anziehen besorgen?«, fragte er den Anwalt. Hope sah aus, als würde sie jeden Augenblick explodieren, und Gabriel drückte warnend ihren Oberarm. Es half ihnen nichts, wenn sie den Anwalt verärgerten. Immerhin war es seine Aufgabe, ihnen zu helfen.

»Natürlich. Wenn Sie noch andere Wünsche haben, so können Sie diese jetzt äußern, ansonsten lassen Sie uns über den Fall sprechen.«

»Wir möchten in eine Zelle zusammengelegt werden.«

»Tut mir Leid, aber das liegt im Ermessen des Sheriffs beziehungsweise des Marshalls. Er hält es für zu gefährlich.«

»Wieso? Immerhin haben wir uns freiwillig gestellt. Wir haben nicht die Absicht zu fliehen.«

»Nun, das sagen Sie jetzt. Aber wir wissen nicht, was der Verlauf der Verhandlung bringt. Aber ich werde sehen, was ich tun kann.« Er kritzelte einige Notizen auf einen Block.

»Wenn Sie mir dann bitte die Quittungen überreichen würden.«

»Nein.«

Das Wort schien von den Wänden widerzuhallen, und Blanchett sah überrascht auf. »Wie meinen?«

»Sie haben mich ganz genau verstanden«, wiederholte Hope. »Solange wir nicht wissen, wer Sie geschickt hat, werde ich Ihnen die Belege ganz gewiss nicht überlassen. Wer garantiert uns, dass Sie nicht von Nigel Cummings bezahlt werden, um die Beweise zu vernichten?«

Blanchett zog eine Augenbraue in die Höhe, dann wandte er sich ab und marschierte davon, um gleich darauf mit dem Marshall wiederzukommen.

»Wenn Sie den beiden Herrschaften bitte bestätigen würden, wer ich bin.«

»Ferdinand Blanchett, wieso?«

»Nun, meine Mandanten scheinen Zweifel an der Legitimität meines Mandates zu haben.«

Norman Markson grinste. »Also, da können Sie ganz beruhigt sein. Ferdinand Blanchett ist der ausgekochteste Hurensohn von einem Anwalt diesseits des Mississippi. Es gibt keinen besseren, nicht für Geld und gute Worte.«

Schweigend sah Hope ihn einen Moment lang an.

»Wenn Sie so gut sind, wie der Marshall sagt«, – Blanchett schmiss sich stolz in die Brust –, »wieso verteidigen Sie dann ausgerechnet uns?«

Blanchetts siegessicheres Lächeln verblasste. Ratlos sah er erst Markson, dann Hope an. »Nun«, sagte er dann, »es gibt gewisse Stellen, die möchten, dass Sie diesen Prozess gewinnen.«

»Welche Stellen?«

»Es steht mir nicht frei, darüber zu sprechen.«

»Nun, Mister Blanchett, dann steht es Ihnen zumindest frei, dieses Gebäude zu verlassen. Ich werde Sie nicht als meinen Anwalt akzeptieren.«

Hilfe suchend wandte Blanchett sich an Gabriel, aber auch der winkte ab. »Hope hat Recht. Solange wir nicht wissen, dass wir Ihnen trauen können, verzichten wir auf Ihre Hilfe.«

Blanchett seufzte. »Mein Auftraggeber bat mich um Diskretion, aber ich kann Ihnen versichern, ich arbeite nicht im Auftrag von Nigel Cummings. Ganz im Gegenteil. Es ist mein Ziel, diesen Mann in die Knie zu zwingen, und Ihr Fall bietet mir endlich die Möglichkeit.«

»Warum?«

»Nun, nennen Sie es ein persönliches Interesse. Der Sohn eines alten Freundes ist vor Jahren von Cummings betrogen worden. Damals gab es keine Beweise. Der Sohn meines Freundes hat alles verloren und nahm sich das Leben. Als der Marshall mir nun von Ihrem Fall berichtete, sahen mein Freund und ich endlich die Möglichkeit, Gerechtigkeit walten zu lassen, und ich würde es begrüßen, wenn ich dabei auf Ihre Hilfe zählen könnte.«

»Wie heißt Ihr Freund?«

»John Henderson«, kam die Antwort wie aus der Pistole geschossen.

Gabriel sah Hope an und hob fragend eine Braue.

Hope zuckte die Achseln. »Ich weiß nicht, ob ich ihn kannte. Vielleicht. Aber ich kannte nur die wenigsten von Cummings' Kunden mit Namen. Sie haben mich auch nie wirklich interessiert.«

»Nun gut, Mister Blanchett. Aber Sie verstehen es doch sicher, wenn wir Ihnen nicht alle Quittungen auf einmal aushändigen.« Blanchett nickte.

Auffordernd sah Gabriel Hope an, und sie zog einige der sorgsam gefalteten Belege aus ihrem Unterhemd. Blanchett nahm sie entgegen und überflog sie.

»In der Tat. Diese Belege sind von Cummings' Mercantile ausgestellt worden.« Er sah Hope an. »Ich werde gleich Mister Cummings aufsuchen und seine Bücher einsehen. Ich werde mir die Beträge und Daten, auf die er seine Ansprüche begründet, notieren und sie mit diesen Unterlagen vergleichen. Ich glaube aber nicht, dass wir damit ein Problem haben werden.«

»Mein Großvater hat immer sofort und in Gold bezahlt. Er hat selbst erlebt, wie Cummings anderen Schürfern aufgrund von fadenscheinigen Anschuldigungen ihre Claims abgenommen hat. Deshalb hat er Belege gefordert, damit nicht sein Wort gegen Cummings' stehen würde.«

»Ihr Großvater war ein umsichtiger Mann, Miss Granger.« Blanchett reichte ihr die Belege zurück, und Hope sah ihn erstaunt an.

»So können Sie sicher sein, dass die Quittungen gut verwahrt sind. Nur für den Fall, dass Sie noch Zweifel haben.« Er seufzte. »Leider klagt Mister Cummings Sie aber auch wegen Diebstahls an.«

»Diebstahl?«, wiederholte Hope ungläubig. Fassungslos sah sie Gabriel an. Auch der Sheriff hatte schon so etwas gesagt, aber sie konnte es einfach nicht glauben, dass Nigel Cummings so dreist war. Sie wandte sich wieder an den Anwalt. »Das Einzige, was ich je genommen habe, war die Kleidung, die ich jetzt trage. Cummings hat mich zeitlebens in Lumpen rumlaufen lassen. Wäre ich in dem Kleid weggelaufen, das Cummings mir gegeben hatte, hätte man mich doch sofort erkannt!«

»Nun, Nigel Cummings gibt an, Sie wären geflohen, weil Sie seine Ladenkasse ausgeraubt und fünfhundert Doller erbeutet hätten.«

»Aber das ist nicht wahr! Ich habe kein Geld gestohlen. Er lügt!« Ihre Finger umklammerten die Gitterstäbe, und sie presste ihre erhitzte Stirn gegen das kühle Metall.

»Ich bin weggelaufen, weil ...«, sie schluckte, »also weil Nigel Cummings vorhatte ...« Hilfe suchend sah sie Blanchett an. »Weil ich es nicht ertragen konnte, was Cummings mit mir vorhatte«, wisperte sie schließlich.

»Was hatte er denn mit Ihnen vor?«

Hopes Augen schwammen in Tränen, und sie schüttelte nur stumm den Kopf. Schweigend legte Gabriel seine Hand über ihre.

»Hatte er vor, sich Ihnen unsittlich zu nähern?«, fragte Ferdinand Blanchett. Hope nickte. »Ich verstehe«, murmelte Blanchett und notierte etwas in seinen Unterlagen.

»Und bis auf die Kleidungsstücke haben Sie nichts gestohlen?«

Noch immer unfähig zu sprechen, schüttelte Hope den Kopf. Blanchett sah auf. »Das können Sie nicht zufällig beweisen?«

Hope lachte bitter auf. »Wie soll ich denn das beweisen?«, fragte sie, doch dann hellten sich ihre Züge auf. Strahlend sah sie erst Gabriel, dann Blanchett an.

»Vern!«

»Vern?«, fragte Blanchett verständnislos.

»Vernon O'Herlihy. Er befand sich die ganze Zeit im Laden. Er wird bestätigen, dass ich kein Geld aus der Kasse genommen habe.«

»Vernon O'Herlihy. Gut, ich werde Mister O'Herlihy aufsuchen und hoffen, dass er Ihre Geschichte bestätigt.«

»Natürlich wird er«, begann Hope, aber dann verstummte sie. Blanchett sah auf.

»Haben Sie plötzlich doch Zweifel?«

»Nun ja, Vern arbeitet für Nigel Cummings. Selbst wenn er weiß, dass ich es nicht war, kann es sein, dass er nicht für mich aussagt.« Sie biss sich nervös auf die Unterlippe. »Es gab nur wenige Leute, die sich je gegen Nigel Cummings gestellt haben, und noch viel weniger, die lange genug lebten, um davon zu berichten.«

»Wollen Sie damit sagen, Nigel Cummings hat diese Menschen ermordet?«

Hope seufzte. »Ich kann es nicht beweisen. Niemand kann das. Aber es ist schon seltsam, dass gerade die Menschen, die sich mit Cummings angelegt haben, unerklärliche Unfälle hatten oder spurlos verschwanden. Über die Jahre gab es einige, aber man konnte Cummings nie etwas nachweisen. Und Silver Springs hat ja auch erst seit zwei Jahren einen Sheriff. Davor hat es nicht wirklich jemanden gekümmert. Die Leute haben sich halt einfach nicht mit Cummings angelegt.«

Nachdenklich blickte Blanchett sie an.

»Noch etwas?«, fragte er dann nach einer Weile. Hope schüttelte den Kopf.

»Cummings ist nicht allein mit dem Sheriff in den Bergen gewesen«, warf Gabriel ein. »Es waren noch andere Männer dabei.«

»Ja«, bestätigte Hope. »Ich habe sie nur kurz gesehen, aber einer von ihnen war Roland Murchard. Aber er arbeitet auch für Cummings. Wer die anderen waren und wie viele, weiß ich leider nicht. Aber ich glaube nicht, dass sie sich gegen Cummings stellen.

»Also, ich werde Mister Murchard und Mister O'Herlihy einen Besuch abstatten. Möglicherweise haben sie ja etwas Interessantes zu berichten.« Er sah Hope an. »Und was ist, wenn Murchard bestätigt, dass Mister McKinlay geschossen hat?«

»Dann lügt er.«

»Damit müssen wir rechnen.«

Hope ballte die Hände zu Fäusten. Ja, damit mussten sie rechnen.

Blanchett schloss sorgsam seine Aktentasche und nahm seinen Hut vom Tisch.

»Gut. Lassen wir es drauf ankommen. Mir wird schon etwas einfallen. Haben Sie eine bestimmte Vorliebe bezüglich des Kleides, das ich Ihnen mitbringen soll?«

Hope presste die Lippen aufeinander, aber noch ehe sie sich zu einer Antwort durchringen konnte, war es Gabriel, der antwortete: »Blau. Bringen Sie ihr etwas Blaues mit.«

Blanchetts Blick glitt über Hope, dann nickte er zustimmend. »Ja, ich denke, Blau ist eine gute Wahl.« Damit ergriff er seine Tasche und marschierte hinaus.

Hope wandte sich an Gabriel und stemmte ihre Hände in die Hüften.

»Bringen Sie ihr etwas Blaues mit?« Wütend funkelte sie ihn an. »Du unterstützt diesen arroganten …«

»Er hat Recht«, unterbrach Gabriel sie und trat ebenfalls ans Gitter. Hope ließ es zu, dass er ihre Hände ergriff und sie näher an die Metallstäbe zog. Warm strichen seine Daumen über ihre Handflächen, und Hope spürte, wie ihr Zorn verrauchte.

»Ich weiß«, seufzte sie. »Ich war nur so wütend, als er andeutete, ich wäre nicht anständig bekleidet.«

Gabriel grinste. »Also, mir gefällt, was du da anhast.« Seine Augen sahen sie voll Wärme an. »Aber mir gefällst du immer, egal, was du anhast.« Er zog sie noch näher, bis sich ihre Lippen durch die Gitter hindurch beinahe berührten. »Aber noch besser gefällt es mir, wenn du gar nichts anhast.« Sein Mund senkte sich auf den ihren, und für einen Moment vergaß Hope die kalten Eisenstangen, die sie trennten.

Das Klappern der Verbindungstür ließ beide auseinander fahren. Verlegen strich Hope sich ihre Haare hinters Ohr und wandte sich ab, während Gabriel sich wieder auf die Pritsche sinken ließ.

Hugh Carmichael erschien mit einem Tablett, auf dem er die Speisen aus dem Restaurant, von dem sie versorgt wurden, transportierte.

»Zeit fürs Mittagessen!«, rief er gut gelaunt. Falls er gemerkt hatte, dass er in einem unpassenden Moment erschienen war, so ließ er es sich jedenfalls nicht anmerken.

Der Braten mit Soße verströmte einen köstlichen Duft und ließ Hope das Wasser im Munde zusammenlaufen. Dazu gab es Brot und Gemüse. Obwohl die Verpflegung verglichen mit dem, was Hope früher aus Silver Springs gewohnt war, auch vor dem Auftauchen des Marshalls nicht schlecht gewesen war, so hatte sich die Qualität der Speisen nun noch deutlich verbessert. Hugh servierte jedem von ihnen einen gefüllten Teller und dazu ein Körbchen mit frisch gebackenem Brot. Auch an ein Schälchen mit Futter für Motte, an der er einen regelrechten Narren gefressen hatte, hatte er gedacht. Durch die offene Verbindungstür erkannte Hope Mary-Sue Stanton, die Tochter des Restaurantbesitzers. Ihre rotblonden Haare waren heute zu dicken Locken gedreht und zu einem Pferdeschwanz zusammengefasst, der bei jeder Bewegung kokett wippte. Es schien, als würde eine sanfte Röte Mary-Sues Wangen überziehen, als sie Hugh beobachtete, wie er das Essen verteilte, das sie täglich in einem großen Korb aus dem Restaurant herüberbrachte. Sollte Mary-Sue etwa in den schlaksigen, ein wenig ungelenken Hugh Carmichael verliebt sein? Doch warum eigentlich nicht?

»Braucht ihr noch etwas?«, fragte Hugh, nachdem er auch noch jedem einen Becher Wasser durch die Gitter geschoben hatte. Er fuhr sich nervös mit dem Finger unter dem Kragen seines Hemdes entlang, obwohl er den obersten Knopf gar nicht geschlossen hatte.

»Nein danke, Hugh.« Hope lächelte ihn an. »Aber ich denke, du solltest Mary-Sue nicht allzu lange warten lassen. Nicht dass sie noch eifersüchtig wird, weil du so viel Zeit mit mir verbringst.«

Hugh Carmichaels Gesicht nahm die Farbe einer reifen Tomate an, während er hastig eine Entschuldigung stammelte, sich abwandte und hinauseilte. Sorgsam schloss er diesmal sogar die Verbindungstür, die er sonst immer offen stehen ließ, um ein wenig Gesellschaft zu haben und mit den Gefangenen zu plaudern.

»Sieht ganz so aus, als wäre unsere Anwesenheit hier im Gefängnis für Hugh Carmichael ein Glücksfall«, stellte Gabriel fest.

Hope lächelte. »Kann man so sagen. Wer weiß, wie lange es sonst noch gedauert hätte, ehe die beiden zueinander gefunden hätten.«

»Nun?«

»Sie sind unschuldig, daran besteht meiner Meinung nach gar kein Zweifel.«

»Und ist sie die, die sie vorgibt zu sein?«

Blanchett nickte. »Also, ich sehe keinen Grund, daran zu zweifeln, dass sie wirklich Hope Granger ist. Wenn sie es nicht wäre, warum hätte Cummings sie dann in den Frondienst zwingen sollen? Nein, sie ist Hope Granger.«

Der andere Mann stieß geräuschvoll die Luft aus. Erleichterung breitete sich auf seinem Gesicht aus. »Und hat sie Ihnen die Geschichte mit dem alten Freund abgekauft? Oder ist sie misstrauisch geworden?«

Blanchett lachte leise. »Oho, sie war misstrauisch. Anfangs. Aber die Geschichte von dem alten Freund hat sie überzeugt, meine Dienste in Anspruch zu nehmen.«

»Hat sie irgendwelche Wünsche geäußert? Ich meine, Sie haben sie doch gefragt?«

Blanchett grinste. »Sie und McKinlay wollen gemeinsam in einer Zelle sein.«

»Nein. Ich habe Erkundigungen über den Mann eingeholt. Er ist ein Halbblut. Also nicht besser als ein Wilder. Ich will nicht, dass sie in seiner Gesellschaft ist. Veranlassen sie, dass die beiden getrennt bleiben.«

»Aber Sir …«

»Keine Widerrede. Am liebsten wäre mir sogar, Hope wäre in einem anderen Gebäude untergebracht.«

»Das wird kaum möglich sein, Sir.«

»Das weiß ich selbst. Wollte sie sonst noch etwas?«

»Ich denke, ein neues Kleid wäre passend, auch wenn sie mir beinahe an die Gurgel gegangen wäre, als ich es vorschlug. Aber so, wie sie gekleidet ist, wie sie beide gekleidet sind, machen sie vor Gericht keinen guten Eindruck.«

Der andere nickte. »Natürlich. Am besten etwas Blaues.«

»Genau das sagte McKinlay auch.«

Der Gesichtsausdruck des Weißhaarigen verfinsterte sich und einen Moment lang sah es aus, als wollte er seine Meinung ändern, aber dann nickte er noch einmal und ging davon.

Nachdenklich sah Blanchett ihm nach, ehe er sich auf den Weg zu Cummings machte.

XLV

Die Tür bebte unter dem heftigen Klopfen, und Nigel Cummings fluchte unterdrückt, als er durch den Korridor eilte. Er war erst eine Stunde zuvor aus dem Saloon gekommen und über die nächtliche Störung alles andere als erbaut.

»Verdammt, was willst du?«, zischte er, nachdem er die Hintertür seines Ladens einen Spaltbreit geöffnet hatte und sah, wer ihn dort mitten in der Nacht beehrte. Er zog die Tür weiter auf, damit Roland Murchard eintreten konnte, und spähte die Seitengasse entlang, ob ihn jemand gesehen hatte. »Es ist mitten in der Nacht.«

Murchard atmete schwer, so als wäre er kilometerweit gerannt, und presste seinen Arm, der noch immer in einer Schlinge steckte, an sich.

»Der Anwalt war heute bei mir«, schnaufte er und ließ sich auf einen Stapel Stoffballen sinken.

Cummings Gesicht verfinsterte sich. »Und was hast du ihm erzählt?«, fragte er lauernd.

»Nichts! Ganz ehrlich, Nigel. Kein Wort hab ich gesagt. Ich bin doch dein Freund. Aber ich dachte, dich interessiert vielleicht, dass Hopp versucht, uns gegeneinander auszuspielen.«

Cummings öffnete eine Flasche Whiskey und schenkte Murchard großzügig einen Becher voll ein.

»Hier«, sagte er und reichte Roland den Becher. »Du siehst aus, als könntest du es brauchen.«

»Oh Mann, danke, Nigel.« Gierig griff Murchard nach dem angebotenen Getränk. »Bist echt ein anständiger Kerl, weißte. Du weißt echt, was sich gehört.« Er setzte den Becher an die Lippen und nahm einen tiefen Schluck. »Ahhh«, seufzte er dann und ließ den Becher sinken. »Das is wirklich ein verdammt guter Whiskey.« Nachdenklich sah er den Becher in seiner Hand und dann Cummings an. »Der is echt viel besser als das Zeugs, das de im Saloon ausschenken tust, Nigel.«

Cummings verzog seine schmalen Lippen zu einem Grinsen. »Dieses edle Tröpfchen schenke ich nur an gute Freunde aus, Roland. Der ist zu gut für die breite Masse, das musst du doch verstehen.«

»Aber klar tu ich das verstehen.« Er nahm noch einen Schluck und stellte fest, dass der Becher bereits leer war. Unaufgefordert schenkte Cummings ihm nach.

»Und was wirst du machen, wenn der Anwalt dich noch mal fragt?«, wollte er dann wissen. Er lehnte sich an eines der Regale und hielt die Flasche locker in der Hand. Murchard trank aus und sah die Flasche, die langsam hin- und herpendelte, mit glänzenden Augen gierig an.

»Na das, was du mir gesagt hast, Nigel. Dass Hopp und ihr Macker den Sheriff und die Deputies kaltgemacht haben.«

»Und warum haben wir nicht eingegriffen?«

Einen Moment lang sah Murchard ihn mit leerem Blick an, aber dann zuckte ein Lächeln über seine Züge. »Weil sie uns überrascht haben.« Er zeigte mit einem unsicheren Finger auf Nigel. »Das war ein Trick, richtig? Die Frage haben wir noch nicht geübt, aber eine, die so ähnlich is.«

Cummings sah ihn an. »Das ist richtig, Roland. Weil sie uns überrascht haben. Und was sagst du, wenn dich der Richter fragt, warum McKinlay den Sheriff erschossen hat?«

Wieder erschien der leere Ausdruck auf Murchards Gesicht. »Ja, also«, stammelte er dann, »also weil ... ja, also... Na, Hopp wird ihn wohl irgendwie gehasst haben, den Sheriff. Oder etwa nich?« Hilfe suchend sah er Cummings an.

In Gedanken seufzte Cummings und verdrehte die Augen.

»Nein«, wiederholte er dann, »nicht weil sie ihn gehasst hat, sondern weil er sie verhaften und zu mir zurückbringen wollte. Hopp hat gewusst, dass der Sheriff das Recht dazu hat. Und ihr Freund hat den Sheriff erschossen, weil er ein Krimineller ist.«

Murchard grinste erleichtert. »Ach, so war das, ja, is o.k., Nigel, jetzt hab ich's kapiert.«

Na, das wage ich arg zu bezweifeln, dachte Cummings und goss Murchard noch einen Becher Whiskey ein, den dieser diesmal ohne abzusetzen hinunterstürzte.

Wirklich sehr schade um das edle Zeug, dachte Nigel Cummings, während er beobachtete, wie ein dünnes Rinnsal Alkohol Roland Murchard aus dem Mundwinkel und übers Kinn rann. *Wirklich sehr, sehr schade. Ein wahrer Jammer, diese Verschwendung.*

»War es ein Unfall?«, fragte der Marshall und sah zu, wie seine Männer den leblosen Körper in den Mittelgang des Stalls zogen.

»Schwer zu sagen, Marshall«, erwiderte Howard Hodges und drehte den Toten auf den Rücken. Er verzog das Gesicht, als der Geruch nach Alkohol ihm unangenehm in die Nase stieg. »Roland Murchard. Ein Trunkenbold, wie er im Buche steht. Es geschah häufiger, dass er den Weg nach Hause nicht fand und stattdessen im Stall schlief. Offensichtlich hat er sich aber diesmal die falsche Box ausgesucht.«

Noch immer drang das schrille, wütende Wiehern des Hengstes, den man aus der Box nach draußen gezerrt hatte, zu den Männern herein. Krachen und Splittern sowie unterdrücktes Fluchen ließen außerdem vermuten, dass seine Hufe vor dem Gatter des Paddocks ebenso wenig Halt machen würden wie vor den Männern, die ihn hielten. Das Tier war außer sich und tobte wie wild. Murchard hatte jedenfalls keine Chance gehabt. Zu betrunken, um den Ernst der Lage zu begreifen, war er viel zu langsam gewesen, um die Flucht zu ergreifen. Die Hufe des riesigen Hengstes hatten den Körper des wehrlosen Betrunkenen förmlich zermalmt.

»Ich denke schon, dass es ein Unfall war. Spricht jedenfalls alles dafür.« Er sah auf, als das Tor zum Mietstall aufgeschoben wurde und eine bleiche Gestalt eintrat.

Ferdinand Blanchett hatte sich nur hastig seinen Gehrock über sein Nachthemd gestreift, nachdem ihn einer der Männer des Marshalls geweckt hatte.

»Was geht hier vor?«, wollte er wissen und riss sich seine Schlafmütze vom Kopf, die er in der Eile ganz vergessen hatte.

»Nichts, weswegen Sie sich so aufregen müssten, Herr Anwalt. Sieht so aus, als hätte ein Pferd einen Betrunkenen zu Tode getrampelt. Ein Unfall.«

»Wer ist das Opfer?«

»Roland Murchard.«

»Roland …« Blanchett verstummte und trat näher. Kurzsichtig blinzelte er, ehe er seine Brille aus der Tasche seines Gehrocks zog und auf seine Nase setzte. »In der Tat«, sagte er dann und sah den Marshall an. »Aber ich glaube nicht an einen Unfall.«

Marshall Markson seufzte. »Und wieso nicht?«

»Weil ich gerade heute mit Roland Murchard gesprochen habe. Er war dabei, als meine Mandanten angeblich den Sheriff und seine Männer ermordeten, und seine Aussage war alles andere als schlüssig. Ich bin mir sicher, dass Murchard mir etwas verschwiegen hat. Es ist doch schon mehr als merkwürdig, dass es jetzt keine Gelegenheit mehr geben wird, ihn erneut zu befragen oder ihn gar zur Verhandlung vorzuladen.«

»Nun, vorladen können Sie ihn, aber ich bezweifele, dass er aussagen wird«, warf Hodges ein und erhob sich. »Es gibt jedenfalls keine Anzeichen dafür, dass es kein Unfall war. Und falls Sie darauf hinauswollen, dass ihn jemand betrunken gemacht hat, ihn anschließend niederschlug und ihn dann in die Box gelegt hat – es wäre möglich, aber es gibt keine Beweise.«

Blanchett presste die Lippen aufeinander. Keine Beweise. Er musste an Hopes Worte denken, dass Leute, die sich gegen Cummings stellten, von unerklärlichen Unfällen dahingerafft wurden. Er nickte bedächtig. Dann wandte er sich um und verließ den Stall.

XLVI

»Den Vorsitz hat der ehrenwerte Richter John Faulkner«, rief der Gerichtsdiener, und alle Augen richteten sich auf die Tür im hinteren Bereich des Raumes. Die Verhandlung fand im Schulhaus statt, in dem auch alle offiziellen Versammlungen und der sonntägliche Gottesdienst abgehalten wurden. Der Richter, ein älterer, finster dreinblickender korpulenter Mann, betrat den Raum und nahm hinter dem Pult Platz. Die Anwesenden ließen sich wieder auf ihre Stühle nieder. Einige zuckten zusammen, als Faulkner mit seinem Hammer für Ruhe sorgte. Dann richtete er seinen Blick auf den Ankläger, Carl Fraisier.

»Fangen Sie an«, meinte er ohne Umschweife und faltete seine Hände auf dem Pult.

»Die Angeklagten, Miss Hope Granger und Mister Gabriel McKinlay, werden beschuldigt, am 18. September des Jahres 1874 den Sheriff von Silver Springs, Chester Danefield, und seine Deputies Hank Myers, George Pennwick und Buster Corlay aus niederen Beweggründen erschossen zu haben. Auslöser war die Tatsache, dass Sheriff Danefield die hier Angeklagte, Hope Granger, wegen Diebstahls verhaften und sie wieder in die Obhut von Mister Nigel Cummings geben wollte, dem sie entflohen war. Sie arbeitet bei ihm die Schulden ab, die ihr Großvater, Lukas Granger, bei Mister Cummings gemacht hatte. Darüber hinaus hat sie ihm eine größere Summe Geld gestohlen, als sie geflohen ist.«

»Was sagt die Verteidigung?«

Blanchett erhob sich. »Nicht schuldig, Euer Ehren.«

»Natürlich«, murmelte Faulkner, dann schwenkte sein Blick zurück zum Vertreter der Anklage.

»Haben Sie Beweise für die Anschuldigungen?«

»Selbstverständlich, Euer Ehren«, versicherte ihm Fraisier und blätterte geschäftig in seinen Unterlagen, als müsse er sich erst noch über sein weiteres Vorgehen informieren.

»Also«, meinte er dann nach einer raschelnden Kunstpause, »ich rufe als Erstes Mister Nigel Cummings in den Zeugenstand. Seine Aussage dürfte die Anschuldigungen, die gegen die Angeklagten vorgebracht werden, klar untermauern und keinen Zweifel mehr an ihrer Schuld lassen.«

Mit einem bangem Gefühl in der Magengegend beobachtete Hope, wie Nigel Cummings im Zeugenstand Platz nahm. Er schwor feierlich auf die Bibel, die Wahrheit, die reine Wahrheit und nichts als die Wahrheit zu sagen, aber Hope wusste, dass selbst diese Worte gelogen waren. Die Heilige Schrift bedeutete Cummings gar nichts. Nervös strich sie den Rock ihres neuen Kleides über ihren Knien glatt. Warum nur konnte der Anlass, ein so schönes Kleid zu tragen, kein erfreulicherer sein?

Getreu seines Wortes hatte Ferdinand Blanchett ihnen frische Kleidung besorgt. Einen dunklen Anzug mit weißem Hemd und einer silber-schwarzen Brokatweste für Gabriel und ein schlichtes, aber elegantes Kleid für sie. Der Rock bestand aus dunkelblauer, fein gesponnener Wolle und war so lang, dass er die Spitzen ihrer neuen, mit dem kleinen Absatz äußerst ungewohnten Stiefelchen verbarg, wenn sie stand. Hope liebte das Gefühl des weich fallenden Stoffes an ihren Beinen. Das Mieder war aus taubenblauer Seide gefertigt, eng anliegend und mit einer Reihe winziger Perlmuttknöpfe zwischen zwei cremefarbenen Spitzenbahnen versehen. Der Kragen bestand wie auch die Bündchen an den Ärmeln aus dunkelblauer Seide und war ebenfalls mit cremefarbener Spitze besetzt. Dazu trug sie ein ebenfalls taubenblaues Jäckchen. Hope seufzte innerlich. Es war das erste richtige Kleid, das sie seit ihren Kindertagen besaß, und sie konnte sich, so sehr sie sich auch anstrengte, nicht mehr an die hübschen Kleidchen erinnern, die ihre Mutter für sie gekauft oder genäht hatte.

Aus den Augenwinkeln betrachtete sie Gabriel. Sein Anzug erinnerte an den, den er damals beim Pokerspiel im Saloon getragen hatte. Verglichen mit den anderen Männern im Raum, so fand Hope, wirkte Gabriel wie ein Raubtier inmitten einer Herde Schafe.

Elegant, beherrscht, tödlich.

Seine zivilisierte Kleidung konnte darüber nicht hinwegtäuschen. Es war seine Ausstrahlung, die ihn so deutlich von seinen Mitmenschen unterschied. Hope konnte noch nicht einmal sagen, ob es eher das dunkelhäutige Erbe seiner Mutter war oder die hoch gewachsene Statur seines Vaters, die ihn zu so einer beeindruckenden Erscheinung werden ließ. Wenn der Prozess doch nur schon vorbei wäre …

Hope zwang sich, ihr Augenmerk wieder auf Nigel Cummings zu richten, der sie mit einem süffisanten Lächeln beobachtete.

Bald schon gehörst du wieder mir, schienen seine Augen zu sagen, und Hope fühlte, wie ihr ein Schauer des Entsetzens über den Rücken rann. Auch Cummings war gefährlich, aber ihm fehlte dabei jede Eleganz. Er wirkte verschlagen, hinterhältig – wie ein Aasfresser, der nur darauf wartete, dass jemand zu Boden ging, damit er über ihn herfallen konnte. Sie schlug die Augen nieder. Was, wenn es Wirklichkeit wurde? Was, wenn der Richter sie wirklich zu Nigel Cummings zurückschickte? Was, wenn sie Gabriel aufhängten? Was … Hope zwang sich, den Gedanken abzuschütteln. Das würde nicht geschehen. Gabriel und sie waren unschuldig! Niemand würde ihn hängen. Ferdinand Blanchett würde ihre Unschuld beweisen.

Trotzig hob Hope den Kopf und sah Nigel Cummings an. Ihre Blicke trafen sich, und einen Augenblick lang schien Cummings überrascht, als er den Kampfgeist in Hopes Ausdruck bemerkte, doch dann spitzte er die Lippen, als wolle er sie küssen.

Flammende Röte überzog Hopes Wangen angesichts dieser unverschämten Andeutung. Sie ballte ihre Hände zu Fäusten.

Nur Gabriel schien die stumme Auseinandersetzung zu bemerken, denn er legte seine Hand auf Hopes und umschloss sie mit seinen warmen Fingern. Die Handschellen klirrten bei der Bewegung leise aneinander und riefen Hope in Erinnerung zurück, dass der Marshall darauf bestanden hatte, Gabriel Handfesseln anzulegen, ehe er ihn aus der Zelle entlassen hatte. Gabriel hatte dieses mit stoischer Ruhe über sich ergehen lassen, aber Hope hatte gespürt, wie es in ihm brodelte. Er war unschuldig, aber musste zulassen, dass man ihn ankettete wie ein Tier.

»… vorzubringen«, drang die Stimme des Anklägers in Hopes Gedanken. Cummings riss sich von ihrem schweigenden Duell los und wandte seine Aufmerksamkeit Carl Fraisier zu.

»Das stimmt. Die Angeklagte hat für mich gearbeitet. Ich habe großzügigerweise ihre Dienste als Gegenleistung für die

Schulden ihres Großvaters akzeptiert, auch wenn, wie wohl jeder Anwesende hier im Saal weiß, ein Mädchen für harte Arbeit nicht für allzu viel taugt. Jedenfalls habe ich die Angeklagte zehn Jahre lang ernährt, sie gekleidet und ihr ein Dach über dem Kopf gegeben. Und sie hat es mir gedankt, indem sie mich bestohlen hat und davongelaufen ist.«

»Wie viel hat sie Ihnen gestohlen, Mister Cummings?«

»Fünfhundert Dollar.«

Entsetztes Einatmen erklang überall im Saal. Der Betrag war weitaus höher, als überhaupt jemand für möglich gehalten hatte.

»Aber das ist eine Lüge«, wisperte Hope ihrem Anwalt verzweifelt zu, aber dieser legte ihr beschwichtigend eine Hand auf den Arm.

»Das werden wir später entkräften, meine Liebe. Nur keine Sorge«, erwiderte er lächelnd und drückte einen Moment ihren Arm, ehe er sich wieder auf Carl Fraisier und Nigel Cummings konzentrierte.

»Und wieso haben Sie den Diebstahl nicht sofort angezeigt, Mister Cummings?«

»Nun, ich bin davon ausgegangen, dass ich die kleine Diebin sowieso nicht wieder sehe, nachdem sie spurlos aus der Stadt verschwunden war. Das Aufsehen aufgrund einer Anzeige hätte meinem Ruf geschadet. Erst als ich das Halbblut hier«, er deutete auf Gabriel, und alle Blicke gingen in seine Richtung, »wieder sah und sich herausstellte, dass er kein Farmer auf der Durchreise war, begann ich zu ahnen, wohin Hopp sich verdrückt hatte. Daraufhin habe ich den Sheriff benachrichtigt. Was dann passierte, wissen Sie ja.«

»Nun, würden Sie es bitte für alle Anwesenden noch einmal wiederholen?«

»Aber natürlich. Also, ich habe den Sheriff informiert und Anzeige erstattet, und er hat ein Aufgebot zusammengestellt, bestehend aus Hank Myers, George Pennwick und Buster Corlay, dazu noch Roland Murchard, John Rollins und ich. Dann sind wir McKinlay und der Kleinen nach. Wir haben sie an der Mine des Alten eing…«

»Meinen Sie damit die Mine von Miss Grangers Großvater?«, unterbrach ihn Fraisier. Cummings wirkte ungehalten, dass es jemand wagte, ihm ins Wort zu fallen, aber er beherrschte sich. »Ja, Mister Fraisier, damit meine ich die Mine des alten Granger. Jedenfalls hat der Sheriff sich zu erkennen gegeben und die beiden da« – er wies auf Hope und Gabriel – »haben gesagt, er solle in die Hütte kommen. Dann haben sie das Feuer eröffnet, ehe meine Männer und ich reagieren konnten.«

»Und haben den Sheriff und seine Deputies erschossen?«

»Na, das sagte ich doch. Eiskalt umgelegt haben sie sie.«

»Danke, Mister Cummings. Ich habe keine weiteren Fragen, Euer Ehren.« Fraisier marschierte zurück auf seinen Platz, ein siegessicheres Grinsen auf den Lippen.

Blanchett erhob sich.

»Mister Cummings, Sie erwähnten unter anderem, dass der Großvater meiner Mandantin Ihnen Geld schuldete. Ist das korrekt?«

»Natürlich. Sie haben doch selbst in meinen Unterlagen herumgeschnüffelt und sich alles noch einmal notiert.«

Verhaltenes Gelächter erklang im Saal, aber nach einem drohenden Blick von Richter Faulkner beruhigten sich die Zuschauer wieder.

»Ja, ich habe mir Ihre Unterlagen angesehen. Sogar sehr gründlich. Wie erklären Sie es sich also, Mister Cummings, dass meine Mandantin über Quittungen verfügt, die jeden einzelnen der in Frage kommenden Posten belegen? Wenn mich nicht alles täuscht, haben Sie selbst ihrem Großvater diese Belege ausgestellt. Zumindest ist es Ihre Handschrift.«

Cummings fuhr von seinem Stuhl hoch. »Das ist eine dreckige Lüge!«, brauste er auf, aber Richter Faulkner hämmerte auf sein Pult.

»Ruhe, Mister Cummings!«, donnerte er, dann sah er Blanchett an. »Haben Sie die Belege hier?«

»Aber natürlich, Euer Ehren.«

Fordernd streckte Faulkner die Hand aus, und Blanchett reichte ihm den Stapel Quittungen. Der Richter blätterte sie durch und verglich sie mit den Beträgen, die in seinen Unterlagen verzeichnet waren, dann funkelte er Cummings und die Zuschauer wütend an.

»In der Tat«, stellte er fest. »Ich kann keine Abweichungen feststellen. Miss Granger verfügt über Quittungen für jeden einzelnen der angeblich unbezahlten Posten. Können Sie uns diesen Umstand näher erläutern, Mister Cummings?«

»Das sind Fälschungen. Ganz gemeine Fälschungen«, stieß Cummings hervor.

»Nun, selbst wenn die Belege erst vor kurzem ausgefertigt wurden – woher hätte Miss Granger die genauen Zahlen und Daten nehmen sollen? Ich kann mir nicht vorstellen, dass Sie ihr freien Zugang zu Ihren Geschäftsbüchern gewährt haben, Mister Cummings.«

»Aber das ändert nichts daran, dass sie mir Geld gestohlen hat, oder daran, dass ihr Geliebter den Sheriff umgelegt hat.«

Bedächtig nickte Faulkner mit dem Kopf.

»Miss Granger, wollen Sie etwas dazu sagen?«

Hope straffte die Schultern und erhob sich. »Ich habe nichts gestohlen, Euer Ehren«, beteuerte sie, stockte und fügte dann hinzu: »Oder doch, Euer Ehren, ich habe etwas gestohlen.«

Wieder ging ein Raunen durch den Gerichtssaal, und Richter Faulkner verlangte nach Ruhe.

»Sie geben also zu, die fünfhundert Dollar gestohlen zu haben?«, fragte er ein wenig ungläubig.

»Nein!«, rief Hope entsetzt. Erschrocken sah sie ihn an. »Nein, ich habe kein Geld gestohlen. Vern kann das bezeugen. Er war die ganze Zeit mit Mister Cummings im Laden. Ich hätte gar nichts nehmen können, ohne dass sie es bemerken.« Sie biss sich auf die Lippen und senkte den Blick. Einen Augenblick sah es so aus, als würde sie nicht weitersprechen, doch dann fuhr sie fort: »Aber ich habe Kleidung gestohlen. Als ich erfuhr, was Mister Cummings mit mir vorhatte, wollte ich nur so schnell wie möglich weg. Aber in dem Kleid, das ich besaß, hätte man mich doch sofort erkannt, also habe ich Jungenkleidung gestohlen, um mich zu verkleiden.«

»Jungenkleidung?«

»Ja, Euer Ehren«, murmelte Hope.

»Und wie viel hätte diese Kleidung in Mister Cummings Laden gekostet?«

»Drei Dollar und sechsundvierzig Cent.«

»Drei Dollar und sechsundvierzig Cent?«, fragte Faulkner ungläubig. Er warf Nigel Cummings einen schnellen Blick zu.

Hope nickte. »Ja, das Rechnen habe ich mir während meiner Zeit im Laden selbst beigebracht, daher weiß ich, was die Ware kostete.«

»Was genau hatte denn Mister Cummings mit Ihnen vor, dass Sie unbedingt weglaufen mussten?«, wollte der Richter wissen, und Hope errötete bis unter die Haarwurzeln. Ihr Blick fiel auf Cummings, der sich entspannt im Zeugenstand zurücklehnte, als würde er das Schauspiel, das sie ihm bot, genießen.

»Er wollte …«, flüsterte Hope, »er wollte …« Sie brachte die Worte nicht über die Lippen.

»Euer Ehren, wenn Sie erlauben«, schaltete sich Blanchett ein. »Es ist meiner Mandantin verständlicherweise unangenehm auszusprechen, dass Mister Cummings vorhatte, sich ihr unsittlich zu nähern.«

Ein entsetztes Raunen ging durch den Saal. Faulkner sorgte mit seinem Hammer für Ruhe.

»Hätten Sie nicht in irgendeinem der anderen Läden Kleidung kaufen können?«, überging er das soeben Gehörte, ohne zu zeigen, wie er dazu stand. »Etwa bei den Lindsays?«

Voller Unbehagen rang Hope mit den Händen, ehe sie bemerkte, wie schuldig sie dadurch wirken musste. Sie bemühte sich, ihre Finger still zu halten.

»Nun ja, ich hatte kein Geld, Euer Ehren. Ich war auch noch nie zuvor im Geschäft der Lindsays gewesen.«

»Niemals zuvor? Oh, kommen Sie, Miss Granger. Nicht, um sich mal umzusehen? Oder um ein paar Bonbons zu kaufen?«

Betreten sah Hope zu Boden. »Wovon hätte ich denn Bonbons kaufen sollen?«, sagte sie so leise, dass Faulkner sie kaum verstehen konnte.

»Mister Cummings hat Ihnen doch sicherlich ein Taschengeld gezahlt.« Fragend und vorwurfsvoll sah Faulkner Cummings an.

Hope schüttelte den Kopf. Faulkners Blick verfinsterte sich.

»Wollen Sie damit etwa sagen, dass er Ihnen in all der Zeit nicht einen Cent bezahlt hat?«

Wieder schüttelte Hope den Kopf. »Nein, Euer Ehren.«

»Moment mal«, brauste Cummings auf. »Ich habe dafür gesorgt, dass sie …«

»Halten Sie den Mund, Mister Cummings«, forderte Richter Faulkner ihn grob auf, ohne ihn anzusehen. Wesentlich freundlicher fragte er dann: »Sie haben mehr als zehn Jahre lang für Nigel Cummings gearbeitet, ohne auch nur einen Cent zu erhalten?«

»Ja, Euer Ehren.«

»Und das, obwohl Nigel Cummings überhaupt keine Rechtfertigung hatte, Sie die Schulden Ihres Großvaters abarbeiten zu lassen?«

Hope nickte.

Faulkners Blick wandte sich Ferdinand Blanchett zu, der sich aufgerufen fühlte, sein Plädoyer weiterzuführen.

»Meine Mandantin wurde völlig zu Unrecht mehr als zehn lange Jahre zur Sklavenarbeit gezwungen, Euer Ehren.«

Empörtes Gemurmel ertönte, und einige der versammelten Bürger sahen betreten zu Boden. Hope war sich nicht sicher, ob es jene waren, die damals dabei gewesen waren und nichts getan hatten, um sie zu verteidigen. Viele der Menschen, so stellte sie fest, kannte sie nicht, aber unter ihnen fiel ihr ein älterer weißhaariger Mann besonders auf, weil er sie eindringlich musterte. Wer war er? Warum schaute er sie so durchdringend an?

»Sie lebte unter entsetzlichen Bedingungen«, fuhr Blanchett fort, »da können Sie beinahe jeden hier im Saal fragen. Sie bekam nicht genügend zu essen und wurde systematisch misshandelt, wie viele der hier Anwesenden Ihnen bestätigen werden.«

Entsetzt starrte Hope ihn an. Woher hatte er diese Informationen? Mit wem hatte Blanchett alles gesprochen? Ihr Blick zuckte zu Gabriel, aber dessen Miene war ausdruckslos. Außerdem hatte Blanchett keine Gelegenheit gehabt, ohne ihr Beisein mit ihm zu reden. Ihr Blick streifte über das Publikum, und sie erkannte Esra Jackson. Er hatte sie nie darauf angesprochen, aber mehr als einmal hatte er ihr einen Tiegel Liniment zugesteckt, mit dem er sonst die Pferde behandelte, wenn sie vor Schmerzen kaum hatte laufen können. Sollte er etwa …

»Außerdem ist meine Mandantin Besitzerin einer reichen Goldmine«, fuhr Blanchett fort und unterbrach damit Hopes Gedanken. »Warum hätte sie es also riskieren sollen, Mister Cummings Geld zu stehlen? Alles, was sie damit erreicht hätte, wäre, dass man sie suchen würde. Aber eben das wollte sie ja verhindern. Und außerdem gibt es einen Zeugen für ihre Unschuld.« Sein Blick traf Vernon O'Herlihy, der zusammenzuckte, als hätte man ihn geschlagen. Nigel Cummings wirbelte herum und starrte Vernon drohend an, damit er ja den

Mund hielte, und man sah Vernon deutlich an, dass er am liebsten im Boden versunken wäre.

»Wie Sie gehört haben, gibt meine Mandantin zu, einige Kleidungsstücke aus Mister Cummings' Laden entwendet zu haben, nachdem sie Zeugin einer Unterhaltung zwischen Mister Nigel Cummings und Mister Vernon O'Herlihy geworden war, in der es darum ging, dass Mister Cummings beabsichtigte, meine Mandantin zu seiner Geliebten zu machen.«

Wieder ertönte Gemurmel, und Hope spürte, wie ihre Wangen vor Scham brannten. Oh Gott, woher hatte sie wissen sollen, dass Blanchett dieses Detail mehrmals in einem Gerichtssaal voller Menschen erwähnen würde?

»Selbst wenn Miss Grangers Großvater Schulden gemacht hätte, was, wie ich noch einmal betonen möchte, nicht der Fall war, so wären diese inzwischen lange beglichen. Es liegt also die Vermutung nahe, dass dieser Mann dort«, sein Finger wies anklagend auf Nigel Cummings, »nun auch noch hofft, unrechtmäßig in den Besitz von Miss Grangers Goldmine zu gelangen!«

Blanchetts Atem ging schneller, und seine Augen strahlten, so hatte er sich in Rage geredet. Dabei hatte er seinen Trumpf noch nicht einmal ausgespielt. Tief atmete er ein und ließ seinen Blick über die Zuschauer schweifen.

»Meine sehr verehrten Damen und Herren, Sie werden mir sicher zustimmen, wenn ich sage, dass wir alle wollen, dass Gerechtigkeit herrscht in dieser schönen Stadt. Ein entsetzliches Verbrechen ist begangen worden und muss gesühnt werden. Nicht nur ein, sondern gleich vier Morde wurden verübt, und wir wollen alle, dass der oder die Schuldigen zur Rechenschaft gezogen werden.« Mit glänzenden Augen sah er die Zuschauer an, so dass ein jeder das Gefühl hatte, er würde nur mit ihm sprechen.

»Meine Mandanten«, er deutete auf Hope und Gabriel, »haben sich, wie Sie alle wissen, freiwillig gestellt, um die Anschuldigungen, die gegen sie vorgebracht wurden, zu entkräften und ihren guten Ruf wiederherzustellen. Sie sitzen heute hier auf der Anklagebank, und ihnen werden die begangenen schändlichen Verbrechen vorgeworfen, dabei sind sie in allen Punkten der Anklage unschuldig! Und ich kann einen Zeugen für ihre Unschuld benennen.«

Blanchett legte eine dramatische Pause ein, ehe er herumwirbelte und mit ausgestrecktem Finger auf John Rollins wies.

»Dieser Mann ist dabei gewesen, und er kann bezeugen, dass es nicht Mister McKinlay gewesen ist, der den Sheriff und seine Deputies erschossen hat – was ihm allein auch kaum möglich gewesen sein dürfte –, sondern dass es Nigel Cummings mit seinen Männern war.« John Rollins saß wie erstarrt. Sein Blick irrte furchtsam zu Cummings, ehe er begann, unruhig auf seinem Sitz hin- und herzurutschen. Er konnte Cummings nicht in die Augen sehen.

Angesichts des Schicksals, das Murchard ereilt hatte, hatte Blanchett es für besser gehalten, vor der Verhandlung weder mit Vernon O'Herlihy noch mit John Rollins zu sprechen, um Cummings nicht zu warnen. Aber er war sich sicher, Rollins die Wahrheit entlocken zu können, sollte dieser auf den Gedanken kommen zu leugnen. Er hatte John Rollins im Saloon beobachtet. Der Mann war ein Trinker und nicht allzu helle. Er konnte Befehle befolgen, war skrupellos, aber wenn es darauf ankam, konnte er einem brillanten Verstand und einer überlegenen Argumentation nichts entgegensetzen. Er würde sich verraten.

»Ich beantrage daher, dass meine Mandanten aus der Haft entlassen werden. Des Weiteren klage ich Nigel Cummings des Mordes an und dafür, dass er meine Mandantin über zehn Jahre lang zu Unrecht …«

Eine Frau kreischte entsetzt auf, dann noch eine.

Gabriel, ebenfalls von Ferdinand Blanchetts theatralischem Vortrag in den Bann gezogen, wandte sich um und sah gerade noch, wie Nigel Cummings auf sie zugestürmt kam. Sein Stuhl fiel polternd um, als er aufsprang, um sich Cummings entgegenzuwerfen, aber es war zu spät. Hope schrie auf, als sich Cummings' Arm um ihre Kehle schloss und er sie brutal von ihrem Stuhl hochriss. Ihre Zähne schlugen hörbar aufeinander, als er ihr den Kopf ruckartig in den Nacken riss und ihr ein Messer an die schlanke Kehle setzte.

»Eine falsche Bewegung, und die Schlampe ist tot«, zischte er. Jeder im Saal erstarrte.

»Mister Cummings«, ertönte die Stimme des Richters. Cummings drehte sich auf dem Absatz herum und riss Hope mit sich. Ein feiner roter Strich erschien dort, wo das Messer sie berührte.

»Halt's Maul, Fettsack«, fauchte Cummings. Er drückte das Messer fester gegen Hopes Kehle. Sie stöhnte angsterfüllt auf. »Ich will, dass sich keiner von euch rührt. Jeder bleibt, wo er gerade ist, während Hopp und ich jetzt ganz langsam den Saal verlassen.«

»Hope geht nirgendwo hin.«

Wieder wirbelte Cummings herum, diesmal zu Gabriel. Drohend setzte er das Messer ein Stück weiter oben an. Ein weiterer dünner roter Strich zeichnete die Stelle an Hopes Hals, wo das Messer eben noch gelegen hatte. Sie hatte ihre Augen fest geschlossen, und eine einzelne Träne quoll unter ihren Lidern hervor. Dann öffnete sie die Augen und sah Gabriel flehentlich an. Dieser presste die Lippen fest aufeinander. Egal, was auch geschah, er würde nicht zulassen, dass Cummings mit Hope hier herausspazierte.

»Gib auf, Cummings. Das Spiel ist aus.«

»Oh nein, McKinlay. Ich halte alle Trümpfe in der Hand. Wenn du deine kleine Freundin in einem Stück wiederbekommen willst, dann tust du genau das, was ich sage.« Sein Blick zuckte durch den Raum. »Keine Bewegung, Marshall. Wenn Sie die Waffe ziehen, ist die Kleine tot.«

Langsam ließ Markson die Hand wieder sinken, und Hope spürte, wie Cummings sich ein klein wenig entspannte. Sein rechter Arm, in dessen Hand er das Messer hielt, lag über ihrer Brust, mit dem linken hielt er sie wie einen Schild vor sich. Hope traute sich nicht, sich zu bewegen, denn sie befürchtete, der nächste Schnitt könnte tiefer gehen. Bereits jetzt fühlte sie einzelne Bluttropfen über ihre Haut rinnen, und die Messerspitze bohrte sich drohend in die zarte Haut unter ihrem Kinn. Sie sah Gabriels versteinertes Gesicht und wusste, dass er verzweifelt nach einem Ausweg suchte.

Aber es gab keinen.

Wenn sie Cummings entkommen lassen mussten, dann sollte es eben so sein. Sie wollte nicht sterben. Nicht jetzt, wo sie Gabriel gerade gefunden hatte und sein Kind unter dem Herzen trug. Sie hegte nicht den geringsten Zweifel, dass Cummings seine Drohung wahr machen würde: Wenn er nicht entkommen konnte, dann würde er dafür sorgen, dass auch sie nicht überlebte. Hope schluckte und spürte, wie die Messerspitze selbst bei der kleinsten Bewegung in ihre Haut drang.

Ihr Nacken war noch immer unnatürlich nach hinten gebogen, und ihr ganzer Rücken verkrampfte sich zusehends.

»Rollins!«, rief Cummings. »Komm her!«

Furchtsam wie ein geprügelter Hund schlich John Rollins auf ihn zu. Sein Blick zuckte unsicher hin und her.

»Na los, Mann, jetzt mach dir nicht ins Hemd. Nimm dem Marshall den Revolver ab und bring ihn her zu mir.« Einen Moment lang sah es aus, als wolle Rollins rebellieren, aber Cummings' Worte brachten ihn auf Trab. »Denk dran. Du steckst genauso tief drin wie ich. Wenn sie mich aufknüpfen, dann baumeln wir beide.«

Schweiß perlte von Rollins' Stirn, als er dem Marshall vorsichtig den Revolver aus dem Holster zog.

»Na los, los, los. Die andere auch. Schlaf nicht ein, ja. Mit zwei Kanonen fühle ich mich ganz einfach sicherer. Sie verstehen das doch bestimmt«, meinte er an den Marshall gewandt. Er grinste und ließ die Anwesenden nicht aus den Augen.

»Gib mir eine«, befahl Cummings und streckte seine freie Hand aus. Rollins reichte ihm einen Revolver, und Cummings ergriff den Kolben. Durch die Bewegung drückte sich die Messerspitze einen Moment lang stärker in Hopes Kinn, und sie stöhnte protestierend auf. Sofort trat Gabriel einen Schritt vor, aber Cummings spannte den Hahn und richtete die Mündung auf ihn.

»Na, na, na«, warnte er und winkte ihn mit dem Lauf der Waffe wieder zurück. »Schon besser, McKinlay. Mach keine Dummheiten, oder Hopp stirbt.« Er lachte meckernd und ließ das Messer in seinem Ärmel verschwinden, wo er es in einer Scheide zu tragen schien. »Aber vielleicht liegt dir ja gar nicht so viel an ihr, wie ich dachte.« Provozierend legte er seine freie Hand auf Hopes Brust und drückte sie, nur um schallend aufzulachen, als Gabriel wutentbrannt die Fäuste ballte.

Hart presste er dann die Mündung des Revolvers gegen Hopes Schläfe, und Hope zuckte zusammen, als das kalte Metall ihre Haut berührte. Wieder sah es aus, als wolle Gabriel vorwärts stürmen, aber angesichts der Bedrohung beherrschte er sich. Zur Hilflosigkeit verdammt, öffneten und schlossen sich seine gefesselten Hände unentwegt, und seine Kiefer mahlten vor mühsam beherrschtem Zorn.

»Schon besser«, griente Cummings. »Und nun die zweite.« Fordernd zuckten seine Finger.

»Aber Nigel. Was ist mit mir?«, protestierte Rollins.

»Verdammt, was soll mit dir sein?« Cummings nahm ihm auch den zweiten Revolver ab und stecke ihn in den Bund seiner Hose. »Dann holst du dir eben 'ne andere Kanone, na los!«

Rollins entwaffnete einen der Deputies und beeilte sich, wieder an Cummings' Seite zu kommen.

»Und jetzt möchte ich, dass sich alle Anwesenden setzen«, kommandierte Cummings. Einen Augenblick lang geschah gar nichts. Erst als er die Mündung so heftig gegen Hopes Schläfe presste, dass sie vor Schmerzen aufschrie, ging ein Raunen durch die Menge. Stuhlbeine schabten über den Boden, während die Bürger von Silver Springs sich niederließen, dann wurde es wieder ruhig im Saal.

Den Colt abwechselnd auf die Menschenmenge und auf Hope gerichtet, ging Cummings langsam rückwärts. Rollins blieb, die Waffe ebenfalls auf die Zuschauer gerichtet, an seiner Seite.

»Ich möchte, dass niemand sich auch nur muckst. Dem Ersten, der sich bewegt, blase ich eine Kugel durchs Hirn, haben wir uns verstanden?« Versteinerte Mienen starrten ihm entgegen, einige der Frauen weinten in ihre Taschentücher, trauten sich aber nicht, Schutz bei ihren Männern zu suchen.

»Sehr gut«, lobte Cummings spöttisch. Er machte einen weiteren Schritt rückwärts und zog Hope mit sich. Diese krallte ihre Finger in seinen Unterarm, um nicht den Halt zu verlieren. Die Mündung der Waffe an ihrer Schläfe schmerzte, und Hope konnte nur mit Mühe die Tränen zurückhalten, die hinter ihren Augenlidern brannten.

Noch ein Schritt.

Noch einer.

Hope spürte, wie sich ihr Absatz im Saum ihres Kleides verfing. Sie strauchelte, und ihre Finger schlossen sich reflexartig fester um Cummings' Unterarm, während sie versuchte, nicht das Gleichgewicht zu verlieren.

Vergeblich.

Sie stürzte gegen Cummings und riss ihn und auch Rollins mit sich zu Boden. Ein Schuss brüllte ohrenbetäubend direkt neben ihrem Gesicht auf, und Hope schloss entsetzt die Augen, bereit für den plötzlichen Schmerz. Doch sie spürte nichts. Ihr ganzer Körper war wie betäubt.

Dann kam der Aufprall.

Hope bemerkte nicht, wie Cummings die Waffe aus der Hand geschlagen wurde und über die Holzdielen außer Reichweite schlitterte.

Alle im Saal schienen wie erstarrt. Niemand rührte sich – bis auf Gabriel. Auf diese Chance hatte er gewartet. Geschmeidig wie ein Panther flankte er über den Tisch, seine Bewegungen so schnell und fließend, dass weder der Marshall noch seine Deputies ihm Einhalt gebieten konnten. Sein Fuß schnellte vor, traf Rollins an der Schläfe und ließ diesen besinnungslos zusammensacken.

Hopes Atem stockte, als Cummings begann, sich unter ihr zu bewegen und versuchte, sie von sich zu stoßen. Plötzlich waren da Hände, vertraute Hände, die sie ergriffen und emporrissen. Hope wurde herumgewirbelt und zur Seite gestoßen, dann taumelte sie leicht benommen gegen eine Wand. Ihr Kopf dröhnte noch immer von der Explosion des Schusses. Ihr Gesicht brannte, und sie tastete nach ihrem Ohr und ihrem angesengten Haar, während sie fassungslos beobachtete, wie Gabriel sich trotz seiner gefesselten Hände wie ein Berserker auf Cummings stürzte, der inzwischen die zweite Pistole aus seinem Hosenbund gezogen hatte. Gabriels Hand packte so blitzschnell zu wie der hervorschnellende Kopf einer Klapperschlange. Wie eine Stahlklammer schlossen sich seine Finger um Cummings' Handgelenk, so dass Cummings keine Gelegenheit fand, die Waffe gegen ihn zu richten. Allerdings konnte Gabriel ihm die Pistole auch nicht entwinden. Die Männer bildeten eine groteske Einheit, aus der im Kampf um die Pistole gelegentlich ein Arm, eine Hand auftauchte. Der Raum war erfüllt vom keuchenden Atem der Kämpfenden und dem Geräusch dumpfer Schläge.

Die Deputies des Marshalls hielten ihre Colts auf die Kämpfenden gerichtet, wagten aber nicht abzudrücken, solange sie nicht sicher sein konnten, wen sie trafen.

Gabriels bernsteinfarbene Wolfsaugen bohrten sich in den Blick seines Gegners, als könnte er ihn allein damit zwingen, den Colt loszulassen. Cummings hielt seinem Blick stand. Seine aufgeplatzten, blutigen Lippen verzogen sich zu einem höhnischen, fast schon siegessicheren Grinsen, dann bäumte er sich heftig auf, worauf Gabriel nicht vorbereitet war.

Ein Schuss bellte auf. Die Kugel pfiff an Gabriels Ohr vorbei ins Leere, doch ihm war klar, wem sie gegolten hatte.

Hope.

Gabriels Gesicht verzog sich zu einer wuterfüllten Maske. Dieser verdammte Mistkerl. Jetzt versuchte er also, Hope zu ermorden. Dachte sich wohl, wenn er sie nicht bekommen konnte, dann sollte auch niemand anders sie haben. Gabriel umklammerte Cummings' Handgelenk fester, bis dieser aufstöhnte, dann schlug er die Hand, die die Waffe umklammert hielt, unerbittlich auf den harten Boden. Aber noch immer ließ Cummings nicht los. Stattdessen rammte er Gabriel seine freie Faust gegen den Schädel, doch Gabriel blieb unbeeindruckt. Wieder schlug er Cummings' Faust mit der Waffe auf das harte Holz des Fußbodens. Er spürte, wie Knochen brachen, und endlich erschlaffte Cummings' Griff. Der Kolben fiel ihm aus den plötzlich kraftlosen Fingern, aber seine andere Hand schnellte vor und verkrallte sich in Gabriels Haaren. Ohne mit der Wimper zu zucken, umschloss Gabriel Cummings' Handgelenk und bog seinen Arm zur Seite.

Dann schlug er kalt lächelnd zu.

Wieder und wieder landeten seine gefesselten Fäuste in Cummings' Gesicht. Er fühlte, wie Haut aufplatzte und Knorpel unter seinen Schlägen zerschmettert wurde. Blut spritzte ihm entgegen, aber Gabriel kannte keine Gnade. Wenigstens einmal sollte Cummings dafür bezahlen, was er Hope angetan hatte.

Niemand versuchte, ihn aufzuhalten.

Endlich, nach beinahe endlosen Minuten, erlahmte Cummings' Widerstand, und Gabriel richtete sich schwer atmend auf. Angewidert stieß er Cummings, den er am Kragen gepackt hielt, von sich und erhob sich.

Die Männer des Marshalls stürzten vorwärts und zerrten Cummings vom Boden hoch, während Gabriel dem Marshall auffordernd seine gefesselten Hände entgegenstreckte. Es war ihm egal, was weiter mit Cummings geschah. Es war nicht länger seine Angelegenheit, aber er wollte diese verdammten Fesseln los sein. Er atmete auf, als das kalte Eisen seine Handgelenke freigab, dann wandte er sich Hope zu.

Sie lehnte noch immer mit dem Rücken an der Wand, ihre Arme um ihren Körper geschlungen, als könnte sie sich so vor Cummings schützen. Ihr Gesicht war totenbleich, und sie zitterte, was ihn nicht verwunderte angesichts der Angst, die sie ausgestanden hatte. Ihr Blick war unverwandt auf ihn gerichtet, und Gabriel wünschte sich nichts sehnlicher, als sie in seine Arme zu schließen, sie zu halten und jede weitere Gefahr von ihr abzuwenden.

Hope machte einen zögernden Schritt auf ihn zu, dann noch einen, und schließlich flog sie ihm förmlich entgegen. Gabriel breitete seine Arme aus, bereit, sie aufzufangen, als er aus den Augenwinkeln ein silbrig blitzendes Flirren bemerkte. Hope verharrte mitten in der Bewegung.

Gabriel wirbelte herum, und im gleichen Moment ertönten zwei Schüsse. Cummings brach röchelnd zusammen, und Gabriel wandte sich Hope zu. Sie schwankte und streckte Gabriel Hilfe suchend ihre Hand entgegen. Ratlos und verwirrt starrte sie auf das Blut an ihren Fingern, dann richtete sie ihre Augen flehentlich auf Gabriel.

Er stürzte ihr entgegen, und seine Arme schlossen sich um Hopes zerbrechlichen Körper, fingen sie auf, als ihre Beine ihr den Dienst versagten, und ließen sie sanft zu Boden gleiten.

»Gabriel«, hauchte sie und versuchte zu lächeln, aber ihr Körper wurde von einem plötzlichen Beben erfasst.

»Nicht sprechen, Liebling«, stieß Gabriel hervor, während er nach dem Messer in Hopes Seite tastete.

Cummings' Messer!

Gabriels Herz erstarrte. Zitternd strichen seine Finger über den glatten Messergriff. Die Klinge war bis zum Heft in ihren Körper eingedrungen, und Gabriel sah, dass jeder Atemzug Hope unerträgliche Schmerzen bereitete. Aus der Wunde trat nur wenig Blut aus, aber es war genug, um das Taubenblau des Mieders an der Einstichstelle rot zu färben. Hope schloss die Augen, und ihr Kopf sank nach hinten.

Gabriels Arme schlossen sich fester um Hopes zierliche Gestalt und schüttelten sie leicht.

»Nein, verdammt«, keuchte er. »Tu mir das nicht an.«

»Einen Arzt!«, brüllte er dann über die Schulter gewandt, während er sich bereits mit Hope auf den Armen erhob. War sie schon immer so leicht gewesen?

»Bringen Sie sie in meine Praxis«, antwortete Howard Hodges, »hier kann ich nichts für sie tun.«

Die Menge teilte sich vor ihnen, als sie das Schulhaus verließen. Viele der Frauen hatten die Hände vor den Mund geschlagen und betrachteten sie mitfühlend, während die Männer versteinerte Mienen zur Schau trugen. Leises Gemurmel begleitete sie, aber Gabriel achtete nicht darauf, was gesagt wurde.

Mit langen Schritten eilte er hinter Hodges her, während Hopes Blut heiß und klebrig über seine Hände rann.

XLVII

»Legen Sie sie dort auf den Behandlungstisch«, wies Hodges Gabriel an, während er bereits sein Besteck aus seiner Arzttasche nahm. Anschließend wusch er sich gründlich die Hände, dann wandte er sich Hope zu. Vorsichtig bewegte er das Messer. Hope stöhnte auf. Ihr Brustkorb hob sich unter flachen, kurzen Zügen.

»Tut mir Leid«, murmelte Hodges. Mit schnellen Bewegungen knöpfte Hodges Hopes Mieder auf. Hope wollte protestieren, ihre Hände über dem Oberkörper verschränken, aber Hodges ließ sich nicht beirren. Seine Finger glitten unter den Stoff und tasteten sorgsam das Gewebe rund um die Einstichstelle ab. Kurz blickte er zu Gabriel, der mit reglosem Gesicht neben Hope stand, ihre Hand hielt und ihr das schweißfeuchte Haar aus der Stirn strich. Ihre Augen trafen sich. Hodges nickte kaum merklich, dann zog er mit einem schnellen Ruck das Messer aus der Wunde.

Hopes Körper bäumte sich auf, dann erschlaffte sie und sank besinnungslos zusammen.

Hodges atmete auf. »Besser so«, murmelte er, ehe er Hopes Kleid von der Knopfleiste bis zur Seite aufschnitt und die Wunde gänzlich freilegte. Blut schoss jetzt schwallartig daraus hervor, und Hodges presste eine Kompresse darauf, um die Blutung zu stoppen.

»Ich kann nicht sagen, ob innere Organe verletzt wurden«, sagte er, ohne aufzublicken. »Ich bin kein richtiger Arzt. Um einen Arm zu schienen oder eine Platzwunde zu versorgen, reicht es, und mehr wird hier in Silver Springs selten verlangt. Die wenigsten Patienten mit schwereren Verletzungen erreichen mich lebend.« Er tauschte die Kompresse jedoch mit geübter Hand aus, und aus seinen Bewegungen sprach jahrelange Erfahrung. Hodges' Stirn legte sich in sorgenvolle Falten, als er den erneut rasch größer werdenden Blutfleck auf dem weißen Stoff betrachtete. Er murmelte etwas vor sich hin und bat Gabriel schließlich, die Kompresse auf die Wunde zu drücken, während er eine Flasche Whiskey holte.

»Nur für medizinische Zwecke«, sagte er, als er Gabriels Blick bemerkte. »Die Zeiten, in denen ich selber an der Flasche hing, sind schon eine ganze Weile vorbei. Haben mich allerdings mein Medizinstudium und meine Familie gekostet«, gab er einen kurzen Einblick in seine Vergangenheit, ehe er einen in Alkohol getränkten Faden in die Nadel fädelte.

»Stehen Sie das durch, oder muss ich mich dann um Sie auch noch kümmern?«, wollte er wissen. Gabriel erwiderte seinen Blick.

»Ich stehe das durch«, antwortete er mit zusammengebissenen Zähnen. Er hatte schon Schlimmeres und weitaus Blutigeres erlebt. In dieser Hinsicht hatte er keine Bedenken. Es war die Tatsache, dass es Hope war, die dort so beängstigend still und reglos lag und Schmerzen erleiden musste, die ihn in die Knie zu zwingen drohte. Mit ausdrucksloser Miene beobachtete Gabriel, wie die Nadel wieder und wieder in Hopes Fleisch stach. Noch immer quoll träge Blut aus der Wunde, ließ die Nadel rutschig werden, aber Howard Hodges brachte seine Aufgabe dennoch zu Ende. Er schnitt den Faden ab, prüfte die Festigkeit der Stiche, legte eine frische Kompresse auf und befestigte sie mit einer Binde.

»Ich werde noch einen entzündungshemmenden Brei anrühren und auftragen. Alles, was wir dann noch tun können, ist hoffen.« Er wischte sich die blutigen Hände an einem Handtuch ab und sah Gabriel an.

»Ich weiß nicht, an welchen Gott Sie glauben, McKinlay, aber es könnte sicherlich auch nicht schaden, wenn Sie das eine oder andere Gebet an ihn richten.«

Gabriel sah nicht auf, als er hörte, dass die Tür hinter ihm geöffnet wurde. Wahrscheinlich war es Mary-Sue, die das Tablett abholen wollte, das so unangetastet war wie all die anderen, die sie ihm in regelmäßigen Abständen brachte und wieder abholte. Lediglich den Kaffee trank er, um wach zu bleiben. Trotzdem waren seine Augenlider schwer wie Blei, und seine Augen fühlten sich an, als wären sie mit Sand gefüllt. Bereits seit drei Tagen hatte er nicht mehr geschlafen, sondern beinahe jede Minute an Hopes Seite verbracht, immer hoffend, sie würde endlich erwachen.

Aber noch immer hatte sie die Augen nicht aufgeschlagen. Trotz des Breiumschlages aus Milch und Leinsamen, den Doc Hodges aufgelegt hatte, hatte die Wunde sich entzündet. Gabriel hielt Hope in seinen Armen und flüsterte ihr beruhigende Worte ins Ohr, wann immer Howard Hodges den Verband wechselte. Außerdem hatte Hodges eine Drainage gelegt, aber auch das hatte kaum etwas geholfen. Die Wundränder glühten stellenweise immer noch in unheilvollem Rot, während das Gewebe in den übrigen Bereichen kränklich weiß und geschwollen war.

Das Fieber hatte vor mehr als zwei Tagen eingesetzt und brannte seitdem unvermindert hoch. Hope hatte begonnen, sich unruhig hin und her zu wälzen, und es schien, als würden die Geister der Krankheit, von denen der Medizinmann von Gabriels Stamm in einem solchen Fall gesprochen hätte, tatsächlich in ihrem Körper miteinander ringen. Einige Male hatte Hope Worte vor sich hingemurmelt, die Gabriel nicht verstanden hatte, dann wieder hatte sie im Fieberwahn aufgeschrien, sich aufgebäumt und versucht, sich vor seinen Berührungen, mit denen er sie hatte beruhigen wollen, in Sicherheit zu bringen.

Wovon träumte sie? Was war es, das ihr solche Qualen bereitete und ihr derart unsägliche Angst einflößte? Gabriel ahnte, dass es Erinnerungen aus ihrer Vergangenheit waren, und manchmal wünschte er sich, er könnte Cummings für das zur Rechenschaft ziehen, was er Hope angetan hatte.

Aber Nigel Cummings war tot. Die beiden Kugeln, die die Deputies auf ihn abgefeuert hatten, hatten ihm das Lebenslicht ausgeblasen. Zu schnell und zu schmerzlos für Gabriels Geschmack, aber er konnte daran nichts mehr ändern.

John Rollins, so hatte Blanchett ihm bei einem kurzen Besuch berichtet, hatte ein umfassendes Geständnis abgelegt und wartete im Gefängnis auf seine Verhandlung. Alle Anklagen gegen Hope und ihn selbst waren fallen gelassen worden. Aber das war nur ein geringer Trost für Gabriel angesichts des Preises, den sie für den Beweis ihrer Unschuld bezahlt hatten – und vielleicht noch zahlen würden, denn es machte den Eindruck, als würde Hope ständig schwächer.

Wenn sie nicht bald erwachte ... Gabriel wagte nicht, den Gedanken zu Ende zu bringen.

Als er auch nach mehreren Sekunden kein Klappern hinter sich vernahm, sah Gabriel auf. Die Sorge um Hope hatte tiefe Furchen in sein Gesicht gegraben, und die Augen, aus denen er den unbekannten Besucher anblickte, waren vom Schlafmangel rot umrandet.

»Verschwinden Sie«, sagte er anstelle einer Begrüßung zu dem weißhaarigen Unbekannten, der hinter ihm stand, und wandte sich wieder Hope zu. Ihre schmale Hand, die sonst so kräftig war, ruhte reglos wie ein verwundeter kleiner Vogel in seinen Händen, und Gabriel rieb sie behutsam, um ihr zu zeigen, dass er bei ihr war.

»McKinlay?«

Gabriel ignorierte den Eindringling und presste Hopes heiße Finger gegen seine Lippen.

»McKinlay, mein Name ist William Davis.« Er machte eine Pause, als würde er irgendeine Reaktion auf die Erwähnung seines Namens erwarten. Als Gabriel weiterhin schwieg, trat er einige Schritt näher.

»Ich bin Hopes Urgroßvater.«

Noch immer ließ Gabriel nicht erkennen, ob er ihn überhaupt gehört hatte.

»Mc...«

»Und was wollen Sie?«, fragte Gabriel mit rauer Stimme.

»Was ich will?«, empörte sich Davis. »Nun, ich will zu meiner Enkelin.«

Gabriel lachte spöttisch. »Das fällt Ihnen ja reichlich früh ein.«

»Was erlauben Sie sich eigentlich?« Fassungslos starrte Davis auf Gabriels Rücken. In Chicago erzitterte in der Geschäftswelt jeder, wenn er nur seinen Namen hörte, sei es vor Achtung oder vor Furcht, aber dieser ... dieser ... Herumtreiber, dieses Halbblut, strafte ihn mit Verachtung.

»Verschwinden Sie«, sagte Gabriel noch einmal, ohne sich umzudrehen.

»Hören Sie ...«

»Zwingen Sie mich nicht, aufzustehen und Sie eigenhändig hinauszuwerfen.« Der Tonfall schien ruhig, beinahe emotionslos, aber Davis erkannte unschwer die Drohung, die darin mitschwang. Er dachte an die rohe Gewalt, mit der dieser Mann seine Fäuste im Gerichtssaal zum Einsatz gebracht hatte, daran, dass er seinen Gegner trotz gefesselter Hände überwältigt hatte.

Wütend ballte Davis die Hände zu Fäusten.

»Sie ist zu gut für jemanden wie Sie«, stieß er dann wütend hervor. »In Ihren Adern fließt das Blut einer Davis, aber Sie, *Mister* McKinlay, sind nichts als ein Herumtreiber, ein dreckiges Halbblut. Ich habe Erkundigungen über Sie einziehen lassen, und ich kann Ihnen sagen, dass Hope Ihnen nicht einmal die Uhrzeit nennen würde, wäre sie so aufgewachsen, wie es ihr zugestanden hätte.« Er machte eine bedeutungsvolle Pause, sprach jedoch weiter, als Gabriel nichts erwiderte. »Aber ich werde dafür sorgen, dass meine Urenkelin in die Kreise zurückkehrt, in die sie geboren wurde. Sie verdient etwas Besseres als … als das hier.« Seine Geste umfasste das Hinterzimmer von Hodges' Praxis. Noch immer schwieg Gabriel, und nach kurzem Zögern wandte Davis sich um und ging zur Tür. Der Kampf war noch nicht vorüber, aber für den Augenblick konnte er nichts weiter ausrichten. Aber es würde sich zeigen, wer am längeren Hebel saß.

»Sie hören noch von mir«, waren seine letzten Worte, ehe die Tür hinter ihm ins Schloss fiel.

XLVIII

»Und?«, fragte Gabriel, als Hodges sich wieder aufrichtete. Der Arzt sah ihn an, und Gabriel wusste die Antwort, noch ehe Hodges sie aussprach.

»Es tut mir Leid. Es gibt keine Verbesserung.« Gabriel zog Hope fester an seine Brust. Hodges legte einen frischen Verband an, dann erhob er sich. »Mehr kann ich nicht tun. Ihr Leben liegt jetzt allein in Gottes Hand. Aber …« Er zögerte. »Aber Sie sollten mit dem Schlimmsten rechnen, Gabriel. Es tut mir wirklich sehr, sehr Leid, aber ich fürchte, Hope wird diese Nacht nicht überleben.«

Gabriel verstärkte seinen Griff um ihre Schultern, die in den letzten Tagen immer hagerer geworden waren. Bis auf Tee, Wasser und hin und wieder ein wenig Brühe war es unmöglich gewesen, Hope irgendwelche Nahrung einzuflößen, während das Fieber und die Entzündung an ihren Kräften zehrten. Beinahe stündlich, so hatte Gabriel den Eindruck, wurde sie schwächer. Sie schien mehr und mehr dahinzuschwinden, und Gabriel befürchtete, dass sie sich vor seinen Augen einfach auflösen würde, wenn er sie nicht ständig berührte. Es grenzte beinahe an ein Wunder, dass sie das Kind nicht verlorenen hatte.

»Aber irgendetwas müssen wir doch …«

»Gabriel.« Howard Hodges wirkte plötzlich so müde, wie Gabriel sich fühlte. »Ich wünschte, es wäre anders, aber ich kann nichts mehr tun. Wir können nur noch warten.« Er seufzte. »Ich kann mich natürlich irren, aber ich fürchte, diese Nacht wird die Entscheidung bringen. So oder so.«

Durch Hopes Körper lief ein Beben, und einen Moment lang dachte Gabriel, sie würde Howards Vermutungen Lügen strafen und endlich die Augen aufschlagen, aber nichts dergleichen geschah.

»Ich lasse euch allein«, murmelte Hodges und wandte sich ab. Aber er sah noch, wie Gabriel voller Verzweifelung sein

Gesicht in Hopes Haar barg und wie seine Schultern verdächtig zuckten, ehe er die Tür hinter sich schloss.

Allein mit Hope, erlaubte Gabriel sich schließlich, seinem Schmerz freien Lauf zu lassen.

»Du darfst nicht sterben, Hope,« flüsterte er. »Du hast es mir versprochen.« Er schluckte. »Verdammt, Hope, du hast mir versprochen, dass ich dich niemals verlieren werde, und jetzt fordere ich«, bebend sog er den Atem ein, »jetzt fordere ich, dass du dein Versprechen einlöst.« Schwer atmend sah er sie an, fragte sich, ob sie ihn wohl gehört hatte. Nahm sie überhaupt etwas von dem wahr, was um sie herum geschah? Selbst in ihrer Bewusstlosigkeit hatte sie offenbar Schmerzen verspürt, wenn Doktor Hodges den Verband gewechselt hatte, aber was war mit Worten? Berührungen? »Wie oft hast du mich an mein Versprechen erinnert, Hope. Wie oft …« Gabriels Stimme erstarb in einem heiseren Wispern. Er fühlte, wie seine Augen brannten und sich mit Tränen füllten, und presste die Lider fest aufeinander. Hopes Haar an seiner Wange war weich, und ihr warmer Atem streichelte sanft sein Ohr.

»Du kannst mich nicht allein lassen, Hope«, fuhr Gabriel fort, seine Worte kaum mehr als ein ersticktes Krächzen. »Das kannst du mir nicht antun. Das darfst du nicht. Du hast es versprochen …«

Seine Arme schlossen sich fester um ihre Schultern und zogen sie noch enger an sich. Ihr Herzschlag war kaum zu spüren, und ihr Brustkorb hob und senkte sich so schwach, dass Gabriel schon mehr als einmal befürchtet hatte, sie hätte aufgehört zu atmen.

»Hope …«

Die kaum merkliche Bewegung durchzuckte Gabriel wie ein Schlag. Hatte er wirklich gespürt, wie ihre Hand ihn berührte? Oder entsprang das Gefühl nur seinem verzweifelten Wunsch?

Nein, da war es wieder! Ganz leicht nur, kaum merklich schlossen sich Hopes Finger um seine Hand, drückten sie so sanft wie der Schlag eines Schmetterlingsflügels.

»Oh Gott, Hope, kannst du mich hören?« Gabriel bemerkte kaum, dass er seiner Tränen nicht länger Herr war. Was Angst und Sorge nicht vermocht hatten, das erreichte nun die Erleichterung. Liebevoll ließ er Hope wieder in die Kissen sinken und beugte sich über sie. Ihre Augenlider flatterten, schienen zu zögern, doch dann hoben sie sich, und sie sah ihn an. Ihre grauen Augen blickten klar und waren nicht länger vom Fieber verschleiert. Ihre Lippen bewegten sich tonlos, und Gabriel flößte ihr mit einem Löffel Wasser ein, bis ihre ausgetrocknete Kehle feucht genug war, um Worte zu bilden.

Dennoch waren sie kaum zu vernehmen, und Gabriel beugte sich über sie, so dass ihre Lippen beinahe sein Ohr streiften. Gabriel grinste, als er ihre leisen Worte hörte.

»Da kannst du dich darauf verlassen, Hope«, krächzte er heiser, »dass ich nie aufhören werde, dich an deine Versprechen zu erinnern.« Hopes Lippen verzogen sich zu einem Lächeln, dann sank sie zurück in die Kissen. Das erste Mal seit Tagen war es keine Bewusstlosigkeit, die sie umfangen hielt, sondern tiefer, erholsamer Schlaf.

XLIX

»Sir, Sie können da nicht reingehen, Sir, bitte ...«

Gabriel blickte auf, als er Hodges' protestierende Stimme auf dem Gang hörte. Die Tür flog auf, und Hodges wurde von einer Gruppe von Männern, allen voran William Davis, ins Zimmer gedrängt. Verlegen zog Hope ihre Bettdecke ein wenig höher. Motte, die bis eben zusammengerollt am Fußende geschlafen hatte, sprang auf und fauchte die Eindringlinge wütend an. Kämpferisch machte sie einen Buckel, als könnte sie allein ihren Menschen beschützen.

»Sir, was erlauben Sie sich?«, versuchte Hodges noch einmal, den Männern Einhalt zu gebieten.

»Halten Sie den Mund!«, fuhr Davis ihn an, ehe er sich mit einem triumphierenden Grinsen Gabriel zuwandte.

»Ich habe Ihnen doch gesagt, dass Sie noch von mir hören werden, McKinlay. Nun, jetzt ist es endlich so weit.«

Gabriel erhob sich und stellte sich schützend vor Hope. Seit sie vor vier Tagen erwacht war, hatte er damit gerechnet, dass Davis bald etwas unternehmen würde, allerdings nicht konkret gewusst, was. Er hatte Hope gebeten, ihm von ihrer Vergangenheit zu erzählen, von ihren Eltern, ihrem Großvater, ihrem Urgroßvater. Und auch wenn Hopes Erinnerungen nur verschwommen und undeutlich gewesen waren und sie sich nicht an alles hatte erinnern können, so hatte er doch erkannt, dass William Davis offensichtlich skrupellos genug war, seinen Willen mit allen Mitteln durchzusetzen, wenn er etwas erreichen wollte.

»Gabriel? Was hat das zu bedeuten? Wer ist das?«

»Soll das heißen, dass Sie ihr nichts von mir erzählt haben?«, brauste Williams auf.

»Gabriel, wovon spricht dieser Mann? Wovon hast du mir nichts erzählt?« Gabriel biss die Zähne zusammen.

»Na los, McKinlay, sagen Sie ihr schon, wer ich bin. Oder wollen Sie es immer noch vor ihr verschweigen?

Fragend blickte Hope vom einen zum andern. Die beiden Männer standen sich wie zwei kampfbereite Hähne gegenüber. Der fremde Mann war schon alt, weißhaarig, aber groß gewachsen und noch immer von einer aufrechten, gebieterischen und Respekt einflößenden Körperhaltung.

»Hope, dieser Mann«, presste Gabriel zwischen zusammengebissenen Zähnen hervor, »behauptet, er sei dein Urgroßvater.«

Hopes Augen weiteten sich ungläubig, als sie den Alten ansah.

»Ich behaupte es nicht nur, ich bin es. Mein Name ist William Davis. Meine Tochter Clara hat damals gegen meinen Willen diesen elenden Nichtsnutz Lukas Granger geheiratet, und ich bin jetzt hier, um meine Urenkelin heimzuholen.«

»Heimzuholen?«, wisperte Hope. Ihre Augen zuckten von Davis zu Gabriel und wieder zurück.

»Ja, mein Kind«, sagte Davis und trat näher. »Ich habe schon das beste Zimmer im Hotel für dich herrichten lassen, wozu dieser, dieser … Mensch hier«, er funkelte Gabriel wütend an, »ja ganz offensichtlich nicht imstande gewesen ist. Dir gebührt nur das Beste, und ab sofort sollst du es auch bekommen.« Sein Blick wurde weicher. »Mein Gott, du siehst meiner Clara so ähnlich. Du bist ihr wie aus dem Gesicht geschnitten. Du, du …«, er verstummte, und Hope sah, wie seine Augen sich mit Tränen füllten. Hilfe suchend blickte sie zu Gabriel, der sie mit versteinerter Miene betrachtete. Davis' Eindringen war ihm nach wie vor nicht recht.

»Und Sie sind wirklich mein Urgroßvater?«, fragte sie dann an Davis gewandt.

»Erinnerst du dich denn nicht an mich?«, wollte Davis wissen. Hope schüttelte den Kopf.

»Nun, es ist ja auch schon lange her. Erinnerst du dich denn an überhaupt etwas? Dein altes Zuhause? Deine Eltern?«

Hope zögerte. »Ich erinnere mich an Großmutter, die immer am Fenster saß und … und an meinen Großvater.« Sie bemerkte nicht, wie sich Davis' Gesicht bei der Erwähnung ihres Großvaters verfinsterte. »Ich erinnere mich daran, dass meine Eltern oft gestritten haben, ehe wir nach Westen aufbrachen, und an Mamas Stimme, wenn sie mir abends vorgesungen hat.«

»Mehr nicht?« William Davis wirkte enttäuscht, aber Hope schüttelte bedauernd den Kopf.

»Nein. Großvater hat mir viel erzählt, aber alles, woran ich mich wirklich erinnere, sind, glaub ich, Gefühle. Stimmen, die ich manchmal nachts in meinen Träumen höre, aber mehr nicht. Ich erinnere mich nicht an Sie, aber ich erinnere mich auch nicht an die Gesichter meiner Eltern. Es tut mir Leid.«

»Nun gut. Daran ist nichts zu ändern. Aber was hältst du davon, mit mir nach Chicago zu kommen? Dort habe ich Bilder deiner Eltern. Photographien. Würdest du sie nicht gerne sehen?«

Hopes Herz tat einen Sprung. Photographien ihrer Eltern! Endlich würde sie ihnen wieder Gesichter geben können, nachdem sie jahrelang im Dunkel ihrer Erinnerung verschollen waren.

Sie war eben im Begriff, Ja zu sagen, als ihr Blick auf Gabriel fiel. Er stand direkt neben ihr, aber wirkte zugleich, als wäre er Meilen entfernt. Freute er sich denn gar nicht für sie? Was war nur los mit ihm? Sie streckte ihre Hand nach ihm aus, und er ergriff sie, jedoch nur zögernd. Und seiner Berührung, so stellte Hope überrascht fest, fehlte das Feuer, das sie sonst jedes Mal, wenn sie in Kontakt kamen, zu durchströmen schien.

»Gabriel?«, fragte sie und sah ihn an. »Stimmt etwas nicht?«

»Nein«, erwiderte er ruhig. »Es ist alles in Ordnung.« Aber trotzdem wirkte er seltsam, distanziert. Wieder blickte Hope zu William Davis. Was ging zwischen diesen beiden Männern vor? Sie spürte die unterschwellige Animosität, konnte aber nicht sagen, was genau es war. Gab es da etwas, wovon sie nichts wusste?

»Hope, kannst du aufstehen?«, wollte Davis wissen. Überrascht sah Hope ihn an.

»Warum?«

»Nun, wenn du nicht bis ins Hotel laufen kannst, dann wird Carl dich tragen.« Er wies auf einen großen jungen Mann, der hinter ihm stand. Hope lachte auf.

»Ich kann laufen, und selbst wenn nicht, dann würde Gabriel mich tragen ...« Ihre Stimme erstarb, als sie den Gesichtsausdruck ihres Urgroßvaters bemerkte. Wieder sah sie hinüber zu Gabriel, der noch immer eine versteinerte Miene zur Schau trug. »Was ist los?«

»Nun, sicher bist du Mister McKinlay zu Dank verpflichtet, mein Kind, und ich werde für eine entsprechende Belohnung sorgen, aber seine Dienste werden nun nicht länger benötigt.«

Hope fühlte sich, als würde ihr jemand den Boden unter den Füßen wegziehen.

»Zu Dank verpflichtet? Seine Dienste?«, keuchte sie. »Was soll das heißen? Ich verstehe nicht.«

»Nicht? Hope, ich bitte dich, was gibt es da zu verstehen? Ich habe zwar gehört, dass deine Schulbildung nicht gut war, aber um das hier zu verstehen, brauchst du ganz gewiss keine höhere Schule. Falls du es nicht weißt: Mister McKinlay ist ein Halbblut. Er ist nun wirklich kein geeigneter Umgang für dich. Ich werde dich mitnehmen nach Chicago. Dort werden wir schon einen passenden jungen Mann aus gutem Hause für dich finden. Wenn sich erst einmal herumgesprochen hat, dass du meine Erbin bist, dann wirst du dich vor Heiratsanträgen gar nicht mehr retten können. Du wirst tanzen, lachen und glücklich sein, und schon bald wirst du all das hier«, sein vielsagender Blick zu Gabriel zeigte deutlich, dass er auch ihn dazuzählte, »und deine unschöne Jugend vergessen haben. Du wirst sehen. Du …«

»Nein!«, unterbrach Hope ihn. »Nein!«, wiederholte sie dann heftig und schlug mit ihrer geballten Faust auf die Bettdecke. »Wovon reden Sie da? Ich werde Gabriel nicht verlassen. Ich liebe ihn.«

Davis betrachtete sie mit einem wohlwollenden Lächeln und streichelte ihr übers Haar, so wie er es vermutlich auch bei einem widerspenstigen Kind getan hätte. Wütend warf Hope ihren Kopf in den Nacken.

»Aber, aber, Kind. Ich weiß ja, dass du ihm einiges zu verdanken hast …«

»Einiges?«, fiel Hope ihm ins Wort. »Ich verdanke ihm unter anderem mein Leben.«

» … aber deshalb gleich von Liebe zu sprechen?«, ignorierte Davis ihren Einwand. »Ich kann ja verstehen, dass er der erste Mensch seit langem war, der dir ein wenig Mitgefühl entgegengebracht hat. Aber das solltest du nicht mit Liebe verwechseln.«

Empört sog Hope die Luft ein. »Ich verwechsele da überhaupt nichts«, stieß sie zornig hervor. Wieder sah sie zu Gabriel. Warum sagte er nichts?

»Ich bin sicher, wenn du erst einmal in Ruhe und Muße darüber nachgedacht hast, wirst du erkennen, wie sehr du dich geirrt hast. Mein liebes Kind …«

»Ich bin kein Kind, verdammt noch mal«, rief Hope und warf aufgebracht die Decke zurück. Davis runzelte die Stirn, als Hope, nur mit einem Nachthemd bekleidet, ihre Beine aus dem Bett schwang. »Ich bin kein Kind mehr, also hören Sie endlich auf, mich so zu behandeln. Sie tun so, als wüsste ich nicht, was ich wollte. Ich weiß sehr wohl, was ich fühle, und ich brauche niemanden, der mir vorschreibt, was ich fühlen soll.« Sie verzog schmerzerfüllt das Gesicht, als sie sich erheben wollte, und noch ehe Davis reagieren konnte, war Gabriel an ihrer Seite, um sie zu stützen. Hope schenkte ihm ein warmes Lächeln, ehe sie sich wieder ihrem Urgroßvater zuwandte.

»Ich mag mich nicht an Sie erinnern, aber ich vertraue Gabriels Urteilsvermögen. Sie hatten Angst, er hätte mir nichts von Ihnen erzählt, aber das hat er. Er hat mir auch erzählt, dass Sie der Meinung sind, er sei nicht gut genug für mich. Aber woran ich mich sehr gut erinnere, ist das, was mein Großvater mir erzählt hat. Ich erinnere mich daran, dass Sie ihn und Großmutter voneinander getrennt haben, und daran, wie unglücklich Sie die beiden gemacht haben. Haben Sie bei Großmutter auch versucht, ihr einen standesgemäßen Ehemann zu suchen? Ich erinnere mich, wie traurig sie immer war, wenn sie in ihrem Schaukelstuhl saß und aus dem Fenster gesehen hat. Wollen Sie, dass ich auch so unglücklich werde? Haben Sie denn überhaupt nichts gelernt in all den Jahren? Sie sagten, ich werde glücklich sein, aber gleichzeitig wollen Sie, dass ich Gabriel verlasse? Wie soll ich denn ohne ihn glücklich sein?«

»Er ist nicht der richtige Umgang für dich …«

»Nein. Was Sie meinen, ist, er ist nicht der richtige Umgang für *Sie*! Und das mag sogar stimmen, aber wenn Sie das so sehen, dann tun Sie mir Leid. Wirklich Leid. Sie dachten wohl, ich wüsste nicht, dass er ein Halbblut ist, aber er hat es mir gesagt. Und wissen Sie was? Es war mir egal. Gabriel ist ein wundervoller Mann, der beste, den ich jemals kennen gelernt habe, und ich liebe ihn.« Hope atmete tief durch. Ihre Wunde schmerzte, und sie bemerkte, dass ihre Knie noch immer ein wenig weich waren, aber sie fühlte sich so lebendig wie schon lange nicht mehr.

»Und außerdem«, fuhr sie dann fort, »könnte ich Gabriel gar nicht verlassen, selbst wenn ich es wollte.« Sie spürte Gabriels großen, warmen Körper wie ein schützendes Bollwerk hinter sich und ließ sich gegen ihn sinken. Beruhigend schlossen seine Arme sich um sie.

»Wir haben nämlich gestern geheiratet«, sagte Gabriel, »und außerdem trägt Hope mein Kind unter ihrem Herzen.«

William Davis sah aus, als würde ihn der Schlag treffen. Sein Gesicht wurden leichenblass, und er musste sich setzen. Schwer atmend sank er auf die Kante des Bettes.

»Verheiratet?«, ächzte er und sah Hope an. Sie nickte. Benommen schüttelte er den Kopf. »Wir könnten die Ehe annullieren ...«

»Nein«, erwiderte Hope. »Es wird keine Annullierung geben. Ich liebe Gabriel. Deshalb habe ich ihn geheiratet, und ich werde seine Frau bleiben, ganz egal, was Sie sagen. Sie mögen mein Urgroßvater sein, aber ich kenne Sie nicht. Sie waren nicht für mich da, als ich Sie brauchte, ganz im Gegensatz zu Gabriel. Und ich weiß, dass Ihretwegen viele der Menschen, die ich geliebt habe, unglücklich waren.« Sie atmete tief durch, dann lächelte sie Davis zögernd an. »Aber wenn Sie es wünschen, bin ich gern bereit, Sie in Chicago zu besuchen, denn ich würde gerne die Bilder meiner Eltern sehen.« Sie sah kurz zu Gabriel. »Aber wenn, dann komme ich mit meinem Mann.« Ihr Blick glitt zurück zu Davis. »Die Entscheidung liegt bei Ihnen.«

Davis musterte sie nachdenklich. Sie war tatsächlich kein Kind mehr. Anders als Clara, die er hatte beeinflussen können, war Hope durch die harte Schule des Lebens gegangen. Es würde ihm nicht gelingen, Zweifel in ihr Herz zu streuen. Er seufzte. Aber auch Clara hatte sich ja seinen Wünschen nicht gebeugt, so gesehen ähnelten sich die beiden Frauen nicht nur äußerlich. Zwar hatte er die Liebenden damals trennen können, aber über ihre Gefühle füreinander hatte er keine Gewalt gehabt. Seine Tochter war der Liebe ihres Lebens immer treu geblieben und hatte nie einen anderen Mann angesehen. Und bei Hope würde es ihm nicht noch einmal gelingen, sie und ihren Gemahl auseinander zu bringen.

Er blickte zu Gabriel auf. Er suchte nach Anzeichen des Triumphes in den Augen des jüngeren Mannes, konnte aber keine entdecken. Verdammt! War er schon so alt geworden? War er es nicht einmal mehr wert, dass man über ihn triumphierte?

Aber alles, was er sah, waren die Wärme und die Liebe, die Gabriel McKinlay für seine junge Braut empfand, als er ihre Lippen mit einem Kuss verschloss.

L

»Hast du alles gepackt?«, fragte Gabriel und schloss seine Satteltasche. Hope sah sich im Hotelzimmer um, in das sie auf Drängen ihres Urgroßvaters gezogen waren. Sie wusste, dass es dem alten Herren noch immer schwer fiel, Gabriel als einen Teil der Familie zu akzeptieren, aber um ihretwillen hatte er sich wirklich Mühe gegeben. Sie hatten lange Gespräche miteinander geführt, sie hatten gelacht und sich an Menschen erinnert, die sie beide einst gekannt und geliebt hatten. Wenn er nicht gerade bemüht war, seinen Dickkopf durchzusetzen, konnte William Davis ein sehr netter und äußerst unterhaltsamer Gesprächspartner sein. Er hatte sie mehrfach darum gebeten, und schließlich hatte Hope zugestimmt, ihn mit Gabriel nach Chicago zu begleiten.

Es hatte Jahre gedauert, so hatte William Davis ihr gestanden, bis er seinen Stolz überwunden und an seinen Enkel geschrieben hatte. Zu tief war seine Verbitterung über den Verrat gewesen, als den er die Tatsache, dass Hopes Vater ihn damals verließ, empfunden hatte. Monate waren vergangen, ohne dass eine Antwort eintraf. Also hatte Davis angenommen, Hopes Vater sei genauso verstockt wie er selbst, und hatte die Angelegenheit erneut ruhen lassen. Schließlich, als er seinen Tod immer näher rücken sah, hatte er die Entfremdung zu seinem einzigen Enkel und dessen Familie nicht länger ertragen können und Nachforschungen nach ihrem Verbleib angestellt. Zunächst ohne Erfolg. Es waren Jahre vergangen, und ihre Spur hatte sich irgendwo im Westen verloren. Weitere drei Jahre zogen ins Land, ehe die Detektive, die William Davis ausgeschickt hatte, Mitglieder des Siedlertrecks aufspürten und in Erfahrung brachten, dass sein Enkel und seine Frau tot waren, bereits auf dem Treck verstorben, aber dass ihre Tochter Hope überlebt hatte. Er hatte sich aufgemacht nach Silver Springs, wo sie zuletzt gesehen worden war, um sie zu suchen. Als er in Green River Station gemacht hatte, war der Marshall ebenfalls gerade nach Silver Springs aufgebrochen, weil eine gewisse Hope Granger und ihr Partner, Gabriel McKinlay, in Verdacht standen, den Sheriff ermordet zu haben. Sie waren gerade noch rechtzeitig gekommen, um Hope und McKinlay vor dem aufgebrachten Lynchmob zu retten.

Hope seufzte. Sie selbst hatte in ihrem Leben nicht viel Liebe kennen gelernt, aber es war nicht ihre Schuld gewesen. William Davis hingegen hatte es sich selbst zuzuschreiben, dass er die Liebe all derer, die ihm nahe standen, verloren hatte. Aber sie war bereit, ihm die Hand zur Versöhnung zu reichen. Wenn er sich bereit erklärte, Gabriel als Teil ihres Lebens zu akzeptieren, würde sie versuchen, die Kluft, die zwischen ihrem Großvater und später auch zwischen ihrem Vater und Davis bestanden hatte, zu überbrücken. Es würde schwer für ihn werden, das wusste Hope, aber es wäre zugleich ein Beweis seiner Aufrichtigkeit.

Es klopfte leise an der Tür.

Hope sah auf die Uhr auf dem Kaminsims. Es war noch ein wenig zu früh. Ihr Gepäck – ihr Urgroßvater hatte darauf bestanden, dass sie noch einige Kleider für die Reise kaufte – sollte erst in einer halben Stunde zur Kutsche hinuntergebracht werden.

»Wer ist da?«, rief Gabriel, erhielt aber keine Antwort. Fragend sah er Hope an, dann öffnete er mit einem Schulterzucken die Tür. Erst sah es so aus, als hätte ihnen jemand einen Streich gespielt, denn es war niemand zu sehen, aber dann trat zögernd ein alter Indianer ins Blickfeld.

»Sei gegrüßt, Wolfsauge«, sagte er an Gabriel gewandt und nickte auch Hope grüßend zu. Sie erkannte ihn wieder. Es war der alte Indianer, der den Sheriff und Cummings zu ihrer Mine geführt hatte.

»Sei gegrüßt, Weißer Adler«, erwiderte Gabriel. Seit jenem Tag, an dem der Alte mit ihnen gesprochen hatte, hatte er ihn nicht wieder gesehen, obwohl Carmichael ihnen versichert hatte, dass Weißer Adler sich sonst in Silver Springs herumtrieb. Offensichtlich hatte er sich woandershin verzogen, aber nun war er wieder da.

»Kann ich Wolfsauge sprechen?«

Er sprach langsam, zögernd, und als Gabriel nickte, verfiel er in die Sprache seines Volkes. Hope lauschte aufmerksam, aber es war ihr unmöglich, etwas von der fremden, gutturalen Sprache zu verstehen. Gabriel hingegen hatte damit keine Schwierigkeiten. Hin und wieder stellte er Zwischenfragen, aber die meiste Zeit hörte er nur schweigend zu. Schließlich bedankte er sich bei dem alten Indianer und geleitete ihn zur Tür. Weißer Adler nickte Hope noch einmal zu, dann war er verschwunden.

»Was wollte er?«, fragte Hope neugierig, aber Gabriel winkte ab.

»Nicht so wichtig. Etwas über das Erbe seines Stammes, und er wollte, dass ich es weiß.«

Hope merkte, dass Gabriel ihr nicht die ganze Wahrheit sagte, ließ es aber auf sich beruhen. Es erschien ihr wirklich nicht so wichtig. Wenn er darüber sprechen wollte, dann würde er es tun.

Draußen schneite es wieder. Der Oktober neigte sich seinem Ende entgegen, und der Winter hielt allmählich wirklich Einzug. Draußen war es klirrend kalt, aber in den letzten Tagen war der Himmel strahlend blau gewesen, so dass das glitzernde Weiß der umliegenden Berghänge und Gipfel im Sonnenschein fast schon in den Augen geschmerzt hatte. Heute war der erste Tag, an dem es wieder begonnen hatte zu schneien. Noch waren einige Straßen und Pässe frei, aber sie mussten sich beeilen, wollten sie Green River und somit die Bahnstrecke, die seit einigen Jahren die beiden Ozeane, die die Vereinigten Staaten umgaben, miteinander verband, noch erreichen, ehe der Winter sie gänzlich von der Außenwelt abschnitt. Mit der Eisenbahn würden sie dann bis nach Chicago reisen.

Hope merkte, wie die Aufregung immer stärker von ihr Besitz ergriff. Sie war noch ein Kind gewesen, als ihre Eltern sich von Chicago gen Westen aufgemacht hatten. Nun war sie eine erwachsene Frau, wenn sie zurückkehrte in die Stadt ihrer Geburt. Und es fehlten nur noch wenige Monate, und sie würde selbst Mutter sein. Gespannt fragte sie sich, wie es wohl sein mochte, in einer großen Stadt zu leben, aber auch wenn sie es kaum noch erwarten konnte, war sie sich sicher, dass sie dort nicht bleiben würden. Zwar hatte ihr Urgroßvater ihnen angeboten, bei ihm zu wohnen, solange sie wollten, oder ihnen sogar ein Haus zu kaufen, wenn sie nur in seiner Nähe blieb, aber Hope konnte sich Gabriel einfach nicht in einer Stadt vorstellen. Sicher, er hatte der Reise zugestimmt, ihr zuliebe, aber selbst in einem so kleinen Flecken wie Silver Springs wirkte er fehl am Platze. Nein, Gabriel gehörte ebenso wie sie selbst hinaus in die Wildnis der Berge oder in die Weite der Prärie. Er hatte ihr oft von seinem Bruder und dessen Frau Emily erzählt und von ihrer Ranch in den Bergen von Montana. Sie wusste noch nicht, wohin das Schicksal sie verschlagen würde, aber sie würde Gabriel überallhin folgen, wenn er nur glücklich war.

»Was ist?«, fragte Gabriel und trat hinter sie. Dann zog er sie in seine Arme und legte sein Kinn auf ihren Scheitel. »Woran denkst du?«

Hope lächelte. »An nichts Bestimmtes.«

»Und wenn ich dir sage, dass ich auch an Unbestimmtem interessiert bin?« Er wiegte sie langsam hin und her, als würde er dem Takt einer unhörbaren Melodie folgen.

»Nun, dann würde ich dir sagen, dass ich mich gerade frage, wo wir wohl leben werden.« Hope verrenkte sich den Nacken, um Gabriel anzusehen.

»Und woran dachtest du da so?«, wollte er wissen.

Hope zuckte mit den Schultern.

»Ich hoffe doch sehr, dass du nicht vorhast, in einer Stadt zu wohnen«, murmelte Gabriel und schüttelte sich theatralisch.

Hopes Lippen verzogen sich zu einem Lächeln. »Nein«, sagte sie dann. »An eine Stadt dachte ich dabei eigentlich nicht.« Vor ihrem geistigen Auge entstand die Sonnenuntergangsszene am Fluss. Wie lange war es schon her, dass sie zum letzten Mal daran gedacht hatte? Verträumt schloss sie die Augen.

»Was siehst du?«, fragte Gabriel leise. Noch immer wiegte er sie leicht hin und her.

»Ich sehe ein kleines, weiß gestrichenes Haus, eigentlich mehr eine Hütte. Es steht an einem Fluss, und vor dem Häuschen steht eine Bank, auf der ich sitze. Ich sehe einen weiß gestrichenen Zaun und Hühner, die gackernd umherlaufen, und ich höre Kinderlachen. Sie spielen an dem alten Baum unten am Fluss. Und ich sehe einen Reiter, der aus der untergehenden Sonne auf mich zukommt.«

»Ist es ein Freund?«, wollte Gabriel wissen. Hope drehte sich in seinen Armen herum und schlang ihre Arme um seinen Hals.

»Nein«, sagte sie dann und zog seinen Kopf zu sich herunter. »Er ist viel mehr als nur ein Freund.« Ihre Lippen berührten sich, und das Letzte, was Hope ihm zuflüsterte, ehe sein Kuss ihr den Atem raubte, war:

»Er ist die Liebe meines Lebens und der Mann, nach dem ich mich gesehnt und von dem ich immer geträumt habe.«

Epilog

»Bist du sicher, dass Weißer Adler wirklich diese Höhle gemeint hat?«, wollte Hope zweifelnd wissen.

Loses Geröll knirschte unter ihren Füßen, und Hope hielt sich an der feuchten Wand fest, um auf dem unebenen Boden nicht den Halt zu verlieren.

Es war Ende August, und sie waren zurückgekehrt zur Mine ihres Großvaters. Sie hatten Annie, ihre kleine Tochter, in Silver Springs zurückgelassen, in der liebevollen Obhut ihrer Urgroßmutter. Hope hatte es gar nicht fassen können, aber als sie in Chicago eingetroffen waren, hatte sie eine weitere Überraschung erwartet. Ihre Großmutter, die ihr zu Kindertagen immer so zart und zerbrechlich erschienen war und die sie niemals wieder zu sehen erwartet hatte, war noch am Leben und erfreute sich sogar bester Gesundheit. Hopes Eintreffen und die Aussicht, bald ein Urenkelkind in den Armen zu halten, erfüllten die alte Dame mit einer Vitalität und Lebensfreude, die sie selbst nicht für möglich gehalten hätte. Hope und Gabriel hatten in William Davis' Nachbarschaft ein eigenes Haus bezogen, wo sie bis zur Geburt der kleinen Annie geblieben waren.

Als verspätetes Hochzeitsgeschenk hatte William Davis ihnen mit Zustimmung seiner Tochter das Gold geschenkt, das Lukas Granger einst an seine Frau geschickt hatte. Clara Davis-Granger hatte erst Jahre später davon erfahren, kurz bevor ihr Vater sich daran gemacht hatte, die Spuren seines Enkels im Westen zu verfolgen. Sie war wütend gewesen, zutiefst verletzt und enttäuscht, dass ihr eigener Vater sie von ihrem Ehemann getrennt, ihr seine Briefe vorenthalten und seinen Versuch, sie zurückzuholen, verheimlicht hatte. Aber die Ankunft ihrer Enkelin und deren Ehemannes, der so gar nicht das war, was William Davis sich für den Fortbestand seiner Familie gewünscht hatte, hatten sie milde gestimmt. Noch immer hatte sie ihrem Vater seine Machenschaften nicht verziehen, würde es vielleicht niemals, aber sie war bereit, die Vergangenheit ruhen zu lassen.

Als sie in Silver Springs aufbrachen, dachte Hope, sie würden nur ihr Gold aus dem Versteck holen, wo sie es vor ihrer Abreise damals verborgen hatten, und sich anschließend wieder auf den Weg zurück nach Silver Springs machen, aber dann, als sie vor den verkohlten Überresten der Hütte standen, hatte Gabriel sie aufgefordert, ihn auf eine Kletterpartie zu begleiten. Sie waren den felsigen Abhang oberhalb der Mine hinaufgestiegen und befanden sich nun wieder im dämmerigen Innern der Höhle, wohin ihre Flucht sie vor beinahe einem Jahr schon einmal geführt hatte.

»Hier muss es sein«, meinte Gabriel und hielt seine Fackel ein wenig höher. Die Zeichnungen an den Wänden erwachten im zuckenden Lichtschein zum Leben, und Hope wandte den Blick ab, als sie bemerkte, dass die Symbole begannen, sie in ihren Bann zu ziehen.

Sie ließen den Teil der Höhle, den sie schon letztes Mal betreten hatten, hinter sich. Immer tiefer führte Gabriel sie ins Dunkel, und Hope fragte sich, was er wohl damit bezweckte. Endlich blieb er stehen, und Hope versuchte, hinter ihm etwas zu erkennen.

»Und?«, fragte sie.

»Schließ deine Augen«, forderte Gabriel sie auf.

»Wozu?« Ein wenig misstrauisch sah Hope ihn an. Zwar vertraute sie ihm, aber sie fürchtete dennoch, er könnte ihr hier in der Dunkelheit einen Streich spielen.

»Mir zuliebe.«

Zögernd schloss Hope die Augen. »Nun gut«, sagte sie, aber ganz wohl war ihr dabei nicht. Sie spürte, wie Gabriel hinter sie trat, sie an den Schultern fasste und einige Schritte vorwärts schob.

»Und jetzt öffne deine Augen.« Sie spürte das warme Streicheln seiner Stimme an ihrem Ohr. Blinzelnd folgte Hope seiner Aufforderung. Es dauerte einen Moment, bis sich die Details aus der Finsternis schälten, aber als ihr bewusst wurde, was sie da sah, sog Hope hörbar den Atem ein.

Ein Blitz, metallisch und golden im Stein erstarrt, spaltete den Fels und glänzte matt im flackernden Schein der Fackel.

»Ist es das, was du als Kind gesehen hast?«, fragte Gabriel. Sie spürte seine raue Wange an ihrer und nickte.

»Ja«, hauchte sie dann. »Das ist es, woran ich mich erinnere.« Sie sah sich um. »Aber woher hast du das gewusst?«, wollte sie aufgeregt wissen. »Wie hast du die Ader gefunden? Wie …?«

Gabriel legte einen Finger auf ihre Lippen und brachte sie so zum Verstummen. Seine Lippen verzogen sich zu einem Lächeln, als er den aufgeregten Glanz in ihren Augen sah.

»Erinnerst du dich daran, dass Weißer Adler uns kurz vor unserer Abreise einen Besuch abstattete?«

Hope nickte. »Ja, aber …«

»Er spürte, dass sein Ende nahte. Ich habe in der Stadt gefragt. Seit dem Winter hat ihn niemand gesehen. Anscheinend hat ihn seine Ahnung also nicht getrogen. Er war der Letzte seines Stammes, und deshalb gab es niemanden, an den er das geheime Wissen um den magischen Ort seines Volkes hätte weitergeben können. Er wusste, wer ich war, und er wusste auch, dass ich die Sitten und Bräuche des Roten Mannes respektiere. Wahrscheinlich vertraute er mir deshalb dieses Wissen an.«

»Warum hast du es mir nicht gesagt?«

»Nun, einerseits, weil wir genügend Gold gefunden haben und du wusstest, wo es war. Sollte mir also etwas zustoßen, würdest du nicht auf die Idee kommen, dein Leben zu riskieren und alleine nach der Ader zu suchen, jetzt, wo der Hauptstollen der Mine verschüttet ist.« Hope wollte protestieren, aber Gabriel legte ihr wieder einen Finger auf die Lippen.

»Und außerdem wollte ich, dass es eine Überraschung wird.«

»Und das ist es wirklich.« Hope wandte sich wieder der Ader zu. »Aber was ich nicht verstehe, ist: Warum haben wir sie nicht gefunden, wenn doch auch schon mein Großvater sie entdeckt hatte?«

»Oh, das ist ganz einfach. Als Weißer Adler bemerkte, wie nahe dein Großvater dem Heiligen Ort gekommen war, hat er seine Abwesenheit genutzt, um den Stollen zum Einsturz zu bringen. Das war der zweite Einbruch, auf den wir gestoßen sind. Ich weiß nicht, was für Maßnahmen Weißer Adler noch ergriffen hätte, wenn dein Großvater zurückgekommen wäre und versucht hätte, den Stollen freizusprengen. Aber er kam nicht zurück, und Weißer Adler blieb als Wächter des Heiligen Ortes in seiner Nähe.«

Gabriel sah, wie Hope errötete, und konnte sich denken, wohin ihre Gedanken gingen. Leise lachend zog er sie an sich.

»Er hat erst bemerkt, dass wieder jemand an der Mine arbeitete, als ich Vorräte in Silver Springs kaufte. Er muss das Gold gesehen und erkannt haben, mit dem ich bezahlte.« Er drückte einen Kuss auf ihre Lippen. »Du brauchst also keine Angst zu haben, dass wir Zuschauer hatten. Und falls doch«, stellte er dann leise lachend fest, »war Weißer Adler diskret genug, es nicht zu erwähnen, und hat sein Wissen mit ins Grab genommen.«

»Was wollen wir jetzt mit der Ader machen?«, fragte Hope.

»Die Entscheidung liegt bei dir.«

Hope seufzte und trat einen Schritt vor. An die Felswand gelehnt standen die Säcke, die das Gold enthielten, das ihr Großvater dereinst gefunden hatte. Sie wusste nicht, wie viel es war, aber es musste ein Vermögen sein. Der im darüberliegenden Fels gefangene Blitz funkelte und glänzte, und Hope ließ vorsichtig ihre Hand darüber gleiten. Das Metall fühlte sich kühl an unter ihren Fingerspitzen.

»Wärst du mir sehr böse, wenn wir ihn einfach so ließen, wie er jetzt ist?« Fragend sah sie sich um.

»Nein, warum sollte ich dir böse sein?«

»Nun, immerhin bist du mein Partner, sechzig zu vierzig, schon vergessen?«

Gabriel lachte schallend, und das Geräusch hallte als tausendfaches Echo zu ihnen zurück.

»Ach, Hope.« Liebevoll zog er sie an sich und sah ihr tief in die Augen. »Ich habe aus dieser Partnerschaft mehr erhalten, als ich mir je erträumt habe. Ich habe mehr bekommen als nur meine vierzig Prozent. Ich habe eine wunderbare Frau«, er küsste sie zärtlich, »und ich habe eine Tochter, die ihrer Mutter von Tag zu Tag ähnlicher wird.« Wieder küsste er sie. »Und ich habe die Liebe wiedergefunden, die ich für alle Zeit verloren glaubte.«

Hope lächelte ihn an. »So, wie du das sagst, klingt es fast, als würdest du mich übervorteilen.«

Gabriel schob sie auf Armeslänge von sich. »Findest du?«

Hope schüttelte den Kopf. »Nein«, erwiderte sie leise. »Denn ich habe noch viel mehr bekommen als das.« Ihre Augen glänzten selbst im Halbdunkel der Höhle. »Mein Traum ist wahr geworden. Ich habe endlich eine Familie, die mich braucht und die mich liebt, und ich habe endlich dich gefunden, dich – den Mann meiner Sehnsucht.«

Die Autorin ist Mitglied bei DeLiA,
der ersten Vereinigung
Deutschsprachiger Liebesromanautorinnen und -autoren:
www.delia-online.de

Besuchen Sie auch die Homepage der Autorin:
www.petralast.de

Ein gefühlvoller Roman über verborgene Schönheit und ein düsteres Geheimnis

Seit ihrem Brandunfall als junges Mädchen verbirgt Christina ihr Gesicht hinter einer Maske. Ihr Vater, Graf von Rossewitz, schickt seine für den Heiratsmarkt untaugliche Tochter zu ihrer Tante auf die abgelegene Insel Eden. Dort gewinnt die junge Frau sehr bald das Vertrauen und den Respekt der Inselbewohner – und das Herz des attraktiven Sir Anthony Haven. Doch ein Geheimnis zwingt Christina zu einem Leben in Einsamkeit …

Des Teufels Engel
Roman
ISBN-13: 978-3-548-26335-9
ISBN-10: 3-548-26335-6

ULLSTEIN